# 路翎全集 第七卷

话剧 1947—1951

云雀　反动派一团糟
迎着明天　英雄母亲
祖国在前进　祖国儿女

本集获复旦大学"985工程"三期整体推进人文社会科学研究项目和上海文化发展基金会资助出版,为国家社科基金项目(22BZW134)中期成果

1947年6月《云雀》在南京首演剧照

1947年6月《云雀》在南京首演后剧组人员合影,中坐者左一为胡风,左二路翎,左三为南京戏剧专科学校附属剧团团长黄若海

《迎着明天》初版书影　　　《英雄母亲》初版书影　　　《祖国在前进》初版书影

《路翎剧作选》初版书影　　1980年代的路翎与杜高

# 目 录

云雀 ················································· 001

反动派一团糟 ····································· 079

迎着明天 ··········································· 103

英雄母亲 ··········································· 185

祖国在前进 ········································ 265

祖国儿女 ··········································· 365

云　雀

《云雀》,1947年4—7月作,上海希望社1948年11月初版,据此排校。

**人物:**

李立人：中学教员
陈芝庆：中学教员
王品群：中学教员
周望海：中学教员
李成骏：学　　生
程学陶：学　　生
程　父：乡下老人
邻　妇
校　工

**时间:**

一九四六年,春天到夏天。

**地点:**

京沪线①附近的一座小城。李立人和陈芝庆底家里。

---

① 指当时南京至上海的铁路线。

# 第 一 幕

在李立人夫妇底家里。舞台正面是由乡下的房子布置起来的,他们底书房和客室。左边有门通里面的卧室,右边正面有门通外面。这门,像一切和所处的社会不调和的家庭的门一样,是常常关着的,打开的时候,可以瞥见邻家底破旧的瓦屋的一角,以及平坦的田野和远处的树林。正面开着窗子,显然是经过居住者底改装的,装饰颇为精致。近处的树木,在窗子里可以看得见,但主要的,这窗子给人一种宽阔的感觉。显然地,在这家庭的主人们底精神里,这窗子是占着很大的位置。房间里面还整齐,靠窗放着书桌和桌架,但书架上并不完全是书籍,也有零碎的物件,总是一整理起来就又弄乱了的样子。壁上挂着为主人们所热爱的欧洲底伟大的知识者们底画片,也挂着一张陈芝庆底画像,这一切显示着,这个家庭是十年以来在时代意识底尖端上所发生的结合之一,它是充满着内心的痛苦,忽视着环境和世俗底力量,在阴暗之处作着猛烈的斗争的。

开幕时陈芝庆坐在房内看着书,有时带着幻想的神情随便地哼着歌。是春天的黄昏的时候,从不远的广场和大路上不时传来乡野的孩子们底叫嚣的声音,和兵士们齐声地唱着的粗暴而又疲劳的歌声。陈芝庆听着歌声,厌恶地摇了一下头。稍停,有敲门声。

陈:哪一位?

周望海上,善良地,腼腆地笑着。

周：立人回来了罢？

陈：（平淡地，不愿意地）他吗？还没有呢。

周：（犹豫着）那我等一下再来。（预备走）

陈：（有点抱歉）坐一下罢。

周：（主要是因为不知道要怎样才能走出去，坐下了，拘谨地沉默着）

陈：（望着他，忽然感到了他底可爱和善良，热切了起来笑了一笑，用着优越的声音说——）听说你要订婚了呢？

周：（笑笑）没有。——完蛋了！

陈：（惊愕）真的吗？怎样呢？

周：我也说不清楚。

陈：（默了一下。忽然猛烈，辛辣地——显然这与周望海完全无关）哦，我知道了！是不是你对于她有了过高的要求？那么，我有一个意见。对于女人们，不要要求什么，永远不要要求什么！你可以欺骗她们，压迫她们，斩断她们底一切退路和进路！（冷笑）就是这样的！没有路了。（冷笑，想着）她们自己是不会寻出一条路来的，是不是？

周：（不解地看着她，终于笑笑）

陈：（不一定对周说）我看我们都疲倦了。有人说过，在人生里面没有趣味的人，无论做什么事都要失败的！

周：立人就要回来了罢？

陈：哪个晓得他底事情！

（敲门声，陈喊进来，王品群上，看了一下周望海。笑笑，叹息了一声，显得疲倦，不安，坐了下来，带着深深的忧郁凝望着窗外，就这样的好久都不动一动了。衣服的质料是很好的，但弄得很旧，穿得也不整齐，蓬乱的头发，苍白的脸色，显出内部的猛烈和颓唐的色调。窗外传来孩子们底吵闹声和兵士们底歌声，房内三个人静默着。周望海是拘束的，王品群则是忘却了一切似的。周望海注意地望了王品群一下，终于站了起来。）

周：我等一下再来。（下）

陈：（静默了一下之后，讥嘲地）又不舒服啦？

王：（摇头，叹息。）

陈：怎么呢？

王：（摇头，叹息）时间过去了！

陈：怎么讲？

王：（起立）没有什么……我走了。

陈：你这是干什么啊！昨天还是那么高兴的，说是要把学校里面好好地弄一弄……我都跟学生说过了要弄歌咏队，你又……

王：（愤然）这是什么环境呀！

陈：你不是说你认识……你父亲底朋友参议员么？

王：（沉思着）我一个人上火线打仗么？

陈：我呀！

王：（摇头）说不清楚，说不清楚。（顿）也不知道究竟是为了什么，我说不清楚。好，再说罢！（下）

陈：真古怪，这个人！（站起来，王已经走出）你又有些什么神秘呀！

（突然冷笑了一声，愤怒地坐下来，胡乱地翻着书。静静地，李立人推门进来了。）

李：（疲劳地）这是今天的报纸。周望海来过吗？

陈：来过。（看着他）你下午并没有课，怎么又搞到这时候？

李：在图书馆里找东西，后来就下乡去……一个学生害病，到他家里去看看的。（叹息）我没有想到，乡下的人家会这样穷！

陈：（注意地看着他，忽然想到似的，站起来给他倒了一杯水）你累了，休息休息罢。

李：（喝着水，希望谈话，希望能使她感觉到）你想想罢，老女人底眼睛快要瞎了，在那里纺线，老人家穿着破裤子，看见有客人来，就惊惊慌慌地想把那破的地方藏起来。我不懂为什么贫穷给人这样大的羞耻！我恐怕从来没有真的感觉到——想想罢，大儿子是让拉壮丁拉走了，可是他们仍然要送他们底第二个孩子来上学!

陈:(平淡地)也许是为了逃壮丁的。

李:可是这样的说法并不能说明什么。(沉思)我们在书本里生活得太久了!

陈:你底东西弄好了吗?

李:我找到几本关于明末清初的书。(打开了刚才带回来,放在桌上的白纸包)哪,你看。

陈:(接过书,看了一本的封面,随即漠不关心地丢下。沉默了一下)老实说,我不大欢喜历史。

李:(热情地)我也并不是怎么喜欢。可是,这么多年了,从来没有一本给中学生甚至大学生念的关于中国近代史的好的课本,学生们还是在念着秦皇汉武!教了两年历史,我自己也苦痛,我发觉关于中国底过去,不是关于朝代之类,而是关于作为人类的生活一部分的这种过去,我自己也没有懂得。人从历史才明了今天的生存的!

陈:(笑笑)可是今天的生存更要紧哪!

李:所以!我对过去并没有兴趣,我所注意的是,今天的中国社会,今天的中国人是从哪里来的,我们应该怎样生活,以及应该不怎样生活!

陈:王品群说,学校的事情他一个人对付不下来。

李:唔。

陈:他底意思是,如果我们一齐干起来,我们就可以把这个学校掌握过来。

李:他做么?

陈:就是咯!他一个人,他底情绪非常坏!原来你不是也想使这个学校彻底地改变一下的么?

李:(慢慢地)这个问题吗?我呢,我是希望这样的。可是这要先弄清楚对象。我们底对象,第一是这个时代这个社会,第二是这个学校——主要的还有我们自己底动机。如果因为生活得没有趣味,想热闹热闹,那是大可不必的。寂寞并不是可怕的,对不对? 现在的局势很灰暗,这里呢,是一个外表上看来还开通,其实内里面是和那些边僻而守旧的地方并没有不同的。学校里面,和以前我们所遇到的情形一样,全是大地主控制着。不过这里的大地主们文雅一点,做做生意,看起来开通一点,实际上恐怕比边僻的地方的地主们更恶劣。因为,很明显的,他们和政治的关系更密切。王品群所依赖的,第一是所认识的那位参议员,第二是我们这些人,可是他并没有想到,如果这学校逃不脱这些大地主底控制,一切全是幻想。我想,他才来了一个月,恐怕未必清楚这些情形罢。

陈:那我们就什么都不必做咯? 那我们干脆到上海去罢!

李:(确信地)我们有我们底事情!

陈:(讥刺地)研究历史么?

李:对于人! 有愿意和你一道走路的学生们,有因了我们而渐渐地看清了社会和人生的学生们! 实实在在地做事,生活,不必害怕将来。(冷笑似地)我们会活得很好的!(翻着书)

陈:(沉默了一下)唉,这种厌倦的生活啊! ——没有一个能够谈话的人——什么时候才能结束掉!

李:(看看她,走到桌边,点燃了煤油灯,慢慢地写起字来)

陈:(拿起书来又放下)你觉得王品群这个人如何?

李:(慢慢地)唔,他吗?

(敲门声。李问:"哪一位?"王品群上,仍然是先前的忧郁的神情,默默地坐下。)

王:(小声地)回来了吗?

李:刚才。

王:在写东西?(慢慢地取出烟来抽着,慢慢地从忧郁中闪出了讥嘲和满不在乎的味道)

李:从学校里来?

王:报馆里送了校样来。排字工人把整个一横条都颠倒了。恐怕又要脱期。唉,连报纸副刊都要脱期……(向陈)你底文章排在下一期。

陈：（高兴而羞怯地笑着）那还是两年前写的东西呢,叫你不要用,又不是稿子不够用。

王：（向李）立人,你该跟我写一篇文章了罢。

李：文章？我能写什么文章？（摇头）

王：你不是在写？

李：这是不相干的,这不能叫文章!

王：（感慨的大声）算了罢! 文章就是写在纸上的一条一条的黑字,哪里还有叫做文章的! 老实说,到这里来的哪个王八旦才想弄这个副刊的,不过是别人硬拖! 这么多年,编这种东西,编来编去的早就倦透了!（两腿翘在椅臂上,活泼地,大声地）走罢,老兄,咱们到上海去罢,办一个杂志——

李：（嘲弄地）哦!

王：喂!（从椅臂上放下腿来）

（李看着他。）

王：怎么样,干不干？动手罢,把老胡子干掉,你来当校长!

李：我？（摇头）开玩笑罢!

王：哪个王八旦才开玩笑! 老兄,说真话,非常之敬重你,对于你这种君子是不作兴开玩笑的!（认真起来）我想这也没有什么困难。第一,我们发动学生,把他们组织起来,你,芝庆,周望海,我,我们在课堂里发动一个斗争,公开地批评校政! 其次,我在我底副刊上放起炮来! 我跟芝庆谈过不止一回了,我们发动学生办壁报,组织歌咏队。我估计过,学校里受学生欢迎的,只有我们几个教员,要是我们一走,这学校马上就垮台的!

李：（笑）也没有这么乐观吧!

王：可是也决不悲观! 看罢,下一届董事会开会以前,我们就可以叫老胡子身败名裂,滚蛋! 下学期我们就好多找几个朋友来。说真话,我对教育近来非常有兴趣!

李：（笑）那就好咯!

王：（望着他）如何呢？哎,立人,你怎么这么消极啊!（向陈）芝庆,劝劝他吧!(默,叹息)说真话,立人,我觉得你苍老多了,我也是的!你虽然比我大几岁,可是从前我们在一起的时候,你还是非常好玩爱闹的,就像是小孩子一般。(向陈)哦,你没有见过立人从前的样子罢!那真有趣!

(李笑着,陈讥刺地笑着。)

王:(爽快地)芝庆也变了!上个月,接到了你们底信,我决定来,我非常意外地发现了芝庆底丈夫原来是我先前的朋友!我说的果然不错:人是跳不出他底圈子的,转来转去还是这个圈子。你们看,我这条光棍,又转到这个圈子里来了,哈!上个月,一走进门,我几乎认不得芝庆,两年不见,完全变了!真有趣,真有趣。(默了一下,然后甜蜜地、老气地点着头)芝庆还是个孩子!还是个孩子!我一直不放心她,直到知道了原来你们在一起,我才放心了。还是个孩子!

陈:(愤怒而冷笑)算了罢,不要做诗了,副刊编辑先生!

王:孩子!——对于我终于到这里来了,你觉得意外吗?

陈:(恼怒地)我倒没有觉得意外!我倒是觉得,在这个世界上,任何意外的事情都是可能发生的!

李:(望着她)你这是什么意思?

陈:没有什么意思。(向李)给我倒杯开水!

王:意外的,——我觉得——是你已经结了婚。我还以为你不会结婚的。

陈:你怎么知道?

王:我对你底性格有一种想像。(笑,小声地)孩子!

陈:(爆烈地)你却是一个英雄,诗人!我早晓得你看不起我们哪!你曾经跟谁说过,我是变成小市民女人,我是堕落啦!啊,我真不知道你在怎样看别人!(忽然发怒)这也就是我底问题了,我也不知怎样看别人,也不知道怎样看自己!我可以告诉你,我很快乐!

李:你心情不好吗?

陈:我喜欢这样说说,我好久没有说了!(默,然后,想到了什么似地,站起来走进内房。房内静默着,李立人静静地望着前面,王品群脸上有勉强的笑容。天色渐黑,空气温柔、温暖,外面又走过一群杂乱地叫闹着的孩子们,一个乡下少年在窗子外面伸头,快乐地伸了一下舌头,稚气地说:"李先生,我还以为你不在家哩。"李亲切地笑笑。学生走开,传来歌声。少年底孤单,不合拍,然而美丽的声音唱着:"月儿高挂在天上。"王品群忽然地站起来走动,显出了先前的那种忧郁、沉重的神色,然后开始唱歌。李开始翻着书。)

王:(唱着)听听,云雀,在天边唱,太阳开始升起!——(向李,诚恳地,一边来回走着)学校的事情,大家干罢!……把学生发动起来!我们不能白白地蹲在这里!(又唱)听听,云雀……(在他说着话的时候,陈已从内房出来,翻着一本贴像片的簿子。坐下,继续翻着。王继续徘徊,哼着歌。突然地邻家的穿得颇为整齐的女人推门进来。)

邻:(酸涩地)李太太,你怎么不告诉我就拿了我底水桶啦!

陈:(起立,脸红,可怜地)哦,真是对不起……

邻:用一用本来没有关系,不过我底这个水桶都坏了,我放是放在院子边上,又不是公用的!

陈:对不起,真是对不起!(递过水桶去)

邻:(弄响水桶)左邻右舍的,用一用没有关系,我是说,不过要说一声!(出,在外大声地)进进出出的,一天到晚从来不晓得请教别人一声,就像有多了不起,真是还像个人家,连水桶都不晓得买一个!

(李苦痛地看着。陈恍惚地呆站着。王站在窗边,重复地哼着《云雀》的歌。)

王:(异样地笑了一笑,苦恼而嘲讽地)我打扰了你们罢?

李:(迟钝地看着他)不,没有。

王:我还有一点事情……(站定,有点心不在焉)怎样,学校的事情,就这样办哪!我明天就找学生谈。(顿)有空的话,给我一篇文章,啊!(下)

（房里沉默着。陈芝庆仍然呆站在门边。不远的邻家，传来了推磨子的声音。忽然地爆发了男人底粗野的叫骂，接着是砸破磁器的声音和女人底哭声，这声音使空气紧缩了。）

李：（苦痛而温存）在学校里吃过饭回来的吗？

陈：嗯。

李：我本来想和王品群好好谈谈的，可是总没有机会。

陈：（冷淡地）没有什么好谈的。

（顿）

李：（更痛苦，更温和）你心情不好吗？

陈：（沉默着）

李：是不是心情不好？是不是关于学校里的事情？……常常是，想起了从前的事情吗？

陈：从前的事情有什么好想的！

李：我想问你：对于我们底结合，你始终感到满意吗？

（陈不答，走到桌边，拿起一支烟来，点燃，抽着。）

李：（固执地渴望着真实）你刚才说，你好久没有说话了，那该不是气愤的话罢！你觉得怎样，或者，我有什么错误？

陈：（苦痛）我不晓得！

李：（忍耐而顽强）你需要什么呢？你需要怎样的生活呢？

陈：那也就是我自己底问题了！我需要，又能怎样？首先，你需要做什么呢，你需要怎样的生活呢？

李：我？（轻蔑地）我没有丝毫的需要！（顿）我需要的是生活本身，生活，工作，能够怎样就怎样！芝庆，"在暴风雨中，我们要纯洁，要更纯洁！"

陈：（沉默）

李：忍受琐碎的、日常的痛苦罢！我们不是生活在可以享乐，可以追求光荣，可以尽情幻想的时代。即使有那样的时代，那也必定是虚伪而可憎的！我们不必指望将来的报酬，更不必害怕将来。（笑笑）我们将来会生活得很好的！（少停）芝庆！现实，就是理想！我感觉到我们底负担有多么沉重和黑暗,可是我也感觉到我们活着是有意义的,我底心里常常地充满着信心,这种信心不属于个人,它不和个人的生命一同完结,因此没有什么能够吓退它！至少,我是在和旧中国抵抗,和旧社会争取阵地！你觉得是吗？

陈：（想着）可是,你这是罗亭式的空话！（大声）我发觉我不能忍受这种生活！

李：（默然,然后反攻）你说说看,你以为这是怎样的生活呢！

陈：（断然）空虚无聊,没有意义！我不喜欢你说的那些学生,那样脏,笨头笨脑的。你说爱,你相信托尔斯太底"爱"吗？你爱,我问你：（愤恨极点）你爱你底邻人吗？（大声）我们没有水桶,我天天提醒你买一个！告诉你,我再也不得去跟那些人挤在一起打水了,永远！

李：（压抑着）我没有叫你买？水桶……也算一个问题吗？——像你这样的——

陈：我本来就是这样的。没有钱用,你不借钱,叫我去找校长,到房东那里去办什么交涉是我,买一点东西也是我！水瓶里没有水了,衣服没有换的,也是我！你就以为这是一个女人应该做的事情吗？哼,你很会说的,我永远说不过你,可是我发觉你底头脑原来也很旧,就像那些旧家庭的男子一样,以为那些事情是该女人做的,男子动都不需要动一动,他们命令！你就是希望达到这个专制的目的,虽然你看起来很温和,——天哪,如果不是虚伪的话！

李：（被击中痛处,痛苦地笑着）可是这是社会的习俗呀,再说,我有那么多事情要做,你难道不知道么？

陈：我老实不懂你底所谓事情！你就是这个学生,那个学生,再就是找材料哪,写些什么鬼也不要念的东西,再就是和周望海聊天！你底妻子是一个陌生人么？我说过多少次,要你跟校长说一说不要把我底四班音乐课都排在下午第三点——人家明明欺侮我们,你屁都不放一个！

李：芝庆！（颤抖着）你这样说使我很痛苦！（顿）从前,当我们共同生活开始的时候,你不是觉得很好,我们同样的辛苦,受欺凌,可是你不要你底有钱的爸爸寄钱来,你说:"我们自食其力!"你说:"现在我明白了,沉默地劳苦,这才是真的生活!"你忘了这样的话了吗?

陈:可是我今天不相信那个了,我不相信一个女人要在家庭里束缚着而劳苦终生,生孩子,管家事,看丈夫脸色,失却了自己底姓名,成为一个附属物,永远觉得自己渺小!特别是一个有思想的女人!

李:(憎恶而坚强地)你那些是从小说里捡来的幻想!你希望一个现成的天堂!

陈:(轻蔑地)也许,自然!(呆了一会,忽然奇特地开朗了。这是这种女子常有的情形。站起来小步而迅速地走着,忽然低声唱了起来)听听,云雀,在天边唱……

李:你和同事们都闹翻,叫我为难!

陈:(不经意地,轻蔑而愉快地)这与我有什么相干,我本来就不喜欢这些人!还有呢,今天我跟校长说了,请他把音乐摆在上午第三节,不然我就请假!我问你:你不是说要真实地生活吗?我不知道虚伪。

李:你底那所谓真实是不对的!

陈:(想说什么,但忍住了,忧郁地望着窗外。她底柔和的脸色已表明了她底暂时的和解了。风暴底来去是同样的迅速和难以捉摸的。李立人看着她,叹息了一声,对她投了同情而怨尤的一瞥之后,就翻开一本书来读下去,一边在一张纸上随时笔记着。陈平静地呆望着。唱起歌来,高声地,倾吐地唱了两句,接着就完全开朗——快乐起来了。)喂!看哪!我忘记告诉你一件事!

李:(温和地)什么事?

陈:(小孩似地)琼妹来了一封信,她说,她要在上海办一个杂志,她说她最近认识了几个作家,郭沫若、田汉、李健吾,她都认识,要我们跟她写文章呢!(热情地)你看怎样办?

李：啊！你写吗？

陈：（甜蜜地）我写什么呢？

李：你写罢！

陈：啊，不！我要你给我意见嚜！还是你写吧！

李：（笑笑）我不会写。

陈：那么我……（决定地）好，我写！我想过了，我要写一篇小说！

李：（笑笑）还是那发疯女人底故事么？

陈：怎样？

李：自然……你写吧！

陈：不，我要你说！

李：（犹豫地）你觉得需要写么？

陈：我怎么不需要写？我写那个女人，她底儿子跟丈夫让拉壮丁拉去打内战去啦！

李：光是这个么？这个，那些作家不已经写了很多了么？

陈：（严肃地）立人，我不喜欢你这样刻毒！你又骄傲，你总是看不起别人！

李：（笑，抱歉地）芝庆，写吧！我不是这个意思。我是说，人生需要光明和爱，文学也需要光明和爱的。

陈：可是在这个故事里，哪儿有光明呢？哦，对了，人民底善良！对吗？

李：劳动者，人民本身底生活的力量！——你感觉得到吗？

陈：是的啊！好，给我纸笔，我马上就写！（坐下来开始写，立刻停住，撕掉，沉思，写了几行，又沉思，然后写下去了。但又停住）立人，我们几时到上海去玩好不好？胜利以后回来，还没有去上海呢！

李：（在做着自己底事）嗯。

（陈写着，突然撕去，失望地呆想着，显得异常痛苦。李怜恤地看着她，轻轻地叹息了一声。她突然地抽起一支烟来，苦痛地向内房走去了。）

李：（依然激动地看着她）芝庆！

陈：（在房门口回头，望着）

李：（笑着）没有什么。……我说，刚才我想我是错了。是的，我常常心情不好，常常错的。（含泪）你不怪我罢？你总可以理解我，不以为我是一个自私的人罢！（顿，激动）芝庆，我们在一起……

陈：（走过来站在他底面前，慢慢地伸手抚弄着他底头发，感伤地）不，立人，我们都是错的，我不怪你！（狂热）你是我底大孩子，我们都是孩子，不知道世故，也没人照料！从什么时候开始，我们就是这样孤孤单单生活着，从这个世界（指外面）底眼光看来，我们从来都是错的！

李：（凄然地笑）可是我们从来都是对的！

陈：我们孤独而凄凉。（抚着他）孩子，这样自信的孩子！可是你累了，几年来都是这样的辛苦，你应该休息休息啦！（深情地看着他，然后转身走了进去）

李：（望着她入内，叹息了一声，放下手里的事情，拿起另外一本书来看着。有敲门声，周望海上）

周：（亲切而愉快地）我来过一次了。

李：是有什么事吗？

周：没有什么。在看书？（走过去看看李立人底书本，很难受自己打扰了别人，变得沉重了起来）你有事吗？

李：（愉快地）没有。

周：（不安地）看什么书？

李：《法国革命史》。

周：哦，图书馆里新买来的，我说哪个借去了呢！……我喜欢丹东，我喜欢勇敢！勇敢！第三个还是勇敢！

李：（微笑地沉默着）

周：还是坐不住，无聊起来，就跑出来了。……哦，你想今天王顺章闹了什么笑话？他刚下国文课，就跑到办公室里去找刘小姐，刘小姐一个人在那里……王顺章一走进门（站起来做着姿势）就跑过去跪下来，说："刘小姐，我爱你，不然我要死

了！"（兴奋而骚动地停住，然后两个人大笑了起来）

李：好家伙，念古文的也学会好莱坞了！

周：（不觉地玩弄着桌上的香烟）你抽烟了吗？（忽然领悟）哦！

李：你抽罢！

周：我这里有。（但仍然拿了桌上的）我近来坏透了。

李：（亲切的兄长态度）怎样呢？

周：不想做事，头脑里空虚得可怕！（顿）我底未婚妻又来了一封信，提议解除婚约。

李：（震动地）怎样呢？

周：（愤怒而笨拙地）还不是那个样子，我不是名人，我没有希望，我不能满足她，如此而已！

李：你怎样呢？

周：（摸出信来）这是我底回信。我尊重她底自由。

李：（看信）你家里现在怎样？

周：母亲死了，父亲老了，哥哥和嫂嫂两个人下田。（忧伤地）我也许要回去。

李：（默然）

周：如果我是一个乡下人，我不需要这种从大学里和乌烟瘴气的文科里教养出来的女子；如果我是一个新的知识分子，那我所需要的也是实际的人生……而不是这种懂得半个托尔斯太的女子。我是人，我有做人的义务！

李：（受了震动）

周：（站起来走了两步）我自然爱我底故乡，我爱那些养育了我的人！我知道我不能满足他们底希望，但是我能满足他们自己所不知道而为他们所有的希望！（顿）这些女性，她们自以为是进步或者什么的，其实那只是堕落的资产阶级习性。喝咖啡她们是喜欢的，为什么？她们以为是进步。艰苦的工作她们是憎恶的，为什么？她们以为是"平凡"！希望成为明星、女诗人、艺术家，至少是诗人底太太，用这样的希望活着。至于我，自然啦，我是一个不相干的中学教员！（长久沉默)……先前我家里跟我订过婚,你不知道罢?那个女子是我底邻居,人非常好,也念过几年小学,认识几个字。也许,她是能够和我这样的人过一生的,纵然不明白我底思想,也会明白我底心的罢!可是我逃了。我家里却接了她回来,因为你懂得,她已经姓周!结果她死掉了。就在六年以前,我在西安的时候,每隔一两个月,我还接到一个包裹,里面总是一双鞋子。我父亲底信里总是附注着说,她,我底未婚妻,替我做了鞋子。最初我不穿,我送给朋友了。……终于我穿了,那却是最后一双!(顿,忽然愤怒)如果我能有生机,我要向这个冰冷的社会报复!(静默很久)唉,我底牢骚真多!我觉得还是你好。

李:(苦笑)我不好,麻木了。

周:我觉得你好像没有脾气……你底东西弄得差不多了么?

李:(摇头)原来看起来倒容易,一动手,问题就来了。

周:哦!有一件事情:教育厅不是给所有的私立学校一笔图书费么?是由美国人指定的?

李:怎样?我问过了,他们说没有领到。

周:没有领到!他们几个人开过会,分了!王顺章昨天下午跑来跟我说的,因为他分少了一点。名字叫做贫寒教员研究补助费。第一笔:胡子领壹百万,他底太太领壹百万!

李:啊!

周:还有呢!去年死掉的朱鹤年不是指定捐一百担米给学校做贫寒学生伙食津贴的么?也分了!这件事还是王品群早上跟我谈的,他说我们大家闹一闹。

李:你怎么说?

周:我说我无所谓,今天下午,老胡子找我谈话,先恭维我一顿,然后东扯西拉,终于拿出一个竞选县参议员的候选名单来给我,说是已经跟你谈过了,活动投他的票。我就乘机跟他谈起学生伙食的事情来,他跟我打了一顿官腔!我以为,反正下学期也不想干了,闹一下罢!

李：我懂了,这里面原来还有钱的问题!

周：怎样?

李：你觉得王品群如何?你晓得他要发动"政变",打击老胡子么?

周：我听他说过。不过我以为,闹,是要闹的,不过实在只是做"捣乱分子",叫他们底天下不太平。至于积极的成功,把学校拿过来等等,那是幻想。还有,我以为陈先生大可不必跟王品群搞什么歌咏队,这没有什么意思的,在这种学校里也太不实际。

李：岂止太不实际。其实别人是有实际的目的的,你懂么?

周：关于钱么?未必罢?

李：(冷笑)看罢!

（陈出）

陈：周先生,我想和你谈一谈,你以为我所做的一点工作都是没有意义的么?

周：我不是说没有意义……我是说,害处反而更大咯!

陈：有什么害处呢?(向李)你们总是说工作,工作,工作在这里了,就站在一边去批评!我晓得你们底意思,你们是说,大家不过在这个环境里混混!你们,你们知道校长在压迫我们,要请我们滚蛋——我们不能反过来请他滚蛋吗?我不懂我们为什么没有权利自卫!(急进)

（顿,校工老王喊门上）

校工：校长请李先生跟周先生。

周：这个时候,什么事?

李：(突然暴怒)告诉他说,我们有事!

（校工了解似地笑笑,站着不动。这是一个外貌善良的老人,李看着他,他又笑,于是李在恼怒中现出了笑容,突然地大笑着站了起来。这感染了周望海,使他也笑着站了起来。）

李：(特别因了刚才的痛苦,活泼而愉快地对周)你刚才还说我没有脾气!(转向校工,一面取帽子)老王,你是要娶媳妇了罢,请我们吃喜酒呢。

校工:李先生喜欢说笑话。

李:(洒脱地)老王,我真的不说笑话。(把外衣抛在肩上)你知道吗?我是一个兵。(滑稽地)嗯,我当过壮丁的!(向内)芝庆,我出去一下。(愉快地)真地,我是一个兵!(三人同下)

(李在外大声而愉快地笑着说:"我是一个兵!"静场。稍停,王品群上,张望着)

王:没有人吗?

陈:(在内)哪一个?哦,等半分钟!

(王坐下继续四面看着,然后又陷入忧郁的沉思中。陈出,手里拿着钢笔和几张纸头,有兴奋的神色)

王:你有事吗?

陈:(忍不住地)我在有点事。(希望地看着他)

王:唔……

陈:替我写篇文章好不好?

王:做什么?

陈:(满足,矜持地)有一个朋友要。

王:(一面想着别的事似地,忧郁地)近来没有写什么东西。

陈:哎呀!写罢! 这个杂志里有郭沫若他们呢。

王:(不大经心地——显然心思不在这里)啊! 看罢……立人不在家吗?

陈:刚才老胡子派校工来请去了,路上没有碰到么?——你怎么没有去?

王:我已经知道,什么督学要来了。(困难地笑笑)刚才我到学校里去,听见了这种事情,心里头不痛快,就跑出来了。本来预备到报馆去再看看,但是走到街边上又觉得无聊……唉!我也说不清楚,总之是无聊……无聊……

陈:(欢喜遇到了同感的人,高兴地)是的,我懂得,无聊!

王:(忧郁地,温和地)没有什么事情是有意思的,到处都是讨厌的面孔! 走到街边上,看见那边菜馆里汽油灯,我忽然就想：干什么去呢？排错了就排错了，你忙来忙去的像个事情，可是有谁认真地要看呢！

陈：（安慰地）总有人要看的。

王：连我们自己底朋友们都没有兴趣！

陈：你是说立人么？不，你编的副刊他看的。

王：（忧郁、温和而苦痛）本来报馆里一个朋友请我喝酒，我没有力气去了。……（摇头、小声地）说不清楚……也不知为什么，说不清楚……唉！我就走那边的路回来，我就到田野里去乱走，我走来走去，我所能说的只是这个感觉……我觉得孤单。我在黑暗的田地里面，我忽然恐怖起来，觉得这个世界上并没有我这个叫王品群的人！（沉默，望着前面，然后小声地）你懂吗？这种感觉？

陈：（感到新鲜地）我知道！

王：唉，生活！……本来，我不十分理解……就是说，到这里来一个多月了，我不太了解你和立人底生活。我无论怎样想总有些不了解。刚才我在田地里在坟堆里乱走，终于就在一块墓碑上坐下来了，偶然地望了前面，（笑）望见了你们这窗户底灯火，我就到这里来了！

陈：啊！你坐在墓碑上！

王：是，墓碑上。（活泼而又伤惨）我想：啊，原来！我了解，我明白了：这灯光在黑暗中有多么美丽！原来你们在这个渺茫的世界上有了一个家！（大声地吸了一口气）这么简单而美丽的事情，你看我一直都没有懂得！

陈：啊！（迷醉地）可是，你说，你真的坐在墓碑上吗？

王：墓碑上。

陈：那个坟墓是旧的吗？它是孤独的还是和别的连在一起？

王：啊，你真是孩子！孩子！

陈：（默然，抽着烟）

王：（看着她）你现在抽烟很凶了。

陈：（冷淡地）我本来就抽！

王：真的，生活还好罢？心里，还平安罢？

陈：（望望旁边，讥刺地）你不是已经下了结论了，"很幸福"吗？

王：（笑笑）我了解。

陈：我们不要谈这些问题罢。

王：（笑笑）也许我今天跟你可以谈这个话：假如那时候终于你跟我在一起呢？

陈：人类从来不在假定中间生活！

王：（笑笑。显得沉重而不安，有些怯弱的样子，但同时又有一种凶猛的东西在闪灼着。这是那种犹豫的无目的的性格，经常地看着自己，受着纷乱的感情底重压，好久，忧郁地吹着口哨）

陈：（望着他，她底感情同样在猛烈地起伏着：在混乱中有无数美丽的印象鲜明地闪灼在她底眼前）你刚才说我变了，这意思是什么呢？（兴奋）你看看我变了罢？我变成一个乡下女人了罢？（华丽地、虚幻地）我变成一个在井边上打水的姑娘了罢？书本是早已抛开，从前的朋友是早已互相忘记，我老想着过去的多少可笑的事情，一面又不知道将来究竟是什么样子。（想像）将来我会怎样？我们会怎样呢？……再有，就是我想做一点什么，我总想做一点什么。

王：你能够做的！

陈：我觉得时代和我的距离远了，从前不是这样的。从前一切都可笑，可是又好像一切都很好，很美丽。我不知道将来会不会像我们所想像的那样美丽，你看哪，在太阳底下，春天的暖和的空气里面，每一个人都自由自在地生活着。人总需要梦想。我心里有多少美丽的图画，它们简直不能和这种阴沉的生活对比。没有人懂得它们。我觉得我也不被任何人需要。（想像）我觉得，要么，我需要绝对的孤独，大沙漠，大森林的孤独，要么我就需要人间疯狂的热情！……我不适合做一个妻子，无论是谁底妻子，我也不适合服从别人或命令别人，我只适合我自己。立人是……我怎么说呢？……他是

"哲学"的,他太信任自己了。刚才他出去的时候,我听见他叫着说:"我是一个兵!""我是一个兵!"别人不懂得他这话底意思,可是我懂得。……(朦胧地)我感觉到这个时代特有的悲剧。

王:是这样的。……不过,我可以问:在你们之间,是不是很苦恼?

陈:(望着旁边不答)

王:就比方说学校里的事情罢,他处处害怕得罪老胡子这是为什么呢?未必这些人连吃饭的地方都没有,一定要蹲在这里么?我刚才就跟老胡子谈过。他要竞选什么参议员,要我在报馆里帮帮忙。你看我对付他吧!我还要弄到上海的报上去开他一个玩笑呢!……不过,说回来,还是无聊,你看,我一个人。……立人是又有他底那一大堆工作,又有他底那一群学生,一下到这个学生家里去了,一下到山那边跟学生看田地去了,其实他很可以把学生组织起来……唉……怎么样,是很苦恼?

陈:(不答)

王:(酸涩地)自然咯,我何必过问别人底家庭生活呢。我在别人底心里原来就不存在!

陈:(愤慨地)你就有这么大的仇恨?什么叫做家庭生活?

王:我也不懂。(冷嘲)当然,它是很美丽的啦,就像黑夜里的烛火!(笑着)不过,在这个世界上,有的人愿意蹲在这里平平安安地生活,有的人……他倒宁愿坐在墓碑上。

陈:你没有对我说这些话的权利!

王:(猛烈地)非常之抱歉!我这个是太随便咯!不过也许我有权利说一说,你说我底仇恨有多大,可是你说说看,我所经历的失望有多深罢!我从某一个人所受到的创伤,我这两年来的苦痛,我也并不希望让别人知道,不过,我看别人也并没有得到多少好处!……唉,孩子!孩子!有些人,永远是孩子,他们不会看到这个世界底残酷的。祝福他们罢,在温暖中让他们休息罢！……（突然起立）我走了。

陈：（苦痛地看着他，终于喊）坐一下罢！你！……（焦急）你为什么要这样！

王：（伤感）我又能怎样？……老实说，我想到远方去，到东北去！

陈：（怜恤，忘我）你真的，在生活里面就没有目的了吗？

王：我没有目的！对你我才这样坦白：我没有目的。我什么都不相信，我疲倦了，疲倦了！你曾经责备我不能生活，所以离开我，你是对的。我也想：时间过去了！（诚恳而凄凉）真的，时间过去了！

陈：（痴痴地）你不是已经预备在学校里做一点事情吗？

王：那是的，我要做。我当然要工作。不过我并不相信什么将来，我也不相信爱情，我倒是相信破坏！（尖锐地吸了一大口气）时间过去了！生命败坏了！

陈：（感动地看着这个冀求着她的弱者，忽然走到桌边，拿起先前从房里拿出来的那本照片簿来，翻动着，从里面撕下了一张）这个送你罢！

王：（看照片）你底照片吗？从前的，小时候的？

陈：十三岁的时候，在我们家底花园里边。

王：（沉默）我不大懂得你底意思。（看她，温柔地笑）这个孩子就是你吗？好的，我走了。（顿，凄伤地看着她，虚幻地）孩子！你原来是一只云雀，在蓝天飞翔歌唱是你底工作，可是现在，你在这个巢里面！（下）

陈：（很久地默默地站着。异常的激动，用着甜美的，发自内心的声音唱）听听，云雀！……（忽然大胆而狂放地）每一个为了灵魂而生活着的女人都需要爱情，关注，和罗曼斯。如果没有这些，她无疑地将要很悲惨。做一个母亲是伟大的，可是，在我们这个时代，更伟大的是不能忍受平凡！一切时代都有这不安的、美丽的灵魂。（走了两步，望望自己底画像）我从小就在不平衡中发展起来，人们说，这是一个娇弱的小女子，这是一个朴素的姑娘！我娇弱，我朴素吗？……我底心里面有什么我自己都不认识的东西吗？使别的生命温暖起来,对于真正需要你的,这是罪恶吗？(顿)——这里是寂寞,空虚,无聊,我要写作!(迅速地坐下去,写了起来)

(李上)

李：(愤激的大声)明天又是督学要来啦,真是他妈的无耻的事情!

陈：(不理他,继续写)

李：(注意地看着她)老胡子跟我说,王品群他提到我,说我从前经历很复杂。我不懂他为什么要跟老胡子谈到这种事情!

陈：(继续写,冷淡地)那也许是讲来骇一下老胡子的。

李：(大声)不这么简单罢!还听说他说周望海大学根本就没有毕业!老胡子暗示说,有些证件,教育厅要审查。

陈：(愤怒)不要吵我!

李：(看着她,皱着眉在一边坐下,拆开手里的一封信看着)

陈：没有开水了,你去打一点水来!

李：(看看水瓶)不早了,恐怕没有开水打了罢。(皱着眉,疲倦地)你怎么早一点不出去打?

陈：(摇头)这不一定是女人应该做的事情!

李：(看着她,然后轻轻地叹息了一声,起立,拿着水瓶悄悄外出,陈继续写字)

——幕

# 第 二 幕

  开幕时周望海坐在房内李立人底桌子前看报。沉思着，间或不觉地做着愤激的表现：这样坐，那样坐，无论怎样都不安适似地，一面烦躁地抽着烟。是明媚的春天上午，外边邻家，广场，和路边上不时地传来人声，牲畜声，和孩子们底叫声。并且有学校里的钟声可以清晰地听见。
  王品群从内房走出。

王：（略微不安地，脸上有着一种亲切而又带着奇特的无赖性质的微笑）哦，望海兄！立人还没有回来么？他究竟到哪里去了？

周：（坦然地长久看着他）听说在县政府罢。

王：（坐下）望海兄，怎样，不跟我写篇文章么？

周：（摇头）我哪里会写。

王：（沉默，忧郁地沉思起来，吹了一下口哨，显出了心情涣散的疲劳的样子）我刚才和芝庆也是谈到这个问题：好像我们这些人命里注定到处都要受到迫害似的，中国这么大，却没有一个地方可以好好的生活。（摇头，感伤地）我也说不清楚……（望周望海）你下学期预备怎样办呢？

周：没有预备怎样办。倒是现在的事情没有办法解决：看吧，县政府教育科请立人去了，马上就会有新花样！

王：我们才不必担心一个县教育科，你看我有没有办法拿到教育厅的公事到这里来骇死这些人！

周：（不觉地歪歪嘴，笑笑）那你就动手啊！老兄，校董会议今天就在开会,人家老胡子下个月就是参议员了。听说还要有两百担米的捐款,还要发传单,登报来歌功颂德呢。立人代理过两个月的教务主任,昨天,董事会要开会了,老胡子不好意思兼,就又叫立人来干。事情就这么僵!我们又都是立人介绍来的。

王:我不大清楚立人怎么会到这里来的。我也不大了解:他何必在乎这些呢?

周:不是在乎不在乎,而是作为一个人底生活态度!立人是前任教务主任介绍来的,本来是说来做教务主任的。他底心并不在远走高飞,而是在于(指地下)脚下的土地。老胡子当局要开除办壁报的李成骏,跟另外几个学生啦,你知道么?所有的学生底眼睛看着我们,他们穷苦的父母底眼睛也望着我们;我们现在是在和县教育科、校长,和整个的教员、校董会斗争,你明白么?

王:我明白。(笑笑)不过怎样才叫做作为一个人底生活态度呢?

周:(带着讥嘲)简简单单地,负起责任来!至少不要说空话!老兄,你现在的调子不像先前所唱的了呢!依我看,你总该可以就开除学生的事情说两句话,这至少帮助了一个穷学生,人家无家可归!

王:难道我没有说话么?难道你所说的这些,不是我原来做的么?老实说,这件事情底失败,我看得很清楚:要是那时候立人积极一点,不至于弄成这样。结果弄成我一个人摇旗呐喊!比方有些事情,芝庆去干了,他却并不热心,昨天晚上芝庆实在是受不住了,跟校长太太吵了一架。这事情你是知道的。可是立人还要责备芝庆。现在再来放马后炮有什么用呢?

周:(看着他,然后愤然地,拿报纸遮着脸。忽然又移开)失败吗?可是我们并没有败得像你说的那样惨!

王:(笑着)至于我,我倒的确是灰心了。(摇头)随你们怎么说罢,事情是我搞起来的也好,我拖人下水临阵脱逃也好,反正……我说不清楚！（冷笑）也不要再提你们底那几个学生罢！

周：你知道这些学生对于我们,对于立人有什么意义么？你知道有几个人家本来是不能来上学的,却饿着肚子也要跑来,为了什么吗？

王：（冷嘲）那恐怕是为了你们这些先生罢！

周：（愤怒地重新用报纸遮着脸）

（陈芝庆从内房出,脸上有深沉的神情。）

陈：（怨尤地）王先生,走吗？

（王起立）

陈：周先生,我现在声明我底态度！我不是傻瓜,学校里的事情,我今后一概不问,我准备辞职,用不着真的要别人撵！就像离开这里就要饿死一样！（往外走）

王：周先生你坐一下。（偕陈下）

（周愤怒地望着,然后又拿起报来看。稍停,李上,有疲劳、愠怒的神情。周单纯地愉快地看着他）

周：我等你好一会。怎样？

李：慢慢磨罢。你看！（摔过一卷东西来,坐下）我现在懂得这句话了：我常常把别人想得很坏,可是没有料到竟会这么恶毒！

周：怎么？（翻了一下那卷东西,但并没有详看）

李：教育科跟我说：你是危险分子,鼓动学潮的！

周：（短促地）啐！

李：那位科长老爷跟我谈到我们几个人底履历：我,王品群,你！他对我很客气的样子。我说,别人底事情我没有什么兴趣,我也不负学校底行政责任,所有的应该找校长谈。于是他就跟我说,他奉到省政府的指令,说是在学生里面,是有某种东西的,他要我跟他指出这些学生来。我说,对不起,我不知道！

周：（默）

李：我从教育科出来，就到明华酒楼去。董事会底人都到齐了，在那里吃早点。我找老胡子，问他这个问题，他说，这些是王品群跟他说的！（顿）我马上就当着全体董事声明我们这几个人底立场，我说，我们底接近学生，是因为那是用功的好学生。学校的行政我现在不谈，但如果董事会需要材料的话，站在两次代理教务主任的立场，我是有的。最后我说，如果这几个学生要开除的话，我们就辞职！

周：（沉默着）

李：你看好啦！王品群就是这样的一位英雄，他说他从前干过什么救亡运动的队长啦，什么报的主笔啦，好罢！他怎样了？占了这些人的便宜了没有？转来转去的，不过是多拿人家五十万块钱，现在却不作声了。

周：拿了什么钱？

李：（看着他，有点责怪他底单纯）老胡子说：王先生借了他五十万块钱，他也不扣还了，他送王先生了。（看着他）懂了吗？

周：（沉默着）

李：还有玩意呢！在董事会里，老胡子对我非常客气，这倒出我意料之外。他在我说话之后对董事会说，我底意见都是他赞成的，又说我是这个学校最有功的教员，又说开除学生的事情他已经请求董事会考虑了，他也非常爱惜学生。我出来的时候他跟着我出来，拉我到一个小房间里去，说我跟你误会了，教育科底意思他是根本反对的。最后他对我说："李先生，这个话不要让别人知道：有一笔贫寒教员补助费，你打个条子来。"

周：怎样呢？

李：我说：我并不贫寒！接着他就给了我一份选举参议员的名单和一份报。（指周望海手里的纸卷）还有这个东西请我们签名：你看罢！

周：（看着那些东西，念了出来）"为尽瘁教育，德泽乡里之朱茂功校长呼吁，并敬告乡里之启事！"无耻！——……（看上面）王品群,他签了名了吗?

李:据王品群自己告诉我说,这些小事,何必计较呢。你再看王先生底大副刊上面罢,今天登出了一篇"敬告紫桐中学董事会"的大文章。

周:唔。(看下去,慢慢念了几句)……"我们所敬爱的地方的德高望重的领导者们,组成了这个董事会。……几年以来,紫桐中学的校长朱茂功先生在他们的领导下完成了教育上的革新……"这不是求饶了么?他究竟有什么好处呢?

李:想当下学期教务主任呢!

周:那么,教育科怎么也怀疑他呢?

李:老胡子是容易对付的么?这就是一擒一纵的手法。王品群告诉我,跟这些人用不着选择手段,也是一擒一纵。据他的意思,好像是,从学校底内部打进去再说……好罢,现在把外边留给我们了……(从周望海手里拿过那一卷纸来,撕得粉碎)我就在想,是在对我和你玩这种一擒一纵的手法呢!不是近来对我们常常说非常灰心么?

周:(冷笑)好罢!

李:我看,如果学期不终了我们走了,反而引起怀疑,是不是?那么,就慢慢地磨吧!无辜的,是乡下的孩子们啊,他们不必牵到这丑恶的圈子里来,他们会在土地上走自己的路的!好吧,孩子们,我们终于是要分手的了!(想起来)芝庆出去了么?

周:唔。刚才她跟我说,她也不再管学校里的事了,她准备辞职,你知道么?

李:你不要听她胡说!

(沉重的静默。有敲门声,学生李成骏上,十七八岁的贫苦的少年,头发凌乱,面色苍白,裤子是破了的)

李成骏:李先生,周先生。

李:(看着他,激动地沉默很久)不要难过罢,我们会帮你想法子的。

李成骏：我知道李先生跟周先生同情我,不管别人怎样说,我觉得我是对的！我并不是故意要反对校长,我是要求同学们底利益。(激动)为什么我们缴了那么多的钱而吃那么坏的伙食？为什么我们没有出壁报跟开会的自由？(颤抖着,显然受了过大的打击,精神有点变态)政府不是宣布民主了吗？我不怕的,不要说是开除,就是杀头,枪毙,我也不怕！杀头,枪毙,让他们来枪毙我罢！(狂暴)我看高尔基底小说也是罪名吗？

李：(惨然地看着他)李成骏,冷静一点。(顿)这个世界,有时候是不能讲理的！

李成骏：可是,要我们写文章出壁报的是王先生呀！我们并不是随随便便的！……校长说要叫人来抓我,来抓我罢,我不怕的！我倒要知道中国有多黑暗！(失声痛哭)

周：我们已经对校董会提出来了,不然的话,我们也不能干了。

李成骏：(哭着)我是没有父母的,我底叔叔是一个可怜的庄稼人。李先生也晓得,是我们族里慈善会出钱叫我念书,……我怎么办啊！

李：不要难过罢！我们一定想办法的。李成骏,回去休息休息罢。(学生站了一下,然后鞠了一个躬,说:"谢谢李先生周先生。"下。)

(长久的静默。外面有活泼的嘈杂声传进来。一个女人高声地骂着:"不要脸的活婊子,看吧！")

李：(忽然地从忧郁的沉思中醒来)我刚才回来的时候,看见一个兵！

周：啊！

李：在那边大路转弯的地方,有一个差不多五十多岁的老兵。在草地边上摆了一个甘蔗摊子。(做手势)用破军毡搭了一个三角篷,自己就坐在篷里面——一切都依照着老兵底习惯,不像是做生意。他安静、严肃、疲倦——说是麻木也好罢,可是,你可以从他底身上感觉到一种冷的,很冷的尊严的力量。你可以想像这种老兵底习惯,他在这个世界上是感觉到孤独的。这种老兵底习惯,是非常动人的一种东西:你可以想像他是在倾听着先前的大炮的声音,从成千的死尸上跨过前进,敌人底死尸和自己底死尸!他听得见战斗的声音!(光辉地)他会再起来,从敌人底和自己底弟兄底死尸上前进!

周:啊!

李:这是多好啊:人,和战斗!在这个城里,和在任何地方一样,有劳苦的农人,灰色的小市民,和那么一种出来游春的阶级,浮华而庸俗的人们。是这种空虚的角色控制着这个社会,我们也是在他们底控制之下的!我们是也要在路上给这些混蛋们让路的!——靠近京沪线,做了生意,或当了小官,发了小财了,就回到这小城里来耀武扬威。只有真正的老兵是不在他们底控制之下的。他是孤独的,他一无所有,他是有力的,他有老兵底习惯,他是——无论这些人买他底甘蔗不买,他都像是没有看见他们。

周:(激动异常)是这样的!

李:(欢乐地)人,战斗的习惯,和那些光芒万丈的战斗的目标!如果不是这样的人群形成历史底鲜明的存在,他们底生和死给人们打开光明的局面,更如果不是在我们底生活里有值得爱的在,人类早已没落,我们底生活也就是完全灰暗,空虚的了!在这里在那里生活,到处你都嗅到死尸一般腐臭的气味,可是,到处也都有新鲜的风吹出来!(长久地静默)可是,这压力又是多么大啊!……在年青的时候,人总是热烈的,渐渐地就会冷下来。似乎被腐臭窒息了,觉得什么事都不必做,天地是安静的,用不着你来烦恼。我觉得——我近来很冷。我觉得有些东西比我先前所想的还要可怕。(辛辣地笑)我明白你对我的期待。

周:(不安地)我不是这样想。

李:我刚才看见这个老兵,我想起过去来。我喜欢一无所有,成为自己底主人，粗暴、猛烈的爱情和仇恨，一切都能马上就有交代，而工作是一直到永远。（雄厚地）到我们这个民族底尽头罢！

周：你曾经作过战么？

李：一二八的时候，牵进了复杂的政治关系，就是王品群跟老胡子说的——后来，我就脱离了。

周：你家里有些什么人？

李：有一个年老的伯父在汉口开药铺。

周：你和芝庆是怎样认识的呢？

李：我们是在桂林认识的。那时候她刚失恋……很悲惨。她被什么一个诗人骗了，那个诗人骗她到重庆去结婚，临时却又躲开。她底心情差不多要疯狂，她说她不再信任任何东西，要去做可怕的事情，不知怎样地她知道了我底历史，认为我是和那些人不同的人……其实呢，我并没有什么特殊。几年以来，我心里的声音，甚至是冰冷的声音重压着我。这么重大的我们这个时代底生存重压着我，使我多少疏忽了她……（叹息，爱惜地）她是需要信任和安静的，但是更需要自己去懂得生活。

周：（犹豫）你们中间……是有什么不愉快么？

李：（苦恼地）……不，没有……不过，还是这个问题：我们这个时代底人群和生存。她是顽强、任性的，苦恼的是她在人生里面找不到一个位置，也不甘于任何位置。……她跟王品群谈得来，其实并不是不了解王品群底花样的，不过，有时候，人爱好花样。

周：（同情地）立人，你太忙了，不顾你自己……你需要休息休息。

李：忙？我究竟做成了什么呢？……我今年已经三十八岁。我们善于谈论却很难行动，这个时代需要这个么？多少时间浪费在乱七八糟的事情里面啊！这个时代很强大，可是我们强大么？

周：你缺钱用么？

李：（望着他）

周：（脸红，取钱，小声地）这里有五万块钱……我也不要用。

李：（急速地）不，我不需要，真的我不需要！

周：（慌乱，忽然愤慨地）你看，我要钱有屁用，我一个人，吃饱了就完了。

李：不！……你要做一点衣服。

周：（愤慨的大声）衣服？屁！……我又不谈恋爱！（觉得是说错了，红了脸）我有点事，等下来。（把钱丢在桌上）

李：（茫然，忽然亲切地喊）望海！

周：（站下）

李：你不是去校董会罢？

周：我在学校里等着！

李：如果对付老胡子，你得特别地冷静。（周沉思了一下，下。李默默地、沉重地坐下。稍停，陈上，愉快地急走进来）

陈：回来了吗？（看着）喂，那个人走了么？

李：谁？

陈：姓周的！

李：怎么是那个人？（严刻地）他是我们最好的朋友，你连他底名字都不知道吗？

陈：可是我不喜欢他，一点礼貌都没有！（走到桌前，沉默了一阵）喂，你看我买了一把小伞，你看好不好？夏天要到了，没有遮太阳的。（打开花布遮阳伞）在人家拍卖行里买的，六千块钱。（摇着伞）

李：（忍耐地笑着）好！

陈：我还看见一段衣料，浅蓝底子，白色小花！（幻想地）白色小花，你觉得我可以穿吗？可是要一万五千块钱，我身边没有这么多钱。（打开伞来扇着脸，虽然并不热）啊，你这个人，你看你哪，老是不陪我出去买东西，你从前不是这样的！（生气地拿着小伞和皮包，走进内房，李立人沉默地看着。稍停，她又出来，用小手巾扇着脸，怯弱地）立人！

李：怎么？

陈：我要跟你说！我想……（苦恼地）昨天我母亲来信你看到了，她病了，虽然她不需要，可是我想寄一点钱去。

李：（想了一想，取了桌上的钱）这个钱寄给妈妈罢！

陈：啊，你怎么不早说，发薪了么？

李：（淡淡地）周望海拿来的。

陈：（顿）我不要别人底钱！

李：（简短地）拿去罢！

陈：（沉重地站着）

李：（企图改变空气，但仍然忍不住是挑战的口吻）寄去罢，我们自己可以俭省一点的。

陈：（突然）我不管这些事情，这不是我底家！

李：为什么？

陈：我没有所谓"家"！（愤怒得颤抖）老实说，我怕你！

李：我有什么可怕的？

陈：你比我强！……我说不清楚，我不知道，你有你自己底事情。你……（大声）你自私专制，你野蛮，你从来不懂得一个可怜的女人底需要！

李：（看着她。冷笑笑，然后苦痛地，长久地徘徊着。相当长的寂静的时间，陈躺在椅子上用手巾蒙着眼睛，李焦灼地徘徊着）（忽然地陈坐直起来，瞪着眼睛四面看看，狠恶地叹息了一声，接着就带着轻蔑的笑容，相当高声地哼了一个乐句。这是心情底突然改变，这是顽强而骄傲的反抗的声音。李停住徘徊，看着她。）

李：芝庆，不要生气了。

陈：（显然没有听见他底话，坚决地）立人，我有话问你！

李：（温和地）什么？

陈：我觉得……我首先问你，你信任我不？

李：你不该问这个问题……当然，我完全信任你。

陈：我很感谢你！你听我说，我觉得王品群他常常来，似乎不太好！

李：（沉默了一下，不觉冷酷而坚持地）我不能也不愿意阻止他来，问题是我们是否信任自己。

陈：（在他底这一击之下软下来了，那强硬的轻蔑的神情消失了。点点头）自然是的，……不过你觉得王品群是怎样的人，他是你底朋友么？

李：他是这样的人：聪明而无聊，说是浪漫也好罢，混乱而没有目的。（冷酷地）我觉得他永远不可能是我们底朋友。

陈：这样我们就跟他绝交好吧？

李：没有这么简单！（笑笑）这样的人，不是像普通人那样容易对付的。学校里的事情你知道，也许你相当同情他，不过你看见了今天的报上的他替朱茂功捧场的文章么？他想当下学期教务主任的事情你知道么？他把我和周望海底过去告诉别人你知道么？你想到过没有，我们是在怎样的一种处境里面？

陈：（沉思着）不过我觉得你刻薄了一点了。他也未必那样坏呀！他是说，从学校外部闹起来既然失败了，就从学校内部打进去呀！

李：你昨天因为他要教高三国文的事去跟胡子女人吵架有什么意思呢？你不知道他拿了胡子五十万块钱么？

陈：（默了一下）他告诉我的。不过我们何必便宜老胡子呢？这个钱我也是要的。我们又不是有钱！

李：（沉痛）芝庆，想不到你和我底见解距离得这么远！这么多年付出的代价，这么多年的牛一般的辛苦，是为了什么呢？

陈：（悲伤地沉默了一下）可是……我很难过，我也许太脆弱了，我总是容易同情别人……看见别人孤独，伤心……而你是坚强的，又不需要我底同情！

李：芝庆，你知道什么是有毒的么？

陈：（梦幻地凝望着）要同情人生里面的失败者，孤独，飘零的人。

李：也许是罢。不过也许人们实在要比我们生活得好。（笑笑）你是高贵的，可是你是幼稚的！你不责怪我这话罢。你没有看见我心里的创伤罢？如果你看见了，（含泪地）你会同情我的,你会……不,不是同情,而是扶助我前进。我看见那些我底学生底父母们,那些悲惨的乡下人,那些赤诚的心!我在我底那些孩子们底田地里走,我看见从我们祖父到我们这一代的血泪,我也看见人们在出卖他们,吸他们底血……你总说我刻薄,可是多少年来,我太信任别人了,他们把我利用,出卖,然后就推到污泥里去!我坚强吗?我不需要你吗?你底心,爱情和信仰!芝庆,我们一道忍受苦痛前进吧!我们……

陈:(激动地)立人!

李:嗯!(静默)

陈:啊,立人!我真的是太脆弱了!你多善良啊!你还是和从前一样,不曾改变吧。(看着他)你是一个坚强的人,我没有看错,你和他们不同,你不叫唤,你沉默地忍受痛苦,爱着别人。(狂热地)立人,你多好啊!啊,立人,记得一句诗吧:"我们愚蠢、平凡的夫妇,互相摇摆而歌唱,直到上帝招回我们!"立人,我有多少弱点你都原谅了我,你再原谅我罢,原谅一个心灵受伤的,无知的女孩子,她只有在你这里才能得到保护和休息,恢复她底勇气。(疯狂般地)我有勇气!

李:(苦痛地笑着)不要把我想像得太好了,芝庆,安静点。

陈:天啊,我感觉到美了,这样美!这都是你给我的。(沉默了一下,梦幻地)美啊,生活这样美,阳光下的田野,春天的早晨,平静的灵感和善良的人们!……立人,你以为我是一个平凡的女人吗?

李:(笑)不,你不是的!

陈:我愿意生孩子!立人,我们将有孩子,美丽的孩子!

李:好!

陈:我们要在黑暗的大海里创造一个岛屿!我有信心,立人——(疯狂地)我要做圣母!(突然激动地喊叫了一声跑开,伏在门边上。)

李:(看着她,走到她身边)安静点,芝庆,美丽的将来,是需要今天的实际的工作。有时候,不需要太多的感情。……芝庆,你需要安静,实际地做事,不管是什么事,那样你就会像一个乡下的劳苦的女人一样的愉快。

陈：可是,我不能没有思想。

李：是的,——正因为有思想,人才能实际地工作……

（有敲门声）

李：请进来。

（王品群上）

王：（慢吞吞地坐下,沉重地）到教育科去了罢？

李：唔。

陈：品群,你总不该跟朱茂功谈起周望海跟立人底过去来！

王：（吃惊）我没有谈啊！不过有一次他问到我,我就骇了他一下,说立人干过省政府秘书的。

李：我倒没有干过省政府秘书。

王：（不在意地,痞赖而又可爱地笑着）算了罢！……刚才我在街上碰到老胡子跟他谈了,他说你在董事会里说,要开除学生你就辞职,他希望我帮他说说情。我说,事情总有个限度,真的要这样,我也要辞职的。他绕了几个圈子,不过,看他底意思,别的几个学生可以记过了事,李成骏恐怕没有办法了。——我还得跟他去闹！立人,这事情你让我来好了。

李：（笑着,沉默着）

王：（感伤地）我的确疲倦透了！唉,只有你还有这种精神,一下子到学生家里去咯,一下子又帮人家办田地的纠纷咯,一下子又要写东西……

李：（笑笑）既然做了牛,到处总得耕田的。

王：（露出尖刻来）你希望收获吗？

李：（一面起立）没有谁想到这个问题。我出去一下。

陈：（不安）立人,你到哪儿去？

李：（温和地）我去买一点东西。（渴望着考验自己和所爱的人,下）

（房内沉默着）

陈：你又跑来做什么？

王：（露出了那种痞赖而又有些可爱的微笑）我自己也不知道。

陈：你不应该常常来！

王：（叹息了一声，小声地）我也这样想。（良善可亲地）那么，我以后不来了。不过我总觉得，在这里我才可以得到休息，在你底身边。

陈：（默然）

王：（沉思地）这些时候我底胃里老不舒服，……我恐怕要害一场大病……立人刚才跟你谈些什么？

陈：（严正地）我不希望你在我底面前议论他！他底形象在我心里是不可破坏的！

王：（笑笑）我知道。那我以后不提就是了。（倒抽了一口气）是在谈论我罢？是不是说，我跟学校串通起来害他跟周望海？……（倒抽了一口冷气）我知道我是一个被一切人厌恶的人，我早知道，我不能比别人。过去我不配得到爱情，现在是连一点点友情，一点点温暖都不配得到！（无限的凄楚）实在说，我底希望很微小，我不过希望常常地看见你，对你说我底苦闷，或者听你谈话……我喜欢听你唱《云雀》的歌。……你知道我为什么决定到这城里来吗？

陈：我不知道。据你自己说，是为了这个学校。

王：为了你。我要看见，在时间里面，你变成怎样了。我多久不知道你底消息，可是你底影子老是在我底眼前，虽然我总是对自己说："她不会望你一眼的，她恨你！"可是这就是一个吸力。我要知道你究竟为什么恨我？难道就真的为了我是"吊儿郎当""毫无意志"的吗？（靠在椅子里，由于反抗的心情，高声地哼了两句《云雀》，然后就站起来走到窗边）学校前面，田野里油菜花长得多好啊！……可是我们这些人却不能开花。我简直说不清楚我底感觉。我不懂得，我真的不懂！为什么不能，为什么又要生活，为什么时间总是过去了,把我留在后面!我失去一切机会,周围是空虚的,阴沉沉的。……(向着陈,提高声音,做着愤怒的手势)你以为我不了解自己吗?我就是这样,就像是小时候在黄昏里面走在那些狭窄的小巷子里一样,觉得那么孤零零的!(顿,又向着窗外小声)啊,春天真的来了,那些油菜花!可是我简直没有感觉!(又向着陈,做着手势,愤怒的高声)也许别人说我荒唐、骄傲,其实我虚无!我不相信什么,生活把我害死了!我觉得,我活或者死,病或者健康,到这里或者到那里,无论怎样都可以,为了机械地吃一碗饭!我讨厌别人,我知道别人也讨厌我。一个像我这样的人,自然是不配谈什么革命、人类、爱情的……(冷笑)我早就听到人家怎样议论我了。我常常想,或者是你,或者是别的什么在从前也曾接近的人,遇到了熟朋友,谈了起来,谈着我,就和谈着什么不相干的东西一样,"你知道王品群吗?——怎样,他在哪里,他居然还活着吗?"(笑笑,懒懒地靠在窗边上)是的,一个没有人需要的人,他还活着!

陈:(感动地)可是我却没有这样谈过你!

王:一样,都是一样的。可是我总能够回答这个。有一天!梦想总存在!我们甘愿飘零,决不低头,也决不投机,不然的话,我今天就决不是这个样子!在太阳没有上升的时候,让星星们自满地发光!我要马上成为一个有名的诗人、作家,并不困难,可是我不愿意那么干……唉,我悲凉得很,我寂寞,这种生活害死我,也害死了不知多少人!

陈:(迷醉地)在今天的现实下面,每一个有理想的人都痛苦。……那么,你就做罢,不管成就如何,你就去做罢!你要知道,你也是有才能的,不能自暴自弃。

王:(正希望她底这样的话,可是不直接回答她)我痛苦,我就喝酒。不知多少次我倒在地上,我想,死掉罢!可是,我喊着你底名字……(虚伪而又混乱)不,我不该说这个!

陈:(迷醉,自觉高贵)我愿意听你说,这样你会痛快些,振作起来。

王：我痛苦，我就不想活。

陈：品群，不要让别人真的把你看成一个没有力量的人罢！你要知道，有才能的人总是走弯曲的路。

王：（叹息，忽然地抓住她底弱点来搏击了。猛烈地）好罢！你呢？你说的倒很好，可是你刚才却驱逐我，叫我不要来，你从你底家里驱逐我了！（冷笑）我不是骗子，我也不希望得到那微温的所谓友情，我走就是！（大声）我希望你命令我走，我下个月就到上海去！没有关系，我不会死的，我还能工作！为了将来，为了人民，我能工作！我听你底命令！……（温和）真的，我已经预备走。那么，我们就分手，我从此不能来看你了，我从此不再知道芝庆在怎样受苦，怎样改变了！（温柔地笑着）孩子，唱个歌给我听好不好？唱吧，唱我们底《云雀》的歌。（沉默地看着她）你知道修伯尔特怎样写作这个歌的。……唉，我们底云雀从前天天唱的，后来却沉默了！

陈：（在陶醉中，完全相信他底话，悲哀地笑笑）我不再是什么云雀了。

王：（在自己所造成的这气氛中，悲哀地笑着）怎样？真的不能为我再唱一次么？唱吧，云雀！

陈：（思索地摇头）在这种情形里面，我还怎么能唱出来？（忽然坚决地）好罢！我相信我自己！（跑进内房。在里面开始唱起来。最初很乱，唱了一句，走了音，停止，又唱，渐渐地歌声热情而生动。然而王品群却好像并不在注意她，他显得是恍恍惚惚地，忧郁地坐在椅子里——这头受伤的野兽在这里休息。陈唱完，走出，有点羞怯，然而光彩焕发地）

陈：我觉得很奇怪。

王：什么？

陈：我觉得我好像感觉到什么。（凝想）感到一件重要的东西！（顿）人生？是的，人生。（忽然明朗地）好的，品群，我现在是一个妻子，将来是一个母亲，然后是一座坟墓，这是人生底真实的道路。云雀也有落到地下来,老掉,死去的时候!再见吧!我们已经太亲近了,我们愉快地再见罢!你也要振作起来,去发展你底才能,找到你底辉煌的路,而这辉煌的路却从这里(指地面)开始!再见罢!

王:(失望地)一个妻子?你觉得这话是什么意思吗?你也相信这个了吗?

陈:是的。

王:(冷笑)好的,祝福你!(尖刻)一个妻子!不要埋葬你自己罢,外面是大的世界!

陈:(默)

王:(脆弱,无意志,狂暴)可是你得明白你自己底虚伪!你不负责任,你是凶手,你谋害了我!

陈:我谋害了你?

王:你骗去了我底时间,我底希望,我底健康!……(痛苦地假笑,于是达到了这种混乱和无意志的性格的自私,狂暴底极端)你不知道我底病吗?你离开我的那天我倒在路边上!你是完全的自私自利!你说理想,美,爱情,好!可是你自己想一想,你和他结婚,是不是为了满足你自己底物质上的需要?他有钱,而我是个穷光蛋。他可以给你布置一个精致的房间,把你藏起来,他可以对你做作地体贴,满足你底虚荣心,他可以在实际的名义上叫你懒惰,愚笨,于是在不知不觉之间完全控制了你,使你成为奴隶!在他,说你是他底负担,妨碍了他底工作和前途,于是你就不得不屈服。你受不住一点风波就屈服了,找到了一个实际的丈夫,像一切旧社会的女人一样!你以为你得到休息了,可是你真的休息了吗?他理解你一点点么?真可怜,你以为你比不上他,其实他是那么平常的一个人,抵不上你底一半!好罢,如果你真是幸福,你说一句,你说罢,好妻子!你说,我就走开,我自己知道怎样处置我底生命的!

陈:(被打倒了,苍白而怯懦)你这是什么意思?

王：我有神圣的权利,爱情有绝对的权利——这是你自己的话!何况原来并不是我向你要求什么的!

陈：(完全被压倒)如果我错了,我求你原谅我!

王：可是我不能完全原谅我自己!我不能看着你灭亡下去!

陈：(苦痛地)也许我自己愿意灭亡。

王：好一个妻子!好一个未来的母亲!好一座美的坟墓!(忽然地重又爆发了那种绝望的狂暴)好,我希望我早就死掉,没有在这种状况上看见你!我也不至于觉得自己这样卑鄙!(长久沉默)啊!有谁尊重时代的象征,灵魂美丽的女性,而她自甘灭亡下去,人家扑灭她底火焰……

陈：(激动地)我求你不要讲!

王：人家窒息了她底歌声,人家使云雀变成家禽!你知道拉娜[娜拉],人家那样简单的女子,可以站起来决然行动,而你不能,使你自己和我都成为罪人,我也就失去了唯一的寄托——我苦痛啊!才能在哪里?什么地方才是天才的教训!……好,如果要再见,就再见吧!(突然往外走)

陈：(迷惘地看着他,忽然喊)品群!

(王品群迅速地跑回来抓住了她,充满了混乱的,火焰一般的热情。然后,两个人都觉得绝望的苦痛,沉默着)

王：飞罢!飞罢!向这个时代光明的地方飞罢!(顿)一道出去好吗?

陈：不!

王：(轻蔑地)我永远不离开你!(下)

(陈倒在椅子里,拿起一支烟来茫然地看着。外面有李立人和王品群简短的谈话声,"走了吗?"之类。李上提着买来的酒菜。)

李：王品群怎么走了?

陈：(不觉愤怒地)你为什么要请他喝酒?

李：(笑)我觉得我需要和他谈一谈。

陈：立人……

李：我们在这个地方不会久了。……你跟周望海说你不再管学校的事情了，要辞职，这是什么意思？

陈：没有什么意思。（闪烁地）学校当局要我教那种歌，我不能教！我想……不过我也许有点神经过敏，简直不知道我究竟为什么生活……也许我还是不会好。（突然愤怒）我过不下去！

李：可是你不能怪我！

陈：（沉默了一下，跑过来抓起酒瓶倒酒）

李：你不能喝酒！

陈：我为什么不能喝？（喝下）

李：（严肃地）我不许你喝！

陈：（冷酷地，孤注一掷地）立人，我们分开算了罢！

李：（默然，震怒）你没有说这话的权利！（看着她，突然夺过酒瓶来，倒在一个杯子里，喝光，然后猛地把瓶子摔在地上，辛辣地大声）好罢，你完全自由！

陈：（恐怖地看着他，突然悲痛地跑来抓住他）立人！立人！

李：嗯。

陈：立人，原谅我！如果我做错了事，你能原谅我吗？

李：原谅？……不！不需要原谅，原谅从来不存在！我负担得起！

陈：（急迫地）立人，你是宽大的，你能原谅……

李：（狂暴的大声）我痛恨虚伪！（冲着她）负担你自己底生活，没有谁能够给你保证一个漂亮的前途！

（陈倒在椅子上。学生程学陶冲门进）

程：李先生，周先生在路边上让人打伤了，到县政府去了！

李：啊！（急下。房内空寂，陈芝庆在寂寞中低切地哭着。外面天色极晴朗，传来学校的钟声：嘡！嘡！）

——幕

# 第 三 幕

　　开幕时房内空寂。是天色阴暗的下午,外面有隐约的春雷声,后半幕的时候开始落雨。李立人从外面进来,忧愁地,悄悄地走到椅子里坐下,沉思着。然后又站起来走到窗边,向外面看着。这个家庭,这种生活在动荡,各方面的严重的事情正在发生。……有敲门声,学生程学陶和李成骏上。李成骏底神情有些呆滞,程学陶则是在严肃中抑制不住地闪耀着年青的信心和甜蜜的感情,特别因为被外面的阴沉的旷野中的春雷声所振奋,带着小康的家庭底优美的神经敏锐和聪明可爱的姿态。

程：李先生,李成骏来看你,他要走了。来跟李先生跟陈先生辞行的。
李：啊！就走吗？……你们坐。(不安地笑着)陈先生出去了。
程：李成骏说,他不能拿李先生底钱,李先生陈先生太苦了。
李：不！不！没有！(向李成骏)是到上海去吗？
李成骏：(机械地)到上海我舅舅那里去,我舅舅在织布厂里做工。
李：(沉默。学生们也沉默着)
程：李先生,要是他们再不放周先生,我们班上全体同学就预备到县政府去请愿。就是一起开除我们也不怕！
李：我到县政府去过。也找校长讲过。他们说,今天能找到保人就可以出来。我已经去找了保。……看罢！
程：(愤慨地)明明是校长指使他们打的,有几个就根本不是学校里的学生！他们居然会带了刀子！要不是周先生力气大,真要让他们打死了！可是，县政府问都不问，还要把周先生关了两天！

李：（犹豫地）所以，大家只要安静点。如果再闹起来，又是有人鼓动学潮，事情就更麻烦了。

程：李先生和周先生都要离开我们了罢？

李：这要看情形，不过下学期自然留不住了。

程：（热情地）我们愿意跟李先生走！

李：（犹豫着，向李成骏）你是到上海织布厂里去么？

李成骏：我舅舅来信说，我可以到厂里去。

李：（看着程）你们家的田还是自己在种吧？

程：自己种，还雇了一个人。

李：大概你不希望将来也去种田了吧？

程：（小心地看着他，沉默着）

李：你们家里送你们来念书，本来是希望你们将来能够过和他们不同的生活。我们知道，如果人们不对自己底生活失望，人们不会希望自己底孩子去过不同的生活的。上一代的人们不能保证自己了，就指望着把自己底孩子们送到在他们看来是可以生活得好，有钱有势的一个社会里去。可是，如果我们真的满足了这种希望，我们倒会变成我们底父母底敌人。在这个世界上，如果我们底人民仍然在受苦，我们就永远是罪恶的！

程：（感动而迷惘地沉默着）

李：（向程）你拼命用功，希望上进，可是你要知道这上进的路是通到那里？更重要的，是明了人生，和自己斗争，你想过你要走到那里去么？

程：（颤动地）为了穷苦的、受压迫的人民！

李：是这样的，可是这个是要付出代价的。——李成骏要走了，他要去过完全不同的生活去了。他是被牺牲的，但也可以说，这种丑恶的环境使他走上了一条新的路。（向李成骏，愤激地）你将来更会知道什么叫做人吃人，什么叫做卑劣无耻！你从田地上生活过来,你慢慢地知道要求你自己底生存,可是别人出卖了你,并且将要剥削你,用你底血汗来养活他们！不要忘记随便什么地方都可以得到知识,要明了这个社会,永远不要信任那批吃人的东西！

李成骏：(打开手里的纸包,拿出一本破旧的英文字典来)李先生,这是我父亲从前在上海跟我买回来的一本英文字典,我父亲已经死了。我送给李先生做个纪念……

李：(拿过字典来,用力地压在两只手掌中间,望着李成骏,突然极动情地)兄弟,我希望你们真的能了解我！差不多一年,你们和你们底父母是我底唯一的安慰。我自己知道我底弱点,我也是很幼稚,也是像一个孩子一般的孤独——我希望我能像一个真正的人一样地活下去,而不是偷生！

(长久的静默)

李成骏：李先生,我这就走了。我心里实在难过,过去没有好好听李先生跟周先生底话,这次又让周先生吃苦。我恐怕见不到周先生了……(雷声,从窗户里吹进来一阵活泼的风。)

李：李成骏,(拿起程学陶放在桌上的钱)这个你还是拿去。

李成骏：(接住,悲痛的大声)李先生,我祝你平安！

李：我会平安的。孩子,招呼你自己！(一直送他们到门外,听得见从外面传来的他底愉快地,"再见,李成骏！"的声音。房内暂时空寂,活泼的风充满了房间。李立人走回来,拿起字典看看,大声说："我们底下一代在这里了！"然后徘徊着。比起开始的时候来,显得明朗多了。好像先前所想的问题已经得到了解决。从徘徊中停下来,听着外面的雷声,忽然猛力地把字典击在桌上)好罢,让暴风雨来得更厉害些罢！

(王品群上,拿着雨衣,神情拘谨而紧张,和先前两幕出现在李立人面前时的那种洒脱、随便的样子完全不同。)

王：没有出去吗？

李：(冷冷的)没有。

王：(找话说)今年雷声倒还不多。

李：(默着)

王：周望海怎样了？

李：不大清楚。

王：大概没有关系罢，我看。我昨天去找刘参议员去了，他答应帮忙。

李：(极冷地)唔。

王：(突然)我想和你谈谈。

李：有什么事吗？

王：你觉得怎样？

李：什么呢？

王：关于我。

李：(望望他)我觉得你很好。

王：(摇摇头)那么——关于芝庆(冷笑)，或者应该说是你底太太。

李：怎样？她在你那里么？

王：你觉得她很痛苦么？

李：痛苦应该由各人自己负担。我不觉得她有什么痛苦，她很好。

王：你似乎不会不知道。……(摇头)你想想，如果我都知道了，你会不知道么？

李：你知道什么？

王：你底态度是温和而顽强，无懈可击。你底每一个温和的微笑都是一个命令，她没有勇气拒绝这些命令，她总觉得自己有错，于是她一天一天地憔悴下去，几乎得了神经病。

李：你有说这些话的权利么？

王：(笑笑，理直气壮地)我有这个权利，因为我在你之先就认识她，我几乎从她开始成长就认识她。如果你是一个普通的所谓丈夫，我自然就没有这个权利咯。可是我相信你是一个进步的知识分子，我尊重这一点。我想，你大概不会拿什么家庭道德的观念来攻击我罢！老实说，我好久就要说了，我很尊重你，你是一个有才能的人，你比我有才能，你不能埋没了芝庆也埋没了自己，更不能随波逐流地生活——你该不会以为我不必说这个罢！

李：（简短地）你说！

王：（完全理直气壮地）你这样生活，这不是你底责任，这是社会使人如此的，可是你不知不觉之间迫害了芝庆！从和你结婚以来，她毫无一点进展，也不学习了，连报都不看了。你觉得这应该怎么解释呢？为了你底利益——自然这不是你底责任——你使她一天天地变成了一个庸俗的女人！你赞美烧饭洗衣，为了你有好的吃和舒适的生活，你赞美她下厨房，生孩子，不说话，不作声，只是陪着你笑笑，让你觉得世界太平。你又用各种理由证明女人比男人下贱，应该做肮脏的苦重的事情，在你达到目的的时候，恐怕就是她灭亡的时候了！

李：那么，你是侠客了！

王：我有拯救我朋友的义务！

李：好漂亮的话，我们试试看罢！（愤怒而尊严）我在你底眼里从开始起就是一个堕落的人，你却是革命者和天才！到这里来啦，要工作啦，唤醒学生啦，结果就做了一笔便宜买卖，一声不响地溜掉！

王：老实告诉你，学校里我马上就辞职，下个礼拜我就准备到上海去！

李：（看着他）

王：正因为我准备走，我要说明白！我是希望你能够帮助芝庆，使她好好地生活的。你昨天怎样对待芝庆的？已经晚上十点多了，她跑了来，说她受不了，她说你对她说了很多可怕的话，要打她，叫她滚开。她对我说，她活不下去了，除非跟我一道到上海去。她要我跟她在上海报馆里找个工作，我就安慰她，让她住在张小姐那里，说让我来劝劝你。我说："我懂得立人，我知道他是很好的人，不过是一时疏忽。"我又说：" 本来大家感情都很好的,何必使我为难呢?"可是她一定不准我来找你。(摊开两手)你看这叫我怎样办呢?真的,立人,你总应该顾念一个女人究竟不能比你罢!你总应该想想你这些时的生活怎样叫她苦痛吧!(忽然亲切地)立人,好好地,为了芝庆!……

李：(突然狂怒)无耻!我不和你谈这些,请你出去!

(突然陈入。因雨水而潮湿,颓唐而冰冷,苦痛和浪漫精神的混合,形成了高度的精神上的美丽。因了事件底激动的发展,那浪漫精神烧灼出来,使她几乎成了精灵的存在了。房内寂静。她坐下,望着前面,她苦痛到极点,可是你更可以感觉到她是在赞美着,爱着自己底这种悲剧式的苦痛的。)

李：(看着她,冷笑着)怎样啦?

陈：(不答)

王：(走过来迅速地替她拿过外衣来。非常简单而爽直地以她底保护者自居。然后洒脱地站在一边)

李：(顽强地)怎样啦?

王：(超然而讥刺地,好像也在攻击陈芝庆)我希望你们能够好好地生活。

陈：(看着前面)可怕极了!

李：(攻击地)怎样的可怕?

陈：我不明白。我不知道。

王：不必再痛苦了罢!

陈：我希望只是我一个人受苦!(哭)

李：(冷酷地)岂止是受苦!

王：(严正地——也就是对自己和陈芝庆很有把握地)立人,我刚才跟你怎么说的?你为什么要这样?你不应该再使她难受!

李：(愤怒)我就不难受!

陈：(悲痛而轻蔑地)我早知道你不难受,你底生活里尽有着另外的东西,你从来不真的需要我!

李：还是那个老问题了,你需要什么?

陈：（大声）我需要绝对！全有或者全无！

李：（顽强地）那正是人们在用鲜血争取的！

陈：那也正是……我要争取的！

李：我有什么错误么？

陈：你没有丝毫错误，这就是你可怕的地方！你懂得的太多了，你心里的东西太多了，我从来不知道，我一个人在荒野里生活！（又哭）

王：（轻蔑地笑笑，然后有把握地）芝庆，倒并不是在荒野里生活——……

陈：（显然地在感情上被操纵了）我不知道怎么说；（疯狂地）天哪，我怎么说呀！我需要一个人，我不需要任何人，你们都滚开！……我讨厌你们，我讨厌一切，我讨厌生活、道德，讨厌议论、艺术、人生！我讨厌平凡，我憎恨我底母亲生了我的那个时辰！（顿）我需要征服一切，一场战争，胜利或者死！（兴奋得迷乱了）我要到香港去，我要到法国去！看看缪塞底坟墓，到那个海边去找寻雪莱底踪迹，那纯真、高贵的诗人，还有拜伦，那个疯狂的男子，那才是破坏一切束缚的，真正的人！

李：（苦痛地）你说什么？你着了迷了！

陈：我着了迷？我问你们，是这种阴沉的生活是真的，还是拜伦是真的？（重新迷乱）不，拜伦玩弄女人……乔治桑才是女性底反抗者，可是，也是冰冷的可怕的灵魂。——萧邦死得多高贵啊！不，这也很可怕，婚姻从来是荒谬的！

王：（好像很不满意她如此）总是这样的不甘平庸！

李：（愤怒地）芝庆，我要你睁开眼睛来看看！我不希望你成为这样的一个观念论者！（大声）说罢，你究竟要怎样？这个世界上有更重大的事情，你没有权利浪费别人底生命！

陈：（在这个无情的打击下，默然，惨白而失神）

王：（轻蔑地）真的，不必浪费别人底生命！

陈：（狂怒）我是罪人，我随便你们怎样处置我！

李：(惨痛地看着她)芝庆,……我们从前经历艰难,也有过幸福的时间,(坚定地)芝庆,不要相信无耻的利己主义,不要相信美丽的谎话!

陈：(软弱地看着他)可是,你连美丽的谎话也不给我,(热诚地,妥协地)你给我吗?

李：我给你? 不,我不能给你,我给你的是今天的现实!(忽然忍不住地厌恶而发怒)你有什么权利对我说这种话?你有什么权利在这个地面上说这种话?你不知道——我简直永远不能原谅你!

王：(仍然站在一边,轻蔑地笑笑。一直保持着那种超然、有把握的姿态,显然是,他并没有主张,只是随着空虚的生活里的盲目的欲望走到了这里。因此在现在的斗争里,他觉得无论陈芝庆决定怎样他都是胜利,不在乎的。他几乎是很优越地掌握了李立人和陈芝庆两方面的弱点。到此为止,他可以想像自己是很严正的,甚至充满了道德上的自满;也可以想像自己是很高超的,看不起这里的一切。但他底心里主要地是存在着对于最后的斗争的把握,这就是他底欲望,这欲望一定要实现,不顾一切,因此他会胜利。这才是他所以能够到此为止显得超然的原因)

陈：请你们给我五分钟的时间!

李：五分钟怎样?

陈：决定!

李：决定什么?

陈：(不答,走进内房。房内静默,充满了外面传来的愉快的雨声和雷声,这声音里且夹着有邻家底锯木声和叫喊声)

李：(走到窗边)人们在生活,时间在前进!

王：(轻蔑而简短地)是的,时间在前进!

(陈上)

陈：(向王)我请你走开!

王：(慌乱了,但他总不觉得他会失败)

陈：他是我底丈夫！

王：芝庆！……（狠辣地）不错，是有这么一种叫做丈夫的东西！你底决定正是我底希望，我希望你好好地生活，小心提防，不至于悔恨，也不至于再把我牵到这种陷坑里来。（壮快而超脱地转身）好啊！时间总会过去，几十年以后，我们就大家都不存在——在墓碑上！……这就是我们底可怜的一生啊，从来没有一个人懂得他自己底价值！（忽然又不能再超脱了，绝望地用手蒙住脸）可怜我这一生完了！

李：（站在窗边，凭借着外面的雷雨，凭借着过去和现在的沉重的负担和感激，凭借着这样的一种强大而庄严的力量）无耻！（倾听着自己内心底苦痛，然后坚决地）好罢！

陈：（望着他，柔弱地）立人！你不需要我罢！

李：随便你怎么说。

陈：你底心肠真冷哪！

李：我懂得什么叫做战争，什么叫做死！

陈：（可怜地）你说，过去你爱过我没有呢？

李：（尊严地）作为一个人，我现在不愿意回答这个，如果你不知道，我更不需要回答。你底生命是你自己底负担！

陈：（转身对王）我请你走开！

王：（已经又恢复了他底不在乎的超然的态度，狠辣地）是的，我就走开。（轻蔑地）我总不至于这么没有价值！

李：（冷酷地）你原来就有这样的价值，一张流行的钞票！

王：我知道你很会在她底苦痛中利用她！

陈：（大叫）我不许你们说！（绝望）这真可怕极了！

（静）

陈：立人，我要求你。（诚恳地）我要求你回答我底问题。我是弱者。本来我没有权利说这种话，可是你宽大。

李：无需赞美我！

陈：（顿，因绝望的愤怒而有力量，忽然决定了）好吧，我向你提出来，我们分开罢！

李：（明明在意识地做着这种斗争,走向这个结果,可是这结果却打击了他。顿了一顿,颤动地）不!

陈：（感到了自己底强处,透过气来了）我们在一起不会好的。我们在一起,两个人都苦痛,原来我们就错了!……我不能忍受生活,这或者是我底罪恶的地方,况且我也对不起你,你有你底理想,你有你底安慰,我一个不幸的女子,在你底生活里是占着极小的位置。我也不能像一个平凡的女人那样的只是崇拜、服从自己底丈夫。你底脾气一天天地变坏,你痛苦,你底工作和事业也受了妨碍。你少了我不要紧,你会忘记我的,迟早你会忘记我的。你记得你说过吗?你说,结了婚以后,你变得疲倦、犹豫了。可见得你在怎样想。我懂得你底抱负,你底对于牺牲的要求,你底深刻的思想,可是我要求我自己!原谅我罢,也许我在走一条毁灭的路,可是,这是没有办法了。让我自由,让我去罢,我将永远记得你!

李：（惨痛地沉默了很久）不!（忍不住了,颤抖地）芝庆,我能够原谅……况且你说的也不对,我不能让你,一个脆弱的女子,到野兽的口里去冒险。

陈：（在从来都没有的对他的胜利与征服的心情中）你留住我也没有用,我还会错的。也许错不错我不知道,可是终归我们不能再完好如初了。

李：（默认了这个,沉痛已极）可是,芝庆……

陈：（哭,但立刻忍住）我们要理智,立人!我知道你会帮助我的。我没有办法了。我会报答你的,答应我,帮助我罢!（望着他,也许倒是希望着他不要答应）立人!

李：（静默。天色更阴暗。突然地从苦痛中醒来,迅速地走到窗边看看又走回来）好的,我答应你!（极轻蔑地走过王底身边,走了出去）

陈：（震动,绝望地追了上去）立人,你回来!

李：（在门边站住,冷静地看着她）

陈：（唏嘘地）你……不要出去。（默）你答应我,好好地生活!

李：(无表情地看着她,轻蔑地推开门,出)

王：(清晰的雨声和雷声,房内静默很久。王品群呆站着,被这种空气所逼,觉得一种难以说明的失望:好像他所要求的并不是这样。主要的,在李立人面前,他明显地感觉到自己是失败了。少停,走向陈芝庆,机械而空洞地)芝庆,不要难过罢!

陈：(无力地靠在椅子里,没有声音)

王：芝庆,既然这样,我们就马上到上海去罢!

陈：(愤怒地)你给我滚开!

王：(站在那里,仇恨地看着她,但忽然又伤感地)芝庆……我也很难过……

陈：(默默地看着房间内的陈设,突然伏在桌上。但随后决然立起,走入内房。王喊着:"芝庆!"随着她进去。外面长久地空寂。陈出,王提着皮箱随后。陈在桌前取笔写字,王呆站在那里。陈恍惚地四面看看,往外走,王跟随着,带上门——他们一同走入雨中。接近黄昏了,房内寂静而阴暗,充满着轻细的雨声,空空洞洞地。周望海急跑着上,心情意外地愉快而生动,粗手粗脚,乱七八糟地唱着。额角上,被打伤的地方贴着橡皮膏。)

周：(唱)花生米!花生米!好吃的花生米,我底花生米!(在房内走了几步。又跑到内房前面去敲敲板壁)怎么?没有人?(走到桌边点燃了油灯,呆站着)

(李立人悄悄地进来,潮湿而无力,但眼里有逼人的光辉。看见周,不能控制地、激动地跑向他。)

李：(悲痛地、含泪的大声)望海,你回来啦!

周：(震动)是的,我回来了。怎样了?

李：(含泪地)他们,……没有叫你吃苦罢?

周：没有——

李：(忍着)过去了,时间过去了!

周：什么事情发生了?

李：她走了!(快步走到窗口站住)

周：（难受地）立人！

李：（向外，慢慢的、颤动的大声）这一片茫茫的大地，我底祖国啊！我底惨痛、丑恶的国家，我底懒惰、自私的民族！我底无辜的孩子们，我底受苦的弟兄们！——我们就要再走下去，和你们共走一段长途！（默。雨中传来学校的晚餐的钟声。突然失声痛哭）我……爱得深啊！

（静着。忽然地，门被推开，王上。看着他们，小心，有罪地站下。周静静地看着他，站在一边）

周：（猛烈地）你来干什么？

王：（不理他，小心地走向李立人）我……想跟你说几句话！

李：（沉默着，不看他）

王：我……我跟芝庆，我们都很难过。

李：（默着）

王：（苦痛地笑着）我希望你了解我，我对不起你，我承认，不过我没有法子，她要我……我知道你比我强，我总是尊敬你。（忽然露出了他底无赖的亲热的笑）立人，做我们底朋友罢！（自在起来）你以后打算怎样呢？

李：（回过头来看着他）

王：你打算怎样呢？你想，这个地方太坏了，大家都蹲不住，我们一道到上海去罢！隔些时候，芝庆心里会了解你的，我也不会使她受苦，……（苦笑着）我总相信我还是你底朋友，我想，这些年来，你和我一样地到处奔波，荒废了多少时间！我们都是在一条路上走着的人，小的误会总不会分离我们的！将来，我们可以好好地做一点有意义的工作，因为我觉得，人民还是需要我们的！……（大声叹息，但忽然又不自在，沉默了一阵）你……你需要钱么？

李：（愤怒地望着他）

王：（惨笑）不管你怎样想，我总觉得是你底朋友。

周：（走过来，愤怒地大叫）够了！（发作）滚你妈的朋友！（跑过去一拳打在王品群底胸前，使他跌到门边上。两个人都短促

地站住不动,终于王笑笑,走了出去)

周:(大叫着奔到门口)老子打死你!
(外面沉寂着。周走回来,走到李底身边。)

李:(冷酷地)你不必打他的。

周:(默然地看了他一下,悄悄坐下)

李:你受伤了么?

周:(指额上)就这里……(大声)完全是愚蠢到极点的……。有两个是街上的流氓,打了我反说我打了他,拖我到县政府去! 进去了就莫名其妙了。当时有一个警察所长来安慰我,说是对不起我,一定要严办那个流氓——可是不放我出来。晚上就有一个科长来,很客气地跟我谈国家大事,还是不放我。昨天一上午没有人理,下午的时候又来一个什么专员,接着又是县党部书记。渐渐地就明显起来了。问到你。说是,我是不要紧的,完全是误会,可是李立人恐怕不同些罢! 我说,李立人底为人,我是清楚的,别的我没有说过。今天又是一天。忽然来人,说是对不起,误会了,可以出去了。(笑)我非常生气,可是在雨里走了一阵,我倒觉得好笑起来,我倒高兴起来了!

李:可是我站在这里,他们也并没有来。

周:(沉默了一阵)事情不一定得很,比方说,要是那些仁兄不怕麻烦呢? ……立人,我看,离开这里罢!

李:是的。不过,暂时还不能走。

周:(默了一阵)我看……立人,我觉得这件事……我觉得很意外,你也许太宽大了,这样反而纵容了王品群这种人,并且也害了芝庆的!

李:(笔直地看入了他底眼睛)也许他们是对的。

周:你就这样使自己受苦,而不反抗么? 很明显的,你底做人的权利受到了损害……

李:也许他们是对的。

周:谁是对的?

李：我底意思是，自由，是对的。

周：（想想）这太简单，太意外了！你就让芝庆跟他走——我觉得这是可怕的！

李：（燃烧着苦痛的精神的火焰）小时候我就受虐待，这么多年来，我也习惯了。（笑笑）你不觉得这十八世纪的旗帜，自由，在今天也还是对的么？每一个人有他自己底生命，纵然这生命是盲目的，何况你怎么能够肯定别人底生命是盲目的？如果他自己不能负责任，别人是不能替他负责任的。（沉默了一阵，脸上有笑容）我习惯了。多少年来，习惯了打击，习惯了对于个人的生活不做任何希望，习惯了野兽一般的生活，拚死命地工作，也就习惯了孤独。在这里面，也许就是有着一种自我精神，一种对自己的自私的爱，一种苦行主义的倾向：不知为什么，提到绝望和牺牲，我们就兴奋，并且看见了解放的光明！也许就是我这种倾向使这个女人受苦。她是奇异的复杂，其实又很单纯，主要的，她有凭空而来的无数的幻想，却没有生活！可怜的女人，她不会生活，她底苦痛是在于她不知道她需要什么生活。其实我明白，她需要赞美，聪明的谈话，需要爱情和精神上的游戏，资产阶级底陈旧的玩意儿，法国文学底色彩，沙笼里面的柔和的光。可是在中国，这些东西会变成什么呢？在鲜血和死尸之中，这些东西能不能存在呢？我不能和她在这里妥协，我希望她抛开她底，她却要求我抛开我自己！如果我赞美她，我就觉得虚伪，她底敏锐的感觉也发现了我底虚伪。我再三地告诉她：生活！能够怎样活就怎样活，在中国，你要像一个老兵一样地活，像一个流氓一样地活，和狼在一起活，你就得和狼同样地嚎叫。可是她不愿意理解这个。实在说，她不需要理解，她需要同情别人，于是她就同情了王品群。她找不到可以同情我的地方。她看不出我底工作和生活能够给她带来什么，除非是长期的受苦！（默）资产阶级底玩意儿，就还给她资产阶级底这个"自由"罢！——多少冷酷、自私的东西自称反抗社会,他们向他们自己奔去,看不见那个灭亡的!

周:不过,如果她真的是这样简单,你不是可以帮助她吗?……我不大明白……不过我看她也不简单!

李:她自然不简单。

周:如果我们看见一个人落水……

李:(笑笑)如果是她自己要跳进去的呢?

周:(忍不住地)立人!我替你难过!我不大明白!我觉得你有些冷酷!

李:(惨烈地)是的,我很冷酷,其实我还不够冷酷——我们底爱人常常正是代表着旧社会底压力,常常或者更是我们底敌人!当然,想到这个,是很可怕的,可是既然千千万万的人能够为什么而死,我们也就坦然了。我实在像在做着赌博。我要和我底弱点赌下去,甚至用我底生命!有时候我苟且偷生,我常常苟且偷生,想着什么家庭的温暖啦,安静的愉快的生活啦,可是我底心反抗这个!我相信我爱我底爱人,她也明白这一点,可是我更渴望着我底赌博,我底战争底胜利!她如果是我底敌人,纵然是我所深爱的敌人,她就得毁灭,我要求这个!孤独,胜利,大的爱情!我常常想:"我是这个时代的一个觉醒了的人,我等待最后的时间,在那个时间到来的时候,我就一定要胜利!"于是我听见整个的人类的历史对我发出欢呼,这就是我底光荣!

周:(含泪地)立人!我了解你!

李:(默)

周:可是,为了你自己,叫芝庆回来罢!原谅她罢!

李:这个世界原谅我们么?我也爱贞操的!兄弟,帮助我,我求你帮助我,告诉我你了解我!(悲凉而壮烈地)到我这里来,这些天我们就住在一起罢!你回来了,我不孤独了,我们就撤退到这间房里来,(有力地握住他底手)我们就共同地站在这个窗口,望着这一片土地罢!(悲哀而光辉地笑着)告诉我，兄弟，你了解我！

周：立人！

（默）

（学生们底年轻、嘹亮、而狂暴的声音，从远处叫近来："李先生，他们说周先生出来啦！李先生，周先生……"）

周：（同时）我出来了！

李：（同时）我们在这里！

（雨声和学生底近来了的叫声："啊，周先生！"……）

——幕

# 第 四 幕

一个月以后的样子。天气非常闷热的晚上。周望海已经住在这里,房间的靠左边摆了一张小床。房间里的陈设也略有变动:一切都很凌乱。靠墙壁牵着绳子,挂着刚洗的衬衫,各处都积着衣服、报纸、书籍,地面上满是字纸。晚上的时候,窗外有朦胧的月色,蛙鸣,和邻人们底嘈杂声。桌上点着煤油灯,李立人在写着字,但不久就非常疲劳地靠在椅子上,睡着了。外表的样子是很颓唐的,衣服敞开,头发很蓬乱。稍停,周望海上,手里拿着一个小的纸盒子。

周:立人!
（李仍然迷胡着。周望了他一下,拿着那个小纸盒在耳边听着。李立人突然醒来,他就把纸盒放在桌边上。）
李:什么东西?
周:（欢喜地,有些害羞地笑着）蟋蟀!在路边上听见叫,捉来的。
李:（疲乏而亲切地笑笑）已经有蟋蟀了吗?
周:小时候,住在山里,从夏天一直到深秋,差不多每天晚上都搞这种把戏。在山里面,要比这里的早,大,①斗起来也有劲。
（拿起盒子来在耳边轻轻地摇着,然后打开来看看。李也走过来看。蟋蟀跳出来,跑掉了。周跳起来去扑捉,一直追到墙壁角落里。李立人重新躺在椅子里。闭着眼睛。）

---

① 此处标点原书末尾"正误表"改。"正误表"存在指示错误,错处在原书114页,错标为115页。

周：（捉了回来）下午我到学校里去了一趟，要我底上个月的薪水。你底薪水我也带来了。（摸出钱来放在桌上）这是最后的混帐钱了。（顿）考卷也交给教务处。请他们考了以后送给我：这就再不必踏进这个学校底大门。

李：我总还得去几次的。

周：上午你是到乡下去了么？没有回来吃饭。

李：到刘永吉家里去了。说是要佃王家的地种，去年退的佃租子也没有算清。没有人认得字，拉我去帮忙的。就一定留在那里吃饭。女人家，战战兢兢地害怕受了地主底骗，其实人家不是已经骗了她了么？

周：（在他说话的时候走过去在脸盆里揩了一下脸，然后走过来，默默地躺在他底床上）

李：（翻开书来，但呆望着前面）

周：立人！（坐起来，犹豫着）我写的那个……你看了没有？

李：看了。

周：你觉得怎样呢？

李：（摇头）我和你底感觉不同。

周：（叹息）可是，……我所以写那个信给你，因为我说不清楚。你老是不愿意谈这个问题。我总觉得，芝庆是值得原谅的，她是那么善良的，你应该给她一条路。

李：我怎么能够给别人一条路？你说的那条路，我是走不通的。

周：我看……你很疲倦，身体也不好，应该不要使自己受苦。你常常跑到乡下去，我看其实是在逃避自己……我知道你昨天一个人在山坡上望了一下午！

李：我们不谈这个问题罢！

周：（沉默了一阵）我底那一篇文章，你看了没有？

李：什么？

周：关于乡下的土地关系的。……我想改一改……

李：我看看罢！

周：（从他底桌上翻出文章来）不，你不必看了，没有意思。

李：（沉默着）

周：（有点激动，下意识地拿起那个小纸盒来放在耳旁听了一听，然后放下，沉默着，——突然地）你是不是觉得，这一切都没有什么意义？

李：（疲乏地笑笑）我是觉得，各人有各人底路。

周：你是不是以为所有的工作和生活都及不上你自己重要？……我常常觉得，有多少知识分子，也只是在口头上说得好听的：他们也不过是随着自己底心情而行动，并不能真正地为了什么去行动。常常地倒是拿别人来完成他们！

李：（笑笑）

周：（激动）立人！我也许错，我并不一定是说你，我明白你底牺牲，可是你想想，在这件事上你实在不应该如此。不错，你是坚强的，可是，让陈芝庆跌到泥坑里去显出自己底强来，这有什么道理呢？

李：（沉默着）

周：我一直……崇拜你！我心里充满了你底话。可是我不能承认这种事情！我想过了……自然，每一个人都有他底理由，可是如果专门地注意着自己底心情，那就既伤害了别人也使自己受苦。口头上说得很温暖的时候，心里倒常常是极冷的！如果你感觉到陈芝庆底无辜和善良，你就不能这样躺着而谈别的话！你难道不知道陈芝庆还在这个城里吗？前几天我收到她一封信，我摆在桌上让你看，你难道真的没有看吗？你又未必不知道，王品群现在是报馆的主笔了，正在和老胡子勾搭，要回到学校里去当教务主任吗？如果他们真的到上海去，那也算了，可是芝庆牺牲了一切，王品群却又要往学校里跑，来出卖她！今天她邀我在民众教育馆去谈了一下。

李：（默着）

周：她好像有很多话要说，可是却又不能说出来。最后她才说，她很关心你，希望你原谅她。说了这一句她就走了。如果你

063

听见她底声音,看见她底表情,你就会明白你自己的!她是完全无罪——

李:我也是完全无罪的!

周:(沉默,又机械地拿起蟋蟀,来听着,摇摇它)如果别人悔恨的时候……

李:(叹息,微笑着)我完全理解你,你比我年青,你也比我强。可是从我底这个地位望过去,这一切只是无限的荒凉!你说得很对,那么,真的能够爱着自己,也爱着别人的人,去深深地爱罢!我倒是常常地并不爱自己,我憎恨我自己!我们是说空话的人吗?生命会证明的!——爱着自己的,去行动起来,去和诱惑斗争,去抵抗这黑暗的重担,去深深地考验自己底爱罢!

(闪烁着讥刺而温暖的微笑。周低头沉默着。外面有人敲门声。苍老而愉快的声音。)

老:李先生在家吗?李先生!

李:哪一位?

(程学陶底父亲,乡下的小康的纯朴的老人推门入。健壮,穿得也整齐,手里拿着一个白布包裹)

老:李先生!哦,周先生也在!

李:哦,程老伯伯!(振作起来)你请坐。(走过去倒了一杯水)

老:(喝了一口水,亲切地笑着)这一年来,我家程学陶辛苦了李先生跟周先生。多少事情都亏了先生们,我家那个孩子,天分也还不错,只是不肯用功。

李:他还蛮用功的。

老:都亏李先生跟周先生引他上路。不是说的话,本来呢,是回到家里去就要茶要饭,什么事都不愿做的,上个月李先生来过我家,跟他一道到田里去走了一趟,就也肯做事,也高兴下地里去招呼招呼啦。这两天他病了,爬不起来,听说李先生不大舒服,就记挂得了不得,我就说,我还没有上李先生府上拜望过呢,我去看看李先生罢!

李：真是不敢当！

老：真是这叫做什么世界啊！为了学生,周先生上回吃了那么大的亏！我们学陶听说二位要离开学校了,就难过得了不得,叫着说下学期不念了,到上海去做工去。

李：(大声叹息)

老：不瞒李先生跟周先生说,我们家呢,就只有这么一个儿子,家境虽不好,他妈却宝贝得了不得。听说他要到上海去,就又哭又闹！唉！我说,这不过是一句话罢了。……要是李先生跟周先生去劝劝我们学陶……

李：我们要去看看他。……老伯伯,我看,现在的年青人,还是让他们自己去闯出天下来罢！不是吗,好坏都是他们自己的。

老：是,是,自然！我也是这样想哪。就是他妈牵牵挂挂的。

李：(奋发地)老伯伯,你比我们懂的多,也见识的多,不是吗,几十年来世道变了,年轻人也再不能守在家里了,中国这个社会没有从前安静了。就是稍微有一点田地,指望辛辛苦苦地过活,都不能称心的。就看这个地方罢！地主底把戏有多大？捐税有多少？多少不像话的事情,多少人被逼死,逼疯,这就叫年轻人睁开眼睛来啦！人活一生总得有个道理,死也要死得明白,这个,现在的年轻人是懂得的。我看,他们多半不是胡来的,胡来的只有那些靠着祖先吃喝的混蛋！

老：是啊,李先生。……李先生,这儿有一点东西,(打开包裹来,迅速地把一些鸡蛋和一包杂糖之类的东西放在桌上)我们小孩孝敬李先生跟周先生的。

周：不！这哪里行！

老：(沉默了一下)李先生,你人太好啦！你太老实啦！

李：(沉默着)

老：(不知怎么说,热心地,重复地)你太好啦！你太老实啦,别人总欺你！要是我,不得答应这种东西的！

李：(痛心地,有点严肃地)老伯伯,我并不老实。

老：(大声叹息,慈祥地)我懂噢！上回你一到我们家去,我就说：

唔，这是一个厚道人，唉，也还是年轻啊！年轻人，你自己吃苦，别人高兴，你把身子弄坏了也没有人管你……

李：（笑笑）别人也不会高兴的！

老：啊！是的！都是年轻啊！好，几时到舍下来玩。（亲切而又颇世故地笑着，下）

李：谢谢你了，老伯伯！

（周和李送他到门边。李转回来走到桌边，显然很激动，周则显得很沉重：在李和老人整个谈话中他都是沉重的。沉默了一阵。）

周：（抬起头来）立人！你对程学陶底父亲也是这样说，我懂得你为什么，可是老人家是不会懂得你的。

李：你说什么呢？

周：你受伤太重了，你还要逞强，要替自己把退路都断掉！刚才我想起一篇东西来。在安得列夫底《往星中》里面，写着一个老天文学家整天地只注意天空里的事情，连死去了儿子都压迫着自己毫无感情。可是他底媳妇不能忍耐了。即使山下面很痛苦，即使自己所爱的人很堕落，她也要下山去！因为那究竟是人，老天文学家却向着天上的星球欢呼，追求那个伟大的东西。他看不见"人"。那么，即使那追求的是如何的伟大，听起来也有点空虚罢。而那个女人向着堕落的"人"走去，却是真实的。好像鲁迅在哪里也说过这个。你觉得怎样呢？

李：可是我们并不是向着天上的呀！

周：你难道不了解"人"么？你难道不了解芝庆么？立人，你煎熬你自己，你太难过了。我们准备离开这里，可是我们总不能丢下一个"人"！如果真的这样，你以后是不会再过正常的生活的。

李：（讥嘲地）好兄弟，你是在恋爱呢！

周：（受不住了，默了一下，冷冷地）你说过的，各人有各人底路！

（迅速地推开门走了出去）

李：(了解而苦痛地笑着看他。然后呆站着。然后走了两步,慢慢地去收拾桌上的东西,但突然地又把它们故意地弄得更乱,开始了激动的显露,疾速地走过来走过去,碰碰这样东西,又推推那样东西。忽然自言自语。最初是一些跳跃的、短而有力的句子——完全没有感伤的情感,毋宁是带着愤怒)你们不觉得你们底主人已经离开了你们罢!……请原谅我罢!……我相信将来的人们会生活得不同一点!……(较低的、沉静的声音)我希望脱离这一切,我希望到西藏、蒙古去……小孩子骑着一条凳子当火车,很热闹地开起他们底①火车来……骑在凳子上,到了上海,到了广州了,……我也是这样地在开我底车子……(重又带着冷的愤怒)我同情你们!(碰碰桌子)你寂寞吗?(看看热水瓶)不孤单吗?人!生活得很可怜,很微贱。人!应该生活得尊严而高贵!(高声)人?谁是人?人在哪里?你说"人",可是这个周围有没有称得上"人"的人?……(疾速地徘徊,站住,沉思地摇头)我们并不是向着天上的!我们底声音也并不空虚!……(望着前面,走向陈芝庆底画像)我爱吗?是的!那么我错了!我不肯承认错误!……永远纠缠着的痛苦,一生的悔恨!为了自己内心的骄傲,我把她丢给骗子,我害了她!我应该强迫她走对的路,走我们底路,直到老年,直到我们软瘫了,牙齿脱落,脚步蹒跚了,我们互相搀扶……(无声地哭着)那时她就会回想起来,而害怕她走过来了的这个可怕的深渊,我也会满意我自己,在生命底暮年得到内心的平安。我们适当其时地防止了罪恶。人总是有血有肉的,人不是神,人也并不要神底渺茫的伟大。应该同情人类,爱自己和自己底爱人,不要太严酷地试验他们。……人不是神,不应该像神一般骄傲,我不要这种骄傲,我也不要胜利,我只要得到看顾和爱……家庭的温暖,善良的人情和友谊。我们可以平静地

---

① 此处"底"字据原书末尾"正误表"添加。

生活，甚至于不感觉到时间底压迫。……我要去，我要去找她，告诉她，我明白了，她底要求是对的，我再不拒绝，再不试验自己了！我要求她！我底亲爱的人，我能够付出一切，也抛弃一切，我们不能冒渎不可知的意志！……（长久的静默，忽然地抬起头来）可是人就是神！人必需完成自己，完成历史，完成神！人必需有这种骄傲，去试验自己——为了自己，为了将来！你不能指望这种平庸和懒惰，你不能也像我们底父母一样地空虚地消失在泥土中，你更不能——你没有权利自私，没有权利否定一切圣洁的鲜血，血不能白流！（大声）人们在这一大片土地上为理想而死，于是人类觉得欢喜和骄傲，升高而成为神！不然我们底生活有什么价值？……我有力量吗？（低头，又忽然地）不！我有这个力量！——过去一切伟大的灵魂，现在和未来的一切英勇的弟兄们，请你们帮助我！（默。呆站着。然后坐下，凝望着前面。忽然门被推开了。陈芝庆上。穿着黑色的衣服，给人以苍白而冰冷，但又好像火焰的印象。李猛然认出她，起立。）

李：（悲痛的大声）啊，你回来了！

陈：（小声，压抑地）立人，我——回来了。我来看看你。（迅速地盼顾）啊，房间里弄得这样乱！

李：（冲动地）我在等你，我知道你要回来的！

陈：（奇异地笑着）是的。我知道你在等我，你相信我要回来的。……（盼顾）我想跟你说……立人，你好吗？

李：芝庆，一切都明白，不要说了，让一切过去罢！

陈：（迅速地）可是永远不会过去的！

李：（热诚地）会过去，会过去的！

陈：（怜恤地笑笑）你坐下，安静一点。（又盼顾）你这些天还好吗？你很憔悴。周望海他是和你住在一起了吗？是的，他已经代替我在你身边了。我现在欢喜他，觉得他是你底真正的朋友。我底孩子！我永远不能忘记这个孩子，他不懂得生活，不能够没有人照料。

李：（注意地看了看她）芝庆！
陈：（颇久的静默之后。在静默中，她是和内心底阴暗和肉体底苦痛斗争着的。）是的，一切都明白，我从开始就觉得这很可怕。我知道这错了。我现在回来，希望你原谅我，希望你好好地听我说一说！
李：（苦恼地）难道你只是回来谈一谈的吗？
陈：（暗示地）立人，不要再伤害我了，也不要再妨碍我说话了。我求你……（极震动）立人，一切你就会知道！（顿，喘息着，然后用着急迅的语调）立人，你知道，我爱你。
李：我知道。
陈：我们都太骄傲……（喊）立人！（扑向他，伏在他底肩上）我们完了！
李：（抚她，但一面带着冷静的审察）不，没有！
陈：是的，没有。（大声）我们底生活，我们底爱情永在！现在你回答我，你饶恕了我吗？
李：你理解我，不该这么说！
陈：不，你一定要回答！你不能，一点都不能骗我，因为你过去从来不骗我，你是我所遇到的唯一的一个没有骗过我的人！你说，饶恕吗？
李：我饶恕一切！
陈：（仰着脸，欢喜，稚气的神情）我感谢你，上天也会感谢你！立人，我底孩子，我现在已经懂得你底路，懂得人们，也懂得我自己了！这一个月我懂得了这么多！并不是他骗我，骗我的是我自己，我太脆弱。我希望你不要再对他追究，正因为轻视，或者因为爱和了解，我们不追究，你答应我吗？
李：我答应你。
陈：（可怜而又欢喜，极大的生命的沉醉）立人，你是知道我，爱我，明白我底一生的唯一的人，你是吗？你是多可爱，多么诚实，我没有错。我了解你，你相信吗？我总是觉得你是我底孩子，需要我底看顾，我多希望为你而牺牲，你相信吗？

可是,不知是怎样,我总觉得你不需要我底牺牲,于是我就苦痛,你了解这个,对吗?所以我们底结婚就仍然还是一个错误!我们不该害怕现实:我们原来就应该互相在遥远中遗忘,或者在遥远中相爱的。你知道我,从小我就受了那种书香家庭的教育,我是所谓名门的女儿。我虽然和这个家庭闹翻了,可是我终究觉得我底血统是高贵的,我不是下流的女人,你觉得对吗?我底弱点,或者我底错误恐怕就在这里。我常常看见人世是空虚的。我们这些人,都是知道得太多,太脆弱了,多少带着一点虚无主义的色彩。我相信虚无。托尔斯太说:那个存在,是伟大的空无。我一切都不相信,却勉强地欢笑,度过了我底青春。我成熟得太早了,童年的时候我就向往高山上的庙宇,和荒野中的坟墓。你说的,这个时代告诉了我们很多东西。它告诉你那么多的东西,却告诉我空虚!我从旧社会出来,却看不见新的生活!我本来希望我可以为你牺牲,或者你可以改造我,可是生活完全不是这样,我没有了牺牲的热情,你也不能顾念我。一个女人她必需为了什么,你觉得这对吗?也许我底神经有一点变态,我所受的刺激太深了。立人,我爱你,(热诚地)我深深地爱你,可是你给我底刺激太深了。所有我底一切,我必须自己觉悟,我最害怕别人在我之先说了出来。这伤害了我!我是一个脆弱的小女人,我发觉我也是这个时代的一个多余的人。我曾经立志做你底好妻子,做我们孩子底好母亲,就像你在结婚的时候说的要做我的好丈夫一样。可是,我生怕不能做到,我想着想着,想得太多,把原来的意思反而忘记了!(默。恍惚,忍受不住地挣扎着、喘息着)立人,我底孩子……我是一个可怜的女人,你原谅我吗?……我们已经……我们在这仅有的一点时间里不要再提起过去的事来罢!我愿忘记一切……(喘息)我是就要忘记了……

李:是的,忘记!芝庆!(抓着她底手而望着她)

陈:(大声)我是被侮辱被损害的!(顿,看着他)我是你底不贞的妻子,可是,我永远是你底妻子!

李:(恐惧)芝庆,你……你究竟怎样啊!

陈:(喘息着,迷乱地站起来)我……我怎样?

李:你说,你不是回来了吗?

陈:(压抑着)我? 是的,我回来了……永远回来了!

李:你刚才说,我们底结婚仍然还是一个错误,(悲痛地)你为什么要这样想呢? 你就不能也原谅我吗?

陈:(默然,颤抖着,压抑着肉体的苦痛,脸色异常可怕,微弱地)我……原来没有脸再见你!

李:(大声)你怎样了,芝庆?

陈:(避开他底眼光)立人……我希望:完成你!(看着他)使你知道,这个时代,也有好的,美的,美的,……尤其是你爱过的人,……我希望,……啊,立人!(扑跌在他底怀中)永远地再见了! 记住! 我是用我底童贞来完成我们底结婚的,如今我被毁了!

李:(厉声)芝庆! 芝庆!

陈:放开我……(火热地颤动着)让我看看你! ……我底孩子! 亲爱的朋友! 真正的人!(跌在椅子里,仰着头,喘息着。但随即挣扎起来)我要去看看那神圣的房间,(向内跑)我们同居的……(欲倒,冲进去。李追着她疯狂地大喊着)

李:(在内)芝庆! 芝庆!

陈:(在内,惨厉而又甜蜜)我从前是一只云雀! 我被人歌颂为一只云雀,在光明的天空中飞翔歌唱……(大喊,渐弱)立人! 救我啊! 救我,我要活! 我要生存! 要看见人,太阳,光明……

　　　(静。又传出了她底挣扎的声音。周望海在她叫着最后的话的时候进来,惊骇地站住听着,然后快步地跑了进去,迎着了从里面发狂般地冲出来的李立人。)

李:(迷乱地)望海,你! ……去请医生!(随即奔进去,大喊)芝庆!

周：（不觉地惊叫）啊！（立刻跑了出去）

李：（出现在门边）望海，回来，不必了！

（少停，周转来，跑进房间，在房门口站住，然后肃静地入内。李走了出来，呆站着。周出，同样地呆站着。李展开了手中的揉成了一团的纸头，发着抖看着。李看了又看。长久的寂静。忽然王品群紧张地推门上。周和李看着他。他站住，呆看着他们。）

周：你找谁？

（李看着王，无表情地指了一下房内。王犹豫着，终于慌张地走进内房。传出了他底野兽一般的恐怖的喊声："芝庆！"少停，默默地走出，呆站着。在这个时间里，李似乎得到了勇气和尊严的力量，坚定地站着望着前面。）

王：（害怕，虚伪，痛苦的小声）我没有眼泪……（顿）我不相信她会……

（李对周递过陈底遗书来。周接过，看了一下。）

周：（念）唯一值得纪念的人只有你。饶恕你底不贞的妻子。她是被侮辱被损害的，她是这个时代底牺牲。她现在永远地回到你底身边来了，无论什么也不能再损害她了。我永远爱你。请你答应我，也原谅我在我们底神圣的床上死去！你是宽大、高贵的，我底死也并不是黑暗的，她是光明的，她完成你。向你底目标前进！勇敢地生活下去罢！不必追究那无聊人，因为我已经用我底生命补偿了一切。伸冤在我，我必报应。（念完，冷冷地看着王品群。静默。）

王：（呆站着，要哭出来了，但又呆站着，忽然慌乱地走向李，向他伸手）

李：（呆定地看着他）

王：（害怕地缩回手来，失神地笑笑，微笑地）我不想替我自己辩护……我希望你总会明白……芝庆跟我说过，她很怕你。她太任性……

周：请你不要污蔑死者！

王：（失神地笑）我不辩解……我希望我能……哭一哭！（向内走，但又恐怖地站住。忽然又错乱地走来向李握手。李呆定地看着他，他笑笑，往外走去。）

王：（在门边）我希望时间会证明我。将来，我们也许还会再见。
　　（下）

李：（大吼）我要杀死他！（向外奔去，但周猛力抱住了他。）

周：立人，让他去罢！他会自生自灭的！
　　（默）

李：（急跑入内，即出，倒在椅子里）……我也——完了！这赌博……太可怕了！我总以为，你会回来，你会回来的！（可怕地仰着，呆定地望着空中。长久的静默。周走到他身边，弯下腰来，扶住他底肩头。）

周：立人！
　　（李不回答）

周：（长久地扶着他而看着他。又喊了一声。焦急地走开去，走到桌前。又走回来，扶住椅子，一面把手放在他底肩上）立人！你比我知道得更清楚，我是到后来才慢慢地看见这种冲突，这种不幸的。你却一直明白，立人，我对你说什么好呢？……后来我误会了你，我不明白你底高贵的心。现在我明白了，在这个世界上，人是必需这样坚持的！我能够跟你说，在将来，在我爱着和恨着，必须有所选择的时候，我也能——我希望我能够和你一样！（站直）我们冷酷吗？不！我们能够爱！（倾向他，抚摩着他底肩膀和头发，并拿起他底手来）立人，我们已经准备离开这里了，我们一同去罢！不管到哪里去，去生活，去再开始生活罢！……立人，你底头发花白了，你底肌肉松弛，你苍老了。没有人爱你了……可是，会有人爱你的，会有人爱我们，有无数的人爱你，爱我们，我们底声音会达到将来，我们底子孙将要以我们底战斗为光荣！现在的社会已经崩溃了，人们已经堕落了。可是在将来，他们一定要被更快乐更有希望的人们替代。那么,我们就毫无遗憾地被埋葬掉!我也许没有权利说,可是你比我更知道,一切痛苦都带来多少好处!过去和现在的痛苦成熟起来,将来就充满希望!在这个时代,我们有无数的弟兄,他们在前进,他们会爱我们,了解我们,需要我们的!你会再年青,她底圣洁的灵魂也将永远安息!

(李紧握着他,坐直,望着前面。)

——幕

一九四七年四月—七月

# 后　　记

　　我们时代最强的东西，应该是我们所承担的这伟大的人民解放斗争，社会斗争；这斗争在各种场合、各种形态和各种规模上进行着。这斗争首先是用了为人生态度的战斗这一形态反映在我们底知识分子身上的。这并不是中国底旧士大夫的所谓人生态度，因为它同时就是火辣的社会斗争。它底内容充满在现实生活中，充满在对于旧的精神负担的格斗，对于历史要求的执著，和对于腐蚀、妥协、空想、虚伪，以及迫害的壮烈的反抗中。

　　人们都知道，知识分子底性格是最复杂的。这复杂，是他们所负担的历史内容（阶级内容）底复杂性底反映。因此，自我斗争，也就是社会斗争底反映。但这可并不如社会斗争一样，如我们底批评家所说的，能够轻易地"仍应迅速解决"。社会斗争，在军事和政治的斗争，那它当然应该迅速解决，只要这并不是躺在那里等待果子落在嘴里的空话；但如果这社会斗争也包括了文化斗争和精神斗争呢？如果也包活了向新的历史性格发展的，对一切旧的意识负担格斗的这广义的性格斗争呢？如果也得通过这样的斗争去达到社会斗争底要求呢？那它就要长远、长远得多。人类底进步要求无穷，现实斗争也实在复杂，从废墟上建立自由的王国，在建立的过程中拥抱它底全世界的弟兄而向前飞跃，这样的路，是也可以说是艰巨的罢。为了向这路上前进，将要付出的代价，是也可以说不会小的罢。它实在是没有那种"仍应迅速解决"的福气。"解决"了之后大家睡下来享福么？

　　剧本《云雀》里想要说的，也不过是这一点。

　　在这里面，陈芝庆是这样的一种女性的形象：她们出生在小康的或富有的家庭,由于社会性质底变化和前一代的斗争,这些家庭组织已经变得脆弱了,所以她们就很容易地取得了自由。她们没有经受过严酷的斗争,在温暖中长大,在浪漫的热情中享受着光荣;从不知道严酷的现实和理想,却从西洋艺术得来了丰富的幻想,那革命色彩实在只是从对于自由资产阶级的生活享受——它在中国不存在——的渴望来的。她们在生活中没有真实的地位,因为,任何地位都是从斗争实践中得来的;又不甘于任何安排给她们的地位。不能是一个母亲、妻子,也不能是一个职业妇女,也不能成为实际的工作者。是在想望成为女政治家、女艺术家的罢——主要的是渴望热情的生活和那种光荣——却又几乎永远得不到这样的条件,不能付出应付的劳动。她们是骚动、神经质、真纯而虚幻、浮华而朴实、虚荣而又痛苦的。她们之中有的一些,由于现实的逼迫,就成为政治交际花、文艺交际花的那一类了,这差不多是她们能够实现她们底热情的唯一的地盘。而另一类,就在痛苦中煎熬,玩弄幻想又被幻想玩弄,如果不能冲出去争取新的发展,那就会常常被自己底幻想烧死。

李立人是这样的一种男性的形象:他们负荷着现实人生的斗争,和沉重的旧的精神负担作着惨烈的格斗,渴望着庄严地去实践自己。这庄严的要求和热望在现实底压迫下受着挫折,就使得他带着一种渴望牺牲,渴望最后地试炼自己,甚至渴望毁灭的色彩了。压迫太重、创伤太深的时候,由于戒备并征服自己底弱点的需要,就发生着这种孤注一掷的昂扬的冷酷心情。他底道路明显地是很艰难的。要求过高,有时候就不是孤独的个人的能力所能达到的了。

王品群是空虚了的知识分子底一种。他是混乱的,且被这种混乱的情况痛苦着的。没有目的,随着一时的风尚叫喊,随着社会潮流底波涛漂浮,虚无而又带着深藏的势利。特别发展了起来的,是那种犬儒的讥嘲和利己主义,到了这种程度,甚至使别人觉得他底自私是应当的,使别人觉得他确实是值得同情的,是有才能的,被环境逼迫,是可惜的。他沉醉在这种境界里面,乱说话，感伤而狂暴。有这样的敏锐，在一切地方都看得出弱点来，目空一切，然而也轻蔑了自己。

　　周望海是单纯、善良的人；他底行动是感情的，直接的，但已经在迫近着先进的阶级。忠诚和信仰底浑厚的热力，是他底性格的主要特点。他并不完全理解他周围的人们，但感觉着他们，因而决定了他底爱憎。

　　生活斗争和人生斗争，也就是社会斗争，每一面都是具有它底历史的真实的。我们底知识分子们，中国底为新的生活而斗争的人们，我们底兄弟们，是每走一步都流着鲜血，跨过他们底亲人们底尸体而前进着的。斗争，和为了人民的英雄主义永在。

　　（上面是为演出写的解释，现在略加修改，附在这里）

　　附记：剧本《云雀》，一九四七年六月在南京初次上演。后来就听到了谣传，说这个剧本是领了津贴写的，并且由官方支持，所以上演卖座很好。这里说明，这剧本是由于友人们底热诚，由南京国立戏剧专科学校附属剧团上演的。导演是冼群先生，演员是孙坚白、路曦、黄若海、张逸生诸位先生。在各位先生底认真的协助之下，舞台上创造了很好的成绩，使得这个生硬的剧本相当地获得了生命。演出中间曾有波折，卖座也并不太好，所以，那一切关于"官方"的说法，只能是出于奇特的用心的昏话。

　　又，在陈芝庆底台词里面提到郭沫若、田汉、李健吾诸位的名字，于是就听到"有人"说这剧本里是在大骂他们等等的奇特的话。在台词里提到什么或者人物表示什么态度，那是性格上的需要。这应该是常识问题。

　　最后，谢谢剧专剧团的诸位先生们。

一九四八年五月廿日<br>路翎

# 反动派一团糟

《反动派一团糟》,1949年9月28日作,原载南京《新民报》1949年10月8—13日第2版,据此排校。其中12日报纸缺失,暂未发现,留空待补。

这个剧本是为"南京人民保卫世界和平庆祝中国人民政协与中央人民政府成立大会游湖会"演出写的,对这个剧本给了基本上的指导并且积极地提供了意见的有郑山尊、李世仪、孔罗荪、黄宗江、朱嘉琛、丁尼、陈瘦竹、齐衡等同志。

**地点：**

台湾反动派某"部长"住宅的华丽客厅内。一门通外面,一门通内室。正面一西式玻璃门通外面走廊。可以清楚地看见里面的活动。走廊外面有窗户。

**时间：**

一九四九年十月六日。中华人民共和国宣布成立之后。中秋节。

**人物：**

陈部长（阴险忧愁内心疯狂）
陈太太（有福气的样子）
郑锡包（军统特务头）
刘海山（伪立法委员,奴才）
李国钧（驻外"大使"）
张铁魂（一个兵没有的光棍司令）
朱"部长"太太（势利而能干的样子）
秋云（交际花）

空军大队长（花花公子）
刘华国（秘书，丧魂失魄的可怜虫）
胡望（来找事的老公务员，忠厚人）
邓国泰（被俘后放回的下级军官）
朱得胜（被俘后放回的伤兵）
神经质的女人（张铁魂的情妇）
陈部长小姐。
仆人及其他官僚、太太、和类似的角色，另广播员一人。

幕前广播：南京的市民们：现在我们在这里过中秋节，庆祝中华人民共和国的诞生，并且表示我们的保卫和平的决定和力量。我们这个日子是快乐的，又是庄严的，因为今年我们已经从美帝国主义及其走狗国民党反动派的黑暗统治里解放出来了，因为叫全世界人民欢呼的伟大的中华人民共和国诞生了，因为美帝国主义战争贩子已经在我们面前发抖了，在这个时候，亲爱的南京市民们，是不是还想知道一点国民党反动派的鬼把戏？要是大家还有一点兴致再看一看这些鬼脸的话，就让我说一个小故事吧！吓！他们也在那里过中秋节。

幕启：台上没有人。走廊里面集着一大群男女，传来打梭哈的喧闹的声音，男人们的狂吼声，女人们的狂笑声，有些声音叫着："好哇，张司令！跟他跑到底了！""你们两个是天生的一对儿！""部长太太洪福齐天！""升官发财"
"喂！大使！大使！又坐在秋女士那边啦！我看叫大使夫人看见了。""死鬼，不要脸！""我这是卖命换来的钱！""委员！委员溜啦。""我们空军大队长吃醋啦！"诸如此类的声音。这些声音在走廊里面打着梭哈的时候一直继续着。

　　　一男仆捧着一些杯子和点心上，后面跟着穿着不怎么好的西装的寒酸的老公务员胡望，手里提着一大堆礼。

仆：　你就在这里等一下。
胡：　好的。这是一封信，谢谢你，请陈部长太太——
　　　（仆接信入内。胡畏缩的四面看看，小心的放下礼物，坐下，叹息了一声。立法委员刘海山出来了。同时仆人出来了。)

刘： 真是闹昏了没有一个人替总裁着急的——

胡： (起立恭敬的鞠躬)

刘： (以为他是普通的客人)啊！老兄,请教?

胡： 古月胡,胡望。

刘： 我就是刘海山。

胡： 刘委员！刘委员！久仰！久仰！

刘： 岂敢岂敢。不过是为了总裁奔走,事情闹到如今的局面了,凭良心说,千怪万怪,都不能怪总裁。只有他老人家一个人是好人。(指房内)这些吧！全是昏天黑地的……你看闹到如今,四川也四分五裂了,云南也四分五裂了,军舰逃跑,飞机飞去,剩下台湾这一颗芝麻,还一窝蜂地来抢不叫话。在下为了挽回危局,来台湾奔走的。

胡： 刘委员随孙院长多年——

刘： (正色)不！不！哲生先生已经意气消沉,老实说为人品行不大端正,不大那个……现在是只有陈部长是根柱子,支持总裁了。陈部长是总裁底下意志最坚定的一个！兄弟呢！兄弟是顺从民意,希望总裁能全力领导戡乱,坐镇重庆,重兴建国大业,但是总裁还在犹豫,他人太好了,太好了！兄弟就草拟了这么一个上总裁书,这么联合青年党民社党各位委员,大家签名要求总裁,千万出来领导。首先坐镇四川……

胡： 听说四川老百姓反对政府迁去。

刘： 没有的事。那些全是共产党。唉！总裁人太好了啊！这个上总裁书你看看！你看看！也签个名吧！(取出几张纸)

胡： 我！我！

刘： 都是总裁的忠实信徒,不要紧,签个名吧！

(陈部长太太,怒气冲冲地出来,后面跟着他的秘书刘华国)。

胡： (恭敬地起立)部长太太！

太太：（没有看见）太气人了。又不是我叫她来的,她舍不得几百块美金就滚回家去。

秘： 太太!

太太：她凭什么说我的坏话?我们陈部长有哪一点对不起她朱部长的!亏她也还是个国民党里要人的太太!她说我买房子,什么财政部的金条,她朱部长在加拿大买地皮是那里来的钱?说穿了大家不好看,再说李国钧这个家伙吧!他那个大使是靠那个当的?要不是我们陈部长在总裁面前说了话,光他陈诚算个什么?他陈诚有什么了不起,吃败仗的光棍。

（张铁魂司令上）

张： 吃败仗的光棍在这里呢。（发现风头不对,又进去了。）

太太：什么东西,什么大使,狗屁!弄他妈的一个交际花走上海拖到广州,又走广州拖到台湾,在太太面前跪着叩头,又来跟吴大队长争风吃醋,我真是昏了,弄了这些东西上我家来过节。

（部长小姐冲出来）

小姐：哎唷妈妈!进去哇。

太太：我不来了。

小姐：哎唷妈妈真是气死我啦。今天过节哇。他们总是愁眉苦脸的,台湾还没有丢呢?你们再愁,我就要上美国去了。
（部长太太不作声。小姐哼着曲子,独自跳起舞来,随后又向她母亲怪叫了一声。）

小姐：（大叫）哇!……哎唷妈妈我把你吓死了吧?（跑进去）

太太：死丫头!……刘秘书,这个事情我做不了主,我侍候不了她朱部长夫人,你去请陈部长回来!大不了台湾不蹲,明天就去见蒋总裁!
（朱部长太太出来了。后面跟着大使李国钧,和交际花秋云）

朱太太：陈太太,你这个气也生得太大了。

太太：怎么吧，是我们陈部长把政府搞垮的呀。明天共产党来了先杀他的头不就得了。他是又贪污，又无能，又阴险，卢汉闹事情是他的责任，刘文辉捣蛋怪他，台湾老百姓反政府也是他不好，台北码头失火也是他，明天共产党上了台湾也是他带来的——（走进了右边的一间房子）

朱太太：哼！好大的架子！我就不买你那一套！（进去）

太太：（又冲出来，对秘书）替我请陈部长回来！

秘：是！（下）

太太：（望着大使和秋云）哼！（又进去）

刘：（走进来）国钧大使，哈，他们太太总是这样……这个东西，我刚才没有说完，我是说，现在国家的命运全系在总裁一个人身上了。总裁再不名正言顺地出来领导戡乱，就没有办法了，请看看签个字……

李：算了吧！你那个厅长搞不到的，台湾人多，轮不到你了，你看看多少人挤在这个地方，像疯狗抢骨头。

刘：怎么能这样，怎么能……

胡：（畏怯地）是呀！……像我吧，多少年忠心地跟着政府，走南京到广州，又到台湾，也干了二十九年的公务员，从来都奉公守法，不做没良心的事情，如今政府就把我们丢了，一家六七口，新近又逼着我的女儿上美国人那去受训，我那女儿是个老实人……就叫美国人糟蹋了。（神经昏乱）我也还算是部长的乡亲，我也没得到的，只求给个差事，我那女儿……

（没有人理他，他又坐下，在角落里发痴，大使在徘徊）

秋云：咦，怎么啦，都犯了怪哪，不作声？

刘：唉，伤心！伤心！你晓得现在马步芳败成个什么样了？你可晓得成都人怎么挖苦胡宗南？叫做"胡笳调动，牧马惨鸣"。四川人不准他退进四川！就看着这个台湾吧，到处老百姓都反对，游击队到处起来，就是共产党不来也不会久啦。就是这么一个样子啊，完啦。李代总统要辞职。院长呢——广州一丢,他准开溜。人家北平新政治协商会议一开,有气魄,有雄心,轰轰烈烈,改了年号,今后是成了中华人民共和国了,这两天传来传去的风声,说是美国想把第三次世界大战搞起来,这有几分像,又恐怕靠不住,不过要是搞不起来呢?我看你我只好到新加坡去卖毡子,当白华,你们还有钱,我呢?喂,李大使呀,你是国际问题专家,第三次世界大战,你看如何?这是我们的一线生机,说我们是美国人走狗,也管不得了。

李：我正在想这个问题。根据这几天的消息,很有可能,因为说老实话,美国人慌得很,他要是不动手呀,就没有动手的日子了,而不动手,他美国自己也就没有生意做,不但没有生意做,恐怕他自己国内也要革起命了。

刘：高见!高见!这如何解释?不动手?

李：苏联的力量一天大一天,世界上革命的力量一天大一天,我看,就是现在动手,也是不大来得及了。所以美国这两天正在积极地找机会——希望还是有。

胡：(自言自语)我们不希望再有战争了,我那女儿,他跟我说……(哭)

秋云：可怜哪!(沉默)就比方我吧,跟着跑到台湾来究竟是为了什么?人家从前捧我,在学校里就说我是天才,我希望当明星——我再不过这种日子了,李国钧,你送我回上海去!我宁可去做苦工,去种田,我不要跟着你们这批美国走狗。

李：小姐 Miss 秋云!你身上穿的哪一件不是美国货?

秋：我是中国人(哭)我的姆妈哟,你是希望你的女儿……她如今受这种侮辱,叫人看成……

李：云云,云云,……真的伤心啦。我还有问题同你谈呢?

秋：没有谈的,一万美金解决问题!(冲进去,李跟着进去了)
　　(里面不断传来喧闹声,胡可怜地规矩地座着)(通外面的门口传来了吵闹声,有人要进来,仆人不许他进来,终于低级军官邓国泰冲进来了,他后面跟着一个高个子的伤兵)。

邓：　我找张司令官！

伤兵：狗日的,他们倒快活哩。

　　　(张出,仆下)

张：　那个？那个？

邓：　报告司令官,二百七十六师二团二营的邓国泰,这是第三连的朱得胜！

张：　你们来什么事情？

邓：　报告司令官,我们在湖南[北]丁泗桥叫解放军……叫共产党俘虏,又放回来啦。

张：　那你们来找我干什么？我这个司令官早就空了,两个军垮了,一个军投降了,我没有办法,这是老实话。

邓：　我们走广州来台湾,听说张司令官在,想叫司令官发点生活费,找了司令官三天啦！

　　　(某神经质的太太出来,大声说:"铁魂,怎么啦,等你呢？来呀！")

张：　(正经)啊,啊！你们说,共产党对你们怎么样？怎么会放你们回来？

邓：　报告司令官,我是请求还乡的。

伤兵：还发了路费,共产党待人才好啦,开会叫大家讲话,又演戏送大家,吃的四样荤菜,比什么都周到,我当了四年兵都没见过。

胡：　(坐在一边)真的。

某神经质的太太：(同时)他们这些当兵的呀,只要给他们几个钱——

伤：　还是假的,要不是想家……

张：　你就跟了共产党了,对不对？立正；好家伙,你反啦！

伤：　报告司令官,没有反,是回家走不通……

邓：　报告司令官,是想叫发点生活费……

张：　对不起(摸荷包)我的钱输光啦。哪,拿去。

邓：　（拿住票子不作声。）

伤：　这几个钱？……报告司令官，你给要饭的吧！

张：　怎么，嫌少吗？要就要，不要就滚！（打他一耳光）

邓：　报告司令官……

伤：　（大叫）当兵的是为那个送死呀？老爷当官的一吃几两金子，就给这几个钱！

张：　再吵叫宪兵来抓你……滚……

　　　（里面的人全出来了）

伤：　当兵的不怕死，当兵的有良心。

张：　这是部长公馆，你敢闹！

某神经质的太太：哎呀！你看你又发脾气了，哪，这个当兵的，我给你发个钱……

众人：滚出去！

伤：　不滚！不滚！滚不掉！报告司令官，当兵的也是人！（狂叫）什么部长呀！局长呀！吃呀！玩呀！叫当兵的替送死，仁义道德操他祖宗，小舅子——老子，反正活不了，就拼了啊！

　　　（司令官拔出了手枪，几个男人以及仆人，都来推赶他们，某神经质的太太怪叫着，小军官有点畏怯，但伤兵继续大叫）

伤：　（被推到门边）卖国走狗日的，卖国狗日的，吃的老百姓的血，啃的当兵的骨头呀！老天总要挣眼睛呀！老子扒在台湾的街上咒死你们呀！美国狗子养的呀！（被推出去，一方面大家拦着司令官，劝他不要生气）

小姐：喂，大家进去继续呀！真气死人了，叫这些脏东西闯进来！

某神经质的太太：我说呀！这些东西都该枪毙！

　　　（大家进去了剩下秋云和空军大队长留在外面）

空：　秋云，你别走，我跟你谈一句。

空：　你晓得，我爱你呀！你跟他李国钧鬼混有什么道理？哪，云，云，这个送你，刚从美国带来的。（取出一个钻石

戒指）

云：　我不要（由他戴上）死鬼，你们全不是好东西，（指他鼻子）没良心，当心走飞机上摔下来摔死。

　　　（李国钧出来）

李：　哦——怎么样啦！云云。

　　　（空军大队长冷笑了一声进去了）

李：　哼！空军大队长——简直无耻！……云云，……云云，真急死我了，你说你的心到底怎样……我真要跟你下跪啦！

　　　（刘出，李急装正经，云入内）

刘：　哦！大使……我说哪，对于总裁，最大的希望，是第三次世界大战……

李：　滚你的！（进去）

　　　（军统特务头子郑锡包上）

刘：　（恭敬的）郑局长！哪天来台湾的？

郑：　哼！

　　　（秋云出）

云：　哎呀！郑局长来迟啦！待会要罚你三杯酒！

郑：　哈〔！〕

刘：　有什么消息没有？我说，这个第三次世界大战什么时候才能……

郑：　这个你问外交部去。

刘：　是，是，我说总裁……我是说这回在香港杨杰那家伙干的漂亮，杀一儆百，看他那个再敢当什么人民政协代表，这真是郑局长的大手笔，我说我们总裁……这里有一个东西请局长……

郑：　张铁魂来了没有？

刘：　张司令在里边。

郑：　叫他出来。

某神经质的太太：（冲出来）哎哟，怎么得了呀，一张牌就是一千美金——一千美金那里来这么多的钱？真是都发了疯啦！

哦！郑局长，你看呀，刚才我们还在谈，这个时局怎么得了……美国人又不来救我们了。郑局长你想个办法，叫美国人来救我们吧！顶好你亲自到美国去，就说我们全发疯了，又不是我们不行，实在是中国老百姓太坏，叫美国人快点打仗，打个什么第三次大战的……你就说，比方是我们虽然是有些贪污呀、腐化呀，不过心眼里是跟着他美国人的。我昨天夜里做了一个梦，我就想，那些派到美国去的都不会说话，要是我，我就老老实实的跟杜鲁门认罪，叩个头。真急呀，哎呀，我又想，郑局长你这回杀死了杨杰，我听说你们那个无声手枪……你能不能送我一管呀！

郑：对不起，叫张司令出来。

（张出）

张：哦！郑局长，什么事？

郑：你倒快活呀！我问你一桩事，你昨天在新军司令部跟孙司令谈的一些什么？

张：我吗？孙司令说交给我两个军，我说，对不起，我干不了。

郑：你到台湾来究竟干什么？

张：你不许我到台湾来吗？你有多大权利管得着我。我张铁魂不错，是个吃败仗的光棍，不过是堂堂正正地上战场的，总比你那个放冷枪下毒药漂亮点。揭穿了，是我说你的，我说你无耻，你监视这个，监视那个，你没有这个权利，老子革命比你早！老子革命的时候你还不知道在那里！老子是光棍军人，一不是黄埔，二不是保定，三不理你特务军统局……

郑：总裁有命令，叫你上重庆去。

张：拿命令我看。

郑：你放心就是了。

张：你？告诉你除非他蒋总裁亲自来。

郑：（厉声）要追究你的吃败仗的责任！你到台湾来还领一个师的军饷，你的一个师早投降了，你想在台湾搞把戏，前几天台南伤兵闹事是你主使的!我有任务。
张: 就算是老子主使的,那么学生罢课,工人罢工,乡下人缴了新军的械上山打游击,这是那个主使的?你特务走狗干的什么事?你在美国买地皮,护照揣在身上,想溜了!
郑: 你住嘴!你盗窃军饷——
张: (暴跳)你放屁!你是……你是小舅子,王八旦、猪、狗、你妈偷人,你老婆跟美国人睡……
郑: 我命令你马上离开台湾!
张: 你是特务头、土匪、光棍,裤裆里头钻出来的……(暴跳如雷,里面的人们全出来了)。
神经质的太太:(拖住他)铁魂呀,你怎么的呀,哎哟骇死我了。哎呀——
郑: (拔出枪来)
刘: 不能!不能!大家为了总裁,看我的面子,看我的面子!
神经质的太太:郑局长呀!你听我说,铁魂是刚才输了钱……哎呀!
　　(大家拦住了郑,张依然在暴跳,郑一定要逮捕他,刘委员突然跪下了。)
刘: 你看,局长,郑局长啊!我跟你跪下了,我们大家都要完蛋了,你们就算是可怜可怜蒋总裁吧。(哭)他可怜一个人躲着哭呀。……怎么办呀,你们大家都有钱,我是一个钱都没有搞到,往后怎么得了啊。
郑: (踢他)去你妈的!
　　(陈部长太太,已经换了衣裳,盛怒地走另一边出来了。)
李大使:看我的面子吧,锡包兄。
郑: 你是什么狗面子?
空军:什么东西!
李: 无耻的空军!拿妹子换来的大队长!
空: 我跟你们决斗!(出枪)
秋: 哎呀……

（闹起来）

朱部长太太：张司令，我说这也是你不对，你该道个歉。

陈部长太太：怎么啦，道歉？这是那个的地方，那个敢在这里闹，叫他跟陈部长说去！

朱部长太太：陈部长，吓！自己不照照镜子！

陈太太：不要脸，想吃金条吃不着，什么东西，党国要人太太……跳舞厅出来的！

朱太太：你敢欺人！

陈太太：我骂你！婊子！

朱太太：你才……宋美龄并不喜欢你……你才婊子！

（两人扭做一团。太太小姐们怪叫。秋云跑上来劝架。）

秋：　陈太太，朱太太，看我的面子。

陈：　（放开朱太太，向她）你是什么东西？那个叫你来的？

朱太太：（同时，也放开陈太太）你的什么狗面子！骚狐狸精！

空军：（在另一边）我跟你决斗！

大使：真是无耻！

秋：　（受了刺戟，奔过去）你们打吧，打吧……（抢下空军的枪）我死就是了。这地方全是高贵的，我一个人是下贱的……（举枪，大哭）姆妈呀，……你是希望你的女儿……如今她受这种侮辱……我从前是想做一个了不起的女英雄……

（几个人拉住她，她大哭）

张：　（在这些各别的争吵进行着的时候，一直在暴跳如雷）好呀！老子革命这么多年，老子是吃败仗的！你们这里什么都有，黄埔，政学系，桂系，王八乌龟都有……都是些，都是些美国婊子养的！就比方海军吧，一条一条的军舰投降，几万几万的大头拿去分赃，老子搞这么一点就来气不服呀！

海军官员：怎么，你不要胡说呀！

（各个集团都在争吵着。劝架的人们挨了骂，卷入了争吵。唯有刘海山委员不断地这里那里叩头，求大家和解。

他激动极了)。

刘：　（叩头）我求你们啊！你们看看呀！……不得了啦，都完蛋啦，刮钱也好，不刮钱也好，台湾也没得多少日子刮啦，大家可怜可怜总裁啊！大家看看这个上总裁书啊！国父在天之灵——你来看看呀……可怜我一个钱也没有啊！

李大使：（在秋云面前跪下）云云，云云，你不能……
陈太太：（重新争吵）跳舞厅出来的！
朱太太：你才是跳舞厅出来的，窑子里头出来的！
郑：　张国魁，跟我走！
张：　老子跟你拼了！（拿出枪来）

（太太们的争吵停止了，所有的人都集中到这个主要的争吵上面来；陈太太骂郑局长，朱太太骂张司令，小姐拖她的母亲，大使骂司令，空军骂特务。乱做一团。神经质的太太到处怪叫。刘委员在叩头喊叫，唯一的一个没有参加争吵、可怜而骇怕地在一边的人就是那个来找事的老公务员胡望。他一直坐在角落里，大家不感觉到他的存在，他的一点礼物已经被别人在争吵的时候踢烂了。愈吵愈激烈，朱太太叫一声昏倒了。小姐扭着郑局长要拼命。）

（正在大家乱做一团的时候，秘书刘华国上来了。失魂落魄，神经紧张得说不出话来。）

秘书：各位！（大家没听见）各位，重要的消息！
人们：什么？

□□□□□□□□□□□□□□□□□□□□□□□□□□□□□□□□□□□□□□□□□□□□□□□□□□□□□□□□□①

陈太太：那么依你说究竟……
小姐：爸爸，第三次世界大战究竟爆发不爆发呀？再不爆发我气

---

①　此处缺南京《新民报》1949 年 10 月 12 日第 2 版刊载的部分，暂未发现。

　　　　死啦！
陈：　你们也该看看报，苏联已经有了原子弹了，苏联已经发现了原子秘密了，美国就是想打也不敢——没有那么容易，我早就看到了。
空军：真的！你说什么？真的苏联已经有原子弹？
陈：　我未必说假话！
太太们：哎呀，靠的就是美国的原子弹，这怎么行了呀！他苏联怎么会有的呀？——那我们不是上了美国的当了？
　　　　（静）
陈：　美国，哼！我早就说过，美国是吹牛皮，靠不住的。这两天美国就在闹罢工，他恐怕自己都保不住。不过，除了靠美国，又有什么办法呢？
神经质的太太：是呀！
陈：　你们高兴？你们晓得今天广州外围的局势不晓得？……
张：　情报！你的情报多呢！（又冲向秘书）狗东西，造谣生事，害的我刚才还跟那王八旦握了一下手。
秘：　（可怜地）我是心里急……我心里急……一时高兴……
张：　去你妈的！
陈太太：（向部长）你回来了，好，你来收拾吧。（大叫）我受不了那个在我面前摆威风。
朱太太：陈部长呀，你听我说，她简直不讲交情，我们朱部长……
陈太太：什么东西，朱部长！
朱太太：你什么东西！（吵起来）
神经质的太太：（和上面的争吵同时）哎呀，原子弹也靠不住了，怎么办呀！
郑：　（庄严地）陈部长，总裁有命令，叫张司令上重庆去！
陈：　（起立）你跟总裁说，我留他在台湾。
郑：　这是什么话？
陈：　你有多大权力？……你混蛋，滚出去！
郑：　你贪污！（站起来）

秋： （和上面的争吵同时）哎呀，我活不了呀……（拼命饮酒）
大使：云！
空军：不要脸，哈巴狗！
大使：你妹妹换来的！
小姐：（和上面的争吵同时）爸爸，爸爸，我明天去美国，这种日子我过不了。
神经质的太太：我也去！我也去！我们都去！
张： （大叫）哪个要上美国去？狗种东西一天到晚美国，美国，美国早把你们丢到毛坑里头啦！
神经质的太太：我偏要去！
张： 老子揍你！（打她耳光，她大哭）
小姐：（拿出一卷钞票烧了）妈呀，你给我一万美金，再不用这些纸钱了，什么法币、关金、金元券、银元券……把财政部烧了它！
某太太：小姐，你这不能怪财政部呀，都是国防部贪污的，就比方他们海军……
另一太太：财政部什么东西，宋美龄的高跟鞋，自己不臭！（也拿钞票来烧）
刘： （大喊，然后跪地叩头）我求求大家想想他总裁老人家呀……
张： （喝了一杯酒，把杯子扔了，狂暴地）什么总裁！（去踢刘）你他妈的总裁跟我一样是个混帐王八旦……
陈太太：（掀翻了桌子）打啊！你们这群疯狗。

（吵做一团。小姐轻蔑地望着他们"呸"了一声，跑去弄收音机。收音机播出了中华人民共和国的国歌："起来！不愿作奴隶的人们——"又扭，仍然是这歌声。张司令跑过来扭，也仍然是这歌声，陈"部长"注意到了，吵架停止了。这歌声威胁着他们，使他们焦躁而昏乱，郑"局长"，陈"部长"，都过来扭，都是这个雄壮的歌声，突然地歌声停止了，收音机播出了庄严而强大的声音：

中华人民共和国已经诞生,中国人从此站起来了。美帝国主义战争贩子必将粉身骨碎,国民党匪帮战争罪犯必将死无葬身之地!中国人民在这里宣布:中国的领土主权必须完整!西藏和台湾必须解放!战争罪犯卖国贼一定要受到中国人民的严厉的审判!全中国的热爱祖国的人民团结起来,叫战争贩子和他们的奴才走狗在我们面前发抖吧!

广播开始不久,所有的角色都精疲力竭了,在这个雄大的打击下,在各种姿态里呆着,但老公务员胡望却走到台中间来,静听广播,然后突然地痛哭失声。

陈"部长"奔上去,把收音机抱起来碰碎了。

后台传来雄壮的中华人民共和国国歌的声音。全体角色姿态一变,垂头丧气,重新呆立着。)

——幕

一九四九年九月廿八日

附:

## 《反动派一团糟》的故事
### 今明两天在游湖大会演出

路 翎

在台湾国民党反动派陈"部长"的华丽的公馆里,"部长"太太在中秋节这一天举行了盛大的宴会,请了很多客人来过节。但是因为国民党政权已经四分五裂,到了最后崩溃的时候,而伟大的中华人民共和国已经宣布成立,所以他们就互相争夺责骂吵闹了起来。客人中间有各种各样的人,有行伍出身的吃了败仗的光杆"司令官"张铁魂、"军统局"的郑"局长",伪立法委员刘海山、"大使"李国钧、朱"部长"太太、交际花秋云、空军大队长、海军官员等等。先是主人陈"部长"太太为了赌钱的事情和朱"部长"太太闹气,这个说那个的丈夫贪污,那个说这个的丈夫无耻。后来"大使"又和空军队长为了交际花的事情争斗。这时候军统特务头子郑某进来了,他是刚刚在香港暗杀了人民政协的代表杨杰将军,从香港回到台湾的,趾高气扬。为了孙立人的新军的事情,认为张铁魂司令有在台湾阴谋夺取新军的企图,就用了"总裁"的名义,要把张铁魂调到重庆去看管起来。他又恰恰是陈"部长"的对头。于是大家大闹起来了。在大家大闹的时候,伪立法委员刘海山捧着他的[上]"总裁"书到处叩头求情,女人们到处乱哭乱叫。来找事情的老公务员胡望却被大家挤在一边,可怜地呆在那里,他给"部长"太太送来的节礼也被大家碰烂了。

正在乱作一团的时候,秘书回来了,丧魂失魄的样子,结结巴巴地说,有一个重要的好消息,第三次世界大战爆发了。

特务头子郑某证实这个消息是很有可能的,于是大家狂欢了起来。这一群疯狗,明白自己已经接近了最后的灭亡,各自在打各自的主意,准备逃命,他们是在日夜地梦想着美帝战争贩子能把战争挑拨起来,好叫他们跟着回国享福的。所以他们不问这个消息是否真有可能,拼命地狂欢着。

狂欢到了顶点,突然地陈"部长"回来了。他这个阴险的角色正在为他们的最后的灭亡而焦急,对着大家的狂欢冷笑了起来。他说,第三次大战不但没有爆发,并且恐怕爆发不起来了,因为美帝国是一只纸老虎,而苏联已经有了原子弹了。

这对于这群疯狗是一个极大的刺激。大家马上重新争吵起来,连这陈"部长"在内打做一团。而"部长"小姐无聊地去开收音机,却到处是中华人民共和国国歌的声音。突然地收音机播出了中华人民共和国开国的宣言,这一群疯狗呆住了。

他们自己也明白他们最后灭亡是确定了。

# 《反动派一团糟》职演员表

## 演员表（以出场先后为序）

剧中人…………扮演人

仆人…………顾谦
胡望…………陈渌洲
伪立委…………彭湃
陈太太…………赵秀容
伪秘书…………黄宗江
伪司令…………丁尼
小姐…………朱嘉琛
秋云…………殷子
伪大使…………蒋超
神经女人…………张玲
广播员…………马瑞
朱太太…………丁惟敏
伪局长…………齐衡
伪空军队长…………王浩
伪海军司令…………路翎
伤兵…………王者
伤官…………王庆冰
伪部长…………张非

## 职员表

演出者…………游湖委员会
编剧…………路翎
导演团…………戴涯　黄宗江　齐衡
　　　　　　　　路翎　陈瘦竹
执行导演…………戴涯
舞台设计…………张鹤林
舞台装置…………张鹤林　马进
灯光…………郭永亮
服装…………温永　杨宏芝
化装…………张玲

（原载南京《新民报》1949年10月7日第2版）

# 迎着明天

《迎着明天》(又名《人民万岁》),1949年7月初稿,1950年11月整理,北京天下出版社1951年8月初版,据此排校。

人物：

　　李迎财
　　刘冬姑
　　张胡子
　　黄贵成
　　刘　福
　　王桂兰
　　李秀英
　　李树民
　　吴春福
　　刘包牙
　　吴新华
　　徐小鹰
　　张胡子女人
　　男女工十数人

　　一九四八年秋天到冬天，在华东地区某官僚资本的工厂内；
　　在人民解放军向淮海地区进军，国民党反动政权接近最后崩溃的时期。

# 第 一 幕

工厂附近。左前方可以看见厂房和烟囱,正面的远景是城市楼房底影子。前景里面,偏右有一棵不怎么大的树和一个土堆;右边露出一个棚屋底侧面,仅仅可以看见土墙上的一面用木棍和树枝拦着的窗户,这是工人张胡子的家。从棚子前面有小路一直通向工厂,土堆的后面也有路,但看不见。

是深秋的黄昏的时候,落日照耀。开幕时,工厂底雄壮的汽笛声长久地响着,像是挑战的号叫。工人张胡子和黄贵成坐在土堆边上,刘福蹲在一边。

刘:老黄,我听小张他们说,要和平了,你看和得了吧!

黄:哪里来的那个话?这是他们政府骗人的,打败了仗,东北叫打垮啦,北平、天津快完蛋啦,就喊和平。是个缓兵之计,就像这厂里头的玩意一样。

刘:(沉思着,忽然拾起一根草棒来搔着黄贵成的颈子。)

黄:哎呀,小胖子,你开什么心呀。

刘:发脾气啦?你说请喝酒的呢。

黄:喝什么酒哟,有事情。

张:李迎财说下了班就来的。

刘:什么事情呀,他妈的这个厂里的事搞不好的。(唱戏)"父女们打鱼在河下"……走,你舍不得请客我请客,小六子那边赊账去。

黄:改天吧,小胖子。你慢点高兴,他狗养的前方愈是打败仗,后方愈是逼的凶。厂里头大伙都叫逼得快活不下去了,你也还是个代表呢。李树民为了大伙挺了几句就叫开除了,人家那么好的一个人,大伙能不管么?李迎财马上就来了。

刘:我看,吓!李迎财他来个屁。他是什么东西,神气些什么,五六个代表光是看他一个人的戏,厂长房子里又说又笑的!来了个把月,就这么神气!

黄:小胖子你这个话就歪了,他的代表是大伙儿推的呀。

刘:办的什么事?光晓得出风头吊膀子!

黄:你何以见得人家就是吊膀子?

刘:不是吊膀子?狗养的刘冬姑那种女人呀,什么人都是朋友,不三不四的,她还算是个十几年的女工哩。我姐姐去年害病快死的时候,她还欺我姐,拦在路上借钱打架,后来又猫哭耗子,提着东西上门来看病了。我说,对不起,我姐姐不要你的烂东西,狗熊!我看呀,李迎财跟她就是一个路子的货色,要是他当代表,我就不干!

张:(吸着烟)你这话也有道理。不过你看看这个局面,为了大伙,忍一忍吧。只要他肯干,人总有个长处,你我就在底下多做几分事。刘冬姑那个女人,我们提防她就是了,再讲李迎财呢……

刘:手艺好,有本事,是不是?

黄:手艺好也是真的,这个人我晓得,他是一肚子冤气,到处都要占强,这就到处吃鳖。你说他想出风头,那也不能说他就没有一丝这个想头。不过他恨那些人也是恨透了,有些事情,做起来确实比你我在行。小胖子,你要想想,你不能这么横冲直撞呀!比方说,昨天你跟小张为了一把钳子吵的那么一场,有什么道理?大家都是一条路上的兄弟,你骂人家老婆,伤人家心干什么?

刘:我就是这个样。(沉默)

张:李迎财来了!

(刘走开了两步)

黄：小胖子，哪里去！

（刘站住，背向他们。李迎财上。）

李：（马上就发现了刘对他的不满）没有到屋子里去吗？

张：里头太黑了，我那个女人又老是不三不四地闹。

李：麻烦得很，老张。我们商量商量吧。大伙前天提的意思是三条：第一，厂方不许无故开除工人；第二，工钱要跟上海的生活指数走，半个月一发，欠的上个月钱要照指数加；第三，不承认他那个流氓工会，取消包工剥削，公开福利，不许随便扣钱。对不对？

张：大伙提的，是这三条。

李：我们一间一个代表，是七个人：李树民、胡老二、张国富；女工是王桂兰跟何大婶；还有他刘福。早上见到厂长了，一走进去先是他刘福说了几句，说的厂长那狗熊一火，什么蒋总统，什么共产党闹事，什么戒严戡乱非常时期都搬出来了。大伙不作声，李树民就挺了上去说："戡乱不戡乱我们工人不懂，我们工人也是人！"厂长狗熊马上变脸，说叫工务课长来，我连忙转弯就来不及了。回来跟大伙一说，大伙光是叫干，可又没有人干。后来吴新华挂牌，李树民叫开除了，大伙就一声不响了。

刘：（转过身来）我看呀！搞到手几个钱还不是刘包牙那一伙占便宜，他妈的要饿死大家饿死吧！

李：（冷冷地）我也是这么说呀！你好说，大家领钱了，没有出力的就不准领？

刘：（看黄）你们大家都说我头脑简单，我就是头脑简单。打个比方说，好，要是他狗熊厂长不答应，就罢工。好，罢工！看吧！兵来了，警察来了，厂长、美国人的走狗抖起来了；那些乌龟把头一缩，等到没有事了，那些乌龟就要伸出头来吃现成，狗养的刘包牙他们还要得几份。他们一个人都是挂两个名字的，你们说，这该怎么讲？

李：那就为难了。

刘：所以说。

黄：我有两句话,小胖子。你以为我们大伙现刻是不是光该为几个钱？我们大伙这回争的是我们工人大伙的利益,一不许无故开除,二不许包工剥削。听说他们准备这么搞两手,把大伙开的开革的革,就要拿这个厂搬到台湾去,送他美国干老子,那我们就还要不许他动这个厂！我们争的是做人！照这么说,刘包牙他们多搞几个钱算不得什么。要拿天下的人几个小钱也买不动。你又说大伙像个乌龟,刚才迎财也是说,李树民一叫开除大伙就一声不响,你们两个讲的话都是真的？我看不对。你们是光自己这么想。刚才李福顺他们几个还跟我说,非叫李树民复工不行,不叫复工,就不答应！……你们看怎样说？

刘：我没问题。哪个光为几个钱不叫人,哪个怕开除就不叫人。大伙说的,不叫李树民复工就打他个稀烂！乌龟？我是说,(笑)我们几个人不得缩头的。

李：吓！

刘：怕就怕的半路上出家。

李：小胖子,你跟我说这个话就见外了。我是没有意思要拖哪个上当的。

刘：我呀,怕的就是这个。

黄：(厉声)小胖子！

李：爱干不干,去他妈的。(躺下来望着天,寂静。)

黄：喂！老李,你说说你的意思吧。你究竟怎样想？

李：我倒不怪哪个。承各位抬举推我当了这个代表,其实我这个人干不了什么,反而把大伙的事耽误了,有些人还以为我要从中间捞什么呢。要大伙去争呢,讲的是不错,可是就没得人出头。我也不是说别人把我当猴子耍,其实我又何必。

黄：哪个拿你当猴子耍呀！

李：自然有啰。老黄你是明白人,我算是多事,出风头。

黄：你看你又发老脾气啦！

李：生来就是这样。……人家拿我跟刘冬姑这样说那样说，好像我要出什么花样，难道我是聋子？

黄：没有哪个说你，你又多心了。顶多也不过是说刘冬姑那个女人是想利用你，她不好惹。

李：是不好惹，我自己有数。

黄：我们每间再商量一下，再找几个人到厂里去，你看怎样？

李：几个人不行的，老兄。这些事情我清楚，文的是不行的。

刘：那就来武的吧。

李：你也相信我？我们几个人打太极拳？（顿）我看，我也只好另谋生路了。

（大家沉默着）

张：（慢吞吞地）兄弟，不要说这种话，没有另外的生路的。我在这个厂里头八九年了，我跟我那个儿子一道进厂，那时候他才十八岁，他是在打包间，我是在烧火间。日本人一来，原先那个厂长当了汉奸。搞上了罢工了，推我当了代表，一起是四个代表，一走进去，那厂长就客气得了不得，说是好解决好解决。好，过了一天，就有两个代表瘪了气，拿了钱。有一个人上我家里来了，扛了两斗米，还拿来钱，我说："婊子养的你们滚吧！"我说："饿死就饿死好了。"哪晓得我这个女人背底下又收下来了。你晓得我那个儿子发的多大的火哟。他把东西一齐掀出去，跑到厂里头叫："各位，我爹是个混帐人，收了钱了。"我赶到的时候，他都吼了几百人，就像是一团火，往大办公室里头冲。一个兵走上来就是一枪，当时就打死了。（静）他到死都是恨我的，说："我爹是个混帐人呀！他收了钱了！"我跑去的时候，我说："儿！你爹不是个混帐人，你好好去吧！"……我这个女人，就是从那时候起搞上神经病的。今天是我那福贵的生日，她就哭了一早上。（静）另外的生路，迎财，不瞒你说，我也找过，世界虽大，到处都没得你我的便宜的。除非等到有一天天下变了，那个时候。不过那也还是要我们走这条路走过去的。迎财，你相信吧，只要我们撑下去，变天的日子就要来了，我做梦都梦见那一天。你是一个一等的能干人，不会不懂我的话，你说是不是？为人不要防别的，第一要防自己。

李：那是。

张：我们做工的人，这些年头不知道送了多少条命，哪一个不是有为的汉子？要是没得指望，为了一个自己的吃喝，送命又是为的什么？哪一个不晓得舒服快活？我梦见我儿跟我说："爹，你苦下去，你撑下去吧！"……我是说不尽讲不完的。我是说：迎财，为了大伙，为了往后的日子，为了他们可怜的姑娘女子们，受点委屈也不要记在心上；我们不替他们姑娘女子们撑腰，哪一个替他们撑腰？再有就是那个女人的事，你也不得不防，虽说她不是坏人。

李：那是。

张：小胖子脾气不好，我们刚才讲了他了，你不要怪他。

李：我都晓得。

黄：这样吧！老李，明天早上大伙进去，不谈别的，先谈叫李树民复工，要是他不叫复工，回头我们再想办法。跟大伙说，这不是李树民一个人的事情！

（健壮、泼辣，但又颓唐的刘冬姑从右边，即张胡子底棚子那边上来。烫着头发，但脸色灰白，旗袍的扣子也没有扣整齐。）

姑：哦！你们在这里呀！毛胡子，吃了饭没有？

张：还没有呢。你呢？上哪里去？

姑：还不是到处去走。我这个人就是坐不下来，要到处走走……李迎财，你不是说要在厂里写信的吗？（冷笑）你来，我有话跟你谈。

李：等下吧，没有什么好谈的。

姑：就没有什么好谈的？你这个人说话是放屁吗？哼！你底花样我未必不晓得？（向大家）喂，你们不要听他吹牛，他当代表拿了刘包牙的钱了。

111

李：你说什么？（跳起来给她一个耳光）我拿的什么钱？

姑：（她是轻率地攻击着的，没有料到会这样严重，于是呆了一下）你打我？好！你打我呀！打吧！打就是人，不打就不是人！

（冲上来。但李又要打，她不敢动了。李迎财气得发抖；张胡子劝着他）

姑：（放赖）打呀！妈的你打呀。你们这些好朋友叫他打呀！我刘冬姑不是好东西，怎么你们都不作声了呀？

李：是我自己要打的，怎样？

姑：你？怕你没有这个吃屎的本事！

（大家静着，刘、黄站了起来。）

黄：我们到厂里去一下。（偕刘下）

李：（对姑）好吧，你说！今天我们两人弄清楚吧。

（棚子里传来了张胡子女人底喊声，张胡子也站了起来。）

李：（激动的）老张，你歇一下。

张：我就来，就来。（下）

（静着）

李：你凭什么说我拿了刘包牙的钱？

姑：我高兴。

李：是刘包牙告诉你的吗？你就相信吗？

姑：我高兴。

李：你有人心没有？

姑：将心比心，别人没有，我就没有。

李：你要晓得你说这些话比杀我一刀还厉害。我对你并不坏呀。

姑：我看见你就讨厌，没有志气的东西。

李：（静一下）那也好，我们今后不来往，随你怎样说，你不看见我就是了。

（走开去。）

姑：喂！李迎财。

李：干什么？

姑：我问你——来，我们好好地谈谈。我问你，你心里究竟对我怎样？

李：我说不上来。你这样对我，我还有什么好说的。

姑：哼！你倒便宜，想这样就算了吗？我是那种女人吗？

李：你威胁我？

姑：岂敢。大家都是在社会上混的，要放漂亮点。

李：对！你要怎么样？

姑：我要你拿出良心来。（软弱、有些伤心）我要你对我好。

李：我未必对你不好？像你这样子，我怎么对你好法呢？

姑：那么，你不要瞒我。你说，你跟张胡子他们究竟搞的什么事？

李：大家朋友。

姑：你以为我是来当包打听的吗？我这个人还没有这么不识相。小李，你拿我当外人……我不过是要你听我两句话，你说，我们两人就难道没有一点感情？

李：（沉默了一阵）这要看你了，你今天是在我心窝里插了一刀。我又不是不清楚你，我晓得你是说话不用心思的，不过，我老实告诉你，我自己也不是一个拿得稳的人，我心里也苦得很。要是你今后不跟你哥哥刘包牙他们来往，那我们就算个朋友；你要是往好路上走，我的心就拿给你。不然的话呢，我们就不相干。我晓得我对不起你，不过这也没有办法。

姑：我没有跟刘包牙他们来往呀！他们逼我做的事情我哪一桩做了？……你晓得我也是受欺的。……

李：那你为什么硬要叫我跟刘包牙来往？今天还要来这一手害我？

姑：我是说……那有什么关系？何必做呆子，见便宜不占呢？世界上没有这种呆子的。拿了钱我还是干我的，比方说：哪个都管不着，他问我，我就说："对啦！拿钱的，公家的钱，又不是你的，老子高兴。"我还是这个样子，——哪，给我一支香烟。

李：我做不到，除非是你才有这种便宜事。这就是卖朋友，懂不懂?

姑：我的妈妈,亲生的娘哟!像你这样子呀,一辈子也不会出头。卖朋友,笑话,我刘冬姑也是在这个社会上混了二十几年了,你看见我卖过几个?用不着你来跟我说大道理,我样样懂。你走到天王老子面前我都是这样说：我是一个当女工的,在他们流氓家里头长大的,从小就没有一天干净,反过来呢,什么苦处我都吃过,十四岁就叫人糟蹋了。(悲痛)我不这个样子你叫我怎么活?(眼圈发红)姐妹们的苦处我哪一点不知道?真是,为了别人家不知吃过多少苦,只要别人家相信我,我什么事情都愿意做。不过,有哪个相信我呢?李迎财,我就以为你是这一伙里头的一个干净有为的人,我当初跟你好,也是为了你是一个有为的男子,不像别人那样随随便便的……

李：那么你为什么还叫我跟刘包牙来往呢?

姑：我几时叫你跟他来往的?我不过是说,这样下去,究竟你打算怎么样呢?……哦,你好吧,你是干净的,你不要弄脏了吧!我不够资格,我配不上你,这是良心话——你愈是干净我愈是恨你,你滚吧,远走高飞吧。……唉!我总指望个好人,不过我是一塘臭水,我走来走去,疯疯癫癫的,人家都说："看她这个女光棍!"其实我是想做一个好人啊,有哪个晓得我的心啊!

李：(苦恼)其实我们大家都一样。

姑：(大声)李迎财,你带我走吧,我们哪怕是到哪里去摆个香烟摊子!

李：(沉默着。他心里的动摇,从他的神情里流露了出来)

姑：好不好?我是个没得知识的女子,不知不识,不晓得世界大事,不过心里也还是有个好歹。我晓得蹲在这个地方,大家都认得我,把我看死了,我的心就不能做主。我想好,我想插起翅膀来马上就飞……你带我走吧。

李：我怕你是一时这么说一说。

姑：哪个说虚心话就雷劈火烧！

李：（默）

姑：就怕你不是个男子汉。

李：说说倒很容易。（点香烟）是这个样子的，冬姑。我心里也是想另谋生路了，凭我这个手艺，未必就在这里拿个烧火的钱么？凭我这个手艺，哪里也都混到一碗饭吃，用不着在这里受这些冤气。

姑：是呀！

李：我对你的这个心你是晓得的。我想来想去，我想，我从小就没父母，这点手艺是当了四年徒弟，挨了四年的打才学会的。我拼命地学，认字读书，好容易混到今天了，总巴望有一天能出个头。我就想，今天要是不想在别人底下受气，除非是自己弄点本钱，开个小机器厂，用两个人，教两个徒弟。不过你要不想吃别人你就休想在这个社会上立脚，我李迎财又是这种人吗？再说我从小就靠朋友，这几年时运不好，做过不少歪事，都是靠朋友搭救，原谅，我能对不起朋友么？就说黄贵成吧，是他介绍我到这厂来的，什么事都帮忙，人家对我这么好，我能不能拍拍屁股就走？……看吧，我是在指望，总有一天天下变了，那个时候就好了。你看这两天的战事吧，一天天过来了，等到八路军来了，我们就出头了。不过，我跟你谈的这个话你可不能跟别人说啊！

姑：吓！我看你还不如一个女子家呢。一下子顾这样，一下子又顾那样。这下子又等什么八路军了，就像八路军是你老子一样！

李：小声点。

姑：我怕什么？这个世界上呀！人家吃了我，我又来吃别人，难道不是天理人情？什么天下变了八路军要过来了，未必那时候人家会替你铺好床让你睡觉？我看透了，有办法的总是有办法，没有办法的总是没有办法。

李：那不会的，将来就要好了。

姑：你究竟唱的什么调子呀？

李：冬姑你不晓得，我何尝不想自在呢？不过我要有良心呀！

姑：开门见山吧，是别人拖住你不叫你走？

李：那倒不是的……过些时候再谈吧，慢慢地来。

姑：（怒）屁！跟你这种东西说话简直气死我了。好啦！我们怎么办？你说吧。

李：你要我照你那样生活那可办不到。没有什么怎么办。

姑：（冲上来揪住他）你是个懦种！你就想这样便宜吗？办不到！我要到处去说，你拿了钱的，当代表拿了钱的，你少装佯，要么你就是共产党八路军！

李：（叫）你放屁！

姑：呸！（往工厂去。）

（刘福偕被开除的李树民及两个青年工人上。李树民是高大的汉子，神情冷酷。）

工甲：（一面走着）李二哥，你先不要乱来，明天大伙叫他复工就是。

工乙：他不复你的工就罢工！这是大伙说的。

民：没有什么。叫他小舅子吴新华看就是了。他要是有本事活着走开这个地方，老子就不叫人！（向李迎财）老李，你说我这话讲得对吧？

李：是这话。我听说有一张名单，要照着名单开除。

民：这是国家的工厂，不是他姓吴的当土皇帝的。今天的工人也不是日本时期的了！就算他背后有美国干爹吧，要晓得美国卡宾枪老子还是会耍的！

李：他姓吴的是故意找借口。凡是从前进过朱先生的夜校的，讲话不当心，骂过政府，带头提过要求的，都有名字，不光是他姐夫厂长叫他这么干，后头还有侦缉队哩。

工甲：好吧！看吧！不过我有个办法。哪个要害怕侦缉队的，就叫他先说清楚。

李：（笑笑）你们以为我怕了吗？

工甲：你老哥是聪明人，要靠你多说几句哩。

李：请大家相信吧。

（刘包牙从右边上来。）

牙：哦！你们在这里，老李！

李：嗯！

牙：你来，我有话跟你谈。

李：就在这里吧。有话大家谈。

牙：（沉默了一下）怎么样？如何？

李：什么事情？

牙：不要装佯啦，我的兄弟，你是聪明人。

李：大家都说我是聪明人，只有一个人说我笨。（顿）我不晓得。

牙：老李！喂！各位，这样子，他们政府当官的，也不能太欺负我们工人了。他们想把我们工人一脚踢开是不行的，我们罢他妈一回工！

李：我不大懂你的话。

牙：吓！少装佯啦。你想想，他李树民无缘无故叫开除了，大伙都不答应，当然要罢他的工。他李树民平常那么好的一个人，他是为的大伙呀！

民：刘包牙，我的事情不用你问，啊！

牙：怎么，问不得吗？我是关心你呢！

民：现在我未必还怕你。（走上去猛然揪住他）狗种，上个月扣的我的俱乐部钱还来！

工甲：（拉住他）二哥！不要跟他闹。

民：（推开牙）操你的祖宗！告诉你那干老子！老子要找他算帐。

（下。刘福及两工人跟着下）

牙：吓！他妈的！

（静，李吸着烟。）

牙：喂！老李，他李树民跟张胡子什么时候认得的？

李：我怎么晓得。

牙：（叹息）你老哥真是太不够朋友了。你以为我真的是在跟他们当官的做事？才不相干呢。天下要变了，老子也看不上他们这些狗官了。人生在世，说来说去还不是为了几个钱，没有钱就捣蛋——闹他妈的革命。

李：这个是真话。等他们当官的夹起尾巴一跑，哈，还管得着你。

牙：喂，上街去洗澡，喝二两吧，我请客！

李：不奉陪了，我还有点事。

牙：你看见我妹妹没有？

李：没有。哦，上厂去了。

牙：她跟你说了什么？

李：没有说什么。

牙：老李，我跟你谈正经话。吴新华昨天跟我谈起你来，他说："喂！你看李迎财这个人怎样？"我就说："好呀！保险的，刮刮叫的！"他说："大大的好的！"——不对，（笑）这是日本人说的。他是说："是不错，好手艺，委屈了他了，该升他一级的。"冬姑没有跟你说吗？

李：没有。

牙：你刚才话是不错，说他们这些当官的那个时候夹起尾巴一跑，不过现在天下终归还是在他们手里头呀。（小声）老李，我听说要开除大批的人。

李：开除吧，老子未必混不到饭吃。

牙：何止开除？吓！这是你我够朋友，先告诉你啦。我看你是划不来吧！就说他们当官的会跑，共产党要过来，那有什么要紧？你我是工人，身子一摇，共产党的饭还不是照样吃？共产党未必不要用人？

李：我倒没想到这些。

牙：真话，吴新华要你去跟他谈谈。

李：他这个阔少爷，当管理员包工老板的，我们小工跟他谈？

牙：你这话不算英雄。你怕别人说你，是不是？

李：那倒不是的。我怕哪个？

牙：那又为的什么呢？你手艺好，本事强，人家提拔你，你又何必跟他们这伙没得出息的混在一块呢？（默）如何？

李：谢谢你老哥的好意。（叹息）我也不想干了，到处都不过是混碗饭吃。不信你去问问看，我李迎财向来不向哪个低头的！

牙：我就是佩服你。

李：（动摇着）我搞得几面都不讨好。我一个人混混，哪一点不自在？

牙：吴新华还跟我说，只要你去跟他谈谈，叫李树民复工还是办得到的。

李：我不管这些事。

牙：走，上街去！……喝二两呀，我请客！

李：不，我有事！

牙：你这个人怎么这样阴阳怪气呀。（大声）喂！你究竟够不够朋友？

李：我不是说了吗！

牙：你可不要不识抬举啊。

李：（冷笑）

牙：够朋友就跟我走。

李：我有事，老兄。

牙：（发作）李迎财，我对你算是不错的了，你不要弄歪了，我告诉你。

李：老兄，大家都是社会上混的人！歪不了的。

牙：好吧，小李，我听你的。你说你要走，你要再在这厂里干就不是人。

李：那你管不着。

牙：（大叫）告诉你不准跟冬姑来往，限你一个礼拜滚蛋！

李：（站起来）你管不着。

牙：放屁，他妈的。（拿拳头在他脸上摇着）你要吃赊的还是吃现的？

（黄贵成自工厂方向上）

李：（搬开他的拳头）由你吧。

牙：好吧，你等着就是了。（大摇大摆地擦过黄贵成身边，撞了他一下，一面唱着京戏。）

（李迎财沉默着，他虽然抵抗了刘包牙这个流氓，但他底动摇已经显露了出来。）

黄：老李，什么事？

李：（冷冷地）还不是那回事！

黄：我晓得你的性子……我看，你就不要跟刘冬姑来往了吧。不然的话，总要落到他们手里去的。

李：我是不跟她来往。

（沉默。天色渐暗，工厂附近远远地传来了嘈杂的人声。右边的棚子里传来了张胡子女人的哭声，和张胡子底劝慰声。）

李：妈的，没有意思。

黄：什么？

李：替哪个忙啊，人生在世，还不是这回事。

黄：（默）

李：走了，不管到哪里去，凭我这个手艺，总混得到一碗饭吃。弄点本钱也好做个小生意，省得受这些闲气。

黄：（严厉的）为什么？

李：哪个高兴替人家当奴才！

黄：刘包牙他刚才跟你说了些什么？

李：他说什么就说动了我吗？倒不是我怕事情，是划不来。还算是朋友呢！（冷笑）一个个冷言冷语的。我问你，刚才刘冬姑一来为什么你们就走开？说吧，没有关系，究竟相不相信我？

黄：你总要相信你自己呀。

李：不错，话倒是不错。我从小苦出来，靠的是朋友，为的也是朋友，这条命不要也无所谓，就是不吃这一套，想起来心里没意思得很。指望将来吧，将来又怎样？你怪我也无所谓，吓，我晓得你是个好人。（往右边走去）

黄：老李，我跟你谈谈。

李：没有什么谈的。（下）

（黄望着他，张胡子从棚子里出来。）

张：怎样？李迎财呢？

黄：（笑笑）往街上去了。

张：究竟怎样搞的？刚才我听见他在这里跟刘包牙吵。

黄：这个人连我也搞不清楚了，……（静）胡子，你太累了，昨天到南门外去跑了一夜，该早些歇歇了。

张：我今天夜班哩，不累。

黄：（四面看看）上面有什么指示？

张：要反对他迁厂，不过也要保存力量。上面叫我们做是要做，大伙有要求的时候不能丢开大伙，不过要慎重。说过两天要派一个人来跟老朱联络。

黄：我们不能叫老朱露面。

张：是呀！你也不好太露面。李迎财的事情，我看由我来，凡事你让着他一点。你平常有的话说得他会太下不去的。还有就是小胖子，老朱要我看着办，组织他进来，不过他这样莽撞可不行。人，是个好成分。

（静）

张：（微笑）我们的人快过来了吧？

黄：不过仗总是要打的。……哦，我要告诉你的就是，李树民的事情，大伙动了，厂方慌了，复工恐怕有办法。

（工厂那边传来嘈杂声，愈来愈近，女工王桂兰上，叫着："大家来呀！出了事呀！"刘福和另外两个年轻工人，问着什么事，奔了过去。王桂兰叫着又奔了回去，黄贵成和张胡子随着她下。稍停，李迎财上，站在土堆上，忧郁地对工厂望着。另外几个工人奔了过去。王桂兰扶着受伤的女工李秀英上。李秀英哭着，呻吟着。）

王：歇歇吧，到毛胡子屋里歇歇。

英：桂兰，我活不了啊！我没有脸见人啊。（跌坐在地上，扑着巴掌，但哭不出声音来）

121

王：(带哭的声音)大家晓得你的,秀英姐姐。

英：你们让我死啊!

李：什么事?

王：(大声)她向吴新华借钱,吴新华说她旷工,拿开除来吓她,又把她锁在大货间里头糟蹋她。

李：吴新华在哪里,抓着了没有?

王：抓个屁,跑掉了。警察来了,不准人进厂。

(三四个女工跑上来,她们喊着"李秀英,秀英姐姐!"围绕着她。)

英：你们让我死啊!

(工厂那边传来人声。附近的地方又传来了刘冬姑的以及人群的喊声:"打呀,跟他们拼了! 非进厂去不行!……操你的祖宗,老子怕你的枪吗。叫他烂警察有种放吧!——打啊!"李迎财跑了过去。)

王：秀英姐,秀英姐! 你听见没有,我喊你呀!

女工甲：没得哪个敢说你一句,没得哪个敢看不起你,大家都晓得你的。

女工乙：这叫什么世界,哪一天见天日啊!

王：要是哪个敢说你半句,我就跟他拼命,秀英姐姐。

英：可怜我的德贵死得好苦啊! 哪个跟我报这个仇啊!

女工甲：我们跟你报仇,秀英姐姐。

女工们：秀英姐姐!

英：你们不要拉我,我要歇歇,我不要回家了。我拿什么脸来见我那个婆婆啊。你们就做好事,我跟你们叩个头,让我死吧!

女工们：秀英姐姐啊!

英：我累死了,我再也不要做工了。

王：秀英姐,你不要这样。

英：桂兰,你年纪小,不晓得我这些年的苦。这两年,德贵他死了,我养活这个婆婆好不容易! 她还要说我不正经。我一天都吃不饱,多少回晕倒在车子边上,人家还要说:看看她个寡妇。我们这些人真是好苦的命啊……

（传来较远的人群的吼声："喂！刘冬姑！"以及刘冬姑的叫声，几个女工奔了去。）

王：你听，连刘冬姑都替你说话，你先到毛胡子屋里坐坐吧！

英：我怎么好进人家的门。你不要管，桂兰，我不要刘冬姑那种东西做好做歹。你告诉她，我的事情不要她管！

（枪声。群众的声音寂静了一下。刘冬姑上，浑身凌乱，刚打过架的凶暴的样子。）

姑：（突然又转过身子去）各位，跟他们拼了！……（又奔下去）你狗养的警察有种来抓老子吧！老子不把你那根烂洋枪砸扁了就不是人！（狂叫）各位，这种日子不是人过的，大白天里糟蹋我们姐妹呀！叫他拿机关枪来吧！大家想想哪个没得兄弟姐妹的，他狗日的吴新华是厂长的舅子，……走，大家上厂里去，不准去也得去！

（群众的叫嚷声。人们拉劝刘冬姑，和她争吵的声音。张胡子拉着她上来，李迎财及其他几个男女工人跟在后面。）

工人们：非跟他干不行！

张：找到吴新华再算帐吧，你跟他警察闹有什么用呢。

姑：（挣脱张胡子，走向李秀英）李秀英，你不要难过，没有关系，不怕他们。

英：（不答）

姑：不要怕，我们大家对付他，非要他坐牢不行。

英：（小声，冰冷地）我自己的事情，我晓得的……谢谢你的好意，刘冬姑。

姑：你是不高兴我？

英：（在王桂兰的搀扶下站了起来）

姑：没有关系，你不高兴我，不相信我，都无所谓。（向大家）我这个人是叫人不相信。（默然，伤心落泪）哦！我好傻呀！我以为我的心就是别人的心。（颤抖）各位，我对不起你们，不要把你们弄脏了！（往外走）

张：刘冬姑,冬姑!

姑：(温柔地)毛胡子,什么事?真的,我对不起人;是我不好,我不怪哪个。你们以为我是一个坏东西吗?我不是的,毛胡子。(孩子似地伤心大哭)李秀英,你的苦处我是晓得的,我的苦处……可没有半个人晓得。

(寂静)

王：我们晓得的。

姑：王桂兰哪!你晓得,你晓得我哥哥他们要害你,我替你挡过多少回?我跟你说过半句没有?没有。你们走到我面前就要吐口水呢,我底好姑娘啊!

李：(皱着眉)说这些干什么?

张：把李秀英扶回去歇歇吧,大伙明天到厂长那里去说。

英：我不回去……我……你们让我去啊!

(女工们扶她下,张胡子跟着下。大家静默着,几个工人坐在地上或者站着,看着李迎财和刘冬姑)

姑：好!各位再见。

李：冬姑!

姑：什么事情?不是不理我了吗?

(沉默着,李很是困窘,拿了烟去分敬工人们。有一个年纪大些的红着脸站起来接住了,另外两个说是不会抽,拒绝了。)

李：(笑着)各位不高兴我吧。

工甲：没有,哪里!

工乙：走吧。

李：歇一下,大家谈谈。

工丙：谢谢香烟。(下)

(李迎财望着他们。这穿得较好,抽着好烟,漂亮的神气的工人,望着他的这些衣着破烂的,显得笨拙的,冷淡的伙伴们。)

李：(苦恼地)我刚才是误会你了。

姑：谈不上。你不够漂亮,李迎财,平常说的好听,刚才出了事情了,你倒是站在旁边。

李：这样闹又有什么用呢？离大门还有半里多地,你叫的又哪个听见呀！再说,你跟他一个警察闹有什么用？

姑：我活得不耐烦了,告诉你。(大叫)我要闹事！

李：不要这样说吧,你怪我刚才不作声,其实我心里头难过。唉！这样,……你的话倒是不错的,我们两个人走开这里吧。

姑：(望着他)

李：好吧,跟我走,我们——结婚。

姑：真话？

李：哪个有两条心就不是人。我也想过了,在这里混不出个头来,闹来闹去反而自己倒楣,我们弄点钱,自己做点事情,你看好不好,这个念头在我心里转了好几天了,不过总拿不定主意。

姑：怎么搞的一下子又拿定了？

李：刚才跟你吵的那么一场,我想开了。人生在世本来是这么一回事；凭我的手艺也不该在这里拿个烧火的钱。

姑：你不是说为朋友,为大伙的？

李：人家反正看不上我。怎么样？好不好？不要三心二意吧,你晓得我对你不坏,要是在这里,我们两个人老是这个样子翻来翻去,也不是个长久之计。怎样？

姑：我不去。

李：怎么,还是你先说的呢！

姑：这回不这么说了。

李：为什么？

姑：哼,我看你倒像个婆娘呢。告诉你吧,我倒是把你当做个英雄好汉的,你愈是硬,我愈是甘心。我呀,就是这个贱脾气。可是你算不了什么英雄好汉；未必要我一辈子跟你去哭哭啼啼吗？少作梦了。

李：(苦痛)我有什么不对的地方？

姑：你也不是什么好东西，嘴里说大话，心里想吃肉，我晓得。

李：这算什么？我想什么？

姑：想发洋财又怕开除，跟我一样，差不多。

李：（凶恶）那我们怎样解决？

姑：说过了，一刀两断，老娘看不起你。你以为你自己了不起么？差得远呢。我今后要做一个好人，卖力气吃饭。

李：你做梦！（大叫）不许走！

姑：怎样，想打吗？告诉你，你不是个东西，滚你的吧！

李：好吧！等着看就是了，我佩服你！

（冬姑下）

李：冬姑！（静了一下）好！没有什么。（挥手，姑下）

（李迎财孤独地站在昏暗中。他异常地矛盾痛苦。棚子里又传来了张胡子女人的哭声，并且破窗户上灯光亮了。工厂的汽笛响了起来，附近有两个女工走过，未出现舞台，但听得见哭声和谈话声。）

声一：不哭了，贵珍，我明天帮你找他们求求情就是了。

声二：（哭着）我哪里这么多钱赔啊！……家里头妈还在害病。他说：不赔就开除，我又不是故意弄坏的，是车子本来不稳嘛……

声一：贵珍，你我替人家做工的人，有什么说的，没有动手打你就是好的了。

李：（望着声音的方向，然后走到张胡子窗边）老张。

张：（在内）哦！请进来吧。

李：你出来吧，我跟你谈几句。

张：（出）就进来吃点饭吧……他们把李秀英送去了，这个事情，总不能这么就算了，你看是吧。

（在石块上坐下）

李：（机械地）自然。

张：想替李秀英写个呈文……（笑）写不好，不会写……你帮忙写张好吧！

李：也好，等下写……你日子过得苦吧。我是说，你心里头。
张：没有什么。苦吗？大家都是苦的。不过心里头倒不苦。从前年轻的时候也是苦过，现在倒看开了。今天是我那儿子生日，他妈又在闹了。……我说，迎财呀，人家在我们头上摆酒席盖楼房是不是？吓，我心里想，"只要你妈的在高头睡得稳就是了！"我是晓得我们这些人的。拿我来说，几十年，先是逃荒当难民，后来当小工，又到这里来搭了这个棚子，我就不指望他们什么，他们打死我儿子的仇我也忘不了，我们工人是顶有骨头的。
李：（心情涣散的样子）你这话对。
张：（望着他）你有什么话说？
李：没有……也没有什么。
张：进去吃点饭吧。
李：不，不吃。老张，我想走了。
张：（惊异）哪里去？
李：不一定哪里去。反正混饭吃吧——朋友们面前，请你替我打个招呼。
张：哦哦！
李：（冷笑）这些时来，承大家抬举，我也对不起大家。
张：是跟冬姑一道走？
李：我一个人。
张：真的？
李：人家不把我当什么，我不走干什么？男子汉四海为家。
张：李迎财，我不懂你的意思。没有哪个对不起你呀！你不是说的蛮好么？你又不是那种人，你何必把自己看成这样呢？
李：你不用说了，我晓得。
张：（大声，严厉地）你这就不对！
李：（摊开手）不对就不对吧。我凭什么要受这种冤气？就是不走，我今后也不管闲事了，我做我的工，吃我的饭。
张：（生气）……你……这不对！你是忘了大伙，你害怕啦。

李：由我吧。

张：你是叫迷了心啦,兄弟。

李：笑话,你胡子把我看成个什么人了。明天见!（站起来）胡子,你也是个好人,吓。（下）

张：（望着他,气得发抖）兄弟……你这是不行的!你这行为不像个工人,像个草包烂少爷……（大声）你要做件把事情,叫大伙看见你的心!

（静。天色已黑暗,棚子里又传出了他女人的哭声,号哭着他们死了的儿子。）

张：哭什么呀!死都死了这些年了,还有什么好哭的呀!（静默了一阵,然后向着荒野）福贵我儿,今天你的生日,你娘又哭你来了,你听见了吧?你在地下放心吧?过的还好吧?我告诉你,你爹不是个浑人,总有一天要跟你出这口气的!

——幕

# 第 二 幕

在刘冬姑底简陋的屋子里面,几件家具都旧烂,小方桌上有一面镜子。左边的门通外边,右边有门通李秀英和王桂兰暂时借住的房间。窗户外面是院落,邻居那边有拉胡琴、敲檀板、唱江北小调的声音。开幕的时候台上空寂,只听见唱戏的声音和人们的谈话声。这房子靠近河岸,整个的时间里又不时地传来码头上下力的吆喝声。

声:冬姑唱一个,冬姑唱一个。
姑:我是来听听的,你们唱吧。小张的那个嗓门呀,还要高一点,什么……(学着腔)"小奴家,看见了心上的人。"
　　(大家笑。"冬姑唱,唱! 好!")
姑声:我不唱,我有点儿醉了,喝多了,一下子就是四两。唱吧!唱"小尼姑下山"。
　　(王桂兰上,头发凌乱,衣服撕破,神情非常激动。跟着她进来的,是高大而朴实的李树民。)
李:歇歇吧。
王:(走到李秀英房门口)秀英,秀英姐姐!
英声:(微弱地)桂兰,你来啦。
王:你没睡呀?(沉痛地)秀英姐,睡睡罢!
民:王桂兰,打伤了吧?
王:不。没有……我不怕!
民:刚才要不是我碰着……你要小心一点。
王:我走到小巷子里头,就跑出几个人来把我抱着,我喊都来不

129

及,他们把我拉到房子里头去了。张顺章关起门来想动我的手,他说他要升我一级,加我工钱,我就给他两个耳光,我就喊起来了,我拿一个烟缸子把玻璃砸破了,往外就跑……(顽强而傲慢)我不怕,看就是了,我们总有一天报这个仇的!

民:你性子太强。

王:你性子就不强?你以为我们女子就不行?我没有念过书,不过我心里什么都想……李二哥,你刚刚复了个临时工,工钱又扣了一半,你这样帮着我一闹,轰的一街人,他们怕又要对付你——

民:没关系,我一个人怎么都好活的。(笑)大伙一动,他就不敢不买帐!怎么,李秀英怎么啦?

(走到李秀英门边看着。)

王:大前天你还没有复工的时候,不是罢了三个钟点的工?(骄傲地)我们女工先罢的。压不住啦,说是答应赔几个钱;这回刘冬姑出了大力气,我倒没有想到……李二哥,我们在一个厂里这些年,这时候才认得,往后总要多帮我们女工的忙啊!

民:当然。王桂兰,你晓得吧,我从前当过兵呢。

(传来了李秀英的吃语声。)

王:她病得凶……(摇头)她想不开。要是我,我才不在乎呢。这有什么。

(邻居底唱戏的声音继续着,姑上。)

姑:(陶醉地自言自语)真有趣,他们说,什么委员的太太跟美国人吊膀子,真好玩!哦,是李树民呀。桂兰,你怎么搞成这个样子?

王:(骄傲地)跟张顺章打架的!

民:张顺章想糟蹋她。

姑:这狗娘养的!他还托我帮过忙呢。我早就晓得他有这个心思啦。桂兰,你有种。(看着王桂兰,好久沉默不语,在想着自己,徘徊了几步,吸着烟)唉! 我喝醉啦! 桂兰! 请你点下灯吧,我的手都麻了。你看见李迎财没有?

王:没有。

姑:我听说一个消息。他们说,战事不好,我们厂要想搬家,工人都要叫滚蛋……桂兰! 你是当代表的,你们今天去交涉听说了吧?

王:是听说的,会计课一位职员说的。

姑:有哪些工人要叫先遣散呀?

王:这还不晓得,你问这干什么?

姑:桂兰! 姑娘,你晓得米卖几个钱一升啦。他们连我的工钱都不准借,这还从来没有过。他们说,我捣蛋。

王:跟大伙一起吧,反正不是一个人的事情。

姑:不过我是要捣蛋,我心里头苦,姑娘,我想找个出路……

民:(起立)我走啦!

姑:哦! 李树民,你说这怎么得了,我们将来究竟要搞成怎样呀? 一个个都快要发疯了,连那些当官的狗种都在发疯。

民:(笑)等着看吧。

姑:我心里想,怕是要翻天覆地呢。我恐怕是喝醉了,你想吧,要是从前,他们才不会叫你复工呢。"改记大过二次",有这么容易? 他们也是怕啦! 不过我晓得,他们本来要开除你,也是试试大伙的。

民:瞧着吧。(下)

王:李二哥,你不坐一下吗?

　　(外面应了一声。寂静。传来码头上的吆喝声。)

王:冬姑,我想问你借几个钱! 医生替秀英开的那个药,没得钱抓。

姑:不要紧,我来问他们借。(下,在外,大声,打断了人家唱戏的声音)小张,有钱没有? 借两万来,快些,人家抓药的。(稍停,上)哪,你拿去。你这样子——头发也该梳梳了,你一个人出去不怕他们又来惹你吧。

131

王：不怕！

　　（刘福上）

姑：来得正好，桂兰叫人欺侮了。

刘：什么事？

王：（冷笑）没有什么。

姑：说吧！我不方便吗？那我就出去一下，你们两个怎么还是这么怕丑呀！交朋友都交了这么久了，这有什么关系……（预备出去）

刘：冬姑，不要，你不要出去。怎么呢？

姑：张顺章想糟蹋她。李树民刚才把她送回来了。

刘：李树民呢？

王：走了。

姑：（动情地）谈吧，谈吧。你们谈谈，我说，也该请我吃喜酒呢。

刘：（不好意思）老黄来了没有？我听说厂里叫李树民复工是假的，他复的是临时工，临时工马上就要取消了，另外还要开除人。

姑：叫他开除就是了。是哪些人？

刘：还不晓得……冬姑，我过去是误会你了。

　　（沉默着）

姑：（笑）好！我出去一下。（下）

　　（王看着刘。）

刘：桂兰，你受欺啦，没把你骇坏吧？这些狗日的，下回要小心。

王：（笑）我不怕。

　　（沉默）

刘：（激动地）我不晓得怎么说，左思右想……（笑）吓，我们结婚，是不是？

王：（笑）去你的，看你那个样子呀！人家要出去抓药呢。（用手指在刘福的鼻子捣了一下，跑出去，刘笑着跟出去。稍停，姑上）

姑：咦！这一对儿，哪儿去啦？——真是的，还怕丑哩。（触动心

思,痴立着)唉!我喝醉了。噜哩噜苏的像个老太婆似的。不过,看看他们,也是有趣。……(流泪)

(静。外面唱戏的声音停止了,传来码头上的吆喝声。)

姑:(走到窗前,打开窗)唱呀?怎么不唱了?我在这里听呢!

声:你来唱吧,小张走了!

姑:我不唱,唱不出来。我就想听听。一没得东西听,心里头就乱得很,胡思乱想的。我说,我这个酒呀,也是要戒了,喝得癫癫倒倒的,天天心里头没得捞摸,就喝二两喝二两的,这种时年,天都快塌了,哪里来这么多钱呀!(拖着鞋子走回来,又像对人家说,又像自言自语)这个日子也是过的太没得捞摸了。一颗心就像是在大海里飘似的。唉,还是他们好啊,一生又没得个别的想头。(徘徊)一个人顶好就是说一不二。(走过去推开李秀英的房门,站在门边)睡着啦,李秀英?

英:(在内,微弱地)睡不着哟。

姑:睡吧,睡吧。这种时年,睡觉就是运气,你尽管放心吧,你婆婆我听说下乡去了,不会来找你的。她要是跟你断绝,那也没得什么,你就跟她断绝。现在的女子不兴什么三从四德的,大伙总归是要替你报仇。要是他们闹我也闹,不能便宜这些狗蛋的。吴新华叫人给我钱,要我不管你,我就说:"放你狗屁,你们把我当个什么人哪。"

英:(在内)多谢你呀。

姑:都是自己人,秀英,你要这样说就见外了。你急什么呢?病成这个样子,自己吃苦呀!其实这也不能怪你,哪个不晓得……

英:(在内)我没得脸呀!

姑:唉!也是可怜,贤惠的女子啊,守寡守了三年,做苦工养活婆婆,落得这个下场。我也是看清楚了。(在房内徘徊)我真的醉了。(拿镜子照着)你看我这个鬼样……你想想,我今年也不过才二十八岁,说起来还年轻的很哩,哪里是我的归宿啊!

我自己以为我是个好人，我总以为我自己……

（李迎财上）

姑：哦！你来啦！你来干什么，这是是非之地呀！

李：来看看李秀英的。

姑：多谢你，你的心肠真好。人家睡了。怎么样，还没有走吗？你是有志气的汉子，我还以为你远走高飞了呢？

李：（沉默着）

姑：我听说昨天刘包牙请你喝酒，你还到王主任那里去过，有这回事吧。

李：有这回事怎样？（解释）我不过敷衍一下，我说，今后我除了做工，什么事都不过问。

姑：听说要升你一级呢。说实话，他们卖棉花你得了多少钱？

李：由你说吧。

姑：得钱也不坏呀，借几个我用用吧。

李：你少放屁。

姑：你们天天在俱乐部里唱戏吧？我听小刘说，他们七八个人昨天到俱乐部里头捣蛋去了……怎么，俱乐部是大家出了钱，他们能玩我们就不能玩？听说你坐在里头翘二郎腿呢。

李：那不过是玩玩。我跟小胖子他们说：大家来玩玩好了，他们还以为我——

姑：好啦，你神气啦，请吧！不必到这地方来。

李：我跟你说——我们难道没有交情吗？这都是为了你呀！

姑：请吧，等你发了洋财再说吧。

李：吓！我这个人就这么下贱。

姑：你清高呢，是个凤凰，处处看不起人，可是就不像个男子汉。

李：其实，这两天我一下班就在宿舍里头睡觉。依你说我该怎样办才对？样样都不如你的意，你当初也不是劝过我不管闲事的？唉！我又不是个鬼，这样子我可真受不了。

姑：你大话是说过不少，不过一轮到事情来了，就像个乌龟。你懂得多啦，什么工人，什么将来老百姓要翻身……

李：是我怕事么？没有什么好谈了，你根本不懂。

姑：比你懂得多。

（静）

李：今天我来是这桩事，冬姑！你说吧，你究竟跟不跟我？

姑：哼，你！

李：（大叫）你不许跟小张那些流氓来往，我不许。

姑：你照照自己去。

李：照你说你倒是变好了，你为什么还要跟小张鬼混？你在这里帮哪个的忙？你说你是照应李秀英吗？你装佯！

姑：你滚！

李：冬姑……唉！真是他妈的。你想想，我又何必跟那批人来往呢？我今后也是的，我什么人都不来往……我听你的，你叫我干什么我就干什么，行不行？

姑：我要你拿跑腿津贴，到俱乐部唱戏，当包工老板，穿西装，住洋楼，电灯，自来水……

李：我是那种人吗？

姑：凭你李迎财也没有那个本事。

李：你究竟是怎样搞的呀！我是那种人吗？……未必你就不想过一点平安的日子吗？现在好，朋友们都把我当成了鬼。（冷笑）我也不在乎，妈的！

姑：对呀，天底下哪有摆着福不享的道理呢。我就是想住洋楼，电灯自来水，不过不高兴看见你，一看见你这婆婆妈妈的样子我就要发火。你有这个本事吗？呸！

李：那也要看你了。一个人只要有志气，总要发达的。

姑：（静了一下）唉……我也不晓得是怎样搞的，你不要惹我吧。我今天脾气不好。我早就说过跟你一刀两断了，我这个人顶怕拖拖拉拉的。真是的，我心里好苦啊。说老实话，从前我是想拖你下水。当初我看见你这个好像聪明有为的样子，我就喜欢，不过我马上就想拖你下水。后来我自己难过，我跟我自己说："冬姑呀，你自己都苦够了，何必叫人弄一身烂泥

135

呢?"(落泪)说实话,李迎财,我是爱惜你,我倒不是真的要你去搞钱。要是你搞浑了,你跟刘包牙他们有什么两样?那我何必找你?我就是要找一个跟他们不一样的男子汉——我要他带我走。

李：(默)冬姑,我听你的话,不过你要晓得,不是为了你,我就不会跟朋友们闹成这样子的,哪晓得你……

姑：你也不必噜苏了吧。你的话我都晓得,要哭我就一个人哭。(笑)好啊! 真有本事："一个人只要有志气,总会发达的。"等你发达起来呀,我的心怕要烧成灰了。(大叫)我要的不是你,你滚!

（右旁房内传来了李秀英底呓语声："死吧! 死吧! 我们也没得活啦!"）

李：(走到门边听着,好久的站着)这样子,反正这样了,别的我们不谈,你就跟我去吧。

姑：办不到。

李：(暴戾地)你不要太逼我了,告诉你我什么事情都做得出来。

姑：你滚!

李：(叫喊)告诉你,你——

（张胡子、黄贵成、刘福、王桂兰上。李迎财默然退到一边坐下,看着窗外。）

张：(对姑)好些了吗?

姑：又发烧,说胡话,昨天夜里烧的好怕人啊。

（大家悄悄地向李秀英房门走去,在门边站下。张胡子踮着脚进去,随后黄贵成和刘福进去了。里面继续传来李秀英的呓语声。刘冬姑也走了进去。只有李迎财一人坐在那里。）
（外面传来了刘包牙的叫声："吓,未必我连肉包子都不会吃。你等下吧。"推开门走了进来。）

牙：哦,李迎财,你在这里。

李：(默)

牙：冬姑呢?

李：在里面。

牙：李秀英的事情我谈过了，也还是昨天那个话，吴新华答应赔几个钱。

李：这事情怕不是赔几个钱能了的吧。

牙：那么要怎样呢？我就不信天底下有不能了的事情，要的就是这个。（用手指比圆圈）女人家守节呀！装腔呀！不是我说，妈的十个女的九个肯。我昨天在澡堂里头跟吴新华说，我说：凭良心讲，你做得不对，你自己坐得不稳，我说，老吴呀！……怎样！老吴想跟你谈谈呢！

李：跟我有什么谈的？

牙：怎么又变了腔啦。小李，我是看你够朋友才来找你的呀。你以为我是巴结他们当官的吗？才差得远呢。凭我刘包牙，在这个城里，不是吹的，走到那里吃到那里，老子是高兴玩玩，才到他这厂里头做点事情的。他们是当官的，老子是工人，要是他们敢得罪我呀！看吧！三天就给他两个罢工。要是好好跟我说呢，那就件件包管办得通。

（刘冬姑出来，随后大家都走了出来。）

姑：你来干什么？

牙：有点事。怎么？不能来吗？

姑：就是不能来。这是我的地方。

牙：（看看大家）我看你是找着了靠山了呢。（坐下）冬姑，过来。

姑：放你妈的屁！

牙：这里都不是外人，就开门见山吧，你跟他李迎财的事情，我不管你，他李迎财呢，人也还不错。不过，我是你的哥哥，你的终身大事非征求我的同意不可。事情是这么一个样子的——我们公开吧①：早三个月，徐小鹰请了人来跟她做媒，当时三方面喝了酒，她答应了，收了人家的衣料、钞票，还有首饰。也跟人家玩了个把月。后来她又出鬼了。现在人家

---

① 《路翎剧作选》版此处有增写的说明文字"（对李迎财）"，见该书第142页。

137

来谈这个事情,你们是他的朋友,你们公断,看怎么解决?

姑:放屁,放你狗臭屁,我一个钱都没有拿。

张:徐小鹰,那个抽白面的?

牙:人家是个大少爷,抽白面有抽白面的福气。

张:他是你师兄吧?

牙:算是半个师兄。毛胡子,你是我们工人领袖,你预备来做主,是吧。

张:(笑)我是问问。

姑:刘包牙!你狼心狗肺的也太毒了。你骗我不止骗了一次了,你他妈的说说看究竟是什么主意什么心肝呀!我总还把你当个人,把你当个哥哥,(跳脚)我从小受过你多少欺哟!

牙:咦!怪事,怪事,我欺你什么呀!

刘:这还不是欺人?

牙:你说什么,刘福!

李:(脸色灰白地走过来)刘包牙!你当着我说这个话,是把我当什么人?

牙:(翻脸)我晓得你是什么人!(向外)小鹰!进来!

(徐小鹰上。瘦长个子的流氓,破落户的少爷;长袍、小帽。)

牙:小鹰,这事情我交代给你了。

徐:(笑)喂!冬姑,我们还够点交情吧?

姑:放你屁!我跟你们拼了!……(扑了一个空,狂跳着)

(刘福们望着李迎财,但是李迎财却阴沉地走到窗前去,吸着烟。徐小鹰又冲上来,狞笑着。)

刘:(扑上去)滚出去!

黄:
张: 滚出去!

(几个人猛然地冲上来,刘包牙转身跑出去了,一面叫骂着。刘福扭着了徐小鹰。)

刘:(扭着他)跪下来!

徐:哎哟,朋友帮帮忙吧。

刘：冬姑,打他两下耳光。

姑：(走上来要打)

徐：对不起,帮帮忙哟。

刘：这样,对大家叩个头,就放你。

姑：叩头!

徐：哎哟!……(被刘福扭着跪下,叩头)好朋友,各位……

刘：(踢他)滚吧!

(徐下,大家寂静。)

刘：妈的,我顶恨这匹狗了,还是个大少爷呢!

张：怕他们马上就要来的。

刘：来就是。

(大家又静着。李迎财仍阴沉地站在那里。里面传来了李秀英的呻吟声,同时沉重地传来了码头上的吆喝声。)

刘：(突然转向李迎财)李迎财,你这算什么,一句话都不说吗？

李：(冷淡)我有什么说的。

刘：(红着脸大叫)李迎财……我真不晓得你是不是个人!

李：(默)

刘：是怕死吗,妈的你的命又比哪个值钱？

李：(冷笑)大家不相信我就是了。

姑：(呆在那里,哭出声来)我可怜是为了哪个哟!(跳脚)

李：晓得你为了哪个。

刘：(暴跳)他妈的李迎财,老子揍你!

李：(迎上去)来吧。

(黄贵成走上来,迎住了李迎财,猛然地推开了他。)

黄：(看着他)

李：翻脸就翻脸吧。刘福,你上个月欠我的钱还来!(重向刘福冲去。张胡子拉住了刘福,同时黄贵成拦在李迎财面前,愤怒而威严,李迎财不觉地停住了)

黄：李迎财!

李：怎样？

黄：记不记得去年我坐监出来你害的那场病，跟我说的话？你说："今后除了大伙什么都没有。"记不记得？

李：忘记了。

黄：干脆说吧，你这些天究竟搞了些什么？

李：我有什么。吓！一人做事一人当，用不着别人说的。我们是漂亮人。

黄：（大吼）你胡说，你放屁！

（静。在这种威严的力量下，李迎财微弱地笑着。）

张：贵成！

黄：你是好汉，漂亮人，你要过舒服日子还是办得到的，只要你心一黑，把李秀英卖掉，把我黄贵成卖掉就是了。我是把心放在你身上的，你做得出来，我就不怪你。

李：你要这么说也行。

黄：我从来把你当成我的兄弟。去年在上海罢工出了乱子，我叫你逃走，我自己去坐监。上老虎凳的时候我就想："我受了一生的压迫，死就死吧，有迎财在外头呢。"（静，凄凉而讽刺地微笑）你说，你还是我的兄弟吧？

（静着。刘福突然摸出一卷票子摔了过来。）

刘：哪，李迎财，这是欠你的钱，拿去！

黄：往后要是再有这一天，我还是那么想，你说，迎财，我该不该那么想？（含着庄严的眼泪）

李：（沉默很久，小声。）我没有什么说的。（转身欲走）

张：迎财！

（李又站住。大家静着。大家突然回头，苍白衰弱的李秀英摸索着出来了。）

王：（惊叫）秀英姐，哪儿去？

英：（不答，往前摸索）

王：（害怕地）秀英姐姐。

张：李秀英！

英：你们不要喊，我走不动啦。（奇怪地笑）德贵，小虎子，我跟他说那件衣裳裁小了,他还笑哩。
王:你说什么呀。(拖住她)
英:吃起饭来,总是弄得一身的,就像是抢来的。(大叫)德贵啦,你慢点,等我呀。
张:(迎上去,大声)李秀英!
英:哦,张大叔,你看,我眼睛花了,认错人啦。(默。惨笑)你看,我还像个人样吧。我怕搞得不像人样了,叫德贵看见都不认得了……我要到外头走走,路我还是认得的,德贵的坟,小虎子的坟……桂兰,你替我买点纸钱,我这里还有钱……
张:替你买就是啦,你去躺躺。(对黄摇头)
英:我不躺了,我躺得累死了。你们看,我今后拿什么来吃的呢?我不能做工了,就是他们叫我做,我也不做了。要是种点地,我就有的吃了。
(长久的静默。码头上的吆喝声。她在一张椅子上坐了下来。)
英:我们家里头,我跟德贵从前在乡下,哪里晓得这些事情呀。是我不好,叫他上城里来做工的。我说:"德贵呀,这沟子里头你我也没得活路了,我们就像小六子他们,上城里去找个事吧。"是我说的。他呀,一生就是在想那两亩地,一到三四月间,那年子,他老是说要插秧了,要插秧了,鼻子嗅嗅的。他说做梦都梦见插秧。真可怜。(哭)我拿什么脸去见他哟。
姑:你歇歇吧。(对张)昨天晚上也是这样子讲了半夜。
英:我歇的时候多呢。冬姑,我真没想到你这么好,这些天真是谢谢你的照应啊,我又没有什么报答的。唉,我怎样是好?我就怕见不到德贵,又怕见到他。(发痴。可怕的脸色)刚才我好像真的见到……(大叫)小虎子!
王:秀英姐,你……
英:(静了一下,极大的宁静,微笑着)见得到的。我说:"德贵,我们地里的稻子好收了,明儿个起个早。"他就起来了。他

141

们把我们几亩地抢去了,我说:"德贵,我们总要回家的。"我们就回去了。刮的好大的风哟,还有迷迷蒙蒙的月亮。我说……(力竭)我的血呀汗呀都淌光了,我做的不对,不好好孝顺婆婆,又叫人糟蹋,是我不好,你打我吧。我不打你——德贵说——我不打你(微笑着昏迷过去了。王桂兰和刘冬姑呼喊着扶住了她,把她扶了进去。屋子里面统治着严重的气氛,大家站着,对着这神圣的景象而敬礼——码头上传来了沉重的吆喝声。稍停,里面传来了王桂兰的哭声。随后加进了刘冬姑的哭声。男人们陆续进去。李迎财走到房门口,低着头站着。)

王:(在内)秀英姐,我的秀英姐……我还有话跟你说呀……
姑:(哭着出来)天没有眼睛啊!(跳脚)留我这种人活在世上,我们大家都不要活了啊!
　　(往外跑)
张:(追出来)你上哪去?
姑:去找厂长小舅子,我跟他拼了!我们活着是为什么啊!
李:(激烈地)冬姑!
姑:你不要喊我!(跳脚)天没有眼睛啊!
　　(刘包牙、徐小鹰冲开门进来。)
牙:刘福,出来!
姑:我跟你们拼……
李:(苦痛地笑着,迎了上去)什么事?
张:刘包牙,这里出了人命了!李秀英死了。
牙:有种的出来!
李:(猛烈地对着他打了一拳,狂叫)出去吧!(把刘包牙、徐小鹰打了出去。刘冬姑随着出去,然后,除了王桂兰,所有的人都出去了)
牙:(在外)你好,李迎财!
徐:(在外)伙计们,上来!
李:(在外)打吧!

姑：(在外)打吧！

牙：(在外)伙计们，替我揍他！

张：(在外)不许打人！

（揪打声，吼叫声，喘气声，邻居底骚乱声。）

（王桂兰从里面出来，站在房中间。）

王：我们好苦哟！天呀！（倒在椅子里）

（揪打继续着。冬姑大叫："走，到厂里去！"邻居的叫声："不兴这样打人的，叫警察来！"刘包牙溜了进来，跑向角落里的刘冬姑的一口箱子，翻出她的东西来，看见了王桂兰，向她走来。）

牙：喂！王桂兰，你不要伤心呀……

王：(跳起来)你敢！

牙：吓，你少假正经吧。……叫我一声哥哥就没你的事。

王：你敢！

（张胡子入。）

张：刘包牙，你干什么？

牙：干什么。揍你！

张：(敏捷地拿起了桌上的一个茶杯)来吧！

牙：告诉你少多事。

张：滚！

牙：(挟了刘冬姑的一些东西往外走)你当心就是了。(下)

徐：(在外)伙计们，走吧，快走！

黄：(在外)迎财！迎财！……冬姑！

姑：(在外，尖厉地)我们拼了啊！

（黄贵成扶着昏迷流血的李迎财进来。刘福跟着进来。脸上也有伤痕，并且衣服撕破了。）

张：李迎财！

李：(挣扎着，小声)没有关系……冬姑，我对不起人，我死了算了。

张：冬姑呢？（追出去）

（静。王桂兰的愤怒的哭声。）

李：谢谢你，老黄……你不要动我这只手。（挣扎着）我们大家到厂里去，先抓住吴新华那匹狗，我们把李秀英跟他抬去！

黄：你歇一下，迎财。我晓得你的心……

李：（凄惨地微笑）老黄，我们是老朋友，你能原谅我就原谅我吧。（痛哭失声）

黄：<br>刘： 老李，迎财！

李：难道我真是畜牲吗！……告诉你，贵成，这个事情是厂长小舅子吴新华昨天搞起来的。他说，哪个要来看李秀英的病，就来一个打一个。上半天何贵芳她们走这里出来，就挨了两顿石头。何贵芳脸都青了。我当时说，这个事情，我管也管不了。他又要我劝刘冬姑也不管，就专来对付你跟胡子。后来我又遇到吴新华那狗种，他当时就要给我钱——

刘：你怎样呢？

李：他告诉我说，哪个管的他就要打。——刘包牙今天来，先是不晓得大家都在这里，所以就想出办法来逼冬姑。——吴新华给我钱，我说，这个钱我不能拿。

刘：好！

李：（默）今天早上，我又遇到吴新华。我想来想去，我想，大家朋友闹翻了，冬姑又是这样，反正我没有路……不过我一见到吴新华我就撑不住了，我坐下来就说：这事情我总有良心。说了我就走，不过我心里还是乱糟糟的。我也拿不下心来跟刘包牙翻脸，你们都是看见的。贵成你的话对！我没有忘掉从前的事情。我还不太坏，我就想吧，有一天我要是坐在他们的老虎凳上，我就想：死就死吧，有贵成他们在外头呢。（笑）我现在心里头快活了！

黄：你休息一会吧！

李：不要紧的。（对刘微笑）你不恨我吧？（拾起地上的钱来）这个……

刘：不，我不要，我还有。
李：（静默很久）要是有鬼的话，烧点纸钱给李秀英吧！
　　（刘冬姑、张胡子上）
姑：（昏迷地倒在椅子里，长久地静着）这样活下去，有什么意思啊！可怜李秀英啊！（哭）
　　（大家静默着。）
姑：我们是为的哪个啊！
李：（微笑着）总为的哪个的。冬姑，不哭。
姑：我是不哭……迎财，我刚才错怪了你了，他们差一点打死你呀！他们血迷了心，要害死我们大伙呀！
李：打不死的。
姑：桂兰，可怜，像你这样，才十九岁，就来受这种罪，你不晓得这些人的心多坏呀！
王：（沉痛）你不要这样说。
姑：我要说！（起立）去呀！大家去呀，到厂里去叫大家来看李秀英！
　　（李树民及男女工人数人上。工人们提着一点东西，他们是来看李秀英的病的。）
民：厂里头出了个新办法，不准罢工请愿——
女工甲：怎么了？
　　（大家静着。李迎财挣扎着站了起来。）
李：（向李秀英的房门口走去，走到门边站了下来）我对不起你，李秀英！（扶着门）
　　（刚上场的女工们向李秀英房门急跑，男人们慢慢地走上前去。肃静中传出了女工们的哭声，同时传来了码头上的强大的吆喝声。）
王：（坚强地）秀英姐姐，你放心吧！

　　　　　　　　　　　　　　　　　　——幕

# 第 三 幕

　　景同第二幕,和第二幕的时间相隔约一个多月。家具略有变动,但仍很简陋,不是一种安静生活的样子。李迎财和刘冬姑已经同居,从屋子里凌乱地晾着的几件男人的衣服上,可以看出这个。

　　很冷的晚上,落着雨。开幕时候刘冬姑头上包着纱布,吸着烟走到窗边。

姑:(向外)小张!小张!有钱没有?借几个我用用!

声:李迎财没回来吗?你们为什么吵架呀?好了没有几天,就又吵架啦。

姑:你少管闲事吧。

声:我告诉你吧,你头上的伤是你那哥哥刘包牙叫人干的!吓!这种时年,你跟李迎财这一号子人有什么道理呀,斗得过人家当官的吗?

姑:有钱就拿来,噜苏什么呀!

声:你未必还没有钱?你们厂里头那些家伙混水摸鱼搞了多少啊!你没有到厂里去?

姑:我请假。告诉你,我再也不干那种事情了。这批狗种不得好死的,他妈的上上下下都在搞,一下子就盗卖了几十包棉花,公开地盗卖呀。都像疯狗,你看这两天啊,火车上挤得不得了,都是那些狗官逃命,车站上那些箱子堆得像山一样,吓!他们也有这一天呀。

声:哦,我告诉你一个消息,蒋老头下野了。

姑：真的？阿弥陀佛，也该滚蛋了。我听说，前天听人说的，北平都和平了……八路军就快要过江。要是真和平了就好了。

声：和平？美国干老子还要跟蒋老头撑腰呢。老实说，天下乱了老子才高兴呢，上回日本人来……

姑：又是日本人来！哪个不晓得日本人来你发了洋财呀，你是汉奸！

（一个女声插进来："小张呀，给日本人踢了一脚：'八格鸦路'！"）

声：算了吧，我发了财就跟你们两个人分。

姑：哪个跟你谈，滚吧！（关上窗子，吸着烟走到房中央站下）一混又要快过年了，先嘛是日本人，现在嘛又是美国人，……

（刘包牙上）

牙：冬姑！

姑：（不理他）

牙：喂！

姑：唔，你来干什么？

牙：昨天跟你谈的话怎样？

姑：叫人往我头上砸砖头就是了，还问我干什么？

牙：这你冤枉我了，我并没有叫人往你头上砸砖头呀。

姑：刘包牙，跟你说了吧。我们两个人也没有兄妹的情分，我呢，一个人在社会上是求个生活，现在时年这样乱，哪个都保不住自己，今天吃了这餐明天还不晓得在哪里吃呢，我总以为你还有个人心，哪晓得你愈来愈害人了。你想想，你害人于你自己有什么好处呢？吓，这些时候趁着天黑打鸽子，你们抢得像一群疯狗，几十包几十包的棉花往外抬，怕我不晓得？没有良心，不会有好下场的。

牙：（很神气地摸出一叠票子来）哪！你看，反正我照顾你就是了，这你不骂我没有兄妹的情分了吧。

姑：金钱是金钱，仁义是仁义，你是一匹狗。

牙：李迎财这两天怎样？

姑：没回来。跟我闹翻了。老实话，你替他挂名的事，我是不知道的，他说，你想收买他。

牙：吓吓！告诉你吧，那是吴新华叫我替他挂的名，他可不要不识抬举！我是人家底下的人，人家叫我做什么，我还不就做什么，我发疯啦，有钱给他！

姑：那就是了，你找他谈去好啦。

牙：冬姑，我们说来说去到底是个亲兄妹，胳膊不会往外弯，对不对？我告诉你吧，上边命令啦，限一个礼拜拆机器，把这个厂迁到台湾去。厂里头这些人情形不稳得很，我听说他们昨天二十人一组二十人一组在外头开了会，这个事情你晓得吧？

姑：我不晓得。我是你的妹妹呀，人家会理我？你再拿两块砖头来砸我，我就晓得了。

牙：我告诉你吧，黑名单里头有李迎财跟刘福呢，你叫他们小心一点吧。我这个人总算够朋友。

姑：喂，我问你，八路军来了你怎么办？

牙：怎么办！你以为我还会蹲在这里吗？

姑：人家当官的就带你走？

牙：我自有办法。你想不想走？

姑：我不走。我想，和平了就好了，我做工。

牙：和平，不打光了共产党就不和平。

姑：刘包牙，你真他妈不叫人！说吧，你究竟来找我干什么？

牙：吓！……我们是兄妹，老实讲了吧。李秀英死的那个时候你闹事情，后来你跟李迎财好了，不跟我这个哥哥来往啦；不过一个月不到，你又跟他吵啦。你的性子，我是晓得的，人家也看不起你。我看准啦你也没别的什么路走，所以我还是前天跟你说的那个话，现在上头逼我，只要你带话告诉他们，只要他们不闹，我们就没有事情。我呢，什么事情都是照顾你这个妹妹，只要你把他们的事情随便告诉我一点，叫我也好交个差，我总是照应你。……这个钱你先拿住。

姑：（冷冷地）你就看准了我没路走了吗？

牙：你不要？是嫌少？

　　（静）

姑：（拿起钱来往地上砸去）我就是到街上卖去我也找得到自己的路！（大叫）这些年的日子我也过腻了，你叫我背的这个臭名声我也背够了，我就是死总也找得到自己的路的，你叫人来杀吧，你拿砖头来砸，拿刀来杀吧，你要不杀你就不是人！

牙：（呆了一下）唉！冬姑！我也是混碗饭吃呀，你何必跟我这样子呢？

　　（静）

牙：好吧！你去找你的路子吧，你以为别人看得上你？（拾起钱来，下）

　　（静。姑呆站着，伤心地啜泣起来。敲门声，又急忙揩去眼泪。）

　　（王桂兰上。比以前苍老些。）

王：你没出去？……你的伤好些了吧？

姑：多谢你，你坐。（冷冷地）自从你跟刘福结婚以后，你就不上我这脏地方来了。

王：你跟迎财还在吵架？

姑：他神气呢。

王：你也不该又拿不定主意的，李迎财从前拿不定主意的时候你不也骂过他吗？

姑：这叫我从哪里说起！照这么说，你还上我这里来干什么？

王：冬姑……

姑：你告诉他李迎财吧，他不回来也由他，照他说我叫人家砸这一砖头是活该的。我说过了，跟他那种小气鬼，半死不活地搞不下去。你要碰见他就跟他说，我要跟他脱离同居关系。

王：（沉默）

姑：我什么闲事也不管，我叫人打死了划不来，我今后连工也不做，没有钱用我就上厂里去偷纱卖，我怕哪个？

王：冬姑,大伙并没有把你看成那样呢。不过是你糊里糊涂地是有些不该：你为什么又劝李迎财不干大伙的事呢？冬姑,你也是十几年的工人了,李秀英死的时候,你那么好,后来又糊涂了,不要再跟这些不三不四的人混啦。

姑：我是不混,叫人打死了还划不来呢。……(伤心)我也不过是求个生活,想想自己这半生的苦,想过几天安生日子……总想自己找条路。(落泪)……告诉你吧,刚才刘包牙想拿钱给我叫我替他做事。

王：你拿了没有？

姑：我难道不是人？

王：好！冬姑。

姑：看他们这两天那样慌张,一定是要有事情。刘包牙还在我面前透的风,厂里头黑名单里头有刘福的名字。

王：还有呢？

姑：你告诉胡子,叫他们也小心,一个礼拜迁厂以前,就要动手抓人。

王：冬姑,你心里怎么想呢？

姑：我叫折磨够了。桂兰,我劝你也不要闹了,年纪轻轻地过一天算一天吧,划不来的。

王：我们叫逼成这个样了,反正一条命。

姑：现在大家都不相信我了……不说也罢,说起来我就要伤心。我这个傻子,死拼活拼地是为了哪个呀？

王：你的伤好些了吧？

姑：好啦！劳你关心。……从前我在厂里头还能借几个钱的,现在他们是把我看成捣乱分子喽。

王：(从荷包里摸出钱来)冬姑！这是……这是大伙凑给你买点东西养养伤的。胡子、贵成、小胖子、张秀芬他们几个凑的。叫我来看你的伤,大家也要劝劝迎财,小胖子就说,迎财那样对你是过火了,他说都不说清楚就跟你吵,那不对的。

姑：(激动地沉默着)桂兰,你们这是骂我吧？

王：大伙真心呀！

姑：（揩着眼泪）不行的。大伙都那样穷，就说胡子吧，家里头还有个害病的女人，不管怎么样，我还比他们过得好些。不行的，你们这就是骂我。

王：拿下吧，这是大伙的心呀！

姑：不行的，你不晓得我这个人的脾气。

王：你拿下，你这个人！

姑：你这是骂我，这就是不相信我，万万不行的。

〔僵住，静。

王：我还想找你一桩事情。

姑：什么事？

王：是这样子……我也不晓得怎样好。

姑：什么事呀？

王：你好不好跟我……找到打胎的药？

姑：是有了身子？

王：嗯！

姑：（莫明其妙地兴奋起来）啊哈，我看也有点像。那为什么要打掉呢？小胖子他赞成吗？

王：他不赞成。不过我累死了，我怕有了娃儿就不能做工。他说不做工他养活我，你看我是那种人吗？我才不蹲在家里带娃儿呢。我也不要生下他来叫他受罪，我们还年轻哩。

姑：我真不懂你呢，人家有了娃儿都高兴，真是呀，你太年轻了，到了年纪大了，那时候你后悔也来不及啦。

王：不，我才不后悔！我们现在都是做事的年纪，又是处处都叫人压迫，保不住哪一天要出事情，我们也不怕，我就是不高兴刘福不叫我搞厂里头大伙的事情，难道我就想一辈子受压迫？你想想，我心里正在快活，我正在想着往前冲，难道我该去坐在家里头吗？我就拿下心来了，我不要，等到将来我们大伙有好日子过了，那我才要。哪个不高兴做父母？哪个不想看着自己的娃儿长大啊。

姑：这也倒是的。那么小胖子他赞成吗？

王：嗯，我说了他才赞成，他说，也好吧，省得心里头牵挂，挑重了担子站不起来。

姑：他是个要强的。我看他不会这么说。男子汉养不起老婆儿子那才丢脸。我看你们是打了架的，你看你脸上一块青。

王：你不管吧，我求你帮忙就是了。

（静）

王：我说，冬姑，你也千万不要跟那些狗蛋来往了吧。我今天想做这种事情，也是那些狗蛋逼出来的，我们姐妹们都要跟他们斗，我晓得你是一个好人，也是受的欺负，不过是叫这个社会逼成这样的。虽说你有本事，会对付他们，不过你跟他们混没有好处的，不会有好处的。李秀英死的时候你打得头破血流，总不能就这样算了。从前我恨你，后来我不晓得多欢喜你。我们大伙一起，我们大家苦到底，干到底，日子也不长了，总巴望得到一个翻身。李迎财这些时候做的事不错，你不要跟他吵了，你又不是没得本事，没得手艺的，何必依靠他们那批畜牲呢。

姑：（在这烈火般的言辞底打击下发着痴）

王：我们都是一样受压迫的，我没得爹妈，十岁的时候一个姊姊就把我卖给人家当丫头了，我是逃出这条命来的，我们大家都是一样的。……

姑：你不晓得我的苦处啊！

王：我晓得的。

姑：你年纪轻，你以为你现在闹的像团火，活得有味道吗？三年五年一过，你就要晓得了。

（静默）

姑：不过这个事情，我还是不能替你办。要是别人那无所谓，你跟小胖子两个人，我这样做，不是害你们吗？出了事情我也担不起。你不怪我吧！我办不到。

王：那就算了……我是把你当做我的亲姐姐才跟你说的……这

个钱你还是留下吧。(下)

姑：(追到门边)喂！你跑什么呀。

（静，雨声。）

姑：(走回来)好强的性子！可怜也是可怜,究竟为了什么啊！

（拿起钱来,长久沉默）

（李迎财上。脸上污黑,疲乏地进来,挟着张报纸,走到桌子边上倒杯水喝了,脱下破大衣,然后,拿着报纸,匆忙地预备到里面去睡觉。）

姑：喂！喂！你忙什么？

李：睡觉。

姑：你工钱领了没有？

李：没有……

姑：你昨天到哪里去了？

李：在厂里头住的。有什么事快谈吧,我要睡觉。

姑：阎王放你一天有你睡的。你请坐,我们谈谈。我看——喂,你听着没有？——我们两人还是脱离这个关系,登报不登报由你,反正我不识字,你爱登就登个报。

李：好吧,也好。

姑：也好？我还怕你不好呢！你以为就这么便宜吗？

李：那么怎样呢？

姑：生活费,我的生活费！

李：生活费？

姑：嗯。一个月一石米,就是这样,你看吧。

李：喂！你跟我开玩笑吧？

姑：开玩笑？你以为就这样便宜,要来就来,不要就一脚踢开吗？

李：我并没有说呀,是你说的呀！

姑：那么好！这两个月来你不死不活的,把我当个什么东西？要么成天不开口,像个阴死鬼,要么一开口就是俭省呀,做苦工的钱呀,——就像是我把你累死了似的！我用过你几个钱？你自己一来一堆朋友,看见我有个把朋友就要来瞪眼睛，照你这样说我就不要在社会上生活了？我叫人打伤了，你还说是活该的，你说说看，我凭什么跟你拖？

李：（阴郁地）你想享福我没有办法。

姑：亏你说得出来，我享你多少福呀！

李：不是这么说的，你要享福也行，不过那个味你也知道，我一个月有几个钱？你也要想想现在是什么局势。

姑：呸，告诉你吧，黑名单上挂了名字了，不抓人就开除，怕连遣散费都拿不到。

李：吓！真想不到，怎么又变成这个样子了？好起来好成那样，一下子又犯怪了，我们也算得是患难朋友了，你不要叫我心冷。

姑：我没有那个福气。

李：你要替我想想，替大家想想。我忍气吞声的，大伙面前搞不清楚，都是为了你。要不是为了你，那些时我又何必跟刘包牙他们噜噜苏苏的，那时候连你都骂我呢。好，你们兄妹两个好了又吵了，吵了又好了，我夹在中间弄得大家都望着我翻眼睛。老实说，不要讲别人了，连我也搞不清你们兄妹两个搞的什么事情。那时候你哭呀，闹呀，又不像个假的。……

姑：你管我搞什么事情！

李：好吧。我也受够了，我们做工的靠大伙，我也不打自己的主意了。我晓得，你就是太聪明了，跟我一样。你三天两头打不定主意，总想搞个舒服生活，是不是？刘包牙在吴新华面前出的主意，替我在厂里领一个空子，挂的一个张小三的名字，想要收买我。你呢，你想叫我搞钱又不好开口，就这么跟我闹，是不是？不过你要想想李秀英怎么死的？……她就死在这房子里！你要想想，你为哪个哭过？那个时候我也是打自己的主意，你怎样骂过我？你要想想李秀英——（指着左面的房间）

姑：（默然）

李：人家死了。自然，要是我们滑头一点，心一黑，我们就会快活。我晓得你心里也不是这样。你不过就是心里没有个主。昨天我弄清楚了刘包牙干的事,就到办公室去找吴新华那狗养的特务。我一看见他就发抖,后来我一直骂了出来,当着众人把这事情讲清楚了。我说:我李迎财没有第二句话,大家不相信我都不要紧,我跟大家共生死。后来刘包牙邀了人来要打我,大伙就跟他们闹了,一直闹到办公室。这个怕你也晓得了,你就是为这个生我的气,对不对?

姑:哼,你把自己讲成圣人了。

李:我算什么,大伙才是圣人。我们大伙都没有知识,都可怜,可是只要动起来,你看什么事情做不出来吧。我们工人是顶有骨头的。(兴奋地)冬姑!我老实告诉你吧,我横了心了,我跟吴新华翻脸了,他们说要来抓我——来抓吧。(抓起那张报纸来预备入内,但立刻打开报纸)你看这个战事,顶多个把月的事情,北平一和平,这边就一起开溜。

姑:我还没有讲完呀。

李:(感情地)这几个月,冬姑,我对不起你的地方也是不少;你就原谅我好了。人生本来不长,活一百岁也不过是这个样,总有分手的一天,我们这一辈子不指望什么,不过下一辈子的人就要好了。我算是慢慢地睁开了眼睛,也是你帮我张开眼睛的。我们不看我们自己的可怜样子,我们往前看,就要看到多少东西呀。(微笑)所以你说是要分开,我也是主张的,我们两个人不要恨,慢慢地我们就会想通了。你记着我的话好了,只有我们死了又活过来,死了,又活过来,那时候再睁开眼睛看世界,才会看见自己。

(静默。这强大的庄严的感情把她压倒了。)

李:(摸出钱来)工钱没有发,这是借来的钱。(温柔地)大概也要不了几天了,虽说是磨洋工,身上的血也快磨光了。(笑)又不晓得怎样的,一上了机器心里还是动心,但是一想,机器是哪个的?是那些狗官的!⋯⋯下半天小张把机器弄坏了,心里想,都把它砸碎吧,但是又不忍,妈的又来修。我们做工的

人,机器不是个机器,是个活人,对我们讲话哩……也不要多
　　　久了。

姑：(沉醉地)桂兰刚才跟我送钱来了,胡子他们凑的。

李：(笑)今天我的话真多。本来要睡觉的,现在不想睡了。你说
　　　我是个阴死鬼,今天不是了。你说我小气啦,什么的,这话都
　　　不错,我是小气,爱出风头……这都是从前当徒弟养成的毛
　　　病。一块烧饼要啃三个早上。又要在别人面前假充大老官,
　　　这种社会里,简直不叫个人。还有呢,就是对男女关系,心里
　　　不正当……

姑：(恍惚地)你说吧,我们究竟怎样?

李：(走到她面前,热烈地)不要说了吧。冬姑。大家吃点苦,你
　　　看看报好了,黑夜也快熬过去了,天也快亮了。再说呢,我
　　　们说不定就会分手,说不定会在一起几十年,直到老了,死
　　　了……不管怎样,大家记着,不要怨恨……

姑：(叹息)你这是什么……(落泪)你不要骗我。

李：真的,决不骗你。

姑：我也是想——我快要老了,没有什么出息了,这辈子真是完
　　　了,只要大家还相信我,只要能找到一个真心人。(伤心极
　　　点)

李：不相信我?

姑：我不晓得要相信哪个。不过,我好不起来的;我自己晓得,我
　　　好不起来的。

李：我们慢慢的。

姑：(站起来徘徊,抽烟,摇摇头)我改不好。我孤零零地长得这
　　　么大,受欺受害,我心里头太苦了,没有地方诉说我的这个
　　　苦……

李：我们好好地吧!……比方说,你也该认几个字。

姑：(徘徊,凄凉地——在内心的强大的矛盾中)这辈子不
　　　了!……你让我去吧。就是死,我也要摸到水边上跳下
　　　去……

(静默)

李：冬姑！

姑：告诉你，刚才刘包牙逼过我了。你们的话，我也懂。我现在这条命是在别人手里，刘包牙他做得出来的，你自己小心吧！(走过去拿了屋角落里的一把雨伞)我出去走走。

李：哪里去？

姑：我走走。(下)我喝酒去。

李：喂！你干什么？(追到门外)外面下雨，哪里去呀？

姑：(在外)我一下子就回来。

(李迎财进来，站了一下，走过去洗脸，然后靠在一张椅子上看了一下报，仰着头休息起来。张胡子和黄贵成上。)

张：迎财！

李：(惊醒)啊！……

张：冬姑不在？

李：出去了。(兴奋地拿起报纸)胡子你看报没有？昨天晚上收音机听得准。杜聿明二十万人叫歼灭完了，报上还吹哩，说撤退徐州是争取主动，这可主动得妙！打肿了脸充胖子，走他妈床上撤退到他妈的马桶里头。

张：快了。

(静。)

张：迎财，我想趁这空跟你谈一桩事……这些时我看你精神倒还好。

李：好，没问题。

黄：过去的误会大家都不必提了，你也不要记在心上。厂里头这回大伙都动起来，虽说是大伙都看清了，你这两天做的事情功劳也真是不小。

李：胡子，你还来夸奖我？都不是外人。

黄：你刚才走开，命令就发出来了，叫一个礼拜以内拆机器，遣散费没有提。

李：我说的不错吧？你看怎么样？

张：你再说说看你们房子的情形。

李：没问题,我看一准干得起来。(四面看看)今天上午我在下班的时候说:"黑名单就叫他上黑名单吧,他们要搬厂,偷东西,抢东西可不行!这个厂是国家的!这个厂是我们工人的!"我说:"各位想想这些时来受的什么气。我们难道不是人!"小猴子马上跳到车子上面去叫:"忘了李秀英的,害怕黑名单的,贪生怕死的就不叫人!"大伙一起叫起来了。张顺章那走狗走进来看看,大家东一堆西一堆的,他刚想讲话,大伙就问:"喂!姓张的,这厂里的棉花往哪里运呀?"又有人叫:"揍他!"他屁都不敢放就溜出去了。

张：我们的事情冬姑不知道吧?

李：(摇头)我跟她也得分手了。

张：桂兰跟我谈了。看样子,她跟刘包牙是没有什么关系的,多少消息实在说也还是亏了她告诉我们的。你也不要跟她这样吵。要好好开导她,其实她就是一些坏习惯。

李：旧社会的女人哪!……坏习惯也不是小事情,我就是搞的一身坏习惯……(热情)昨天,我一股劲走进吴新华的办公室,说:我跟走狗刘包牙没关系,别人做的事我不认帐!翻身走出来,正好散工,马上我就拦住大伙把事情讲个明白,我说:"我迎财没有第二句话,大家相信不相信我都不要紧,我跟大家共生死!"大伙说:"好!"小胖子跳出来就叫:"管他黑名单不黑名单,他要是敢碰哪个,我跟大家一起去!"大伙叫"对!"……我当时心里直抖……

张：迎财,我看我们也不能太莽撞了,到了这个时候,伤了自己也划不来,我们不过是不准他搬这个厂。

李：胡子,你放心好啦。现在什么事情都弄好啦,就等十点钟关总电门。(看表)这会是七点半。

张：迎财,我们的气也受够了,大伙是动了,他要搬厂一定不准他搬,要遣散更是办不到。不过我们要干就得成功,不能过火,一定要稳!我再跟你说一遍。是这个样子:大伙一直到现在都在厂里头等发钱,今早上的代表是你、刘福、李树民几个人,等下多找几个人,进去谈。你们的态度要和气。他要是不答应条件你们也不必多话,出来报告大伙好了。大伙一定不答应,就再推代表进去再谈。到十点钟,他要是还不答应,那就看大伙怎么说。

李:替他把总电门一关,马上动手拆机器!

张:你听我说:就算是大伙一定要这么办吧,还是不必跟他硬挺。不管他拿兵来也好,朝天放枪也好,骂也好,叫也好,都不理他。没有事情不要瞎跑,什么话都不谈,他敢怎么的。这样做,他就找不到哪一个。顶要紧的,是你们当代表的要沉得住气,要看大伙,不能老一个人来。还有码头上,李树民联络好了吧?

李:码头上没问题。只要我们动,码头上包管动。

张:好啦,就这么个样子。我还要上别处去一下。老黄,你再跟迎财谈谈,等下到厂里去吧。(下)

(静)

李:老黄,胡子下午不是跟我说过一遍了么?又来找我,是怕我会出乱子?这老家伙!要是别人,我真要骂他噜苏。我又不是小孩子!(高兴地)看吧,我包管这一下子叫他整个厂垮掉!看他还神气不神气,他妈的!

黄:迎财,胡子的话不错。他心眼实在,有经验。这种事情不能光凭意气,我们要对大伙负责的。

李:(发觉了什么似地看着他)老黄,我问你一桩事情。

黄:什么?

李:好些时就想问你。(小声)你……是不是共产党?

黄:不……我不是。

李:(受打击,沉默)何必瞒我呢?(含着眼泪)我们也是老朋友了。

(沉默)

李:我想加入,我看到一本小书……我是想共个生死,活着有人指教，死了，心里也就再没有牵挂。老黄……我不勉强你。我晓得我这个人坏处太多，够不上。不过，这回的事，你们由我来。你跟胡子都不能露面，搞坏了也由我去抵。只要你们将来记着我。

黄：（默然很久）你放心吧，迎财。我是愿意……

李：你比我好。

黄：我穿这身烂工装也有十几二十来年了……二十岁的那一年，刚走乡里出来，动不动想家，虽说呢，我是在家里闹了事出来的。好些年心里瘟吞吞的，总是想，比方说，成个家呀，得个归宿呀，……不过是直到日本人那年一二八打上海，入了义勇队，见到我们工人的那种精神，为了国家连身家性命都不顾，心里才清醒一点。后来义勇队叫解散了，狗日的烂政府卖了国，抓了七八个义勇队的工人杀了，我才搞通了我们工人为的是什么。我们工人是顶爱国的。日本人走了，美国人来了，这些年那个忘得了？我们工人为了我们中国不晓得牺牲了多少性命，平常还计较点小事情，等到一受到这些帝国主义的欺侮，那心里头就像烧着了火一样！

李：那是。

黄：你记得吧，在上海华记碰面的时候，我们两个人闹过一回别扭，你那时还骂我是骡子、土包子。我当时真想揍你！

李：现在不想揍我了吧？

黄：（微笑）也说不准。你是小老弟，让你三分吧。

李：喂！骡子！（快活地）要是将来分二亩地给你，你回不回去扒泥？

黄：你说呢？

李：回去吧，娶个大辫子的媳妇儿，我累了也有个地方好睡睡。

黄：（笑）放你的狗屁！……（静）说真话，家里人都叫地主恶霸逼死光喽。等将来解放了，打通了，也是要回去看看的。

李：喂，老黄，你怎么还是这样，像个菩萨，见到姑娘女子们就脸红呀。

黄：我看不惯随随便便的。你看呢,这怕是我这个脑筋旧吧？
李：妈的,什么旧呀！这有什么呢,见到了,走上去,就说：我爱你！要么就说：妹妹我爱你！——包管就行了,像电影里头一个样子。
黄：少扯淡啦。
（刘福匆忙地上）
刘：（四面看看）胡子叫我来喊你们。……
黄：他们女工怎样了,散了没有？
刘：没有。她们说,死都不散,不准搬家——就是发钱也不行,没有这么便宜。
李：你看,第一句话就是记挂女工。（带着下了决心的人的壮烈的快乐）小胖子,我在跟老黄做媒呢。你看是不是？像我们小胖子一个样,爱一个贤惠的好姑娘吧。那些贤惠的好姑娘呀,就像金刚钻一个样,一点都不像电影里头的,到了时候,就跟你生一大堆小金刚钻……
黄：老李,少开玩笑……
李：（活泼地）哪里是开玩笑。（一面披着衣服）电影小说里头,上战场之前总有什么姑娘呀跑来亲嘴的,我们这也是上战场呀。累了一生,忘不了的就是这个儿女之情,小胖子你说对不对？小胖子呀,我恭喜你跟小桂兰白头到老,吓,等到我们这一辈子人过去了,就有后辈子孙记挂我们,他们就说：他们这些老头子呀！……好了,走吧！
刘：李迎财,你胡说些什么？
李：我胡说？我的话不对吗？不信问问老黄得了,他顶赞成我的。走吧！喂,特务宪兵队晓得没有？
刘：恐怕还不晓得。
李：那好！
黄：老李,要小心点。
（三人正预备下,西装革履的、年青的流氓特务,监工头吴新华上。）

161

吴：（没有料到他们在这里）哦……冬姑在家吗？

李：不晓得，你找她什么事？

吴：（冷笑）怎么？我不能找她么？

黄：迎财，走吧。

李：慢点。

吴：（严重地）李迎财，你过来，我有话跟你说。

李：请说。

吴：（对黄贵成和刘福）你们两个先出去。

李：都是朋友，有话大家听听。

吴：（命令）出去！

李：不出去！

黄：迎财，好好谈吧，何必这么火呢？

吴：（沉默了一下）也好！（坐下，翘着腿）李迎财，我总算看得起你，抬举你，你说，你昨天为什么在大门口闹事？我吴新华凭良心讲，对不起你们这些人么？

李：我没有用你的臭钱！

吴：（厉声）好！你们想借故罢工是不是？我问你，工厂要搬，跟你们什么相干？给你们几个钱就是好的！

李：（厉声）你跟哪个说话，小舅子？你忘了这是什么地方，李秀英就死在这里的！

黄：迎财！

吴：（站起来）怎样？走，跟我上局子里去。

（黄正要来敷衍吴，李突然扑上去，迅速地抓住了他，把他按倒。他拿出手枪来，刘福奔上来把它夺下了。李取出一条毛巾，塞住他的嘴，并且把他两手反扭了起来，然后打了他两下耳光。）

李：一不做二不休，带到厂里去，给李秀英报仇！

黄：（急得跳脚）你看刚才还跟你说不要火！这样一闹反而搞糟了！路上不好走！我看就把他锁到这房里吧！

李：锁在屋里还不是一样？

刘：不行，不好走也没办法，快吧！走后门口小路走。

李：老黄，你走大路，不要跟我们一道。

黄：你看……

（三人扭着吴新华走到门边，刘冬姑入。）

姑：啊！你们干什么？

李：对不起，你不要管！（猛然推倒她，迅速出去，反扣了门）

姑：（跳起来撞门，然后跑过去抓了一个杯子往门上砸去，嚎啕大哭了）

（稍停，有人敲门）

姑：哪个？……在外头开。

（门开了，王桂兰走了进来）

王：他们不在这里吗？

姑：你找哪个？

王：李迎财他们。

姑：不在，走了。

王：哦。（预备出门）

姑：桂兰，你等一下。

王：（站下）

姑：他们刚才在这里把吴新华绑走了。究竟是什么事情呀，你总该知道吧？

王：没有什么事情。（又要走）

姑：（拦住了她）你非要说，究竟什么事情？到现在还把我看做外人。

王：你让我走吧，冬姑，没有哪个把你看做外人。

姑：（发作）那不行，说清了再走！

王：你这算什么？

姑：（发邪）说，什么事？

王：你不要管好了，你自然会知道的。

姑：好丫头，你到现在还是这样对我呀，还说什么大伙真心哩。你不说我马上叫宪兵来抓你！

王：不要开玩笑了，冬姑。

姑：我做不到吗？

王：你做得到又怎样？你把我杀了又怎样？冬姑，你不要瞎闹，……

姑：那么你说。

王：你说大伙误会你，把你看做外人。我们大家清楚你心里头是好的，不过你有时候，也做的太糊涂了，是不是？

姑：说吧！

王：就是误会吧，难道不该误会吗？李秀英死后你又跟刘包牙来往，再说是糊涂，这难道是对的吗？刘包牙他们的花样你总该过去就清楚的。你真的拿下心来站在大伙一道了吗？到了这种局面，大伙是拿命在争，还能马马虎虎随随便便吗？

姑：你说吧。

王：你从小跟这些流氓长大，都是受他们欺，这也不能怪你。从前你想跟迎财搞个局面，想迎财弄点外快，可是后来迎财心里真有这念头了你反而骂了他。你心里是对的，你心里是好的，你现在就该拿出心来了。李秀英死的时候大家不是那么相信你么？你也过得挺高兴，可是你又糊涂起来了。你现在就该拿出心来，看你的心究竟怎么说！

姑：（沉默）

王：你现在就要说一个字，说出来就到死不变！你究竟想跟他们流氓混呢，还是跟大伙往前走！天就快亮啦。你究竟是站在一边不管闲事呢，还是报你从小受欺的这个仇，重新做人？你也懂，我们工人是为了什么的。你是有能为的，你会变好的。这就看你了。

姑：（沉默不语）

王：冬姑，（激动地）我们有时候是比亲姐妹还亲的呀！

姑：桂兰，我要是说了我的心，你相信我吧？胡子他们也相信吧？

王：相信！

姑：不！我这个人不值得相信！你走吧！

王：大伙本来……

姑：你不用说！有事情你快走吧。

王：那好！（下，又上来）冬姑，你放心。（急下）

姑：（长久地站着发痴。工厂的汽笛声，可以清晰地听见）
（刘包牙猛力推门进来）

牙：冬姑！

姑：（惊）啊！

牙：李迎财不在？

姑：不晓得。

牙：是不是在厂里头？

姑：他没有回来。

牙：吴新华来过没有？

姑：（大叫）我不晓得！（把手里的钱往刘包牙头上一摔）上次拿你的钱，还你！

牙：你疯啦，婊子！好，你等着吧。
（刘包牙到里面去搜索。这时候冬姑抓了一根短的面杆子捏在手里，藏在身后。）

牙：（出来）他们今天晚上罢工你晓得不晓得？

姑：不晓得。

牙：我打听清楚了，有好几个共产。

姑：哦，是这样子吗？

牙：去，跟我上厂里头去！

姑：要我去干什么？

牙：走！

姑：你晓得吴桂英的事吗？

牙：什么事？

姑：吓，拿了两块棉花叫打伤了，搜她腰包，说她偷东西！

牙：那还不是活该。

姑：活该？（厉声）你有心肝没有？你是不是人？你的妹妹是不是人？你是不是你妈养的？刘包牙！你在这个厂里害人害

165

得够了,你要害到哪一天?你跟我爷一样的是流氓狗种!你们把我从小害成了这个样子,叫我人不像人鬼不像鬼……

牙:(叫)你发什么邪?告诉你,你跑不了的!快跟我走,上厂里去!

姑:(冷笑)去是要去的,不过,放心,我不会替你们狗种说话的!

牙:你还是真的跟李迎财一伙?

姑:是的,他是我男人!他是我的男人,听见了吗?(壮烈地大叫)我是工人!

(往外冲)

牙:不许走!

姑:(举起棍子来迎头给他一下)你拦不住我!

(工厂底雄壮的汽笛声)

——幕

# 第 四 幕

　　景同第一幕。
　　几天之后,夜晚。
　　工厂的影子是黑暗的,城市楼房底稀疏的灯光在远处寂寞地闪亮着。棚子里偶尔传出张胡子的咳嗽声和他底女人的呻吟声。
　　年轻的机器工人吴春福疲困而激昂地从工厂的方向上来,机警地捡了一块石头摔在张胡子窗户上。

张:(在内)哪一个?
福:我呀。
　　(冷风呼啸,张胡子披着破棉衣出来。)
张:春福,你怎么来了?
福:我走后门跳墙出来的,王大哥叫我来的。怎么样,李迎财他们几个有消息没有?
张:没有。刘冬姑他们在局子门口想办法呢,见不着人。厂里头怎样?
福:很好。大家都蹲在二号宿舍里不出来,什么事也没有。
张:谈条件了没有?
福:什么都不用谈。李迎财小胖子他们不放出来,高低不复工。
张:王大哥这么说的?
福:大伙说的。……王大哥叫我出来问问你有什么消息。
张:是这个样子。他条件也答应了,钱也准备发了,机器拆散啦他这个厂也动不成了,过了上面给他的期限。不过大伙刚准

167

备复工,昨天他又抓去了李迎财小胖子几个,本来……

福:大伙不散!打伤了郑老二就这么便宜啦。大伙说的,郑老二伤不好,李迎财小胖子他们一天不放出来,一天不散。我们百把个人订的规矩,哪一个要开溜的,往后他就不要做人。那些想得钱先散的,拿了钱也得退出来;叫他们想想吧,人家那么多女工都在撑着呀。

张:你看这事情好不好这样办呢?只要他照原来的条件办,就先做一个复工的样子,慢慢地磨;李迎财他们的事再另外对付。

福:那哪能!那不是卖了李迎财他们吗?

(沉默)

张:也真是的。本来事情都完了,吴新华也快叫撤职了,厂长也听说要调差滚蛋了,顺顺当当的,他这个厂也就拖住了迁不成,李迎财却又糊里糊涂地闯出来那么一闹。头一天晚上罢工刚起来的时候,也是他绑了个吴新华来那么一闹,幸亏大伙机警。……叫他躲起来,他还怪人家不信任他……这第二次罢下来,情形可就不简单。……你怎么弄得一身湿的?

福:(笑)走厂里跳墙出来,掉到水坑里去了。胡子,你看怎么办吧,我还得上老朱那边去联络,天亮以前得回去。

张:你看我的见解,对不对呢?

福:你就信他那些鬼话?什么吴新华撤职厂长滚蛋,全是骗人的,你就信?

张:我们原先罢工的目的是不是反对他迁厂?这个目的我们达到啦。再呢,他翻了脸抓人,局势就挺严重的。

福:你是怕?

(沉默)

福:我说李迎财也不是胡来,前天早上说是答应了条件准备复工的时候,大伙都不高兴:那就算报了仇?人家迎财是拿命在拼,这回多少事情也全靠了他,连几个站在一边的老师傅都叫他带过来了,我们就不该这么说!

张:(冷冰冰地)你告诉王大哥,我说的,只要他再来谈条件,就答应复工!

（沉默）

福：（失望，阴沉地）好吧！（预备下）

张：春福!

福：还有什么事？

张：（沉默地看着他）

福：（冲动地，眼泪都快要下来了）胡子……你复工我不复工！复工我就一个人走！

（静）

福：人家命都不要……你就是叫我死……

张：不过总要死得有道理呀。

福：这没道理？上阵的就不怕流血。

张：兄弟，你坐一坐。我们罢工前天已经胜利了，是不是？你这颗心我是懂的，不过你要晓得眼前的局势。第一，他既然抓了人，那就不简单了；他输是输了，不过疯狗回头咬一口你总得防。第二，只要他答应了条件，先把条件拿到手，把力量保存好，看他的风色，找到他的致命的地方再跟他来一下不迟。这跟打仗一样，要懂得用兵。这回的胜利叫大伙都相信自家的力量了，那么下一回就更好办。大半的人都是新兵，新兵是不能一下子打仗的。李迎财他们的事我们慢慢地想办法，要是他厂方说话不算，我们就再干他。他现在派了兵来压住了，你赤手空拳有什么道理？将来天下都是我们的，我们就要看得长远。我老头子有这个心替大家死，叫你们年轻人看见好日子，不过我也还指望多做一点事呢，是不是？

福：（沉默）

张：懂我的话吗？我们不是图眼前痛快的。

福：（点头）看吧。

张：你等一下。（进去）

福：吓！（张出，提着一个口袋）这老头子。

张：这是城里头学生送的馒头。下午的送到了吧，那是好几家厂捐的钱。

福：送到了。（下）

张：（感情地）兄弟，记着我的活！

（冷风呼啸。张对着工厂的方向看着。稍停，黄上。正预备摔石头做记号，看见了张）。

黄：胡子，你没进屋去？你这里不要紧吧？

张：我夜里才走老朱那边回来。有小李他们放哨，一下子不要紧。正等你呢。刚才春福那孩子从厂里出来了，这会又回去了。

黄：怎样？

张：他说大伙不肯答应。

黄：那也是。

张：我叫他告诉王大哥，有了条件就答应。这跟打仗一样，要懂得退兵。反正机器拆了他动不成，把他拉垮了。

黄：你跟春福这么说的？

张：嗯。

黄：（默然）

张：保存好力量，看他的致命的地方再来一下。这是党交给的任务。

黄：外头也还在撑着呀。

张：局子门口怎样了？

黄：（冷冷地）大概是要枪毙人。冬姑进去了，不过还是没有见着人。

张：枪毙人？（静）老黄，这是我们的布置，你得先走，你是露了面的。

黄：我到哪里去？

张：上南门外老徐那里去？

黄：你自己呢！前两天罢工大家都在厂里，你还不是露了面的？他们特务走狗全不晓得你？

张：我年纪大了，不要紧，上级给了我任务。

黄：我也不去。人家拿命来抵住在。人家那些女工睡在机器房地上。人家王桂兰叫打伤了还在干,我怎么能走?我说,胡子,跟小李他们我也是像你这么说的,不过,我们这个想法,恐怕也是不对。

张:这不是哪个的想法。这是组织的决定。

黄:比方说,你何以见得再罢这第二次就一定划不来呢?

张:你怎么也跟他们年轻人一样没眼光呀。你看,要不是前天逼你出来,你不是跟迎财一样叫抓去了?

黄:我想哪,……胡子,我恨透了那批听说要发布就散了的家伙。他妈的!……迎财都这样了,我哪能对不起他?人家来抓他之前他跟我说:"贵成,我没有什么好牵挂的,再会啦。"

张:你心里不稳了。兄弟,你感情用事。

黄:我也晓得。

张:你不要提迎财吧,我就在气他。就是他瞎来乱冲搞糟的。他一个人闹成了一个目标叫人家指了名字来抓,弄得大家搞不好。

黄:我们也不好这样说他。

张:我是说这个话的!他错的总是错的!你看,当初他们把吴新华绑到厂里去,一进厂就乱了,那些女工们你一块石头她一块石头往吴新华身上砸,罢工还没有到时间,人还没有到齐,就叫动起来了。这么一闹,各房子乱跑地拆机器,跟着刘冬姑进厂来的就是七八个厂警队,走上来一阵乱枪,打伤了郑老二。幸亏王大哥跟你机警,才把大家聚了起来。后来,罢工都胜利了,他却又跟小胖子两个奔出去打伤了张顺章。你说说看吧,这不是李迎财的错是哪个的错?还有小胖子,那么莽撞。幸而还没有吸收他进组织。……幸而这几个人还可靠,没有招出来。

黄:这也是我的不对。……你晓得吧,人家桂兰为了跟大伙一起干,怀了胎都想打掉,她说:"这个受压迫的时候顾不了生娃儿。"唉,我们工人!

张:既然抓进去了人,那就得转移!你要听组织的决定,马上准备走！我们大家马上要分散到老朱那里去。迎财他们叫抓进去了，我这是个暴露了的地方。万一他们有个什么，将来我们的人会替他们报仇的。老黄，怎么，你听不听我这话？

黄：我当然听。胡子，你年纪大，看的多。我们这一号子人，浑身都是伤，一条命是没有什么的。别人我们不怕，就是怕的自己咬自己。我是一个光人，小时候在村子里扛活，我爹是个疯子，叫人家逼疯了；我妈帮人家，吃的是印子债。十八岁那年，打伤了东家少爷，我牙齿一咬丢下了我妈，到码头上下力，巡捕房、皮鞭、老虎凳、辣椒水……这样子也过来二十年了。……

张：你感情用事啦。……迎财家里有人么？

黄：没听说过。哦，有一个姐姐，在四川嫁了一个当军人的。有一回，害了病，又没得事，伤心了，就跟我说，要找姐姐去，说是姐姐对他顶好，小时候当徒弟，都是靠的这个姐姐，挨了打的时候也只有往姐姐家里跑。不过后来就没有提这个姐姐了。

张：你跟他认得好些年了吧？

黄：三四年了。他手艺的确好，不过就是喜欢看不起人，我当初恨透了他，心想他是个流氓。这也难怪，他自己总想要上进，下过苦功，能读能写的。有一回他生病了，住在我那里，用了我几个钱，后来自己过意不去了，一定要把几件衣服丢给我。我不要，他就又古怪了，骂我说："你他妈的，乡巴佬，你以为老子还不起你这几个钱么？"把衣服撕烂，跑掉了。后来他还是不得意，这里那里跟别人闹事，有一回说："你看我凭这手本事就不会发达么？运气不好啊！"说是算了一个命，要待五年以后才会发达……命这个东西，胡子，你说有没有道理？

张：这个是自己想出头。人一打自己主意，前程啦，发财啦，妻财子禄啦，心就迷糊了，这样就信了命。

黄：我跟他说："迎财，你要晓得，我们现在是在人家手里头捏着，手艺好也没得法子的，除非做坏事。你凭良心讲——我说——胡子底手艺哪一点不如你？"他哼哼，他说："我晓得，你不要说了，这是我自作自受。"老实说，要不是刘冬姑，他今天也不会这样的。像冬姑这种女人,跟她搅在一起,总不好。这一下子什么事情都肯干,要死要活的,跟侦缉队的兵打架,停一下没得事了,晓得她会搞什么。……这种女子啊!
(静。风声。)

张:贵成,你心里伤心是不是?你平常不是这个样子的。

黄:你不伤心?

张:我是伤心,不过……不能感情用事。

黄:胡子,也不晓得怎样的,我一路上摸来,倒没个什么心思,不过在你面前我才这么说说聊聊。我心里多少话,平常总不会说的,不过是在你跟前就想说,你懂吧,胡子?

张:我懂,贵成。心里要放宽。你快些决定吧,这不是为了你自己,这是为了我们组织。这批狗蛋,这些天慌得不得了,我们的人也快打过来了,让我老人家守着吧!

(沉默。土堆后面摔出了一块石头,接着,王桂兰绕过土堆上来。腿有点跛,脸上有伤痕。)

黄:桂兰!

王:老黄,胡子!

张:姑娘,你怎么出来啦!(站起来四面看看)

王:是王大哥叫我出来的。我假装着哭,一路哭一路走出来了,站在厂门口的兵没拦我。王大哥问你看见了吴春福没有。他叫我告诉你,发现了一个工奸!

张:
黄:什么!

王:是粗纱间的车工赵小七,两天混在大伙一道,闹起来顶凶,刚才溜出去跟宪兵队谈话,叫小周听见了。进来的时候大伙把他抓住了,他还不肯承认。王大哥叫我说,你们快当心。

张:
黄:啊!

王:他叫我说,下午带进去的话他晓得了,有事情再想办法告诉你们。要是有人来谈判就拿条件。不过我在路上遇到何大婶,她是走街上溜回来的,她告诉我,冬姑又进局子去了,又哭又闹,跟警察打架,她是找了刘包牙拼命,刘包牙认得队长,才叫她进去的。

黄:到这种时候还找刘包牙!

王:不,不是的——冬姑她不错。她真的不错。

黄:靠不住的。

王:你们总是不相信她。她跟我说她心里难过,她就是想叫大家相信她。她说,她又不是个畜牲!

黄:桂兰,不是这么说的。

王:不管怎么样我们都不怕!

张:姑娘,我佩服你,抵得上一个男子。不过我们还是要冷静一点。你想想,人跟疯狗打架,猛打猛冲有勇无谋怎么能行?我叫春福带信给王大哥了,我们要好好地估计情形,先把那条件拿来再说。

王:我想要出这口气才行。他们害死害伤的这么多,我们能饶他?

黄:我们是不能饶他。不过,胡子的话是对的。

王:你们不晓得。厂里头那些兵都没有多大精神了,在那里骂他们长官。李树民当过兵的,跟他们说我们的事情,他们也说我们不错。我们是不错嘛。胡子……你不晓得我心里,嗳,这两天,我想想从前的事情,又想想往后的日子,我心里真高兴。我想呀,我跟着胡子、老黄走的不错,我再不是一个小家子气的女人了。我什么顾虑也没有,心里头简直发亮,我想通了,我懂了,我活得像个人了,跟大家一起,我站起来做人了。想想往后的日子呢,就哪怕是我们这些人死了吧,往后的日子也是快活的。我真好像是一下子活了几十年。李树民跟春福几个人在里头又唱戏,又做鬼像,又讲笑话,引得大家直笑,徐桂英还编了个歌唱哩。那些兵也站在门口看。我那时候就想,叫他们拿刀来架在脖子上吧,他们问我,我还是要说(大声):"我心里快活!"

黄：(微笑)桂兰，真是没有比大伙兄弟姊妹一起受苦更高兴的了。

张：不过，桂兰呀，我们还是不能乱来。

王：唉，胡子，我跟你说的话你听了没有呀。(兴奋地)我们在里头唱呀，叫呀，笑呀，告诉你，哪个都想不到的。我们什么话都不谈，不过心里都有一句话：干到底。你从前说的那些话我都懂了！

张：你来的时候，看见小李在沟子边上放哨没有？

王：我遇到小李的。他走沟里跑出来把我吓了一大跳，他就告诉我你们夜里在这里。(幸福地)唉，胡子呀，我觉得到处都是我们的人！全世界都是我们的人！

张：有办法进厂去吧？

王：怎么？我马上要回去。

张：你看吧，春福这家伙真昏，到现在还没有回去。我想跟王大哥谈谈。

黄：干什么？你不能去，胡子！

张：不要紧吧，我有经验哩。

王：难道我带信就不行？我出都出来了，进得去的。

(默)

张：我是怕时间来不及。春福的信要是带不到，等你进去了，有消息再找人出来，我们这里也要走开了。这样吧，你就说，我说的，我听说上面限了他们早上解决，他们就要来谈条件的；只要原来的几个条件一答应，就可以先答应他复工。先松一下，另外的明天再看。有事情派人出来，我不在这里，就去找老朱。老朱那边的记号是往他后窗户上撒一把泥。你再叫王大哥派一个靠得住的人，到二十九号房子的油桶堆子后面去找钱得兴。把情形告诉老钱。你跟王大哥说，要抓紧时间，懂吗？

王：(沉默不语)

黄：桂兰……胡子的话不错。

王：我晓得。

张：你相信我吧,我们共生死,姑娘。

王：相信。

张：那就一定要把这个话带到。你也不能再莽撞了,像小胖子那样子不行的,懂不懂?

王：(点头)我晓得。我懂。(下,但又转身)你们放心,胡子,老黄。不要记挂,我办得到的。要是有办法跟小胖子通消息,就说,我记挂他。(顿)就说,(声音发抖)我不记挂他!(急下)

张：好女子!

黄：唉,这姑娘,才十九岁。

张：太忠厚了。一点都不晓得过门子。

黄：乡下的姑娘女子,都是这样的。她们一生就是做牛马,忠厚,死心眼,说一不二,哪怕是刀山火坑,说往下跳就往下跳。像城里头这些女子的三翻四覆,办不到的。

张：是啊!

黄：这也是多少年了。我从前有个邻居的姑娘,爱上了人家扛活的,东家少爷要逼她做小,她爹妈也没有办法,欠人家的债呀。她就把自己脚上的鞋脱下来给那扛活的,叫他走:"你不要回来了,有志气的死在外头吧!"回家去就吊死了。

张：(默)这个男子,要是不死在外头的话,总有一天要回去的!
（刘冬姑跑着上来）

张：(厉声)哪一个!

姑：哦,你们在这里呀!(扶着树干昏迷。)

黄：怎么了,什么事?(紧张地四面看看。)

姑：(好久不出声)

张：你见到人没有?

姑：没有,没有,他们把我们一齐赶散了。(大叫)他们杀人了,他们把他们三个全杀了,枪毙了,晚上枪毙的呀!
（静）

姑：走,我们走,叫他们大家来,我们大家去跟他们拼!(疯疯癫癫地)拼啊！我对不起人,迎财啊,我不是人,我对不起你啊！……胡子,你们够不够朋友呀。他们人死了,你们问都不问呀。这还成什么世界！这还成什么世界！(拿头在树上碰)我这一生好糊涂啊！迎财,早晓得我就跟你走了。不管到哪里,就是摆个香烟摊子吧,我们也好活啊。这都是我把你逼成的。逼得没路走了啊！你叫我今后靠哪个？叫我怎么活啊？

张：(扶她)冬姑！

姑：是我不好,我该死,我瞎了眼睛,我那些天还逼他跟刘包牙他们来往,他是个汉子,我晓得他心里受不住！他丢了我了,他拿他的命去抵了我的罪了啊！他是个汉子,我一生就是找的这种人啊！你们这叫我往哪里说去？他死了都不晓得我,我连他的尸首都没有看见啊！

张：(悲痛地)冬姑,你静一静,说清楚呀！

姑：我静不下来,胡子,你不管我。你们不去我去了,我上厂里去喊,我喊：杀人了！你们大家来啊！我去……

张：(拖住她)这不行的！

姑：不行就让人家来一个个杀吗？平常讲的齐心,你们这下子怎么搞的？你们还是他们的朋友呀！他们三个,就说迎财刘福是打了吴新华、张顺章,指名要抓的小顺子,人家才十八岁,什么也不懂,不过骂了两句,就抓进去杀了,说都是共产党呀。我倒要问问看究竟共产党是什么,你们也不要瞒我了,迎财他是不是共产党,还有你们是不是的？你们就叫我入了共产党吧。

张：冬姑,你要静静,吵得人家听见了。

姑：怕什么。(大声)你们没有胆子我可不怕,我就是共产党好了,你们都是懦种！

张：冬姑,你放心,我们决不是懦种！

姑：(静。失神似地呆望着前面)我现在看清楚刘包牙那副鬼脸了！(捶自己,又大叫)我不是人,我不是人,我没有志气,靠着这个哥哥在这厂里鬼混,我早就想独立,靠自己来养自己,我没有志气呀。(跳脚)我们厂里几百个姊妹哪一个不是人,哪一个不比我苦,她们叫人家强奸、欺侮,我还拿过吃空子的钱,各位姊妹们,你们不能饶我的呀!

黄:你不要这样喊了,大家也都晓得你。
(王桂兰上)

姑:桂兰,我对不起你!(扒在地上对她叩头)我对不起姊妹大家,我不是人!

张:起来,冬姑!

王:冬姑……(对张)路上拦住了。离厂还有二三十步,就不叫走。那警察告诉我,说厂里来了人,在谈判。小李还躲在沟里探动静……

姑:(叫)刘福他们叫人杀了呀!
(王呆立着。刘福突然上,全身破烂肮脏,精神颓唐而激昂。)

张:(大声)小胖子!

王:刘福!
(大家静默着。刘福走到土堆边上坐下。)

黄:你怎么出来了?

刘:(疲竭地)他们放了我了,就放了我一个人。我也不清楚为什么放我。小李指我来的。

张:你说!

刘:在里头打一天一夜,我跟迎财的罪名是绑了吴新华,小顺子呢,罪名是说他想放火,你看笑话不笑话。要我们说出人来,要我们说,是哪一个指示的,二十个人一组开的什么会,还有哪些人。今天白天就没有问。……我是跟迎财关在一起的。他们问我什么时候加入共产党的,我说我不是,打死了也不是。李迎财他告诉我,叫我什么也不说。小顺子先是胡说乱骂,跟他们硬挺,后来就洩了气,承认他是想放火的了。(顿。精疲力竭地)给我支烟,老黄。
(黄拿烟给他,并替他点燃。)

刘：迎财他跟我说，死就死吧。反正不冤枉。不过他就是难过他把事情搞糟了，累了大家。昨天夜里我们整夜没有睡，他在囚笼里走来走去，走来走去，一句话都没有说。我问他也不作声。后来天快亮了，他对我说：小刘，我们这一辈子走了不少弯路，吃了不少苦，不过也不冤枉，将来总有人记着我们的。又说：我们是一批糊涂人，摸这个路摸得可怜，不过决不是懦种。……（静）今天，天黑了提我们出去，没有问，光拿了饭来吃，我们就晓得不对了。我就望了迎财一眼。我们都没有吃东西。后来往外头绑人，他们两个在一边，我一个在一边。往下绑的时候，小顺子又哭又骂，又叫冤枉。后来那个军官，是个军统的少校，走出来说：“最后一个机会，说出来就放你们。”几个兵拿枪比着，小顺子有些不稳了，哭起来要开口，迎财马上就叫了一声：“不许说！”那军官说：“先打他！”枪还没响，迎财就喊了一声：“人民万岁！"小顺子马上叫起来往前冲，就是一阵乱枪。

（静。刘冬姑哭叫了一声，又静。风声。张又站起来察看。）

刘：我听迎财一叫，马上心里一股热气。我想，死吧。我等他们放枪，哪晓得那个军官走上来就拍拍我的肩膀，说是对不起我，晓得我是冤枉的，就松了我的绑，叫我走。我以为他玩花样，我说：你杀就是了。可是两个兵把我推到后门口来了。我糊里糊涂地走出来了，连路也认不清，一直走到西城门口，跌到泥塘里头。

张：他们没有人跟你么？

刘：没有。我也想起来了，他们放我是假的，是叫我钓鱼，不过没有人跟我。

张：他们没有跟你说别的么？

刘：没有。不过在牢里头，他们问过老黄在哪里。迎财说，他早走了。

张：这倒怪。

黄：他们当然好放你出来试试，依他们想你逃不了的。依他们想,这一吓,今后就会替他们做事了。你看吧,明天就会有人找你问话的。

刘:(望着他)你也不相信我?

黄:小胖子,你怎么这样想呀?

刘:我也算是死了一遍的人了。你不要怪我,我心里乱。(沉默地望着前面,慢慢地,回忆地)"人民万岁!"

张:我看那些狗养的花样不那么简单,大家得防着。桂兰,你刚才不是说厂里来人谈判?喂!老黄……我们得散了。

姑:不行,这不行的!

张:(大声)你不准乱来!老黄,你得马上走。

(大家紧张地静默着。)

黄:小胖子,你歇歇,不要伤心了。

刘:(沉默着)

王:你赶快想办法走吧,跟老黄一块走,不要记挂我。

刘:我是不记挂你。我本来打算死了,我心里那时候是放心的。你吃的苦不少,我晓得你瞒着我想打胎,桂兰,留下我们的娃儿,叫他长大吧!

王:是的,小胖子。我不起那个念头了,我要养活他!

刘:我一直……到现在都没有弄清楚我究竟是死还是活。好像还有枪口对着我,(冷笑)吓,放枪就是了……桂兰,我有几句话。胡子他们也不是外人。我们并不是为自己,我们是为了大伙不受压迫。我是说,我今后是死是活也无所谓了,儿女之情也没有什么道理,枪口对着我的时候我就想:"我是耽误了桂兰。"桂兰,我的命是飘着的,你看着自己做主吧。

王:你为什么要这样说呢?你是不相信我?

姑:(愤怒地)小胖子,你这叫什么话!

刘:桂兰——只要我不死的话……

王:(沉默了一下)只要我们大家能活到天亮!

张:老黄,你马上走。

黄:(沉默着)

张：（命令地）你跟刘福马上走。
黄：好吧，胡子、桂兰、冬姑，我走啦。
刘：（站起来，王扶着他）我到哪里去？我不走，叫他们来就是了。
张：不行，非马上走！
（沉默。刘福紧紧地抓着王桂兰的手臂。痴立在一边的冬姑走了过来。）
姑：刘福，你慢走。李迎财他跟你说了什么？
刘：（望着她，不知道回答似的。）
姑：他没有说到我吗？
刘：没有。
姑：他没有跟你说："冬姑对不起我！"？
刘：没有。
姑：他一定说的，我不相信。
（她的神情特别激动，吸着烟，摔掉，走了两步，又把烟头捡起来吸着）
张：冬姑，你歇歇！
（张挥手叫黄、刘快快走。王桂兰送他们下，然后上来。）
姑：我不歇，我要想个究竟。（怒）我不是个东西，这是你们说的，我的的确确不是东西！我今后恐怕也改不好，没有法子了。不过小胖子刚才跟她桂兰说的话，我比哪个都懂。桂兰，你是个好女子，好姑娘，你跟小胖子两个人，我也没得别的话，我们相处一场，我就祝你们，像俗话说的，天长地久。（壮烈地）我是一个可怜虫，不晓得人生的幸福，我祝你们生死不离——永远相爱！（往工厂的方向去）
张：哪里去？
姑：（站下望着他，然后又往前走）
张：（大声）哪里去？
姑：找人算帐去。冤有头债有主，我也没得个大道理，不过是这一点儿儿女之情。
张：不许去！

（吴春福奔上。）

福：胡子！我把你的话告诉了王大哥,后来厂方出来答应了条件,把兵撤了。是老钱跟王大哥决定的。怎样,你们这边……他们大伙都出来了。王大哥叫我告诉你,大伙明天一早上再在厂门口聚齐。三号仓库的棉花不准动,做抵押,赔偿郑老二,发大伙三个月的安家费,还答应释放李迎财他们……

张：李迎财他们叫枪毙了。只放了小胖子,刚跟老黄走了。

福：真的？（大叫）那不行,那我们叫骗了,不能答应！

（预备跑回去）

张：春福,你站一下。

福：不,我去告诉大家！他们刚出来。（下）

姑：（大声）胡子,你是个什么道理？李迎财是你的朋友,他死了你一句话都不说,倒是叫大伙退的退,走的走,你这凭的是什么良心呀！你们怕,未必我也怕吗！他们就是搬一百门大炮来对付我又能怎样？

张：你歇歇,冬姑,我们来好了。

姑：我又不害病。

张：冬姑！过去的我们不提了,这回你是不错。你以为我们不够朋友吗？（大声）冬姑,迎财死了,我们就要活得有道理,死也死得有价值,不管什么时候,只要有价值,你来吧！你跟我说："胡子,我们去死！"

（静）

张：我求你,冬姑,不要瞎来吧。这回的事情牺牲了迎财他们,不过也并不能算是没有报到仇,至少他这个厂是迁不成,我们把他搞垮了,我们大伙受了教训,往后就会做得更好；我们总算是自己醒过来了,我们也是人,这是迎财叫大伙醒过来的,我们忘不了他,我们要替他报仇的,你说是不是？

姑：老实说我是伤心。（自语）他临死真的一句话也没有说到我吗？一句也没有吗？

张：回去吧，冬姑。……桂兰，你先走，知道吗？（王下）

姑：我心里就像是喝醉了一样，我也不晓得难过了。胡子，我虽说是个无知无识的女子，可是小胖子刚才说的话我都懂。迎财他虽说一句话也没有说到我，不过他说人民、人民什么的，这就譬如说到我。我做苦工，我受欺受害，我不是人民吗？他心里一定想着我的，我一点也不含糊。我们这些人受欺受害，活着没人问死了没人埋，还要拿命来抵，这是什么道理？（静）胡子，我刚才说的那些话，我不是怪你。我知道他们死了你比我还难过……胡子，（哭起来，靠在张胡子肩上）胡子，你就好比是我爹！你是五十几的人，做了四十年的苦工了，人家杀了你儿子，叫你吃不饱，拿你当牛马，你女人病成那样你都顾不上，还要来顾我们……胡子，你躲开吧，你叫我去吧，包管不出事，出了事我也一个人顶。

（刘包牙和负了伤、裹着纱布的吴新华由土堆后面上。）

吴：（冷笑）包管不出事！（厉声）不许动！（拿出枪来）

（静）

姑：（泰然地冷笑）欢迎，正在等你们！你们以为杀就杀得完吗？——我就是共产党，他们都不相干。

牙：（持枪走向张）走！

姑：（反身给刘包牙一个耳光）你狗养的！

牙：你干得漂亮，婊子！你也革命啦！

（姑猛然向刘包牙扑去，夺枪。吴新华放枪，但未击中。张胡子女人，褴褛而衰老，突然从棚子里奔出，向张奔去，护着他，但随即向吴冲去。）

女：你们这些狗，杀我儿子的，我跟你们拼了——杀人啦，大家来呀，杀人啦！

（这意外的袭击使吴愣了一下，吴把她踢倒，但冬姑却冲上来一下子夺下了他的枪。同时张胡子机警地向刘包牙扑去，两人格斗起来。正在这时，吴春福、李树民，和其他几个青年工

183

人从土堆后面奔上。首先击倒了吴新华,把他绑了起来。张胡子被刘包牙推跌在地上,刘包牙正要开枪,冬姑大叫着冲过来拦在面前。)

姑:你敢!

(枪响,冬姑倒地。工人们从后面扭住了刘包牙,夺下了他的枪,把他捆起来并塞住了他的嘴。)

女:(向刘包牙冲去,打着他,揪着他)我跟你拼了啊!

(张胡子走过去扶冬姑起来,但冬姑推开了他)

张:冬姑快走!

姑:我完了,胡子……你们快走,我跟他拼了,……(倒地,挣扎着)迎财啊!……我现在心里真痛快……

(静默。李树民走出来,拿了吴春福手里的刚从刘包牙夺下的枪,预备打死吴新华和刘包牙。张走过去抓住了他。)

张:树民,不能乱动!(挥手)大家赶快散开!

姑:迎财啊,……(狂热地挣扎着,推开一切人)人民……人民万岁!

张:冬姑!冬姑!……我扶你走,我们走!

姑:我不走,胡子,我死了。……

张:冬姑!

(沉重的静默。张胡子女人突然又大叫着冲了过来,拿起一些石头泥土等往那躺在地上的吴新华砸着)

女:(大叫)我儿呀,给你报仇啊!报仇啊!

姑:(同时)人民……人民万岁!(倒下去又跳起来)人民万岁!

——幕

一九四九年七月初稿
一九五〇年十一月整理

# 英雄母亲

《英雄母亲》,1950年6月作,上海泥土社1951年9月初版,据此排校。

**人物：**

周引弟　　　　　王政明
朱发山　　　　　杨承海
朱大年　　　　　沈华清
沈阿妹　　　　　王秀真
王杏秀　　　　　刘宝珠
王庆泉　　　　　赵师傅
张季财　　　　　王秀真婆婆
金汉有　　　　　厂长
其他男女工人多人

**时间：**

一九五〇年初

**地点：**

华东某公营纺织厂

# 第 一 幕

　　工厂内部,右边是纠察队办公室的侧面和台阶,左边通往外部,正面是车间前的铁门,铁门后面是广场和车间。建筑物附近放着一些沙袋和一只装着水的大汽油桶,另外有一辆空着的小的平车。

　　冬天的晚上。铁门顶上和车间的大窗户上亮着灯光。开幕时,铁门里面的场子上有荷着枪的工人纠察队的影子移动着,有一个声音大喊:"喂!哪一个?"女工的声音回答:"二布厂的!"

　　(纠察队员王庆泉从铁门里边出来。)

王　(向右)哪一个?喂!楼梯下面哪一个?
　　(机器房的领班朱发山迎着王庆泉上。)
王　是你呀!朱师傅!
朱　是我。
王　(动了一下肩上的枪)你下了班还没回去?
朱　(不愿意地)你看见大年没有?
王　没看见。(沉默了一下)今天恐怕不会来炸了。
朱　(坐下,不答)
王　(有些畏惧)沈阿妹那个堂哥又来逼阿妹回乡去,在工会里边呢。周大姐去了,你不去看看?
朱　(不答)
王　事情真不容易干……昨天二纱厂李秀英的妈妈还有别的好几家都来厂里闹,怕轰炸,不叫耽在厂里……有的人思想就动摇了。我们厂里还恐怕有特务。大前天飞机来炸没炸着,就尽是谣言。

朱　（不答）

王　解放大半年哪,有一些人根本连一点阶级觉悟都没有。……他们害怕啦,回乡去啦,躲到城里去哪……朱师傅,天气冷,你身子不好,不早点回家歇歇?

朱　还好。

王　（站了一下,动了一下肩上的枪,走开去,但随即又转过身来）朱师傅,你是不高兴我吧。我是年青人,有意见你该多指教。

朱　（沉默着）

王　我知道你这些时不高兴我,……我开会的时候提了你一点意见,并没有什么对不住你的地方呀。

朱　那有什么。

王　我当你的面还是一样说,你有些事情是没有站稳阶级立场的。你为什么反对周大姐干厂里工会的事呢。你就不关心这个厂吗?

朱　王庆泉,你少跟我说话。

王　那不要紧。（想想又说）哪个对哪个不对,什么人都可以批评的。周大姐在厂里有威信。她如今在困难局面下站出来,有什么不好呢? 就算是她照顾不了家里的事情,你也不该这样呀。你想,要是敌人把我们厂毁了,对哪个有好处呢?

朱　小王,我过去没亏待过你吧?

王　那我就不能提意见啦? ……

朱　你少拿大帽子砍人!

王　我这叫大帽子砍人? 周大姐她日夜辛苦,就算是她工作有缺点吧,你也不该打击她呀。上回大会上你还说过,这个厂就好比是你的家呢。

　　（周引弟和沈阿妹上）

周　孩子,你不要怕,不理他!……你看你舅舅在这儿,跟你舅舅说吧。

沈　舅舅!

朱　沈华清又来啦?他怎么说啦?

周　怎么说?死活也不依,一定要逼她回乡去。说是买了今天夜里一点钟的车票叫她走。

朱　那办不到的,她妈死了她就跟我过的,他姓沈的不能这么欺负人。

周　你做舅舅的背底下这么说有什么用呀。阿妹又老实,说不出话来……那狗东西说,阿妹的爹是死在他家里的,欠过他多少钱,……阿妹,你自己跟舅舅说!

沈　他下午就来过了。刚才是舅母跟他谈的!

周　明明是怕乡下要分田地,做冤枉梦,想骗阿妹回去替他们当牛马。他还说,他听说阿妹跟小王要好,要跟小王当面谈谈……

王　跟我谈什么哪?

周　到现在还在工会办公室里死活坐着呢。跟那狗养的杨承海一道来的。

朱　(想了一下)我去找他去。(往左下)

周　(望着他的背影)不要一听见人家说好话造谣言心里就没主意!

沈　舅母,我怎么办呢?

周　当然不回去。

(铁门内女工喊声:"周大姐!周大姐!老刘找你!")

周　就来就来!(往门里面去,又站下)小王,当心不要叫外人进来!(下)

(沉默)

王　你……后来你究竟是怎样跟你那个堂哥说的呢?

沈　我不知道。

王　他为什么要跟我谈呢?

沈　那你问他好啦。
王　你不要生我的气呀。
沈　你不要管我。
王　可是自己的事情,不管是什么事情,都应该自己做主呀。
沈　（沉默）
王　你到厂里来也有好几年了,总是害怕这个害怕那个的,什么事情都是这样落后……
沈　你由我去好啦。
王　你老是这么没主意怎么行呢?
　　（朱发山、沈华清、杨承海上）
朱　阿妹在这里,就在这里谈吧。
王　（看见了杨）好,杨承海,哪个叫你到厂里来的?你还想当包工老板?
杨　对不起,我陪他们来的。
王　滚出去!
朱　小王!
王　朱师傅我不管,你随便带人进来……
清　对不起,要是不太方便,我们就出去谈。我们会会阿妹,谈几句话,这总没关系呀。
王　告诉你没什么谈的!
清　你总不能不叫我讲话呀。
朱　快些讲吧。
清　当着阿妹她舅舅在这里,大家都算是亲戚。也当着他王先生,王同志……我这个做堂哥的说几句;还有……杨老板也是晓得这回事情的。
王　什么杨老板!
朱　你有话快讲吧。
清　阿妹,说一千句话也不如说一句话,是不是?你住在你舅舅舅母这里也好几年了,不过你总是姓沈的家里的人。我是一向把你当我的个亲妹妹看的,你想,一千个人能骗你,我这个哥哥能骗你？我……大伯他临死的时候我是在他跟前的，我跟大伯说：大伯呀，你放心吧，阿妹比方是我的亲妹妹，我要是今后有一点错待她我就不是人，我说……就好比我是一条狗吧！我也不能错待阿妹的。不要说我们现在日子还过得去，就是将来我要饭吧，我也要替我这个妹妹要一口的……

王　哼，漂亮！

清　你爹死了你都没有回去看一眼啦，这些年我都想，你舅舅舅母是好人，不过今天这种时局，城里头炸成这个样子，万一你有个什么事情，我将来拿什么脸去见大伯呀！

王　你这是造谣！

清　对不起，王同志，各人见解不同，要是飞机不来炸，那就算我造谣。阿妹，古人言，人情冷暖，世态炎凉，你舅舅舅母自己都顾不过来，你老累着他们干什么呢？万一有个什么事情，那个来担待呢？你爹一向把你看成个儿子，你这一房就你一个，将来你也是要继承沈家的香火的呀，当女工能是长久之计吗？你回去，我就把田地分一半给你成家，你要是不回去呢，说句难过的话吧，我也没得脸上大伯的坟上去了，我们这一家人从此也就算了。阿妹，你爹死了你还没有回去看一眼呀，你爹忠厚一生，就你一个女儿，一直到今天却还没有落葬呢。……

沈　（沉默着）

清　你爹辛苦一生为了个什么，你就能忘记吗？一个人一生靠个儿女，靠不着也就算了，不过到了老了，死了，儿女问都不问……你爹临死前的那几天，老是哭，老是哭……

（沈沉默着）

朱　沈华清，你说这些话就不够厚道了；阿妹她爹是怎么死的，哪个又不知道？

清　就算你做舅舅的这么说吧，今天这个时局，我做堂哥的负得起她阿妹这一房人的责任？

（周上，荷着枪。）

朱　那倒用不着你负。……不过，……要么就这样吧，阿妹你就请个假回去上个坟，免得叫人家说闲话！

清　对！他舅舅这话到底是有见识的。

周　不行！（对清）谁叫你们进来的？

朱　你叫他姓沈的说这种闲话干什么呀？

周　你怎么愈来愈胡涂啦。（对清）出去，这里不是谈话的地方！小王，你怎么随便放他们到这里来呀？

王　是朱师傅带进来的呀。

杨　我看阿妹自己说吧！

沈　舅母……

王　（气愤地）沈阿妹，你为什么不能自己做主呢？你怕什么呢？要是你真的信了他的话，你回去就是了，要是你有立场，你就不回去！用不着问别人。你哭有什么用？

沈　你有心肝没有？

王　我说得不对？

沈　那好，我回去！

（蹲在一边的朱发山站了起来）

朱　小王，你平常跟阿妹也不错，讲的那么好听，你今天讲的更漂亮啦！你这行为混帐，呸！

（静。王一声不响，转身走进铁门）

清　好啦！阿妹，走吧。

周　孩子。你自己说吧，不用怕，告诉他！

（静）

清　阿妹，你嫂子，大姑妈，都在等你回去呢。

周　孩子，你说，不用怕！

清　阿妹，难道你不记得你爹从前怎么跟你说的吗？

沈　（哭着）记着呢，你不说我倒忘记了，我记着呢，（大声）我妈是叫你们这些有钱的亲戚逼死的，我爹一生恋着你们家那一块地，是在你们家做苦工做死的。大伯，大伯，叫的好听，我十二岁替你们当丫头,当牛马,说起来是可怜我这个堂房妹妹,告诉人家说,要不是你们我早就饿死啦。我今天,我今天是饿不死的啦!我也找到一碗自己的饭,也得到两件自己的衣裳了!你过不去吗?乡下要分田分地了,想拿我回去挡一挡吗?告诉你,飞机炸弹我们不怕!我跟……我跟他王庆泉要好不要好,你也管不着!你说我爹死的时候欠你们多少钱吧,你拿字据来,我做十年苦工也还你,我自己葬得了我爹的!

清　你这是怎么的?你反啦?

沈　(大声)爹啊!你的女儿翻身了,她葬得了你老人家的!

周　孩子,说得好!……好啦!阿妹要回去的!将来村里开大会,阿妹要回去讲话的!出去吧,我们这是工厂!

清　那不行。

周　(厉声)出去!阿妹你进去,你快上班啦。(沈阿妹进去)

清　朱大叔……你这个当舅舅的就不能做点主吗?

朱　阿妹说得对。

杨　(站起来)吓,好厉害啊,六亲不认,我早就看准啦!

周　出去,杨承海!

清　朱师傅,我姓沈的算是打过招呼了,是不是?

周　出去!我送你们去!

（周带两人下）

朱　(冷淡的)对不起,不送啦。

（朱沉闷地呆了一会,推开办公室的门看看,正预备往右去,小女工王杏姑和朱大年上。）

年　屁事没有,全是瞎顾虑,包管完成任务,你放心吧。

杏　哎呀,我不行呀。我们那宿舍不少落后,他们背后总是骂街。

年　你怕骂街?

杏　你看你又冒失啦。

年　我这是冒失?

杏　人家骂街怎么办？

年　说服呀！

杏　说服不行怎么办？

　　（静）

杏　（笑）那就跟他吵呀，是不是？

年　你才这个样子，我几时这样的？

杏　你又不接受意见啦呢？

年　（红着脸）王杏姑，你不要这么说，我要是不接受意见，我就——

杏　不兴赌咒——

年　（看见了父亲，稍微有点困窘）爹！

杏　哦！朱师傅还没回去？……我们女工纠察队的时间快到了。你看……朱师傅，你没看见，今天纠察队团小组跟大年提意见，大年检讨得真好，眼泪水都淌出来了。

年　王杏姑你不许开玩笑。

杏　你不是说的，说你想到你妈，你心里就……你说你不会争取群众，要向你妈学习。（叹息）真是呀，事情好不容易办呀！

　　（走进铁门）

年　这小丫头，……爹，你没回家？

朱　有点事情，说是要修车子的。你没事吧，有两句话跟你谈一谈。

年　（沉默着）

朱　也没什么……（困难的）你妈这两三天都避着我，你要是碰见你妈就跟她说，叫她回家来一趟。

年　你不好当面跟她说吗？她刚出去，我叫她去。

朱　不用。……你就跟她说，叫她把她的衣服什么的检到厂里来吧。

年　爹！……那怎么行呢？……你为什么跟妈吵呢？妈是共产党员，现在又是工会副主席，她干工作是为了大伙呀，你为什么不叫她干呢？

朱　不是这么的。

年　怎么呢？

朱　你不懂。

年　妈就是为了你思想转变不过来心里难过。

朱　她才不难过哩。……不用谈啦。你也长大啦，看着你们今天这个样子，我也放心啦。不过我活的这么大岁数了，还要叫她冲着我摆威风，这个面子我受不下去。

年　不是这样的。爹，我就想跟你谈……

朱　谈什么？你妈这个人我不知道吗？她从前是怎么样的一个人？自从解放前闹罢工入了共产党，一天一天地能起来啦，如今还居然口口声声要干国家大事！笑话，也不看看自己是怎么一块料？搞得家不像个家，叫街坊四邻看着，究竟哪个有面子？

年　爹，你怎么这么想呀。

朱　你也学上这一套啦……你看，你们年青人这么干，当什么青年团干什么纠察队的，我可说过一句的？这本来是你们年青人的事情嘛。你总该记着，你爹从小爱护你，自己做工一生苦透啦，总指望你念个书什么的，如今你在厂里也出了头，选上了模范，我也没什么心思了。是你们说的，新社会将来有希望，你们年青人有办法，不过总要记着，做工的人第一要诚实。像小王那个孩子，在手艺上不肯用功夫，我就不喜欢他。工人嘛，是不是，处处要记着工人是靠手艺的，在别的地方用心眼都不是本分——这也才是今天共产党讲的工人的价值。

年　爹，妈难道不是工人吗？

朱　她？她那个织布厂的玩意，算不上什么工人！

年　爹，你这才……不对呢！那么……你刚才说，是我们说的将来新社会，你就不想新社会？

朱　我？哼！……

年　怎么呢，爹？

朱　（激动地）骂我思想没立场啦？我几十年站在这里，哪个敢说我不爱这个厂，骂我怕轰炸啦，那我就站在这里给他们看看！

年　妈不也是为了咱们厂吗？

朱　（沉默了一下）吓！……世界上的事儿看多哪！

年　爹，可是今天能比从前吗？你想今天呀，我们胜利啦！反动派就是来炸又怎么样？我就想呀，等厂里大家的组织好啦，把反动派的飞机也打退啦，把舟山、台湾解放啦……我就要好好学习。

朱　好啦，少跟我念经啦。你要是碰见你妈，你就叫她回来一趟。

年　咳！真是的！

（王庆泉从铁门里出来）

王　（兴奋地）朱师傅，你没走，我想跟你谈两句。

朱　（看着他）

（周上）

周　小王，你说些什么呀？

王　周大姐你听我说。……在这个事情上，我从来是规规矩矩的。

（年青工人张季财和一群男女工人上，女工们中间有唱歌的）

张　（快活的大声）从来都是规规矩矩，各位，鄙人从来都是规规矩矩地怕老婆。……

周　小张！

（张耸了一下肩，沉默。）

王　（继续对朱）你不能这样对我。我刚才对沈阿妹说由她自己做主，那是为她好，难道不应该由她做主吗？

朱　（对王）你说吧。

王　我说由她自己做主，你就吐我口水，说我混帐，你说说，我哪一点混帐？我诚心诚意跟你谈，你就说我拿帽子砍你……你今天这个样儿，你难道是对的吗？

197

朱　你说吧,怎么个样儿?

王　我一向敬重你,你介绍我到厂里来,我算是你的徒弟,我过去总是看你的脸色,抢着替你做事,讨你好……解放后就是有不对的地方你也应当原谅我,我批评你一回你就记我的仇啦,难道我没有人格吗?

[朱]① 有什么话你都说吧。

王　该感激你朱师傅的地方我总感激你的,我来的那一年,冬天冻得没有衣服穿,你给了我一件旧大衣。

朱　怎么呢?

王　(伤心)这些年我都感激你,我总想着你对我的好处……我妈没死的时候,走城外来看我,没得吃的,你就给我钱……朱师傅,你总是帮助我,我也不是忘恩负义的。……

朱　(沉默着)

王　该感激你的我永远感激你。不过我不能没人格,你以为你对我有恩惠,我就不能批评你了吗?朱师傅,恩惠是恩惠,人格是人格,你不能吐我的口水!

朱　你还不怎么呢,你上天啦。

王　不管怎么我都是要说,厂里面工作困难,你不但拉周大姐的后腿,还要跟从前的包工杨承海往来,叫人家造谣言你是用过他的钱的!

朱　(大声)你说什么?

王　我就是说这个……你总是对老师傅们说,你过去可怜我……朱师傅,我用过你的钱我还你!

周　小王!

朱　(夺过钱来,抛在地上,并举手要打)

张　(拉着手)朱师傅不要动手,不要动手,小王,进去!

朱　那办不到的,我今天跟他说清楚啦!他听谁说的我用过杨承海的钱,说出来!

---

① 此处原文脱漏。

张　朱师傅！

王　我是说叫人家造你的谣言……

周　老朱你少说一句,他年青人……

朱　没有你说的！哪个说的交出人来,我几十年站在这里,对这个厂没有功劳也有苦劳,机器房的年青人哪个不是我指点出来的？凭你臭小子今天敢这么对付我！解放后共产党的干部也没说过我一句不好听的话,凭你？我没立场？我封建？我凭手艺！

年　爹！

王　朱师傅,我不否认你的功劳,你可不要这么说！

张　大家少说一句！

朱　我过去给你什么脸色看啦？你手艺上不用功夫我教训你,我教训你！

张　朱师傅,哪个不知道你呀,少说一句！（推着朱走进办公室）

朱　我教训你！……（小张推着他进去）

王　朱师傅,我有什么不对的地方你原谅我好啦。

周　小王,你进去吧。

（王下。周要跟着朱进去,但又停下,跟大年低声说着什么,大年进去了。）

王秀真　究竟是什么事情呀？

女工二　这个事情,本来小王是有委屈的。

刘宝珠　（对女工三）算了吧,走吧！少管闲事！

女工二　不是说纠察队报名吗？

珠　人家那里看的上我们呀,我们十点钟还要上班呢。

真　这算什么话呀,也不想想,工厂是大家的责任！（大声）为什么封建呢？为什么听谣言呢？纠察队不是少数人的事情,就是炸弹来了吧,又有什么怕的。

（小张和大年出）

珠　哼！（对女工三）走吧。

女工三　你们不怕我们怕呀。

女工一　你说说看为什么怕呢？

张　你这根本不是工人阶级思想！

珠　人家本来不如你们嘛。

女工三　我说的不对？

男工二　（抢着说）你害怕他来炸吗，告诉你，我们快要有空军了。

女工三　那么就万事如意啦？样样好，没得一桩不好？

年　你这算工人阶级思想？

张　难道困难不是暂时的吗？你呀，你这是地主思想，地主思想！

女工三　我就是的，你们是什么呢，你们都自私自利，没有同情心的！

年　同情地主？同情投机商人？同情反动派美国资本家？

女工三　好吧，我就是反动派……（哭）你们欺人就是了，我是反动派，你们来抓我好啦。

张　还哭呢！小资产！

年　我们不过是说，困难是有的，但是一定有办法！……

珠　我们哪有资格说话呀……

真　不要吵啦，工人阶级应该站在国家的立场上！

珠　请周大姐说说看吧。我们是有些不明白，不明白就该挨骂吗？周大姐是我们女工主席，又是女工纠察队长，懂道理多，请她说好啦。

周　喂！不要争了，工作要紧，纠察队的同志先到里边去，没有事的请散开。不过有两句话：纠察队不是强迫的，我们要说清楚，敌人轰炸我们，破坏我们，情形是困难，愿意干的就干，胆子小的，我们帮助他，希望他胆子大起来！不愿干的，希望她在车间里好好生产，要拍拍胸脯拿出气慨来，今天国家是我们的，我们是工厂的主人，也是国家的主人。

（朱发山打开门出来）

朱　说得好听！（往外走）

周　你说什么？老朱，你这太不对啦，你愈来愈不对啦！

朱　（站下）管管小孩子吧。国家？差得远呢。

周　凭什么就差得远？

朱　吓！……（不屑地）街上的情形，你看见了没有？前两天还有一个老师傅来托我找事情，说是一家四口快当尽卖绝啦。人家不算工人？又不是小孩子，没什么得意的！

周　那我们摆开来谈谈吧，……来找你的那个人，是不是刘汉春？

朱　就是他吧。（笑）都说……我的女人在厂里当权，介绍个把人吧。

周　他呀。……

朱　人家不是工人吗？

周　他品行不好，根本就是流氓——你叫迷胡啦！

朱　（受了打击，发作）没有什么跟你谈的！替我滚回家去！

年　爹！

张　朱师傅，你这话就不对了。

周　你瞎闹！你愈来愈不对啦！（气得发抖）解放还解放错了吗？说困难，说失业工人吗？成立了委员会啦，政府也公布了办法啦，你没看见吗？（大声）你忘啦！你的心窍迷胡啦！你忘啦从前叫杀叫害的是哪些人，你忘啦人家从前拿什么来对付我们，从前我们父母叫逼着卖亲生儿女，今天一个地主反动派叫乡下撵出来了，你就心里难过？你呀，朱发山，阿妹那孩子刚才还在这里的，你就忘了你那个妹妹在乡下是怎么死的？你年青的时候叫人诬赖坐的监牢，灌你的凉水打你的耳光你全忘啦。

朱　你也忘啦你是什么样的一个人啦！

周　忘不了！早些年我还到庙里烧过香求过神呢，早十年的时候我还整天哭呢，忘不了！毛主席告诉我们站起来，我们就站起来了！我们什么也不怕！我就是再不行，一千个不行，站在反动派面前，你就是拿血来泼在我们身上，我们都不会抖一抖的！……我们今天就是要跟反动派打到底！要是有人说纠察队干的不好，那么他就应该来干；要是说纠察队没用，那么，工人自己不保护工厂，谁来保护工厂？

男工一　周大姐说得对！

朱　没有什么说的啦，大年，回去！

年　我有事！

朱　(厉声)叫你回去！

年　爹，不行！

朱　回去！

年　爹，你干吗这样？

朱　你说，(走过去揪着他)回去不？

年　不！

朱　(打他一拳，被张拉住)

年　(挣开，大叫)爹……

张　朱师傅，你这个性子，不要这样了吧。

　　(静)

张　好啦，没有什么事情啦，大家都散开吧。

周　纠察队去找老刘领臂章吧。

　　(群众分头散去。张在台阶上坐下，朱往外走。)

张　朱师傅！(拉住他)不要气呀，……

朱　没什么……

周　小张，你替我找杏姑来一下。

张　哎呀，我在这里待一会。

周　你去吧。

张　那么！喂！你们可不能再吵闹呀。(往铁门里去)

年　爹！

　　(静)

周　你也该往远处想想。你心里究竟是怎么回事儿呀？

朱　没说的。真想不到，从前那么样一个人，今天变成这样哪。好啦，你年纪也不小啦，将来你记着就是，……

周　你也该拍着心想想,这么些年跟着你,日子是容易的么?

朱　所以说喽,今天该趁心啦。

周　自然也不是全怪你。你也是旧社会里受压迫的,不过你总该想想,这么些年你是怎么对我的。你一下子叫我做工啦,一下子不准我做工啦,什么事情都是挨你的骂,要不是解放前老金他们带着我干罢工的事情,今天哪来我这个人呀。……我心里难过起来真也想过:这算干什么呀,反正我受苦的人受苦的命,一辈子也过了大半啦,自己能力又不行!……不过,好马也不走回头路的!照你那么样怎么能行呢,那办不到的!

年　爹,你为什么不叫妈干纠察队呢?

朱　没说的!

年　妈那么些年……你生病啦,跟人家呕气不能做工啦,妈那么服侍你,昏倒在机子跟前回来都是陪着笑脸……妈有什么错吗?

朱　(沉默)

年　解放前你病了,厂里罢工,妈那时候入了党,跟着老金他们干……叫反动派抓进了监牢,死去活来妈也没说一句话,后来放出来的时候你还要怨妈不该瞎闹!……可是妈总是跟我们年青人说,你是个好工人,是个忠厚人……

朱　有什么意思哟。

周　家里要买米了吧?

朱　(不答)

周　这两天我回不去,你就在食堂里吃吧……你还要饭票吗?我这儿有。

朱　有什么意思哟,到你老来的时候,你记着……

周　我记着,我都记着呢。

朱　那好吧,大年妈,我也没说的,一生是我的错,你有空回家把行李衣服什么的检到厂里来吧。……大年,你爹刚才对不住你,过来。

（年走了过来）

朱　孩子，不要学你爹，做个好工人吧。

周　（难受）老朱，你想想……

年　（倔强的）妈，不难过。

周　是，孩子。

年　爹，我不是小孩子了。我就是今天对不住你，我将来也是孝敬你的，不过你知道妈是什么人，你不能对妈这样。

周　孩子……

年　我要说！爹！你要不是自私你就是没立场，你对妈这个样不对！你总说做一个好工人，不过照你那么的，你自己也说……

周　大年……（向朱）我有两句话。我不是跟你闹，只要你今后不拦我干厂里的工作，我什么意见也没有！不过家里我有什么管不过来的，你稍微帮点忙。你也把个酒戒啦。

朱　（沉默着）

周　（温和地）行不行？

朱　说得倒是不错。

年　新社会啦，大家要互相帮助……爹也总不该发脾气砸东西的。

周　（兴奋地）大年你少说一句！你爹现在不会再发脾气砸东西的。比方说，再讲我们工厂吧，你是厂里边顶看重的老师傅……我们今天这么干，为了什么你也知道，我不行，你干起来不比我行？是不是？我们大伙一起把这个困难局面打过去，只要我们站稳啦，那时候哪个都不敢欺我们啦，对不对？所以我相信你干起来一定比我行，一定的！（光彩的）你说是不是？一定的，你比我懂道理多多了，你多少年也是受的旧社会苦呀，你是恨死了反动派的！是不是呢，啊？

朱　不是我说，你这么干……负这么大的责任……

周　哎呀，再那个也不能这么说呀，不是讲过么，今天政府跟我们做主，毛主席跟我们做主！

年　爹,你这种想法真自私!

周　大年,你不许说!我相信你爹就不是这样的人!(笑着)你爹是不怕的,看吧,他从来就不是这种人!

朱　用不着跟我来这些啦。(站起来)反正厂里的活我不误,我也不敢反对你,不过我们这一家人的事情,大家都甭提啦,好啦!我走啦。(往左下)

周　你要这么的也好吧。……
　　(抖动着肩上的枪,站了起来。)

年　妈!……妈!他这不对!

周　孩子……哎,我现在才知道,革命不容易啦。

(静)

年　妈,昨天我们团小组开会,给了我任务叫我争取我爹……你看爹能转变吗?

周　(沉默着)

年　妈,你不用担心,纠察队的工作,尤其是你们女工纠察队,我们保证搞好,支持你完成任务。

周　(沉默着)

年　不过就是,也对你提了点意见,为这个还争起来的,有些人不同意这些意见。

周　什么呢?什么意见,你说!

年　就是……自解放后,报纸上登了你一回护厂的功劳,说你带头保护车间,就有一些人不服气。你虽然一点也不骄傲,可是你有时候办事没原则,事务主义的,别人就容易挑你的刺儿。你有时候感情用事,太迁就别人了,比方有时候这个的那个的请假,说是有什么困难哪,你都相信,就光累了一身的事儿,这就是没原则。

周　孩子你同意这些意见不?

年　我……妈,我同意!

周　(含着亲爱的眼泪)孩子,好!

年　再有呢,你学习不够,有时候处理问题有偏差,……妈,我这么说,你不难过吧?

周　那怎么能呢?我们要学多少多少东西啊。

年　妈,你跟我提点意见吧。我们发电所锅炉房,就我一个青年团员,赵师傅又有点技术保守,我的团结工作也没有做好。上个礼拜,为了材料课领东西没领到,他怪我不听他的话,我就冒火跟他争起来了。……本来上个月锅炉房修机器,不该选我当生产模范的,我积极本来是应该的,也不过是比别人少睡了几宿,所以我挺怕赵师傅不高兴。我就想哪,要是我有点骄傲,别的不说,第一个我就对不住你……

周　敬重老师傅们,也是应当的。……比方你爹吧,不管怎么说,也总是个好工人。

年　赵师傅恐怕也是怕轰炸,前天说病了,请病假,到今天都没上班。不过昨晚上去看他,倒是在家里躺着呢。

周　我看赵师傅不是那样的人。他爱他的锅炉就像个命。护厂的时候,外面打枪,他就躺在锅炉下面的,是不是?你爹也是的。不过,年纪大的人,总会有些古怪想法的。

年　妈,没事我进去啦。

周　哦,还有事儿呢,你看我这个记性,刚才跟你爹一闹把什么都忘了。上回福利部办的货,预备成立合作社的那个帐,本来是我经手移交给张桂华的,她病了,领导上要我清一清,在我的抽屉里,(摸口袋)这里有两张单子,还是你替我写的呢,你等下先帮我抄一抄。

年　好。

周　刚才我碰见老刘,老刘让我跟你商量,今晚上等下十一点钟你回锅炉房去。

年　什么事?

周　赵师傅不在,锅炉房就李师傅一个人积极,另外那个姓胡的又不可靠,等下交班以后你去,没事就帮助干活,一有事情马上注意得保护锅炉!……

年　好!我知道!

周　再熬一夜，明天有空再休息吧。护厂工作重要！就靠着你哪。

年　知道。……那我现在没事，就先上工会把你那个帐拿来抄一抄吧。

周　还有哪！万一来轰炸！不管怎么样你不能离开锅炉房！

年　知道。还有事吗？

（静。杏姑上，听着）

周　孩子，坐一坐吧。（静静地抚摩着他）要做个好青年团员，保持你的生产模范的光荣，知道吗？

（静）

周　要好好跟赵师傅他们学手艺，好好团结群众，知道吗？

（静）

周　我们的工厂，国家，都一天天好起来啦，将来这都是你们的……知道吗？

（静）

年　好，我去啦。

杏　（对大年叫一声）哇！

周　该死，吓我一跳！

（大年下。）

杏　周大姐，你找小张叫我干吗呀？

周　哦。没什么事，跟你谈谈。女宿舍那边的门开了没有？十点钟上班的进厂了没有？

杏　开了，都在车间啦。

周　交班的时候人杂，要注意呀。你领到臂章了吗？

杏　（指纠察队臂章）你看。

周　这枪比你人还长呢。

杏　没问题。

周　你一个站岗，怕不怕？

杏　自己的厂，不怕。大姐，你尽在忙，你累了吧。天气冷……大姐，要过年啦。

周　（笑着看着她。）

杏　大姐，你坐。……解放后第一个年，可乐啦。

（静）

杏　大姐，你不用烦。他们这些落后份子呀，将来一定会明白的。只要他们心里一想，就会明白啦，嗯，我就是这么想。

周　你怎么想呢？

杏　嗯，我就是这么想的。大姐，这会没事儿！你累，我在这儿守住，你进屋里打会瞌睡吧。

周　你叔叔近来好吗？

杏　好。我叔叔近来尽讲笑话。大姐，朱师傅干吗还跟你吵呢，我看他也挺难过的。

周　他顽固呀。

杏　那么你，你就该说服教育呀。

周　哪有那么容易呀。喂，杏姑啦，你知道革命是怎么回事儿吗？

杏　革命？革命就是共产党领导人民打倒帝国主义，打倒反动派。

周　不错。

杏　唉，大姐，社会主义共产主义那时候的人，是个什么样儿呢？

周　（笑）这个，我也说不上来。（快乐地）不过那时候呀，比方我们厂吧，就要有好几千栋房子，样样都有，像个花园一样，大伙干起活来，一天比一天更高兴！什么牵挂都没有，一天比一天更快活哪！

杏　我跟顺英她们说，我说不上来，她们就笑我。不过昨天好像想起来的，好像眼睛清清楚楚地看见。（眯着眼睛，想着，摇头）哎呀，我想不出来。昨天还想出来的。大姐，全世界有很多工人吗？

周　当然，我们的人很多很多哪。骑在工人头上的，那不过是几个反动派。

杏　我好像跟那些还没有解放的外国工人说话，我说："喂，你们不要怕,要起来革命。"我好像清清楚楚看见他们,他们……大姐,帝国主义干吗要破坏世界和平呢?

周　我们的人有日子过啦,快活啦,他们就没日子过啦,就怕啦,所以他们就破坏。

杏　不过我就是想不通他们干吗这么没出息。大姐,你怕不怕第三次世界大战?

周　你怕不怕?

杏　不怕。我们这么多人,你刚才说的,帝国主义怕我们呢。所以他们就装样子,打肿了脸充胖子。……大姐,你的大年真好玩,有时候像个姑娘似的,他们说,从前他可调皮啦……大姐,那时候我不认得你们,这是真的吗?

周　(笑)那倒是的,他爹总是讲他。

杏　大姐,听说你从前心肠软,……他们说,从前好些人都跟你借钱,人家一说家里没有米啦,你没有不借的,你自己没有的吃也借,他们就欺你。他们说,你从前呀,跟什么生人讲话都要脸红,你胆子小。那么,你今天怎么一点都不怕呢?我就老记得,护厂的时候你好凶呀。

周　姑娘……从前那是旧社会脑筋,又胡涂又封建,光是个旧社会的好人,可是后来活不下去了,参加了斗争,党就教育了我。党告诉我说:要是一个人把自己一生都想透了,把自己的阶级看清了,知道什么对什么不对,就什么都不怕啦。比方说吧,一个做母亲的,爱她的孩子,她就什么都不怕啦。

杏　(沉思着)

周　我要到里边看看去啦,我们换个岗,你在这里守一会吧。

(支部书记王政明和工会主席老金自铁门内出来,老金也荷着枪)

金　引弟,找你谈一谈呢。

周　那好,杏姑你先到里边去吧。

明　(对杏)小丫头,这枪比你人还长呢,你会放吗?

杏　吓,王同志你看不起人吗,我放你看。

周　杏姑,不要胡闹。(杏下)

明　好,对不起,我犯了你们纠察队的纪律。(在台阶上坐下)周引弟同志啦,我跟老金两个人,刚才找老刘把纠察队的工作都检查了。我们有个提议,除了自愿留下来的,十二点钟叫女工纠察队都休息吧,她们这两天太辛苦。你这里情形怎样?

周　我叫大年待会儿交班以后上锅炉房去。

明　对。

周　老刘跟我说,楼房顶上多站几个人,他把小王小张派走了。

金　朱师傅呢?

周　唉,不用提啦。

明　我们听说你这里吵了一场,怎么的呢?

周　(激动地)你听我说呀,王政明同志。沈阿妹那堂哥来逼阿妹回去,这个问题刚解决,老朱他就跟小王吵起来啦。这不能怪小王,他年青人是有委屈嘛,可是老朱怎么的?他横不讲理,要揍人。后来好几个落后分子走这里过,说这说那,老朱就给我一个当场下不去。我从来都是让他,他欺负我没关系,可是在这种问题上,这是革命斗争,我就不能跟他客气啦!我狠狠地把他说了一顿。

明　我们听说啦,你说得对。不过我们也批评了小王。

周　那不能怪小王。

明　后来呢?

周　后来,我想想又难过,恐怕这也就是我这个人还不够坚强,我就跟他好好地说,劝他,他瘟头瘟脑的,说是要我把行李衣裳搬到厂里来。

明　老金,我们多咱找老朱谈谈去。

周　王政明同志……老金他多年的朋友了!他知道的。我从前是这么样想的:我一个女子家,年纪也不小了,还计较什么呢,不过他不拿我当个平等的人,不叫我革命,那办不到的!他如今既然要这么办,那就这么办吧!我这个人就这个性子,想通了,走过来了,就决不后悔!

明　不,你这样想不对。

周　他顽固呀,他自私呀。

明　这么一来,就不好啦。老朱是咱们厂里看重的老师傅。

周　那我怎么办呢?你们不知道,我真也怕他!我今天走这条路,还不是大伙拉着的,要不早就掉在旧社会泥坑儿里去啦!要不是党,能有我这个人?我自己知道我有缺点,工作干不好,有时候没原则,能力又不够,组织上拉着我,大伙扶着我,我能不争这口气?不过我心里真委屈呀,我总是信不过自己,我想,我不干这个工作,领导上随便叫我干吗都行。老朱他错是错,他也五十岁的人了,一生不知多苦,闹成这样。还不是我自己不好。

金　你有什么事儿都是怪自己不好。

明　你什么地方能力不行呢?

周　我总是感情用事。

明　那么你现在就是感情用事了!

周　王政明同志,我再怎么不行,我心里也是要强的,我不过在你们面前才这么说一说。

明　这就对啦。我们一定帮助你解决这个问题。

周　在别人面前我总不说的……我这么一个旧社会女子,要不是党,能有今天吗?早没啦!……(听)警报?

(传来短促的汽笛声,飞机声……里面有喊声:"警报,空袭!")

明　引弟你守在这里……

(王政明和老金奔进铁门。飞机声,群众的沸腾的声音,周从肩上取下枪来,靠着铁门柱子站着。远处爆炸声,高射炮射击声,纷乱的群众从铁门涌出,出现舞台。所有的电灯熄灭了。大年奔上。)

周　同志们不要乱跑,不要乱!

(一声巨大的爆炸)

年　不要怕！不要怕！

　　（大年向内奔去……在爆炸声中震倒，但迅速跃起，向烟雾中奔去。周引弟高呼："大年！"）

——幕落——

# 第 二 幕

工厂内部。右边通往锅炉房,右中间有一高大的石扶梯,是车间与车间之间的天桥楼梯的一个出入口,通往仓库。楼梯下面有一个小房间,现在是护厂委员会的临时工作室。正面偏左的远景是其他厂房。左边通往工厂外部。

第二天的上午。

开幕时传来工人们的嘈什的喊声:"这儿,这儿来几个人。""快!""当心脑袋!"沉重的吆喝声,以及一堵破墙倒下的声音。

张季财浑身凌乱,抱着枪坐在扶梯的最下一级,疲乏而忧愁地望着前面。拿出口琴吹了一下,放进口袋。稍停,又拿出来吹了一下,并在膝盖上敲着,小声地念着什么。

(小王匆匆从左边上。)

王　小张,看见老金没有?
张　没看见。
王　你看哪,工会的负责人一个都找不着,妇联代表来慰劳啦。
张　老金恐怕在楼上吧。……喂,你慢走,我唱个歌你听。
王　什么?
张　真的我唱个歌你听,刚才我想起几句。……
王　什么歌?
张　不过还不是歌,还编不成什么调子。这几句如何?你听:"你们炸了我们的厂,"(站起来,热烈地)你听像这样行不行?"你们炸了我们的厂,你们伤了我们的人,在炸弹下我们勇敢斗争,我们永远记住这大仇恨!"

王　意思倒是不错!(向楼梯上去)

张　喂,你不要去!(拉住他,并把枪塞给他)你在这儿守着吧,真把我憋死啦;我干活去,我来替你找老金。

王　那不行,刚刚分配你值班嘛。

张　请你休息!(丢下枪要跑)

王　(拉着他)不行不行,我有我的事儿呀。活也快完了。
　　(王走上扶梯)

张　医院儿有消息吗?

王　没。(下)
　　(张又坐下,又拿出口琴来吹了一下,念着:"你们炸了我们的工厂!"然后把口琴藏起来,犹豫了一下,去到楼梯下的小房子里去了。传来工人们底吆喝声。稍停,浑身肮脏的沈阿妹拉着锅炉房的赵师傅从右边上。)

沈　赵师傅,你是病人,叫你歇歇!活也快完啦。
　　(张季财从小房间里探出头来)

张　什么人?哦,你们!(又进去)

沈　赵师傅,你坐一下。你老人家听我的话,歇歇吧,你病还没有好呢。

赵　(坐下,愤怒地)我没有病。

沈　你要喝水吗?

赵　(愤怒地)不喝。

沈　(看着他,疲乏之极地)哎,你歇歇吧。

赵　(跳脚)狗日的好狠心,炸了我的锅炉啊!

沈　哎,你气有什么用呢?
　　(静)

沈　大家会修好的。

赵　(大声)狗屁!(顿)我是说我狗屁!偏偏这个时候害病!……其实我昨晚上本来该来上班的,要是我在这里,他大年就不会受伤!

沈　（看着他）

赵　哎！

（张出，拿着一张大报纸，上面写着他刚才做的诗，走过来贴在楼梯边上）

沈　（有些畏怯地，不善于和年青人说话）小张……你听说大年杏姑他们的伤怎么了？

张　大年伤得重。

沈　我舅母呢？

张　到医院去了吧。（看看他的诗）反正事情乱，一时搞不清楚。

沈　真也是……

张　你在夜里救火一直到现在没歇，你歇歇吧，我听说上级总公司也来看过了，没有什么关系，用外面的电，开一部分车；无论怎样今天要照样开车。

（赵师傅站起来往里走去）

沈　赵师傅，你上那去呀？

赵　我解手。

沈　你骗人的。你又是去看锅炉的。锅炉房里那么多人，乱七八糟地，还没有理出头来呢。究竟炸坏了没有，还不知道呢，说不定没有坏……

赵　沈阿妹，你几时学得这么灵巧的。我真的去解手。

沈　（指后面）那边有厕所，赵师傅。

张　赵师傅，你就休息一会儿吧。

赵　好吧，我休息！（赌气地坐下，靠在墙上闭上眼睛）

（静）

张　（感情洋溢地）沈阿妹……你记挂大年他们是不是？

沈　（沉默）

张　厂里头有些人也是的……还是听谣言、还是没主张，她们有一些人，都说今天没电了，甲班不开车，跑开去啦。

沈　这些人！

张　你昨晚上救火没有碰伤吧？我真担心你……你是受了你舅

母的影响,才积极起来的吧。从前你胆子小。

沈　(小声)工厂不是我们工人的吗?

张　你昨天跟小王两个一吵,就要跟你那堂哥回乡去,那是真的?

沈　那怎么能是真的。

张　我从前总是跟小王捣乱,……其实他这个人也不错,什么事情都是忠心的。就是有点毛手毛脚。

沈　我也晓得。

张　他有时候批评你,自然也是为你好。

　　(这时候赵又偷偷站起来,往里去。)

沈　赵师傅!

赵　哦,哦……(羞惭地笑着)我解手。

沈　(赌气)我不管啦,我还有事情!张季财,我上里边去,你陪陪赵师傅吧。(向右去)是老金叫他歇歇的。(出)

赵　哎,我平生顶怕这些女子姑娘啦。

张　(笑)对!什么人的话都可以不听,不听她们的话可不行呀,要拉耳朵!……赵师傅,你看,我念几句歌给你听听。

赵　什么呀?

张　(念)"你们炸了我们的厂,你们伤了我们的人,在炸弹下我们勇敢斗争,我们永远记着这大仇恨!"

赵　(沉默)

张　赵师傅,怎么样?

赵　对!喂,小张,我跟你商量一桩事情。

张　什么事?

赵　你看我没有病是不是?

张　哎呀,赵师傅,我的赵大爷,要拉耳朵了!他沈阿妹交给我的,未必我连她乡下姑娘都不如?

赵　不过你是男子汉,所谓英雄干脆,男子汉不像她们姑娘婆婆那么磨菇。

张　你这是激将法。

赵　我包管站在一边看看，……

张　你真是没有病？病好啦？

赵　自然，(站起来)好，我去啦。

张　喂……哎呀我的赵师傅……好吧，你去吧。

赵　这就对。明儿我跟你做媒，小张。

张　等你做媒我的儿子要娶媳妇啦！

（赵下。张又拿出口琴吹了一下）

张　吓，他们全看不起我这诗。

（王政明匆匆自左边上）

明　(跑上扶梯,吹笛子,向外)同志们！电灯公司已经同意跟我们供电，今天我们争取十一点钟照常开车！同志们，厂里面一切工作都不停止！我们不怕敌人破坏轰炸！

（群众欢呼）

明　(跑上扶梯)同志们加油！外面多少人来慰劳我们，别的厂的抢救队的同志们马上就要来帮助我们了，同志们加油！

（在欢呼声中王政明跑上扶梯。周引弟自左上，浑身肮脏，疲惫而沉重，但是昨天晚上，即第一幕里的那种激荡不安的东西已经从她身上消失了。她整个是冷静的。她匆匆向左去。）

张　周大姐！

周　(站下)是你值班呀，小张？

张　你去医院回来吗？

周　我去女工宿舍来的。

张　(犹豫了一下)你刚才去过医院？大年的伤怎样？

周　(沉默了一下)还好。

张　杏姑她们呢？

周　杏姑醒过来了，不要紧。

张　(拉住她)你歇歇吧。你昨晚忙了一晚上，天亮跑医院，又跑女工宿舍，又要到这里来干什么呢？这些事情大家会干的。

周　活干的怎样了？

张　快完了。仓库的火早熄了,现在就留几个人在那儿守着,剩下的人都转到锅炉房帮忙去了,幸好炸的不凶。本来三厂四厂好多人要来帮助我们抢救的,现在他们先到电力公司去了。

周　你进去,找各个小组的小组长到这里来谈一下;把枪放下吧。

张　那好。(进去)

(周拿着枪,抚摩了一下,站着)

周　(笑了一笑)我们站在这里!……

(男女工人们上。嚷着:"周大姐回来啦!周大姐!他们伤的怎样啦!大年怎样啦?")

周　大家待会儿。仓库救熄了是不是?

男工一① 　熄了。没烧着多少。

周　锅炉怎么样?昨晚上我听说来着,发电机恐怕也坏了?

男工一　王工程师在里边呢,厂长也来看过,发电机要检查才知道,不过锅炉伤得不重,要不是大年,恐怕锅炉完蛋了。你看昨晚上呀,一个炸弹一下来,李师傅震倒了,锅炉左边的墙一倒,全是烟;炉子里火烧得正旺,汽门挺足的,就听见嘶啦嘶啦的声音,要不是大年一下子冲上去开了汽门放了汽,锅炉眼看就爆炸了。

男工二② 　大年恐怕是关汽门以前就受伤的,他后来跌到地上,全身都是火。(小心地)他的伤怎么样呀?

周　没什么。有几件事儿我想说一下。这抢救的事儿不是就完了么?同志们休息一会,每个小组轮流休息也好,然后就动员大伙组织起来,先修围墙。我刚才看见围墙倒啦,外人容易混进来的。告诉大家,别的好多厂的同志,还有学校里的学生,就要来帮助我们。不过也还要提防,恐怕他再来炸,所以纠察队的事儿一点也不能放松。

————

①② 本剧之前写男工一、二,此处原文为"男工甲""男工乙",为保持全剧人物名一致,改为男工一、二,下同。

男工一　对!

周　就这么吧。

男工一　好吧,同志们加把劲!周大姐回来啦,我们就更有劲啦!

（大家进去）

（小王自扶梯下）

王　周大姐,你回来啦?王政明同志在上边呢,开个会吗?

周　小王,你干什么来着?

王　我正找老金呢,四处都不在。工会没人,又有人送慰劳品来啦。

周　我收下啦。老金在厂长室开会呢。……喂,你替我倒杯水。

（王走进小房间,稍停,提着水壶出来。周坐在那里,疲乏得昏迷过去了。）

王　你要不要……大姐……你怎么啦?

周　（苏醒过来）没关系,歇一会儿就好啦,……这是十几年的老毛病,……给我水。

王　里面有张铺板,你躺躺吧。

周　不用。

王　大年伤的还没醒过来,你干吗不在医院里看着他呢。厂长都说过了,这些事情,叫你不用管。

周　没关系。他爹在那边呢。

王　你用不着操这些心呀。

周　我倒不是操心。……（激动地）我守在医院里有什么用呢?我来厂里站一下,看一看,我们的厂……况且还有好多事情呀,别的厂的人马上就要来帮忙,没人招呼怎么行?

王　（沉默着）

周　你胳膊上怎么伤了呀?

王　没关系,昨晚上叫砖头砸的。走路还能行,他们就派我当联络员。

周　你坐坐……陪我坐一会儿。（替他裹着散开了的纱布）要好好地带着阿妹,耐心帮助她,知道吗?

（静）

周　你跟我的大年差不多大,就是你心里没有他那么实在。不过呢,他小的时候过的比你好,就是再苦,也是有爹妈爱护的,你就不一样啦。

（静）

周　你不是要争取入团吗?有些群众对你有意见。

王　我知道。……

周　我从前也是性急,现在才知道,革命不是一天两天的。不能看不起群众,你想吧,马上就要动手修机器,修围墙,要是不发动群众,光几个积极分子行吗?……朱师傅的事情,是他有不对,不过,也该敬重老师傅们走旧社会走过来的那个路,是不?

（静）

周　这么些年,我是把你看成我的孩子的,你该知道吧（顿。笑着）我们这些人,我们有多大气力,我们心里究竟有些什么,有时候自己都不知道!还老信不过自己呢。（沉思了一会）我们的孩子都是好人。

王　我上锅炉房去看看。

周　好。

王　你这手巾儿掉啦。（替她把手巾检起来,下）

（传来工人们吆喝声。周靠在扶梯边上,望着前面。笑着,哼着多少年以前的,模糊地记得的,聂耳的《新女性》。……王政明自扶梯上下来,向外急走,看见了周引弟。）

明　怎么,你?怎么你不蹲在医院里呢?哎呀,你看你老不听人劝的,大年的伤怎么样啦?

周　不怎么。……我听刘秘书说要开个会布置一下工作,马上别的厂的抢救队又要来帮忙了,厂里人手不够不行呀。

明　有事情也不叫你干呀。去吧,快回医院去。

周　（沉默着）

明　哎!

周　王政明同志……要是你呢?

（静）

明　那好吧。你就负责招呼别的厂来的同志吧。你先上女工宿舍去一趟。

周　我刚才去看了一下。怎么呢？

明　昨天一炸，一部分人害怕了，离开厂了，一部分人就躲在宿舍里睡觉。你就先跑一趟，鼓动一下，叫大家马上上这里来开个会。

周　好。

明　没什么困难吧？

周　没有。……

明　（注意地看着她）

周　（笑了一笑）我在医院里，我不知该怎么办？……不过我一走回厂里来，就往这里一站，看着我们的人，我就觉着我们心里好强哪！

明　（沉默了一会，伸出手来）周引弟同志！（两人握手）

（老金上）

金　工作快完了吧，马上开个会！哦，引弟我听说你回来啦。

明　好，老金。仓库里没什么损失，我上厂长室汇报一下。（下）

金　大年怎么样？

周　不要紧吧。

金　老朱呢？

周　他没说什么……我得上女工宿舍去一趟。厂长室会开得怎么样了？甲班是照常开车？

金　照常，你不用担心吧。事情困难是困难，电灯公司的电也不够用，不过你跟大伙说吧，今天不比从前，我们有的是办法！

周　好吧。

金　还有王杏姑她的伤怎么样啦？

周　杏姑肩膀上打了一块弹片，不要紧。（笑）她那张嘴还在那里说呢！

金　这姑娘！

221

周　（笑着）昨天跟我说："喂,大姐,社会主义时候的人是个什么样儿呀。"
金　（笑着）社会主义的时候她就要把我们老头都赶跑哪："去吧去吧,你们老头儿不行!"就是这么个样儿!（顿）老朱他真的没说什么？
周　一句话也没说。不过我回来的时候,他说他怕我累。
金　那好！……我上里边先找几个党团员同志谈一下。
周　不过这里没人不行呀。天桥上四面八方都好跑,人家会到车间里去的。
　　（沈阿妹出）
周　哦,阿妹,你来这边待一下,我们有事去。
　　（静。沈呆看着周）
沈　（冲动地）舅母,你回来啦!（揩着眼泪）
周　干吗？阿妹？
沈　（掩藏地）不,不干吗。大年他怎么啦？
周　没什么。孩子,你在这里守着,啊!
沈　事情也完啦,他们大伙都在里边休息呢。咦,赵师傅呢？
周　赵师傅？
沈　我把他交给张季财的。不是老金说啦,他生病,不叫他去累。一定是小张那调皮的放他走的。
金　吓,这老头子。好吧,由他去吧。
　　（周、金分头下。沈阿妹拿起水壶来喝水,拿起枪来看看。男工一从右边奔出来,猛然喝水,一面看着贴在楼梯边上的诗。）
男工一　（揩着嘴）这是哪个宝贝写的？吓,不错,白话文!（下）
　　（沈阿妹看着贴在楼梯边上的诗,一个字一个字地笨拙地念着,有几个字认不得。王庆泉披着衣服,擦着汗从里出。）
王　完事啦,砖头都扒开了,锅炉也坏得不太重,……哦,是你!
沈　（沉默着）
王　（走过来喝水,坐下,长久沉默）阿妹!
　　（静）

王　你不怪我吧？

沈　不要提了，叫人笑话。

　　（静）

王　（沉思地）阿妹，……大年他从架子上受伤掉下来，掉在火里，人家来救他的时候他说什么？他说不要管他，救机器要紧。

　　（静。王重新往扶梯上去，但又转身，取出一枝钢笔来。）

王　这个送给你。

沈　（沉默着）

王　你拿着吧。前天我就买的……想送给你，不过一直拿不出手……昨天，我听说你堂哥来找你，说你从前乡下订了婚的，我就难过。

沈　你自己留着吧。

王　不，送你的！你看，上面刻了你的名字呢。

沈　不，……（忽然地）这个什么字？（指楼梯上边的诗）

王　这是……炸，轰炸的炸……"你们炸了我们的厂"这一句你认得吧，这是小张写的。小张这家伙真有两手，写得不错呢。

沈　这个字呢？

王　伤！"你们伤了我们的人，在炸弹下我们勇敢斗争……"

　　（金上）

金　哦，你们在这里。这是什么玩意呀？

王　看，小张写的。他要编个歌唱呢。

金　……"我们要永远记着这大仇恨"对！行！好，你们歇一会，马上开个会。（往左下）

王　这钢笔你拿住吧。……这个笔今天送你的意思，就像小张这诗上头说的！

　　（沈接住，马上就打开来看着，然后检了一片纸，蹲在地上涂写起来。）

　　（里面有叫吆声："好啦，外面来吧，要开会啦！"男女工人数人上。也有人从扶梯上下来。喧嚷着,杂乱不齐地唱着歌,弥漫着快乐的空气。)

真　歇一歇!喝口水。

男工一　记住吧,两颗炸弹!总有一天连本带利都还他!

男工二　等下开会重新编组!

真　同志们,我提议,我们唱个歌好不好?

男工二　喝,这一对儿在这儿学习呢。

沈　去你的!

真　小张唱个歌!

张　不行,我喉咙不行。

女工一　小张唱!唱!

张　大家唱。好,我唱。(拿出口琴来吹了一下,唱)"我们工人有力量"。不行,嗓子不行,大家唱。

(他唱得太高,走了腔,大家笑)

张　来,大家唱!

真　好,唱!

张　(吹了一下口琴,唱了一个音)来,预备——唱!

(小张带头,大家唱歌,但唱了一句,凌乱不齐,大家停止,独有小张一个人在唱,大家又笑了。)

男工一　喂,看这里哪个宝贝写的白话文!

王　小张写的!

(大家拥上去看,嘈什地念着,然后由女工[一]一个人大声念着。念完,群众叫好。周引弟和另外几个女工从左边上,群众喊了起来:"周大姐!""喝,来啦!")

周　叫他们里面的人出来吧,等下开个会。

女工三①　对不起,我们来晚啦。

---

① 原文此处人名是"女工二",此处向下数行,王秀真说话的舞台提示为"对女工三"。对话中此女工被称为"小春",故而为保持一致,将对她的指称统一为"女工三"。

真　喝！小春你的觉睡醒啦，了不起！

张　欢迎，喂，不要叫了。

男工一　不报这仇，誓不为人！

真　蒋介石炸了工厂，难道还有舒服吗？

女工三　（想说笑话）蒋介石炸了工厂，明儿把蒋介石抓来叫他来修呀！

张　不许说怪话！

女工一　有什么好笑的，自己应该想想，夜里头蒙起被子来想！

真　（对女工三）小春，你想想看，你爹从前是美国兵害死的！

男工一　难道没有人心吗？

（空气变得严肃起来）

李　不要说了！

周　大家不要误会，小春她们是自动来的，大家都起来啦，一会就来！

女工三　周大姐，我要不参加纠察队，我就不是人！

（扶梯上有人大叫："飞机！空袭！"传来了隐约的飞机声。人群中有一小部分混乱了起来，往楼梯下面躲藏。有人喊着："进防空壕去！"飞机声强大起来，并有高射炮射击声。）

周　（走出来）来不及了！不要乱动！不要怕！

（强大的飞机声。周笔直地站着不动，望着天空，躲到楼梯下面去的人又走了出来。所有的人都站着不动。高射炮底猛烈射击声。）

张　打他狗日的！

男工一　一架！来侦察的，看！

（机枪声）

周　（大叫）躺下来！（但她自己只是动了一下，仍然站着。所有的人都站着，望着天空）

沈　（大叫）喂，冒烟啦！（极紧张地）打着啦！打着啦！

（和飞机底尖锐的响声同时，群众向着天空狂呼。舞台后面、四面八方传来群众底狂呼。小张一下子跳到男工一身上，两人抓抱起来。王秀真举起了地上的那枝步枪，叫着奔上扶梯，有些人喊叫着奔了出去。只有周一个人，没有动，没有欢呼，石像一般地望着天空。人群底欢声渐渐沉寂下来。)

张　赵师傅呢？怎么他没有出来？

沈　赵师傅又溜到锅炉房去啦……小张要负责任！（大家朝里喊："赵师傅。"小张跑了进去，稍停，拉着赵师傅，赵师傅生气的挣扎着）

赵　小张你这是干什么，我没有病！告诉你，我没有病，我亲手看了十几二十年的锅炉，哪个都拦不住我！周引弟，你看见这狗日的从天上摔下来了吧？你是明白人！

（静）

赵　（大声）我今儿要说一说！（顿）各位兄弟姊妹哪，这么些年，我们工人是个什么？工人就是……工人！那些狗日的开口闭口：他们工人！这就比方说，工人，吓，工人也算人？工人不过是牛，是马，是畜牲，动动手的，那里有什么脑筋，那里有什么心肠？给他几个钱、叫他饿不死就行啦，工人那里配有什么感情？他也不晓得疼他底亲人、也不晓得敬他的朋友，看见他兄弟死了伤了他也不晓得难过！哭的时候不晓得哭，笑的时候不晓得笑——屁！王八养的！就拿我们大铁罐子来说吧，它在我们心里还是有哭有笑哩。你们姑娘们说说看，那个布机间里头，你们听听去！那些布机间在哭哩，哭了几十年，一直哭到解放，哭那些死在它眼前的年纪轻轻的姑娘们！周引弟，是不是这个样子？

（周望着前面。王政明和工会主席金汉有上，站在人们背后）

赵　（对周）你！你从前昏倒在机子跟前的时候，你是不是听见他哭的！你今天为什么这样？就是，你活着一天，你就忘不了那些机子，那些昏倒在他跟前，在他跟前挨打受骂，生在他跟前，十几年过后又死在他跟前的年纪轻轻的姑娘们！

吃人的不是机器,各位,吃人的是人!是那些人!我们的血熬干了,今天我们就听见那些机子在笑哩,你说是不是?你的大年是我带出来的徒弟,大半年是他推着我走,他睡在锅炉房,吃锅炉房,那些日子瘦成那样,眼睛都红肿啦,老是跟我说:"赵师傅,我们要完成任务啦,赵师傅,煤炭消耗得太多啦?"我还笑话他,他想出了减少煤耗的办法,当了生产模范,我还笑话他!我心里还酸溜溜的,想对他留一手:看你这小子有多大本领!老金,是他大年,是你们共产党叫我醒过来的!他过去那样调皮的孩子今天变成这样我没想到,就比方她沈阿妹吧,连她沈阿妹这种平常顶怕事的姑娘昨天都第一个冲到仓库里去救火!这是为什么?(顿,大声)我们把他狗日的飞机一起打下来,我们要过我们的好日子!

(静,王政明走上来)

明　喂,里面的同志出来啦,现在开个会。

(台上的人们向里喊着,群众从右边涌出,一半出现舞台,扶梯上也下来人。)

明　各位同志……刚才大家都看见那飞机叫我们打下来啦……现在我们开个会。

(工人们移动了一下。赵气愤地蹲下。)

明　从昨天晚上到现在,十几个钟点的事情……本来我有许多话要说的,现在可以用不着说啦,赵师傅也替我说啦!替大家说啦!(群众鼓掌)总之,我们一定有办法完成任务,打败敌人的……现在报告几件事情!厂长室决定两件事情,第一件,马上动手组织起来修理叫敌人炸坏的机器,锅炉房的师傅和有关部门马上到管理室去开个会,第二件,组织起来加强护厂工作,加强纠察队,缝沙袋,修围墙……这个工作,依自愿的原则报名参加,希望各位到工会去报名。还要开一个小组长的会,各位小组长汇报一下他们组里的情形。大家要注意遵守劳动纪律。另外,护厂的纪律,等由厂长室公布。最后宣布两件事：第一件，别的厂的抢救队马上就要来帮助我们修围墙，学校的同学们还要来帮助我们缝沙袋；第二件，电灯公司供电已经没问题，甲班马上照常开车……
（群众欢呼。叫着："好，开车！"）

金　原来参加纠察队的同志，除开修机器有关的，马上先到工会去开会！（群众叫着："有我一个！""老金，有我！""我会修围墙！""我参加纠察队！"……）

金　好，等下报名。同志们，还报告一个消息。昨天晚上叫炸伤的，除了大年的伤有点重以外，杏姑、小周几个人都已经没有危险啦！

（静）

金　早上有很多的人到工会来问，要求到医院去看看，要求送慰劳品，现在我们准备下午一点钟每组一个代表跟厂长一道到医院去，有汽车，不过我们收到了外面很多慰劳品，各位用不着买什么东西了。这些慰劳品有妇联、学联、三厂四厂……

（静）

金　现在我们工会宣布一下，表扬几个同志。……第一个，朱大年。我们的青年团员，生产模范，炸伤了还冲上去打开汽门救了锅炉。

（鼓掌）

金　第二个，表扬王杏姑。大家也认得她，她才十七岁，细纱间的，解放前是养成工。青年团员，纠察队员。从来不偷懒，大前天下大雨站了一夜，昨天又自动来参加……我们表扬她，因为她英勇护厂，叫美蒋的飞机炸伤啦……

（鼓掌）

金　第三个，表扬李师傅……

（鼓掌）

金　他昨天当班，工作向来认真，轰炸后叫震昏了，爬起来又一直带头抢救到现在。……第四位，表扬赵师傅。他害老毛病好些天了,听到轰炸半夜里就跑到厂里来……(笑)他有病,叫他不干,他老家伙一定要干……
(群众哄笑,鼓掌)

赵　不行!不行!老金,不行!
(人群呼叫:"不行也行,赵师傅!")

金　第五位,表扬沈阿妹……
(群众鼓掌,沈阿妹想溜走,群众大叫:"不要跑!"周走上去拉住了她。女工一奔上去把她亲热地拥抱住。)

金　沈阿妹,大家知道,平常还有点胆小,昨天她一个堂哥地主还来逼她回乡下去,但是她不去!她爱工厂,要永远做工人阶级!在抢救中间,大家看见的,她第一个冲到仓库里救火,从昨夜到现在都没有休息,服从组织,有纪律……
(群众鼓掌,沈阿妹害羞地蒙着脸。但突然地她冲上来,高呼:"毛主席万岁!"群众狂呼。)
(群众喊叫:"还有,还有一位!""周大姐!")

金　(笑)对啦!还有一位。……这一位大家用不着猜。……周大姐的事情,用不着说了,对不对?
(群众狂呼)

金　周大姐十几天来就搞这女工纠察队的事情,起了什么作用,大家看见的!不管怎么困难,她对工作负责,从来不计较自己;她的精神感动了很多很多的人;在困难中间她比哪个都勇敢,她是我们工人阶级的模范!
(女工们拥向周,把她几乎要抬起来。)

周　(大叫)老金!这不行的!(挣脱群众)这不行的,老金,我怎么能,你开玩笑,叫人家看看!

金　你要受批评!叫你歇歇你不歇,你要受批评!

沈　舅母,你应该表扬!(大叫)我舅母应该表扬!
(群众欢呼鼓掌,王政明跑到她面前来。对她鼓掌。)

周　(笑着)各位……我谢谢各位……我谢谢……
(静。周变得安静而严肃,走上台阶。)

周　同志们,兄弟姊妹们,我们多少年的苦也熬过来了,死在机子面前又活过来了,我们还怕什么呢?我们这么多的人,难道还怕他的几颗炸弹吗?我们叫他看看,我们就是中国的人民!我们站在这里的都是中国的人民!我们一定胜利……

（群众欢呼……突然地,朱发山上。大家沉寂,看着他。他静默着。）

沈　（大声）舅舅!

朱　（望着前面）大年死了。（静）

（大家在肃静中呆立着,然后有人失声大哭。周松开抓着扶梯的两手,慢慢在台阶上坐下,随后又静静地站了起来——群众拥了上去。）

——幕落——

# 第 三 幕

朱发山和周引弟底家里。和第二幕的时间相隔约五六天,晚上。旧式的家具,有些凌乱和萧条;一门通外面,一门通内室。开幕时台上空着,外面吹着大风,屋子都好像在动摇。稍停,朱发山上。刚下工回来,疲惫而沉重;点着了油灯,脱下旧大衣,丢下手里一包烟,走到内室门前往里看着,想了一想,又走了回来,坐在桌边,靠在桌上,托着腮,呆定而痛苦地望着前面。

寂静很久,有人敲门。朱没理会,杨承海推门上。

杨　发山,下工哪。
朱　(动都不动,沉默着)
杨　怎么哪?
朱　杨老板你有什么事情?
杨　本来不该打扰的。沈阿妹那个堂哥,昨天找你没有?他是说:他总倒霉了。一句话吧!只要你肯把阿妹从前欠他的钱还他……
朱　杨老板,我没有心思再跟他谈了。(取出钱来)你跟他说:这个钱算我赔他路费的。
杨　哎!其实你就是不理他,他那种东西……哈哈!
朱　爱钱的人就给他钱吧。
　　(静)
杨　喂!发山哪,前天跟你谈的那桩事,你看怎样?
朱　我没想。

杨　你想想吧！考虑考虑……他那个机器厂现在是想要顶出来，我顶过来，你当老板，算我们一个人一半，你带两个徒弟……你看这不是比受人家的气自在。

朱　（沉默着）

杨　你抽我这个烟……我这个人是爽快的。儿子是死了，人死不能复生，我看你不用难过，他们那些人假惺惺地安慰你管什么用？你看你老婆吧，她心里就不苦？劝劝她吧，划不来的。

朱　（沉默着）

杨　开导开导她吧，比方，买买东西啦，调解调解家庭纠纷啦，这些倒是她能干的，但是纠察队什么的，能是她干的了的？要吃亏的！不过，我看你没什么办法……

朱　（摇头）杨老板，这倒不用劳你操心。

杨　儿子死啦难道还不够吗？

朱　（沉默着）

杨　唉，发山哪，你这么大岁数那能这么胡涂呀。你就不想想你老婆是怎么一个人么？你就居然信了她的吗？慢慢地要上当的！

朱　你不要说这些好不好？

杨　你呀！……

朱　杨老板（压制着）我告诉你，请你不用跟我说这些！

杨　唉，发山，人生没有意思啊！说穿了都是假的！你拿我来说吧，不是吹的，从前比这些人要威风得多，什么场面没见过？可是一朝天子一朝臣，今天就不知明天的事儿，我见多啦。你比方吧，那些年外国人在这里，我跟英国人干事儿的那阵子，进进出出的，哪一天不前呼后拥的，后来日本人来啦……

朱　（做着嫌恶的动作）杨老板……

杨　你听我说呀。日本人那么有办法，有魄力……

朱　（看着他）杨老板，我可是中国人！

杨　对！不过你凭良心说一句,这么些年,日本人去了,国民党来了,我几时不是替他们工人说好话的？好！共产党一来,翻身啦,撵我滚蛋！吓,跟他们说吧,不要想的太好,做的太绝啦！

朱　（激动地沉默着）

杨　哈哈,老朱,我看透了你的心眼儿。你是叫吓怕哪,你怕人家说你跟我有来往,对不对？

朱　我怕什么？

杨　这才对,对！就是有来往吧,多年的交情,又不是干坏事儿,有什么关系？说来说去,朋友总是朋友啊。我就是替你难过,一生尽受累,年岁也大了,搞的家破人亡为的是什么？要是他们的江山能拿得稳,那也不错,可惜满不是这回事儿呀。老朱哪,你看看外边这个样子吧,电灯公司这一炸,如今是电也没有哪,水也没有哪,市面完蛋,人心惶惶；保不住哪一天的事儿呢！

朱　（激动地沉默着）

杨　告诉你,确实的,人家干部这会儿是哄着你,其实早把你看死啦。人家背底下就在说你跟我有来往。所以依我看,你我就不受这份闲气,自己弄个生意,手底下用两个人……早两年你想这个都想不到呢。

朱　杨老板,你说的话我愈来愈不懂哪,……你是个什么意思？

杨　为你好呀。

朱　今儿我本来没心思说,你既然说开了,我就有几句话谈谈。我从来没答应过你在外边搞什么生意,是不是？

杨　对,你说。

朱　我也没用过你的钱吧？

杨　好说,发山,你先别动气。……

朱　承你过去看得起我,过去我介绍个把徒弟,在厂里头替那个说个人情,你是都肯卖面子的。不过呢,我也算对得起你,你们那时候整桶整桶的机油拿出去卖,我们是闭着眼睛的。

杨　好说。

朱　解放的时候，大伙开会跟你讲理，他们临时工要跟你算帐，我女人都上台说了话的，我可没有说什么。

杨　对，你算是够朋友。

朱　人家说我站在你封建势力一边，我也没理，我那时想，我一辈子手艺人，不管这些事。不过我跟你两个人可没有别的什么。我这个人脑筋再胡涂，我们工人也讲的光明正大，一辈子没有不靠劳力拿过人家一根针，我的大年小时候检人家有钱孩子一个铜板，我把他打得出血，……再说呢，共产党有些事情过去我是搞不清楚，不过那跟你没关系，你骂他共产党是坏良心，骗工人，我倒亲眼看见，他们个个都是好人，把工人当人，忠心为公家的。我们都是中国人。你杨老板可不是这样的，你心里顺着外国。日本杀了我们多少？可是你一提到日本就要高兴，美国是他妈什么东西？可是你就信美国！不是我说的，你这是忘宗卖祖！我们中国人多少年受人欺侮，就是有一帮人忘宗卖祖！

杨　好，发山，你也"学习"过啦？对！

朱　（冷冷的沉默了一下）我前天就想问你啦，我听人家说，你说过，我从前跟你有来往；你们搞的钱带我分。看你今天这口气，也是这个意思，你总不该这么血口喷人的吧？你说我拿过你什么钱？

杨　你听谁说的？

朱　（有些颤抖）我这个人一生吃亏……就是太顾面子，（大声）你自己跟别人说的！

杨　告诉你吧！老朱，这倒不是别的，过去你我的交情……

朱　这又是一回事，杨老板，你说吧！你说过那些话没有？（拍桌子）你今儿究竟是什么意思？

（静）

杨　（笑）何必这样呢？老兄？交情总是有的，是不是？

朱　（站起来，看着他，颤抖着，大声吼叫）你滚！我儿子死的值得，用不着你可怜，你滚！
杨　这干什么？……吓，难道是假的……
朱　你滚……（走到他面前）你再放屁我揍死你……
　　（静，杨下，但又走回来）
杨　（畏怯地笑着）这个钱我拿去。（取钱，下）
　　（老金上。迎面碰着杨，杨狼狈地打了一下招呼，下）
金　（看着他出去，带上门）老朱。
朱　哦，老金。……你看！
金　这家伙干什么？
朱　也没什么……来拿钱给沈阿妹那堂哥的。……
金　你给他？
朱　给了五万。
金　哎！引弟不是说，阿妹并不欠他钱，跟他上人民法院都行的。
　　（静）
金　哎，老朱！
朱　不必了，叫阿妹那孩子心里痛快些吧。
金　你这个人。我又要跟你戴帽子，说你立场不对啦。（静了一会）不要再跟引弟闹啦。
朱　是不闹。
金　我下午就想找你聊聊的，临时又去总工会开会，后来又到电灯公司去慰劳。他们那边抢修的正忙呢，好多厂都派人去帮忙，那个劲真大，说是明天早上好有电。只要电够用，咱们的活也就好办啦，（指着油灯）也用不着这个玩意哪。
朱　这回厂里的事，都累了大伙啦。
金　那不。这两天，纠察队也搞好啦，围墙也修好啦，抢修也有头绪啦，只要有电，就没什么问题。我负责组织抢修，引弟负责别的事情……全厂的义务劳动都动起来啦。哦，说着都忘了，（取出钱来）我顺便跟你送钱来的，你刚才领工钱还有护厂加工的奖金忘了领啦，引弟这个月的工钱也叫我带

235

给你，她在查工会的帐，就回来。
朱　义务劳动我又没参加，什么奖金？
金　你大前天不是夜里修那台车子赶到夜里好几点？
朱　哦，那是我闲着闷得慌，算不上的。
金　你收着吧。(静了一会)我知道用不着跟你多噜哜，光凭这一件：你我是老一辈子的工人！今天我们老工人站在他们年青人面前那真不含糊。该我们替他们年青人好好干，我们说什么也要替他们年青人好好干！
朱　我都知道。……姓杨的那狗种刚才还出花样，劝我出去搞个铺子，带两个徒弟，我说：我的大年值得，用不着你可怜！
金　对！咱们老工人今天站在这里，这是咱们的光荣！咱们今天摸着车床心里也是透亮！
(沉默，朱吸着烟)
金　老朱，又想什么啦？
朱　没什么。想自己这一辈子吧。……引弟……她的工钱为什么又交给我呢？(取出一部分钱来)你要钱用吧。
金　这干什么？
朱　(按住他的手)我看你是差钱得很。你这几个月的钱都拿了好几成买公债，又是救济失业工人，你家里又是四五口……
金　那里。我生活好的很，你看，我大小孩能做活了，小的两个这学期念了书又是免费。
朱　你该叫他们念书的。
金　我真的生活好的很，不信你明天上我家调查去。……(笑着摸口袋)你看，我口袋里天天都装的有五千块钱！
朱　(又按着他的手)汉有，是你说的，咱们老工人。这几个钱，我是送给小侄子们买铅笔的，你不收就是看不起我。
金　我要生你的气啦！你是花惯了的，你自己要花呀。
朱　我现在不花了，只要活下去就行！
金　你看你这个人，又是这个脾气。你究竟还想些什么呀。
朱　真的，这几个钱真是我给你小孩买铅笔的，……我刚才下工回来还看见你那二小孩在街上打油,他该换一身衣裳了,现在的孩子,不该像从前大年他们那么吃苦了⋯⋯(把钱拿过去,又按着金的手。王政明,小王,小张上)

张　朱师傅!哦,老金在这里。朱师傅,王政明同志看你们来啦。

明　朱师傅,你们这小巷弯弯曲曲的,我来过一次都忘记啦。

朱　(站起来,客气而恭敬的)请坐,王同志⋯⋯真是脏得很,又没有人收拾。

明　(豪爽的)那里,比我房里还干净呢!(朱在房里走动着,给王政明倒茶)

金　老朱,你不用忙,王政明同志不是外人。
　　(小王走过去抢着倒茶)

明　朱师傅,你这是⋯⋯拿我当客人啦。

朱　喝杯水热和⋯⋯这些天我们一家子事情也劳你操心。

明　朱师傅,你怎么这么说呀,大年是为了大家牺牲的,抚恤金也是政府规定的。

明　小王你跟朱师傅道过歉了吧?

朱　小王早跟我谈过了。小王,你这边来坐。
　　(小王柔顺的在他身边坐下)

朱　我们机器房的事情,王同志你请放心,我以后要有什么差错你处罚我就是。

明　哎,你这么说干什么呢?你几时有过差错的⋯⋯

朱　你坐下呀。

明　老朱啦,我找你来,商量一点事情。

朱　(听着)

明　我们的修锅炉的计划不是一个月以后完工吗?在锅炉修复的时候,我们预备建一个纪念碑,替二十几年来,我们厂里在斗争中间牺牲的烈士英雄建一个碑,其中包括你的大年在内,同时还纪念这一次的全厂的光荣斗争。领导上希望你能参加这个修建纪念碑的委员会,看你有什么意见。

朱　（感动地沉默了一下）要说意见，那就是我觉着我自己对不起人。

明　干吗这么想呢，老朱。大年拿他的命救了我们工厂，他的死差不多影响了全厂的人。锅炉房的口号是：替大年报仇！纠察队的口号也是：替大年报仇！你是亲眼看见的。听到他的死，不管认识不认识的，大家都哭了，这你也是看见的！大年还教育了我，他那么一个孩子，他临死的时候说什么？他说：他别的不记挂，他就是记挂我们的厂！——全世界的人民要求和平，美帝国主义不敢侵犯我们，这些话说得不少啦，可是一想到大年，你心里马上就明白这个道理了！朱师傅，不但是你一生离不开工厂，今后我也离不开这个工厂啦！

朱　王同志，你带着我们。

明　不，同志们带着我。我有多大能耐，光我一个人能办什么事情？

金　（笑着）王政明同志从前是乡下抗大活出身，一家人都叫害啦，杀了地主闹革命，参加了八路军，是吧？

明　那也是十几年前的事儿啦。

朱　我真没想到，我还以为……

明　（有趣地）怎么？

朱　不怎么……我还以为你是天生的共产党呢。

（王政明豪放地大笑了起来，所有的人都笑了。）

明　不行啊！从前那里想到干这些事，总以为打仗才痛快。

张　吓！前天夜里两点我从王政明同志窗口过，还看见在里面读书呢。

明　不行啊！要是不学习，就落后啦。喂，老朱，你看厂里的工作，还有些什么毛病？

朱　没有，真的。看见毛病我一定说。

明　我们打算叫引弟忙过一阵子休息两天了，也照顾家里的事儿。我们要把工作重新调整一下。现在纠察队有基础了，抢修有把握了。好叫她也抽空休息休息。今天她在清理工会的帐,本来这不该她的,不过原先又是她经手的;她呢,又就是喜欢找事儿干。厂里那么些小女工都拿她当妈一个样,什么大事儿小事儿都找她。过去好一些人批评她,说她没原则啦,有时候软弱啦,老朱这恐怕你了解得更清楚,今天她再不这样啦。这次事情发生了,我以为她吃不住的,可是她那么镇静。今天下午吧,二布厂的小女工王秀真叫她婆婆打伤了,跑到厂里来哭,我就看见她在那里照顾了好半天,后来我说:"引弟,你歇息一会儿吧!"她笑笑,跟我说:"没事情。"

朱　（沉默着）

明　不过……老朱哪,有一件事你得注意,公安局刚才给我们一份材料,杨承海那家伙就要叫监视管制了。他挑拨你们夫妻关系不是没道理的!王秀真婆婆是他邻居,是他挑拨的!厂里好些落后女工都是他挑拨的!

金　老朱,你看刚才你还替沈阿妹给那个坏东西钱。

朱　王同志,你总该了解我这个人……

明　这个我们清楚,老朱,不过你这个人忠厚,容易叫他欺侮。

朱　那也不定准,（笑）刚才我要揍他撵他滚了。

明　大家提防就是,封建势力不是那么容易低头的。这个时期轰炸,困难,他们敢活动得凶。你不听谣言了吧!朱师傅?

朱　王同志,我是中国人!

明　（豪爽地）对!不但是中国人,而且是中国的工人阶级!老金我们开会去了,小王你们坐一下,陪陪朱师傅。

（明、金两个人下,静）

朱　（叹气）唉唉,你们天天来陪我。

张　朱师傅,你要喝酒吗?今晚没事,我陪你喝二盅。

朱　不用。

张　大姐在办王秀真的事情啦,她说她一会就回来。

朱　小张,你们这算什么?把我看成小孩子啦,厂里有事,你们回去吧!

张　没有事情。

王　纠察队还没有到时间呢!

朱　(沉默了一下,站起来,披上大衣)

张　那里去,朱师傅?

朱　厂里去,锅炉房的零件螺丝,马达线盘上的零件,你们不是保证十天交货的么? 人家锅炉房抢修的工赶得差不多,快用上啦。

王　朱师傅,厂里说过,夜里电不够用,机器房这两天不开车的。

朱　我找王同志谈去,我都误了不少活,还叫大家来这么陪着我,算什么道理。

王　朱师傅,电灯公司也叫炸了,听说顶早明天才能修复;晚上实在电不够用。就是你歇歇也没什么,我们大伙十天交货还没问题的。

张　(弄着油灯)他妈的,这油灯真腻人!

朱　那你们回厂去吧! 我一不是病人,二不是小孩。不用陪着我。

王　(激动地)朱师傅……你想……你就譬如我们是你的大年吧!

(朱坐下来,发痴的静默着)

张　我陪你下盘象棋好不好。

朱　(发怒)你们这到底算什么? (捶桌子,大喊)叫你们回厂去!

(朱抱着头。周引弟上,挟着一包东西。)

张　周大姐……朱师傅要上厂里赶夜工呢。

周　歇歇吧,今儿晚上还是没电。

(朱继续抱着头)

周　小王,我听说你们要开小组会呢,你先回去吧。

王　好,我去啦。(王下)

(周打开纸包来整理东西,张帮助她。朱仍然抱着头)

张　朱师傅你抽烟。

（朱不答。厂里的落后的女工刘宝珠和另外一个女工上，后面跟着王秀真婆婆。）

珠[①]　周大姐，秀真婆婆她要找你。这就是周大姐。

婆　（冲上来）好呀，我就是找你这个女工头！你拿多少钱一个月，你这坏良心的！你今天非把我家王秀真交出来不行，简直没王法，我们家养媳妇我都不能管啦。

周　秀真婆婆，你有话好讲，我正想跟你谈呢。

婆　没有谈的，你拐骗人口！我跟你拼了，好坏良心的女工头呀！（冲上来揪往她，猛力地在她脸上抓了把）

周　（厉声）不许闹！……

（小张猛力地推开了王秀真婆婆）

周　你说，你是要跟我好好谈呢，还是要跟我闹呢？要闹，公安局去！

婆　你把我的人还出来……我的人要杀要宰由我，你管不着！
（又要冲上来，叫小张一下子推开了）

周　你的秀真她是自己跑到厂里来不肯回去的！她是你家养媳妇，你该管她，你总不能拿火钳烫她呀！今天的人民政府不答应的！

婆　你拐骗人口！你拐骗人口！我告你一状。

周　你叫人家骗啦！是杨承海叫你来的不是？

婆　那你管不着！我的人要杀要宰由我！我家王秀真就是你教坏的，什么识字班，什么纠察队，整夜不归家，跟那些年青的男人鬼混！

周　我们那些年青人都是比什么都好的！

婆　那办不到！你这个女工头今天吓不倒我！

周　……秀真婆婆，我不是女工头。我们现在没有女工头什么的。工厂是大家的命根子，我们保护工厂。你的秀真也是保护工厂。

---

[①] 刘宝珠前文简作"珠"，此处以下简作"刘"，兹统一为"珠"。

婆　说得好听！呸！炸弹底下玩命我们不干！

周　是救命，不是玩命！

婆　那办不到，除非是你们这种人家，败门风的，断子绝孙的！天有眼睛，怪不得炸弹炸死你儿子呢。

（周气得发抖，说不出话来。朱仍然抱着头。）

张　你胡说！

（刘宝珠拉王秀真婆婆，但她不理）

婆　不是吗，怪不得炸弹炸死你儿子呀。

（周起立，看着她。突然地，在这瘦弱的女人身上发生了这么大的威严的力量，她迅速地走过去打开了门。）

周　出去！（向前走了两步）出去！

（秀真婆婆怔住了。）

珠　秀真婆婆，回去吧。

朱　（站起来）滚！

婆　（慌乱地四面看看，小声）好吧。……（下）

（刘宝珠和另一女工预备下）

周　刘宝珠，你等一下。

（刘站下）

珠　周大姐，你有什么事儿呀？

周　我问你，你们跟我闹是什么意思呢？

珠　我们没有跟你闹呀！也不过是人家叫我们带路，我们就带来了，哪知道她这么瞎闹的！

周　你们在工会里说，工会的帐目不清，合作社也没办，你们缴钱买到的东西价钱反而贵，你们讲这些话是不是事实？不叫坏人利用吗？

珠　我们不了解情形嘛。你说我们闹，我们敢吗？

周　先谈事情吧。上上个月物价涨的时候，大伙要求工会办点福利，工会决定的是代办，向行政上借了点钱，大家缴了点钱，算是将来成立合作社的股子，后来物价稳了，这事儿就搁下来了，你们当时买到布的，没占什么便宜，可也没吃亏呀。工会并没有疏忽这桩事情,帐也是现成的,不过封锁轰炸的事情一来,大家都忙不开,经手帐目的张桂华同志又病了……

珠　我们不了解呀。

周　这个时期轰炸,困难,你们不知道吗?工会里又就那几个人。

珠　我们不过说……我们不了解……

周　帐目我们明天公布。

珠　其实……公布不公布跟我们有什么关系呢……

周　(抑制着)你这算什么话呢?你知道这个时期大家在干些什么!……我们要是有疏忽的我们应该检讨,我自己是能力不够,克服困难是靠大家的。不过你这样也不对!

珠　我们怎么知道呢?……

周　(严厉地)你这样不对,你上了人家当,受了人家支使啦!你这样行不通的!你在工会里说:"工会副主席呢,认几个字算了吧!"我是要认几个字!不过你呢,你要赶紧回头,姑娘!你刚才听见王秀真婆婆骂我啦,她说:"天有眼睛的!"我们今天不是天有眼睛,我们今天是人有眼睛,几千几万人有眼睛的!

朱　(猛然捶桌子)替我出去!——有什么好说的!

珠　(沉默了一下)周大姐,没事我们去啦?

周　好。(刘宝珠下)

周　小张,你也回去吧。

张　周大姐,老金让我帮你算帐呢。

周　不用。待会儿恐怕有电,你们有活呢。帐也差不多了。

张　那好。朱师傅,我回去啦。

朱　好吧,小张。

(张下。静默。朱站起,拿着大衣,慢慢地往门边走去,打开门。)

周　哪儿去?

朱　（冷淡地）厂里去。

周　（迅速地跑过去拉住他）不要去了。机器间没电，没有你的事。（顿）听我的话，坐一坐。……我们两个人在家里坐一坐吧。

朱　（走回来坐下）

周　你要喝水吗？

朱　（摇头）

周　……好多事情也是我没有弄好，好容易抢修的事情顺利了，（指桌上的纸包）这个帐我还没有弄出来。

朱　（含糊地）那有什么。

周　（苦痛地）你还是这样想吗？

朱　有什么说的！

周　你还是要我不干？

朱　（沉默）

周　我们不怕别人这样，我们信得过自己！

朱　（沉默）

周　你说过的，你年青的时候不是也望过革命？
　　（静。朱站了起来，拿起大衣，打开门一直出去了。门洞开着，风吹进来。）

周　（追上去）喂！（追到门边站下。关上门，慢慢地走回来。走到里面房里去，然后又走出来——找寻着失去的什么似的，站着发痴。拿起桌上的纸包来，打开，但又放下。又拿起，拿出一枝铅笔，坐下，开始在一张纸上笨拙地写着字，算旧帐，念出声音来）三星牙膏，安安蓝，三匹零一丈二尺、三九二十七，二九一十八，二十七，十六……飞马牌香烟……十四条，晚会用三条……十二月二号，七号……
　　（突然地伏在桌上。）

周　（抬起头来）不哭，大年，我不哭！
　　（又站起来，走到室内，又走出。站在桌前。）

周　你们来造谣吧！你们来骂，你们来把我脸上抓出血来吧！

(静)你们来炸吧,你们帝国主义有多少炸弹全搬来吧——我们站得住!

(又坐下——长久的静坐着。)

(沈阿妹拉着朱发山上。两个人神色都很激动,朱发山还有一种暴乱的样子。)

沈　舅舅,进来!舅母!

周　怎么啦?

沈　舅舅在巷子口问杨承海要还钱,跟杨承海打啦。……我从厂里上来,在巷口碰见杨承海跟我那堂哥,他扭着我要我走,我就叫起来……这时候舅舅刚好从巷子出来,走过去拉开我,跟杨承海一打,杨承海就跑啦。……舅母,我那堂哥狗东西打了舅舅一拳。

周　怎么?你同杨承海要还什么钱?

朱　我替阿妹给他的,姓沈的不是说阿妹欠他的钱吗?

周　你这个人!

(静)

朱　没有什么说啦,大年妈,真的我配不上你,我过去多少年也对不住你,你今后不用管我好啦!(哭起来冲进内室)大年,我的儿啊!

沈　舅舅!(追进去,不久又出来)舅母!

(周坐在那里,呆望着前面。朱又出来)

朱　(悲痛地)从前你算个什么呀,大年妈,可是你今天比我,比他们那些人都强啦。我从前那里看得起你呢,从前什么人都看不见你,今天我可亲眼看见你站起来啦。我不难过我的大年……我却难过我自己。我敬重我的孩子,可我几十年走的什么路呀?今天报纸上都登你,市长都知道你,全厂都说你,我……我在大年床边上坐了一夜,我就想:我几十年走的什么路呀?这几天老金他们都说我积极,还给我上黑板报,说是大年死后我积极起来啦。我配得上吗?

(静)

朱　大家还把我当个小孩子来照护我,其实我有什么呢?
　　(静)

朱　这么多年,我心里好冷哪。年青的时候,人家只要捧我几句,我就拿命交给他都行,社会上混来混去的,就不知道叫人家陷害过多少回!你说我望过革命,那不错的,那时候心里有个想望,也总想中国强起来,社会好起来,可是后来呀,日本人,蒋介石!……我就迷胡啦!到处要强到处也都要不了强,到处为朋友,连家都不顾顾朋友,可是偏偏那些披着人皮的东西要卖你!这么多年,那几年还吃喝嫖赌,我是拿什么心来对你的呀。你忙,你累,你侍候我,你带孩子,你叫人欺负,你上夜班挨饿,你昏倒在机子跟前,有时候你连一件衣服也穿不上——我真的不配再跟你说什么啦。
　　(静)

周　不!(落下泪来,沉默)

沈　舅舅!

周　……我早些日子也想过,我这么样,事情都是搞不好,还要叫大家骂,受那些气,有什么道理呢……我是想过的!
　　(静)

周　不过那怎么能行呢。要往前走呀!大年死的时候是想着我们!想着我们的厂。我也不知道日子是怎么过下来的了,年青的时候,前些年受的那些苦,今天好像也忘了,忙呀,累呀,也就忘记时光是怎么过去的了。本来以为一天天地没有指望,那知道一天天的有了指望,不过这会儿就不是像从前那样,指望几个钱,指望一家人过平安日子了;不是的,不能的,这会儿是指望大家,指望国家,有时候真的还想到全世界的人民——不是嘴上说说的,是心里真想。这么的呀,我们就望着前面!我们紧紧地望着前面!我们看得起自己,我们还要过社会主义呢,不是吗?
　　(静)

周　你去休息吧!我把这个帐算一算。

沈　舅舅你要温水吗？我替你冲水去。（对他们望了一下提水壶悄悄下。）

（朱沉默着，然后慢慢走过来，翻开桌上的那些帐目单据。走进去，拿出了一把算盘。）

朱　我来替你算吧。（拿起一张纸片来看了一下）你看这是你写的字吗？歪到哪儿去了。

周　你搞不清的，……这样吧，我念，你写。

（夫妇俩开始工作。沉默着，整理桌上的纸片）

周　安安蓝是三匹另一丈二尺，你写。不，先写收的吧。

（静）

周　会计课的帐是去年十二月三号……工会的借支是二十四万五千，第二回是二十万整，临时股东，从十一月半到十一月底，五股的二十二个人，四股的三十个人，一股的三十九个人……你写了吗？

（朱发山写着，一面打算盘）

周　你再写，十一月底到十二月半，五股的四十个人，十股的二十一个人，四股的二十三个人，一股的八百九十二人……不，你等一下。还有一张单子在小李那里……

朱　你看你这个人。

周　我记着的。

朱　光凭脑子记行吗？

周　对啦，那一张，两股的，五十三个人……旧的工会的借支，还了一笔，还有两笔，一笔是四十六万，一笔是二十六万。哪，是这里两张条子吧，这一张还是那晚上大年替我记的。

（静默。周的头靠在手上。）

（沈阿妹冲水回来）

沈　舅母，你们明天再搞吧，不早啦。

（王秀真推开门激动地跑了进来）

真　周大姐，我婆婆来跟你闹啦？

周　哦，秀真。

真　听说她把你脸上抓伤啦?

周　没关系。……你这拿的什么呀?

　　（王秀真抱着篓子往桌子跟前跑,哗的一声,一篓子苹果摔了一地）

周　哎呀,你这干什么呀,你才拿了几个工钱……

真　（检着苹果,有些抱歉似地）没关系,没关系,我的钱是我自己的! 我再不要受人剥削啦,是我自己的……苹果也是我们自己的……

周　（帮着检苹果）你看你这孩子,这恐怕半个月的钱都不止呢。（停下来,抚着她的头）

真　（捧着苹果站起来）不啊,大姐!（笑着,眼泪汪汪地）我没爹没娘地长这么大,你就好比是我妈啦! 我买苹果的时候就说：检好的呀,是跟我妈买的!

周　孩子!（抚摩着她）

　　（突然电灯亮了,周围传来欢声）

沈　哦,电灯公司修好啦,他们修好啦!

真　（跳起来）好呀。

周　好! 同志们干得好! 孩子,我们干下去吧。

　　（又开始工作）

——幕落——

248

# 第 四 幕

　　　　工厂内部,花园的一角。台边是种着花木的土堆,土堆上建立了纪念碑——开幕时用红绸子覆盖着。正面,通过一些花木,是厂房远景。偏左摆着两张大椅子。右后边有路通往锅炉房和厂房,右边通往厂外。
　　　　和第三幕的时间相隔约一个月。上午。天气晴朗,太阳温和而快乐地照耀着。
　　　　全厂休息日。开幕时台上空着。传来快乐的歌声。较远处有锣鼓声。
　　　　女工们幕后的喊声:"周大姐!周大姐!"
　　　　周引弟自左上。

周　　在这儿哪。
　　（两女工跑上）
女工一　找你呢,大伙找你呢。王秀真跟刘宝珠吵架哪。
周　　在哪儿?
女工二　二仓库门口。
　　（三人往右下。歌声。王杏姑、沈阿妹自左上,穿着整齐的衣裳,嗑着瓜子,唱着歌。）
沈　　我们还是上俱乐部去吧。
杏　　哎呀,我累死啦,这儿清静。——马上这儿开会啦。
　　（两人坐下,沉默了一会）
杏　　你干吗没参加歌咏队呀?
沈　　我脑筋笨,参加了识字班就没参加歌咏队。

杏　（听着歌声）他们歌咏队唱得比从前好多啦。
沈　我想告诉你一个消息，我跟小王都叫批准参加青年团啦。
杏　真的？你怎么昨晚上不说？哎呀，我真高兴死啦。
　　（赵师傅从右后上）
赵　高兴死啦可不行呀。哦！
杏　（跳起来）赵老头呀，昨晚上怎么没见你？
赵　哎呀，是你！你好啦，长胖啦！几时回来的？
杏　昨晚上呀。
沈　昨晚上俱乐部欢迎会你没参加？她是最后一个出院的。
赵　对！对！可不呀，昨晚上我有点活。
杏　赵师傅，听说你们完工啦，生火啦。
赵　昨晚上完工的……对！好！生产竞赛今儿就宣布开始，你们也出院啦。
沈　你想什么？
赵　没什么……这些时候，总觉着差了一个大年。
杏　赵师傅。
赵　好，我上工务课去找王工程师……喝，你们穿得真漂亮呀。
杏　你不漂亮，就像新郎官一个样儿。
赵　今儿好日子呀。又是纪念碑揭幕，又是抢修成功。我这是愈老愈俏。喂，给点瓜子儿吧。
　　（抓了一把瓜子，下）
杏　这老头真有趣。
沈　他们不知克服了多少困难呢。我舅舅机器房完成了任务，后来也上锅炉房帮忙了。这回反轰炸护厂工作，他们是头等功臣。
杏　你舅舅呀，他是个好人。
沈　我舅舅有一回跟我舅母说："你好好干吧，我跟着你走。"我舅母打上个礼拜起，就忙着上级给她的任务，布置生产竞赛的事情。他们说，今年增加纱的产量，是全中国顶重要的……生产任务。

杏　是呀。

沈　……喂,我想你跟我提点意见。……你看小王这个人怎样？

杏　小王挺好呀。是吧,我在医院听说来着,你们快订婚了吧,我听了真高兴！几时吃喜酒呀。

沈　不,没有,你瞎说。……(沉默了一会)在医院里住了一个多月,你怎么想的呢？

杏　我呀,我想快些好起来,上厂里来。

沈　我有时候离开我们厂一会儿,我也是想的不得了。

杏　我想呀,想到多少人,多少事情。我想我小时候看警察抓人,我想叫反动派害死的人,我想小时候我妈跟我缝的花衣服,我想那些来医院里慰劳我们的人……我想你舅舅,想王政明同志的那个爽快劲,想厂长跟我们说的话……我想我抗着枪站在工厂里,我想我们厂门口的大国旗,下雨啦,我就想,他们还挂国旗没有呢！我想我那个叔叔,他来看我,他骂美国飞机,我就望他笑,我说:"叔叔,我们将来就是社会主义啦。"当然,我这是在心里说的！……我想车间里又热又闹,头昏眼花啦,可是看那成千成万的锭子打圈圈,我就快活！

沈　唉！……

杏　(靠着她,搂着她的肩膀)你眼睛一直看过去吧:房子,烟囱,电线,树,那么多那么多……这就是我们的国家呀。你眼睛尽管一直一直看过去,……看见没有？

沈　看见啦。

(周引弟、王秀真、刘宝珠及另外几个女工上。杏姑兴奋地一直跑过去。)

杏　周大姐！……

周　干吗呀？

杏　喝,一早上不见你就想你呢！阿妹要请我们吃喜酒了吧？

周　不要闹,杏姑……这里来坐一坐吧,刘宝珠。

(刘宝珠在揩着眼泪。大家走过来在椅子上坐下,有的坐在

251

地上）

周　就在这儿谈吧。秀真你说。

真　我没说的！她要请假由她请就是啦，少不了她这样的人！（对刘宝珠）你请，你请吧！

周　秀真，好好说。

真　气死人啦，昨晚上她上班迟到，后来关车还有半个钟点呢，她又上茅房抽开香烟啦，这不说！光她一个人就给弄了两匹坏布，我就跟她说的，我说，生产竞赛就要开始啦，全组订了公约的，起码你看见织坏了就要拆。她怎么说？她说不要我管！今早上我见了她，我说：你得承认错误！她就说：你呀，不配，养媳妇当家，背后偷着吃！我要她上工会来讲理，她说工会管不着她！大伙一说，她就甩袖子啦，说她不干啦！她不干怎么样？不干请！请！刘宝珠，你欺侮人够吧，你还想带我婆婆来找我吗？你请吧！

女工一　她请假叫她请吧！

真　你说，你凭什么骂我！

周　刘宝珠，你说。

珠　……我没说的。

周　那么你还是要请假？

珠　（沉默）

周　你前天旷工，昨天迟到，闹事儿，出坏布，你像这样行不通的。工会里也跟你谈过，叫你改，叫大家帮助你，你还是不改。告诉你吧，你说你不干了，要请假，行政上说不定会批准你。你就是不请，行政上也说不定会处罚你。我也是主张处罚你的，你说该不该呢？

珠　（沉默着）

周　杨承海叫抓起来了你知不知道？我再三跟你说过：你受过人支使，上了人家当啦。你过去受人家的骗还不够吗？

真　周大姐，你管她这些干吗，她要请由她请去！（对刘）还哭哩，我不相信你眼泪，不相信！

周　秀真,不要说了。
　　（沉默）
周　你自己想想吧。
　　（刘宝珠拿起了她的小书包,往外走去,但又站下）
珠　周大姐,你说吧。
周　我说过了。
珠　（沉默了一会）那我就请假。
周　那好。
　　（沉默了一阵）
珠　周大姐,……你是真的不饶我啦?……（哭起来）
　　（静）
珠　（哭着）周大姐我对不起你,你处罚我吧,你不管怎样处罚我吧,就是叫我留在厂里……
周　不是我处罚你,是工厂的纪律。
珠　我知道,我都知道……周大姐,我不是故意的……我心里难过呀。王秀真我对不起你……
真　（善良而不安地）没关系,那没关系……
珠　周大姐……我心里苦啊!我真的没心肝吗?我自己都知道啊!（沉默）我请行政处罚我去。（下）
杏　大姐,你看她是真的吗?
周　这叫做逼着她改造自己呀。没有客气,不逼不行!……秀真,你刚才真凶呀,小丫头!
真　哎呀——刚才我真气死啦。
周　（拉着她的手）小丫头!人民法院批准你脱离婆家,你高兴不?
真　高兴!我呀,……我去拿衣服的时候,我那婆婆狠狠地盯着我,我不理她,我想……吓!看你老封建再拿火钳烫我不?不过走出来了,我反倒有点难过,吓,我这个人就是有点心肠软。
周　你看你老声老气的……哎呀,都快开会啦,一早上过得真快！(露出了快乐,兴奋,像年青人一样,拍着手)小丫头们!今儿我们抢修完成啦,你们应该跟我唱个歌!

杏　不,叫周大姐唱! 周大姐唱!

周　开玩笑,我几时会唱歌的?

沈　我舅母有一回在家里一个人唱过的,我听见的!
　　(人们起哄:"唱! 唱!")

周　好吧,我唱,我唱:东方红……
　　(大家笑了)

周　小丫头们,上俱乐部去玩吧,我还有事儿呢。

杏　一块儿去,一块儿去! 跟我们去打台球!
　　(大家哄着周下,小王从右后上。)

王　阿妹!

杏　喂,阿妹呀,有人叫你呢!

沈　去你的!
　　(群众下,阿妹留下)

王　(静了一下)你有钱没有?

沈　多少? 我身上才一两千。

王　够了,买包烟。

沈　你抽烟?

王　不,朱师傅。早上发现车间皮带断啦,他在修皮带,摸钱买烟,身上一个钱也没带。我也没有。

沈　我舅舅叫你买的?

王　没有。他摔了空烟盒又爬上架子去啦。

沈　那好。
　　(王往左走去。)

沈　小王!

王　什么?

沈　你跟他买包好烟,不要小气!

王　吓! 买飞马的行吧?

沈　我不懂。去吧。——喂,恐怕要买什么克雷斯的。

王　那是外国货，不好。

沈　那由你吧。

王　我们快修好啦。（下）

　　（沈一个人静坐着。远处传来歌声。沈走过去，轻轻地，虔敬地揭开纪念碑的红绸子来，看着纪念碑。然后轻轻的覆上，走过来坐下）

　　（朱师傅走上，穿着工作服，浑身油污。）

朱　阿妹，看见小王没有？

沈　小王？……我没看见。

朱　这家伙跑哪去啦？（坐下）皮带修好啦。

沈　舅舅，小王跟你买香烟去了。

朱　要他买干什么？

沈　他高兴。

朱　你也是的，买香烟就买香烟吧，还说没看见。

沈　舅舅，你不吃什么克雷斯吗？

朱　你几时晓得什么克雷斯的？

沈　我从前听你叫大年买的。

朱　（沉默了一下）阿妹，小王这个人本来也不错。

　　（静）

朱　我过去是也叫他受了些委屈……他近来没跟你说什么吧？

沈　（窘困）没有。

朱　他近来也没那么浮躁了。我看……你们两人的事情，也用不着……

沈　舅舅！

朱　现在姓沈的也不敢再来欺你了。你该放心，你舅舅舅母也是拿你当亲生女儿看待的。

沈　我知道。

朱　那你们几时订个婚吧，省得叫人家说闲话。

沈　（沉默）

朱　你妈十八岁嫁到乡下，我总觉得对不住你妈！

255

沈　舅舅，我跟着你！
　　（小王匆匆上）
王　朱师傅！烟。
朱　皮带修好啦，好，歇一会儿——。小王，你坐。……你家里没有什么人，就由我做主，你跟阿妹几时订个婚吧？
沈　舅舅！
朱　（向外）喂！大年妈，你来！
　　（周引弟自左上。）
朱　你干吗去啦？
周　小丫头们拉去玩啦，好不容易溜出来。什么事？我有事，找老金呢。
朱　不用忙。今天全厂休息，锅炉已经生火啦。你坐……你看他们两个，我前几天也跟你谈的……我的意思是，几时订个婚吧。
周　那倒是……
朱　（笑）就在厂里俱乐部行个礼。
沈　舅舅！
朱　怎么，舅舅的意思不对吗？
周　哎，老朱，你今天真难得，你想的倒也周到。
朱　我做事会不周到吗？阿妹，是不是？新办法，叫他们拿个秧歌队给你们扭扭就行啦。
沈　舅舅我不来啦。
周　这丫头！阿妹，舅舅跟你说话呢。
朱　（明快的）小王，你赞成我的话吗？
王　朱师傅……要是……你就拿我当你的大年吧。
　　（静了一会）
朱　阿妹，你总应该表示你的意见呀。你还不晓得你舅舅的心吗？你舅舅总忘不了那一年到乡下看你们，那时候你才七岁……你妈叫沈家的人欺侮着，是吃野菜过日子的。后来你妈到城里来逃荒，那时候你舅舅也没心思顾你们，不过拿那么几个钱就打发你们回去了。

周　阿妹,你要大方,你说说看吧。

沈　(激动)舅母!我跟你们过的……我一辈子跟你们过的……

周　傻瓜!

朱　怎么样,不许说这傻瓜话!

沈　舅舅!真的,真的呀!

(沉默)

沈　舅母,你们要我怎么样我就怎么样,我听你们的话。……

朱　那怎么行呢。你这算什么话……

沈　不是的……(哭)我不是叫你们难过,本来我是心里高兴,舅舅(又哭)我这个人真笨……

周　那你是赞成你舅舅的意思啦!

沈　(幸福的哭着)我懂,舅母,我懂……我这个人真笨……我是高兴,……我跟着你们,我早就跟小王说过啦,小王赞成,我也赞成……我们争取入团,他说他要做你们的大年。

朱　那么这就是说你愿意我的主张啦,傻丫头?哭什么呢,啊?

沈　(甜蜜的哭着——因生活底丰满而哭着)舅舅,哎哟,我这个人真笨。……

(忽然又笑起来……)

周　孩子,跟小王两个上俱乐部玩会儿去吧,不要老一个人……

沈　是,舅母……(顿)舅母,我是说,到了你们老来的时候,我们侍候你们!

(沈和王下)

(静了一会)

朱　我那个妹妹从前嫁出去的时候,也是哭,不过阿妹今天这个哭不是难过的。(静)孩子们都长大了。

周　(静静的)叫他们过好日子吧。

(两夫妇静坐着,王政明上)

明　引弟,朱师傅,你们俩在这儿哪。

周　哦,王政明同志,你也够累啦,这儿坐会儿吧。歇会儿我们

257

一块找老金去。事情都没问题啦。

明　老朱,听说皮带又断啦?

朱　修好啦。

明　那好。实在用不着一早上赶活的,今儿应该休息! 等下纪念碑揭幕,咱们自己的电一来,生产竞赛就好开始啦! 敌人炸了我们的厂,我们修理起来再来一个生产竞赛叫他们看看!

朱　对,王同志你说得对!

周　我们老朱今儿兴致大呢。

朱　可不是。王同志啦,过两天我请你吃喜酒! 我想叫小王跟阿妹那孩子订个婚,你看行不行?

明　太好啦! 有什么要我帮忙的你尽管说吧,这些事儿,从前在家里哪一村都少不了我,挺内行的!

朱　一定请你。喂,王同志哪,你看,我们家这口子究竟像个什么人呀,像个干部不像呀,我都快认不得啦,吓!

周　王政明同志你别理他,你先说吧,我们家这口子究竟像个什么呀,是像个老爷子呢? 还是像个十几岁的小孩呀?

明　哎呀,我可不惹你们的这个抬杠啦……都像,都像!

周　有时候简直是个小孩!

朱　我看你才是十八岁呢。

明　(笑起来)嗬,老朱,别抬杠啦,找你是谈一件事儿的。等一会开会,纪念碑揭幕,希望你讲几句话……

朱　哎哟,不行不行,我不会讲话的,一上去头就大啦。

明　讲几句吧。

朱　不不,引弟讲就行了。真的我不会讲。(严肃起来)我心里就是感谢大家,没别的,要说呢,想起我这一辈子来我就有点悔,往后打算再有十年吧,再不能白活啦!

明　引弟你看怎么样?

周　由他吧,他讲不出来不讲也行。我们去看看老金的布置吧——老朱,你不走走去?

朱　不,我就在这坐坐!晒晒太阳痛快!

（周和王下）

（朱静坐着。然后走过去,站在纪念碑旁边,望着远处,点火抽烟。赵师傅自左上）

赵　老朱!

朱　喝!老赵!锅炉生火啦。

赵　是呀,电就要来啦。

朱　（走过来）抽根烟,歇会吧!

赵　（坐下）老朱,日子过来啦。

朱　对!

赵　咱俩都是那年进厂的,中间你歇过一年多。

朱　对,老赵,我就是忘不了咱俩喝的那盅酒,我把大年交给你学手艺,说起来四五年的事情啦。

赵　那是。

朱　我想呀……反正五十年过去啦,也没什么好悔的!……坐在这个地方,有时候好像觉着是刚生下来的小孩,什么都是新的……早些时我想我是完啦,不过这会儿倒好像全身都是力气,心里想着要赶紧活下去。

赵　真的,真的!

朱　总好像剩下点什么没做完,总好像要做点什么。看见那块石头,就心里想,把它举起来试试看吧!就是这么样的。

赵　这就是愈活愈年青呀。……

朱　看看他们年青人吧。你我年青的时候,都干的一些什么玩意儿呀。

赵　吓!

朱　日子过来啦。打今天起,这又重新开头啦。一个人一生就活这么一回,要是不睁开眼睛倒也算了,要是早两年糊里糊涂地也死啦,不过今天呢,……可不一样啦。老赵,一个人啦,比方你我吧,到了再不能做工啦,老啦,瘫啦,临死换班啦,要想这么一想,问这么一问,看自己是不是对得住良心的!受苦的时候我出卖过谁没有?快活的时候我忘记过谁没有?我是为了什么的?我尽了我一生的力气,现在我把它交给后代啦。……

赵　(笑着)发山哪,真的老了的时候,咱俩搀着走吧。

朱　(望得远远地,笑着)这才好啊!……喝,你记得吗?

赵　什么?

朱　总有二十多年了吧,吃你的喜酒?

赵　喝,讲讲看,什么呢?

朱　记得那双破皮鞋不记得?

赵　什么?破皮鞋?

朱　咄!你这个老家伙!不是人家说,结婚要买双新皮鞋,是张国富吧!说是有个便宜地方……

赵　哦!(大笑起来)

朱　皮鞋买来,刚要拜堂,我跟你瞪笑话,你一脚一踢……就是他妈的一个狮子大张嘴……一下子就跑出啦五个好弟兄,他妈的……连袜子都舍不得买一双,连你丈母娘都不好意思啦。

赵　(大笑着)嘀嘀,嘀嘀……你还记得这么清楚呀……

朱　好啦,老家伙,去看生火吧。

(两人下)

(小张自外奔上,举着红贴子)

张　报告,喂,报告,周大姐叫选上人民代表啦!(见没有人,叫喊着奔了出去。幕后腾起大的欢呼声。很多男女工人喊叫着把周引弟抬了出来。)

(传来了马达的声音。男工一从右后奔上。)

男工一　(大叫,一面奔跑)各位,现在已经发电啦,我们的电又来啦!

(老金,小张,小王,阿妹等上。小张小王各背着几枝枪,拿来放在纪念碑旁边的地上。)

金　引弟,恭喜你当代表啦!我们的发电机在庆祝你啦。小张,椅子拉开吧,准备开会。

(锅炉房底汽笛响起来了。幕后传来了群众底嘈杂声,"开会啦开会啦!"陆陆续续的上。但只有一部分群众出现舞台。厂长,朱师傅,赵师傅们从右后上,群众欢呼:"厂长,厂长,发电啦!""赵师傅,朱师傅! 周大姐当人民代表啦!")

金　我们首先庆贺周引弟同志!(群众狂欢)同志们开会啦!

(群众的嘈杂渐静。右边出来的人们也站到左边去,面对着纪念碑,只有厂长,老金,行政,周引弟四个人站在纪念碑的侧面。)

杏　(在群众中)飞机!

男工一　我们的,三架! 还有,六架!

(人群立刻沸腾,冲向前,向着天上狂欢呼喊。幕后传来更大的喊声。女工们摇着手巾,男工们脱下衣裳来摇着,强大的飞机声,淹没了一切。迅速地过去了。)

金　(拍手)同志们请站好! 今天我们抢修工作全部完成了,生产竞赛快要开始了;我们打败了敌人,我们的纪念碑今天揭幕,(笑起来)想不到我们的空军也来参加我们的典礼啦!

(群众狂欢)

金　同志们! 我们现在宣布一个荣誉纠察队,请他们来守卫着我们的纪念碑! 我们请下面几个同志担任这个荣誉纠察队,由厂长同志把枪交给他们,把我们工人阶级的武器交给他们! 第一位,王庆泉同志,第二位,沈阿妹同志,第三位,张季财同志,第四位,王杏姑同志,第五位,张顺华同志,第六位,王秀真同志!

(群众不断的鼓掌,荣誉纠察队员们陆续走出,接过厂长交过来的枪,站到纪念碑两侧去。金汉有正要继续说话,朱发山突然走了出来;大家静默着。)

朱　(静了一会)老金! 给我一支枪吧!

金　发山,你要讲话呀?

朱　给我一支枪,让我站在那里吧。我没话讲……

明　朱师傅……

金　好吧！（大声）同志们，本来朱发山同志要讲话的，可是他现在要求担任荣誉纠察队——他是第一名荣誉纠察队，同志们赞成吧？

（群众欢呼。朱接过了厂长递过来的枪，背上，走向人群，扯着赵师傅）

朱　老赵来一个？

赵　不行！我不！

朱　来一个……他们都是年青的，咱两个年纪大的来一个！

（群众欢呼，朱拉赵出来。）

朱　这是为了……就是为了我刚才谈的……为了咱们下一辈子，来一个！

赵　对，来一个！

金　同志们，现在更好啦，第二名荣誉纠察队是赵师傅，赵起光同志！

（群众喊着："赵师傅！赵师傅！"赵接过厂长递过来的枪，敬了一个礼，背上。）

赵　站住吧，老朱！

朱　是，老赵！

（两人庄严地站到纪念碑侧面去）

金　同志们，我们请周引弟同志替我们拉开这个纪念本厂二十五年来为革命斗争而牺牲的烈士英雄的纪念碑！

（周走上去，拉下了红绸子。）

金　同志们，向本厂屡次革命斗争，罢工斗争，护厂斗争，和这次反轰炸斗争中英勇牺牲的烈士英雄致敬！静默。

（最初是厂长，然后所有的人都脱下帽子来）

金　请厂长讲话！

（厂长走上来）

长　同志们，我们打败了敌人，我们胜利地前进啦！（鼓掌）同志们，二十五年来我们厂的斗争历史是光荣的。在屡次和反动派，和帝国主义的斗争中，出现过无数的烈士、英雄，今天在这个纪念碑上写上名字的也不过是其中的一部分！为了革命事业，我们曾经丝毫也不犹豫地交出了我们自己的一切。今天我们已经从事和平建设啦，可是美帝国主义和他的走狗蒋介石仍旧要我们流血。我们拿工人阶级的英勇斗争来回答他们，今天我们是得到进一步的胜利啦！（鼓掌）同志们，正是在我们取得胜利的时候，我们不能忘记为我们事业而牺牲的烈士英雄们！我们要拿行动来向他们致敬！向那些做妻子的致敬，她们一声不响地交出了他们的丈夫，向那些做母亲的致敬，她们一声不响地交出了他们的儿女！多少年的斗争中，我们中国人民里面有数不清的这样的母亲，她们看起来很平常，她们甚至不叫人注意，但是同志们啦，她们的道路，我们的母亲们的道路，一生中间受尽了痛苦，总是坚强地望着明天，她们所走过来的其实是一条伟大的英雄的道路！站在这里的我们的周引弟同志就是其中的一个！同志们，向英雄们致敬！向英雄母亲们致敬！（鼓掌）同志们！让我们勇敢地迎接新的任务，为解放台湾，保卫和平，建设祖国而奋斗！（鼓掌）

金　请周引弟同志讲话！

（群众欢呼。周走上去，好久说不出话来，望着大家。）

周　同志们！……我的同志们！（鼓掌）我们什么样的日子，刀山，油锅，都斗争过来啦，同志们，兄弟姐妹们！今天我们中国，全世界我们都看得见啦！我们心里更亲啦！我们心里更欢啦，我们心里更亮啦！我们叫出来啦，我们站起来啦，我们走过来啦，我们打过来啦！（鼓掌）我们牺牲了的孩子们他们都又活着啦，他们是我们工厂的儿子，我们工人阶级的儿子，我们共产党毛主席的儿子！（大鼓掌）弟兄姐妹们呀，我们心联着心！我们是一定要打胜仗的！我们成千成万的人一条心，我们心里有好大的力气呀，弟兄姐妹们呀，我们为我们的子孙后代干下去吧！（大鼓掌）那些强盗土匪，哪个敢再来碰我们一根毫毛，我们就要打烂他的狗眼！毛主席万岁！

（群众鼓掌并狂热地呼喊。）

——幕落——

# 祖国在前进

《祖国在前进》,1950年12月作于北京,上海泥土社1952年1月初版,据此排校。

**人物：**

郭锡和　　　　　　郭梅青
张采华　　　　　　张寿安
黄淑珍　　　　　　黄　迈
董国华　　　　　　刘建良
朱课长　　　　　　王　珍
王利光　　　　　　金桂芬
周福海　　　　　　老　童
吴秀华　　　　　　吴秀华母亲
周福海妻　　　　　陈　妈
男女工人多人

**时间：**

一九五〇年十一月，抗美援朝运动展开的时候。

**地点：**

某私营纺织厂

# 第 一 幕

某私营纺织厂经理办公室内。

经理郭锡和在工作。

外面传来扩音器的声音："同志们！美帝国主义侵略朝鲜，就是到我们大门口来放火，我们决不能忍受！我们工人阶级一定要站在反对侵略保卫和平的最前线！……"

郭锡和推开文件，烦乱地走到窗前，往下面看着。然后走回来，在办公桌边上打电话。

郭：（打电话）副经理在家吗？我是郭经理哪。……他回来了，就请他上厂里来一趟。（又打电话）我找寿安哪。哦，你淑珍吗？哈，我这位忧郁贤惠的嫂子，好吗？哈哈，啊！啊！不要紧的，教训她一顿吧，我这个女儿哪，就是太没管教啦，我就是拜托您这位舅舅舅母多管教的呀！好！（稍停）寿安吗？你好好替我教训梅青一顿，太没礼貌啦。……你们送她来？好极了，太不敢当，我马上叫车子来接。……啊，你要到朝鲜去？怎么？……哎，拥护你！……我这里吗，吓，整个的工厂闹哄哄的，热闹极啦。好！（放下电话，楞了一下，按铃，工友上。）叫车子到医学院宿舍接小姐去。喂，你找了刘工程师没有？先请会计课朱课长来一趟。（工友下）

（扩音器的声音继续着）

郭：真想不到，老头子也要上朝鲜去！……这么大年纪出这个风头！

（会计课朱课长上）

朱：郭经理。……

郭：朱课长,这张支票是董副经理开的吧？暂时不能支。

朱：那他恐怕要不高兴的吧。

郭：你就跟他说这不合制度,请他跟我来说。他这么胡来不行的。

朱：也好。（下）

（年青的工程师刘建良上。）

良：郭经理没出去？

郭：刚回来就走不开,你看,毛手毛脚的这么多事情。（少停）喂,我听说你跟董副经理闹意见,是真的不？

良：（不语）

郭：厂里事情近来是麻烦。我找老董去了,我也想跟他谈谈,我们大家好好地谈谈。老董这个人,能干是能干,就是思想太不合潮流。不过你呢,不是我说你,你也太年青太毛躁啦,我们是自己人所以我跟你说这个话,因为老董有些地方我也看不得,不过,你也总要……那个一点,对吗？

良：不是这个问题。（少停）我那设计的说明你看了吧？

郭：在看,在看,（翻出文件来）你看刚才就在看。

良：不过……新车间到底装不装啦？

郭：装！装！那自然。

良：可是董副经理他说不装了。他说资金没有了,工钱也发不出。工会里有意见,他们希望开一次劳资座谈会。

郭：（避开）慢慢来呀,事情不能急的。……（随便地）喂,依你看,这回这个仗打不打得起来？

良：这个……难说。

郭：究竟会大打呢,还是小打？依你看。

良：我也是这么想……可是他们工人同志们好像不想这些,他们想的是,不许他碰着中国的边儿。

郭：那当然啰。他们工会还说什么？

良：他们希望厂方能兑现以前的话,也希望厂方对抗美援朝表示

269

态度。

郭：我的态度还不明白吗？我拥护。

良：可是董副经理就话里面有骨头，工人都知道的。

郭：别听他疯疯癫癫的，失意的政客，总是那一套。

（敲门声。女工干部金桂芬上。）

金：郭经理，我们晚上抗美援朝的晚会，请你参加。

郭：哦，哦，我要来的。要来……不过就是有点事，要是赶得及，我一定来。

金：我们大家欢迎郭经理参加呢。

郭：那当然……我自己也是想参加……跟大家学习……你请坐。

金：不啦……希望郭经理一定要来。（下）

郭：这些女工现在挺利索的……你等会儿参加不？

良：要参加吧。

郭：那就请你替我说一声，说我恐怕没时间，好吧。

（副经理董国华上。）

郭：老董，想找你跟建良一起谈谈呢。

董：你去纺管局回来啦。

郭：中午就回来了。

董：怎么样？我呀，今天中午去看了一个人，你猜是谁？

郭：谁？

董：老田！他刚从南方来，……谈了一点新闻，一定要拉我吃饭，喝了点酒，一直到现在还晕晕糊糊的！哎，你看老田糊涂不糊涂，天下也有这种人，他还想打我们这里活动点款子呢！

郭：干什么？他不是在香港的吗？

董：你听我说呀。还不是有空子就钻的，他乐观的很呢。局面也搞的不小了吧，听说台湾还有生意呢。他说他是所谓第三者，哈哈。他想打我们这里活动这么个十亿八亿的，而如果我们能够跟他合伙的话……

郭：（拦住他）老董，我听说你跟建良有点儿小误会——我来解个和吧。

董：哈，没有的事！没有的事！我对他年青人有什么误会呢。二十年前，我就是他这个脾气，哈！

（工友上，送来两份表报，董接过去了。）

董：（看着，对工友）昨天不是说过了么，这个材料现在不能发。

工：王课长说，刘工程师要的。

董：车间装不装还没有一定呢，暂时不发吧。这个美国货的钢板，现在得多少钱一寸？没多少存货啦。

良：董副经理，这是我要的。郭经理刚才还说，车间一定要装。

董：那么……郭经理你看怎么样？（把表报交给郭锡和）

郭：（翻着表报，不愿意在面子上得罪人）车间是要装的，那是要装的。这样吧，建良，下个星期一领吧。材料我们也是要清一清。

良：好吧。（往外走。）

郭：喂，建良，你别走！谈谈。

（刘建良又站下）

董：（翻着另一份文件，走过去打电话）要内线！……会计课！喂，我董国华呀。你们这送来的还是昨天的现金表呀。今天帐面上现金还有多少？……啊，好！好！（搁下电话）老郭，会计课帐面上的现金只有两亿多了，这半个月的工钱我看是得迟几天。

郭：两亿多？前天收进来的八亿多呢？

董：（笑笑）不是订了货了？

郭：啊！啊！……不过，那得想办法呀，工钱不好迟的。

董：（对工）你请会计课朱课长来……不，我自己去吧。（下。工友跟着下）

良：（沉闷地）郭经理，没事我走啦。

郭：建良，你不要急，事情要慢慢地来的。

良：（苦笑）当然，又不是我一个人的事情。不过我看，依董副经理这么搞下去，没有什么办法。我就不明白，近来为什么什么事情都由他来做主？

271

郭：靠他应付那几个股东呀。你以为我是傻瓜吗？对付困难呀。

良：困难究竟在那里呢？

郭：一句话：没钱。

良：这几个月情形不错，怎么能一下子又没钱了呢？

郭：哎呀我的老弟，这又不是小杂货摊子！好几个股东想拆台呢。

良：是不是时局的关系？

郭：也有点关系吧。

良：那你看……这情形底下大家都想多做点事，现在工程搁在那里，他们工人有意见，说我这知识分子说大话，我怎么办呢？

郭：那有什么关系呀……告诉你慢慢来，不要急。

（外面传来董国华吼叫的声音，郭听着，跑过去打开了门。）

郭：老董！老董！（出去，拉着董进来）

董：（吼叫着）混蛋！这个钱就是我要支的！你不支不行，你……

郭：干什么呀？

董：他一个会计课长这么大威风，把我的支票扣下来啦！我董国华几百万块钱都不能支吗！……他说是你郭经理说的，什么东西，……混蛋！（又往外冲，被郭拉住）

郭：好好说，老董，你又喝多啦。

董：（坐下）我没醉！老郭，他假借你的名义；你我的交情，我不信你就会这么给我下不去！我知道背后一定有人，一定有人！谁在背后放什么屁我都知道！哼，想在我头上来动土啦。

（刘建良冷冷地看了他一眼，下。郭沉默着，脸色很不愉快。）

董：（沉默了一下）好吧，先谈正事吧。工钱得迟几天发，有几笔款子也收不进来，如果下个星期二以前局里不能批准借一点钱，就只好迟几天。

郭：（不快地沉默着）

董：你的意思怎么样？

郭：我看，以后动用资金的事情，我们还是多考虑一下，一则免得这么手忙脚乱，二则免得自己人闹误会争起来……

董：（沉默着）

郭：今天局里面刘处长是这样说的：他希望我们有决心，希望能保证资金的合法运用。

董：我们还要怎么样有决心？还要怎么样才算合法运用？老郭呀，你总不该拿我们到政府面前去说，又拿政府在我们面前来说吧，你总该有个主张呀。

郭：你这算什么话呢？我是这种人？你看你跟朱课长为点私人的事情这么一争，明儿都给传出去啦，叫人家听见了给反映上去，有什么意思呢？

董：这我就为难哪。我知道就是为了前天那八亿的款子我做主的太过火啦，才有今天这一着，可是我也有这个权力呀！再说，好处是大家的呀！好处是大家的，挨骂我一个人来，还不行吗？这种局面，一天到晚乱烘烘的，你说我究竟图个什么呢？……我早说过啦，今天是图不到什么利的啦，做得再好也无非叫人家称赞一声：爱国的民族资本家！可是也不是哪一个人都图得到这份名的，要想名利双收那就更不容易。我呢，我也不说大话，过去我是个失意的政客，今天我什么也不图，我尽我国民一分子的责任！

郭：老兄，先不说哪个图什么，你总该知道今天这国家的局面摆在这里！

董：是摆在这里！我们的事并不是摆不出来的呀。

郭：（笑）老董，你好像挺不高兴我的。

董：你不高兴我呗……

郭：我们共事多年啦，你也帮我不少忙，总没闹过什么大意见，你看是不是？

董：锡和兄，我这个人是知恩报德的，这多年算你栽培我。你为难，反正我不在乎，钉子由我来碰。就拿这八亿的款子来说吧，老胡他们有这个意见，我问你，你也没有表示不同意，这样我就把二十支纱的存货转了一个帐。价钱涨啦，不是我一个人的。可是你老是犹犹豫豫的……

郭：并不如此吧？我是说，今天政府也看重我们。我们这么做叫人家知道了不好……

董：哎呀，你又不是小孩子！（惊）谁？

（门开了，郭梅青上。）

梅：爸爸！

郭：回来啦，你舅舅呢？

梅：在后面呢。

（张寿安、黄淑珍上。）

郭：（迎了出去）喝，失迎失迎！

张：还这么客气，大经理。

郭：一见面就讽刺，一见面就讽刺！好久不见啦，好吧，我这位贤惠的嫂子？

淑：你看你总没有好话说的。采华好吗，怎么不上我们那里玩呀。

郭：在家里闹情绪呢，你们也该去指导指导她，叫她跟你们学习呀。喂，介绍一下，这位是梅青的舅舅张寿安，也是梅青的老师，这位就是舅母，师母！这是我们董副经理！

董：久仰久仰！好，你们谈，我出去看看。

郭：不上我那里吃晚饭去？

董：不，等下还有点事。好，好。（下）

张：董国华？他还是你的副经理？

郭：有什么法子呢？

张：这人花样不少呢！

郭：不用提啦。（改换话题）怎么样，梅青，又惹你舅舅生气啦？

淑：没有。不过是她舅舅讲了她几句。两个人脾气都不好。

郭：干什么又惹你舅舅生气啦。不是跟你讲过的，舅舅又是你老师，到舅舅舅母那里去总要讲点礼性吗，啊？赶快跟舅舅赔不是。

张：没有什么。……这两天不是时局有点儿紧张吗？学校里闹抗美援朝，她为了什么跟同学们闹啦。我也不大清楚，不过照她的话看来,同学们也有不对的地方。
梅：本来是嘛。
郭：少开口,听你舅舅说。
淑：梅青跟我谈过啦。她是说,她不是在医院里实习吗？担夜班的时候不注意,把病人的温度表试错了。这是她的错。可是同学们批评她也太过火啦,她就受不住……她舅舅打医院里回来,问到这件事,梅青就说她本来不高兴学这一行,无所谓,这样她舅舅就误会了,要她回去认错……其实也没有什么事情。
张：锡和呀,梅青她的什么思想问题我倒不管,不过我叫她回去认错去,她跟我说：她不要学什么无聊的医生！我当了三十年的医生哪,这是她跟我说的话吗？
郭：梅青,你怎么这样糊涂！
梅：舅舅,我完全是无意的……
张：我倒也并不怪梅青,我是说,你这个做父亲的,既然叫她学了这一行,就应该支持她干下去……我这就要批评你这个做父亲的啦,是你写信替她请假的？可是人家说,她害怕抗美援朝。……
郭：哦,是这个样子吗？怎么能这样呢？舅舅讲你几句有什么不该的？我还要打你屁股呢。啊,快跟舅舅赔不是。
梅：爸爸你为什么这样说话？我知道是我错,我并不怪舅舅。
张：锡和,我们多少年的亲戚了,我讲话可不客气。你说,你这就把你的女儿拖回家来守着啦。
郭：哎呀,叫她在家里呆几天吧,叫她妈给她吃几天奶去。(有些僵)梅青,你先回去,跟你妈说,你舅舅舅母要来吃晚饭。
张：不用,梅青,我等下有事。
郭：寿安,你真的不高兴我是不是？采华也要见你们呢,难得的机会,我们好好谈谈,……梅青你就跟家里打个电话吧。
梅：(气愤地打电话)……妈！我呀。舅舅舅母一会儿跟爸爸一起来吃晚饭。(搁下,沉默了一会)舅舅,我并不怪你讲我。

我错是错的,我知道我有缺点……我总是跟那些同学合不到一起。不过我并不是害怕抗美援朝呀。真是的,我一回来我就悔!

郭:傻丫头!那么你转去就是哪。

梅:(赌气)我是要转去!

郭:寿安,你真是报名参加什么医疗队啦?

张:打算去。

郭:你行。老当益壮,啊。那么,淑珍,你就让他去?

淑:(笑)他还不是要怎么样就怎么样。

郭:唉,还是你们好啊。你们看看吧,我就是这么大一个包袱!刚才还在闹麻烦呢。

淑:我老听你叫苦叫苦的,你这厂究竟怎么样儿呀?

郭:怎么样,你看看吧。你不能说他们工人热情不高,爱国呀,志愿参军呀,竞赛呀,可是我光凭热情行吗?一言难尽!就为了近来棉纱的价钱有些不稳,工人也不满意我啦,股东也不高兴啦,政府也有意见啦。今天上午我到纺管局去,刘处长跟我说,他希望我能有决心,并且保证资金的合法运用。我说:我一辈子为这点事业,我能没决心?我也保证资金的合法运用。可是股东里面意见多,我一个人喊破了嗓子不行呀。寿安你是知道我的,我不爱国?我不拥护抗美援朝?我怕战争?不是这回事情呀。

张:反正你这一行我一点都不懂。

郭:我是奉公守法的,可是别人不了解你!我怕炸弹来了炸了我的工厂?笑话!在砖瓦堆里再建这么一座工厂,我郭锡和并非没有这个魄力!可是今天不是这个问题呀。……

张:怎么个问题呢?

郭:算了吧,寿安,跟你诉苦也没有用。还是你好啊,做一辈子教授,做一辈子医生。济世救人,桃李满天下。可是像我这么庸庸碌碌的呢,比你小两岁,也五十过头啦,真不知道日子是怎么混的!

张：(笑)大老板呀。

郭：你看你这个人，跟你谈正经事你讽刺起来了。寿安呀，谈谈吧。什么时候有空，长谈他一夜吧。想起从前来……我父亲对我们挺严厉的，那里像我们今天对他们呀。你比方梅青吧，就是这么瘟头瘟脑的，什么世故也不懂。

梅：我什么不懂？

郭：好，你懂。不过好在我们这一辈子人现在也管不着什么大事了，他们儿女自有儿女底命运。我们老人家一辈子是想把产业留给后代，我们今天呢，所谓无情的现实……

张：感伤啦，老弟。那你为什么要娇惯你的女儿呢？

郭：那里，不过是，有这个父亲在，有一天算一天吧。

淑：你以为她将来在社会上就要吃苦？

郭：早迟，反正早迟总得吃苦吧。

梅：我吃苦不关你事。

郭：对，对，不关我事。这样的，寿安，你看，美国也好，国民党也好，我对他们是决没有幻想的。假如战争爆发，结果如何我们不谈；万一事情有个什么变化，我凭着我的经验，生活下去大概没问题，可是我能甘心那样么？而像今天这样呢，今天是不错，可是问题就是我们这些人将来究竟会怎么样。我自然欢喜觉得我是我的工厂的主人啦，正如同你欢喜是你的学生的导师一样，所谓自然的法则，可是今天就满不是这回事儿。

张：老爷瘾过不足，是吧？

郭：并不如此，并不如此。工人阶级是国家的主人，我决没有不赞成的道理。可是问题是在这里：我们这些人究竟算个什么呢？我这一辈子的这一本帐，你说今天该怎么个算法呢？所以这两天时局一波动，我心里不知怎么的很乱，有时候又很兴奋。……

张：观望一下？

郭：那倒不是……我不是说了吗，我决不害怕炸弹来了炸了我的厂，我郭锡和这一点自信还是有的，可是今天的问题是：如果我看待我自己的事业的感情不改变一下，就是所谓改造一番，那就什么都不必做了。可是我究竟错在那里呢？你看我很高兴是不是？这是假的！我正在很苦痛地徘徊，很苦痛！（大声）不管怎么说，这摆在这里，现在的国家要求你牺牲。这个国家是好，是不错，可是它要求你牺牲！（笑）而为祖国牺牲，正也是我们少年时代的理想。

张：不是也叫你赚钱吗？

郭：没那么简单啦，我奉公守法，别人也奉公守法吗？

张：我看你心里像是有主意的。

郭：什么主意啊。骑虎难下，地地道道的。说老实话吧，我看不见什么前途：这个担子究竟为哪个挑呢？

张：还是好好办你的工厂吧，政府也看重你，不要三心二意的。

郭：老啦，不行啦。要三心二意，我还等到今天吗？一辈子就是吃的这个墨守成规的亏，可是这么些年墨守成规也行不通了，你站在这房子里，有时候就像毫无着落，就像在什么地方做客一样，心里真是苍凉而又渺茫。……

（屋里统治着感伤的气氛。外面传来扩音机的音乐声和沸腾的人声：唱歌声、笑声、兴奋的喊叫声。梅青和黄淑珍走到窗口看着。）

郭：（感慨地）他们工人下工了。

张：好啦，梅青我是跟你送回来了。淑珍到采华那边玩一会吧，我还有个会呢。

郭：那不行，今天不许走。

张：真的有事，锡和。

郭：我想跟你好好聊聊呢。你真的报了名啦，几时走？

张：还早呢。改天谈吧。

郭：哎呀……你是不高兴我？你这个人呀！……

张：那里……好啦，不要老是拿大老板的眼光来看事情啦。

（郭一面挽留着，送他下。）

郭：那叫车子送你去吧。（走到门边，向外）喂，预备车子。

张：不必了。我看，还是叫梅青到学校里去吧。（下）

郭：（走回来，整理着桌上的东西）淑珍，你坐会，啊；马上就走。

淑：锡和，寿安是真的有事，你别怪他。

郭：（笑笑）算了吧。跟我一样，都是老头子啦。

梅：舅母，你真的让舅舅参加医疗队？

淑：我还能拉住他吗？我也是说，再不是年青的时候啦，都经不起什么风险啦，可是他一辈子要强，只有这么办吧。

梅：那你怎么想呢？

淑：你不懂的，姑娘。……活在这种时代，顶好是不要把感情寄托在什么人身上，顶好是实实在在的。可是像我们这种人，又能有什么力气呢；还不是只能由环境支配。所以他走了也好，我还能出去做事呢，教教小学生总行的。

郭：太谦虚啦。名门闺秀，从前也是了不起的人物呢。

淑：从前那点玩意今天有什么用呀，也不知好多年没有摸过书本了。不过，也不错。这么些年呆在家里，世界大事好像跟我没关系；一个人出去闯闯，也许倒真的能活出点意思来了。活到今天，能有这么一条路，也不错。

梅：舅母，你的思想很进步。

淑：进步？算了吧。一天到晚就是家庭、柴米、钱，抗战时期那么艰苦的日子也还能做点事，今天环境好了一点，反而连报纸都不看了，什么都不懂了。好像解放了，大家平安了，反而什么都没有了。人哪，就是这么一个惰性。

郭：（心情很矛盾）是真的，是真的。……

淑：锡和哪，人家从前总是说，你们这些大老板光知道发财，我看你倒不是这种人……

郭：（笑）有什么不是的……

淑：你几十年也不容易——心里有时候也想点别的什么吧？

郭：有什么想的呢？是你说的，惰性。

淑：（走到窗口，听着外面的声音，看着）我们这些人，所谓知识分

279

子哪,……所以今天共产党要工农来管理国家,真是有道理的。他们心里就不会像我们这样……

郭：自然,自然……我们这些人是不行哪。

淑：你看那几个女工,唱歌唱得真起劲呀。

梅：我们有几个同学下过工厂,他们说,工人热情极了……

淑：我真的打算教书去啦。好多年没过这种生活了,你看怎么样?(兴奋地)你看我行吗?

郭：太行啦。那里去找你这样的好教员?

淑：(充满热望)说不定我真的还能过一阵新生活呢。

郭：(笑)淑珍,你真年青,啊。

梅：舅母,你上那里去教书?我跟你去!

郭：你少做梦吧,书还没有念好呢。(按铃,工友上)请会计课朱课长来。(工友下)

淑：我看梅青在家里休息两天,还是回学校去吧。

梅：我也是这样想。

郭：(整理着桌上的东西)再说吧。……我是打算让她去上正规的大学,她这个性情,不适宜当医生。

淑：那也不错。

梅：这个我倒没有想……

　　　(会计课朱课长上。)

朱：郭经理,什么事?

郭：董副经理那张支票,开给他吧。

朱：你看这位先生横不横,喝了酒拿我发牢骚。

郭：都是自己人,说清楚了就行啦。

朱：吓。

郭：以后只要他说清楚就行,叫你委屈啦,啊。

朱：那没什么。(下)

郭：淑珍你看,梅青是不是不适宜当医生?

梅：这个我倒没想。我是觉得,我在家里好好休息几天,看看书,安静安静。我就想一个人关在我那小房子里不出来,关一些天。……不过,我心里也矛盾得很——爸爸,走吧,还搞些什么呀。

郭:那还矛盾什么呢,在家里用用功不好吗?

梅:不过,我心里总归是矛盾得很——舅母,走吧。

(三人下。)

(传来扩音机的声音:"同志们,我们能够容许美帝国主义到我们大门口来放火吗?我们工人阶级能容许我们伟大祖国的边疆受到威胁吗?……")

(董国华上)

董:走啦?(走过去拉上窗帘)一天到晚叫!一天到晚叫!(按铃,工友上)

董:请朱课长来。

(工友下。董吸着烟,走到郭锡和办公桌前翻着没有收起来的文件。)

董:吓,装修工程!装蒜!刘建良这小子的说明书还扔在这里呢。

(朱课长上)

董:哦,老朱,(扔下文件)刚才你没误会吧?

朱:当然,当然……

董:郭锡和他究竟要些什么花样呀?

朱:他跟我说,你开的这支票不合制度,叫我扣下来。(取出支票)刚才他又叫开给你,说是,都是自己人,只要弄清楚就行啦。

董:弄清楚个屁。他敢不开给我?他以为他有涵养,有本事哪,大事装糊涂,小事给我来一个下马威,吓,他自己心里也有数,要是没有我,他就玩不成!

朱:这人也怪,我就不懂他究竟打什么主意。

董:哎呀,有什么主意的,装蒜!

朱:不过,看他的口气,政府也挺注意我们厂的问题啦;他这两天跑纺管局也跑的挺勤快的。你老兄,也得仔细一点。

董：算了吧，他郭锡和也还是想赚钱的，天底下没有那种人！政府问起来，他是经理，我们负什么责任？我们做买卖有什么违法的？又不是特务。好吧，收拾收拾，我做东道，晚上找个地方玩玩去！

（刘建良上。看见董，预备退出。）

良：郭经理走哪？

董：刘工程师，你请坐。你这个人年青有为，啊。可是你不用跟我闹什么意见。你爱国，你进步，我可不敢说什么。我是想做生意的，我不瞒任何人；他郭锡和也是想做生意的。你可不要以为是我要跟你过不去。

良：你跟我说这些话是什么意思呢？

董：车间是不会装的哪，你知道吗？（指办公桌上的文件）你的那么些脑筋，什么工程的说明书，也算是白费啦，哈。好，我们先走一步。（两人下）

良：混帐！（走到桌边，捡起文件来看了一下，愤怒地撕成两半。扔在地上。但静了一下，又捡了起来）

（传来扩音器的声音："同志们，我们工人阶级不怕任何困难，无论什么时候都是站在祖国的最前线，我们坚决地不能容许帝国主义再来侵犯我们的和平、幸福的生活……"刘建良听着。他把撕碎了的纸张拼好，折起。他走到窗前，拉开窗帘，打开了窗户，风吹进来，扩音器的声音更嘹亮。）

——幕落——

# 第 二 幕

郭锡和家中。
郭锡和太太张采华从内室出。

华：(向外)桂芬！桂芬！陈妈！……
　　(外面应着。陈妈端了一碗东西上。)
陈：来啦，太太。
华：你看叫我这么喊的。桂芬这丫头上哪儿去哪？
陈：在底下拖地板呢。
华：你也是的，早上这么点银耳热这么半天。
陈：怕您还没洗好脸呢，摆着又凉了。
华：他们厨房里怎么样啦？
陈：老朱刚上街回来……不过老爷一早出去的时候说的，自己家里不用买啦，待会儿叫馆子送来……
华：我叫自己家里弄，自己家里弄；真糊涂，这是什么时候呀，叫人家看着还说你摆威风呢。
陈：太太，好日子嚜。
华：什么好日子！我也不想过什么生日啦，没意思得很。
　　(郭梅青从侧面的房里出来。)
梅：陈妈，有我的信没有？
陈：没有，送信的早上还没来呢。
梅：今天一定有我的信的。我昨晚上那封信替我发出去了吧？
陈：叫桂芬送去的。
梅：这家伙靠不住，糊里糊涂的……也好吧。(进去)

283

华：梅青，你来。

（梅青已经进去。）

华：（大声）梅青，聋啦？

梅：（在内）我有事。

华：（对陈）你看看这个样子！一早上起来，就是信呀信的，连我这个妈都认不得啦。我就不懂，究竟有些什么信呀！

（陈妈在整理着房间。）

陈：我说呀，太太，年青人总是这样的。

华：我也管不着她喽，在学校里吗跟人家吵了要回来，回来了又这样！

陈：老朱有个侄子，一下子跑去参加解放军了。老朱说，现在是这种时候嘛，你想要管也是管不住的，倒不如由他自己闯去。我们乡下……

华：我还敢管呀，我是快入土的人啦。才四十几岁，这个人都成个假的啦，总是心里慌，一点儿小事都心里慌，早上桂芬那丫头把水桶掉在地下了，吓的我心里直跳直跳的。

陈：我们乡下有个年青人，自小跟着个守寡的娘，从前他叔叔伯伯把他拿绳子捆起来，可是他还是跑出去当兵去了。后来也是参加了解放军，当了连长，又还是战斗英雄……

华：我一听"空通"一声，我就心里直抖，我想，是不是真的跟美国打起来啦。

陈：（没有听她的，笑着）你想，队伍走这里过，他回来啦，他那叔叔伯伯吓的不行；从前拿绳子捆他的呀。可是他一点也不记从前的事儿。他说：叔叔伯伯呀你们也是穷人，现在懂了吧。是穷人的天下啦。笑眯眯的。他妈还活着呢。

华：（不安地）这不是母子团圆了？

陈：可是他还是要走，要解放台湾呢。总是笑眯眯的。

华：（沉默了一会）现在也倒是穷人的日子好过啦。

陈：那可不。起码没人欺负啦。

华：（看了她一眼）其实呢，你看我们这份人家，还不如别人挣一个吃一个的呢。面子上像个样儿,骨子里有谁知道啊。你看这两天厂里闹的……回来尽拿我发脾气,说是这个家也维持不下去啦。我看,说不定时局有个变化倒还好些。

陈:太太,您不到底下坐坐吗,我拖拖地板。

华:好吧。快些吧,一会儿恐怕有客人来。(走出,又走回。)梅青!你下来我跟你讲话……陈妈,你呆会儿叫小姐下来。(下)

(陈妈拖着地板。梅青上。)

梅:我们那位太太下去啦?

陈:(笑)下去了。

梅:哎呀,阿弥陀佛,一早上就是罗嗦……

陈:太太就是喜欢说。

梅:除了吃,还有什么事情?简直不知道是什么时代!(坐下)陈妈,你真是劳动英雄,总是看你忙的。

陈:(笑)小姐说笑话……

梅:(认真地)不呢。……陈妈,你看我哪,是不是还是回学校的好。

陈:(笑着,不答)

梅:你看我这样呆在家里,究竟有什么意思呢?本来以为可以清静的,哪知道一天到晚烦死哪。来来往往的那些人我没一个不讨厌的,全是旧社会的废物。

陈:我看你也怪闷的。

梅:要不是一时冲动跟别人闹啦,我不得请假回来的。

陈:你妈就是逼着你爸爸写信叫你请假,他们害怕你上朝鲜去呢。

梅:吓!怕什么,说不定我就去!我已经想好啦。(走进她母亲房间,捧着一个西点盒子出来,大嚼着,顽皮地笑着)陈妈,来,我们来吃光运动把它吃光!

陈:(笑)你看,太太昨晚上叫你吃你不肯吃……你吃的不胀肚子呀?

285

梅：叫我吃都没意思了，就是要偷她的！她是小气鬼！你吃！
陈：我不吃。
梅：（往她嘴里塞）吃呀。来，我来拖地板。
陈：快完啦……
梅：让我来吧，我闲着闷的慌。（夺过拖把，乱七八糟地拖起来，弄翻了凳子，莫名其妙地大笑着）
陈：哎呀，小姐……
（郭锡和、董国华上。）
郭：梅青，干什么啦！看你这个疯疯癫癫的！
梅：我高兴嘿。
郭：还不快请叫董伯伯。……
董：不用不用……梅青，你好哇，家庭劳动哪，啊。
（梅青摔下拖把，变得严肃起来，不自在地点了一下头，往里去。陈妈收拾着东西。）
郭：怎么搞的？连人都不请叫哪，梅青！
梅：（站下。非常冷淡地）董伯伯！（进去，陈妈下）
郭：太不像话哪！
董：哎，年青人么。现在也不兴这些哪，大家都是同志。
郭：还不是嫁个人算啦，有什么出息。
董：那可不能这么说。……不过，这种时期，叫她回来避一避也好，那种学校也没意思。
（陈妈送上茶来，下。）
董：你今儿上午有事，不必到厂里去了吧。
郭：要不是路上碰着，我就上你那里去啦。……我想，开这个董事会之前，我们要好好谈谈，你看是不是？
董：那自然。你的办法，如何呢？
郭：就是要跟你商量哪。
董：我没什么道理。不过你看……政府能答应你的要求，批准你欠款缓期，还答应你增加代纺的数目？你看能行？
郭：那……当然是有先决条件的。

董：原来呢，人家是帮助你装修那百把台车子，就是所谓帮助发展生产，是吧。如今这个情况，你究竟还打算修？

郭：就是呀。话说出去了，工会也做了保证，你看怎么办呢。

董：我没什么道理。昨天上午局里座谈会怎么说的？

郭：华源、恒昌、新纶……大家都提出保证，不做黑市。

董：哈哈，漂亮。

郭：不过人家政府非常镇定，解释了时局，解释了财政经济的状况，说明了政策，你不能说他不结实。关于黑市，也说得很诚恳。所以我很不好意思，我就说，我们华昌没有什么困难。

董：你看你这就说大意了。怎么没什么困难呢？原棉本来就分配得不够，资金又短少……

郭：老兄，在这种情形下面，我怎么说的出口呀。我顶多只能说，我们股东里面也有看不清局势的，也有不安定的，此外我怎么能说呢？

董：那你是指的我吧。老郭哪，我们老交情了，我说老实话：凭你的经验，不会看不透的吧。虽说你这个人一生喜欢做漂亮事情，也有两手，不过今天这种情形，也很难叫几方面都满意吧。我们当然拥护政府，可是我们也得顾一顾自己的后路呀。我看你还是这么一个举棋不定，一个车不能当两个车用呀，我的老兄！

郭：那你的意思呢？

董：我说我没什么道理，还是我的光棍办法。干脆！车间不装；还没有运来的机件不能付款；手里的货照政府的价钱无论如何不放手；工会要是有意见，跟他们说，工钱都发不出啦，请政府帮助吧。

郭：那不好吧。人家是小孩吗？

董：怪事！那有什么不好呀。我们这是做买卖呀，并不牵涉他政治关系的。

郭：（沉默着）

董：老胡、老刘、华民，都是这个意思。看时机再说。仓库里的两千多件货按这个订货的价钱都不能交出去；如果你要脱手（做手势）按这个数,华源要。
郭：可是人家知道你仓库里有多少。
董：就说这是公家纺的；就说这要买机器——话是人说的呀。
郭：（沉默了一阵）那这个董事会又难开了。好吧,我好好考虑一下。
董：老兄,事情就是这么一个样儿,你还要考虑,真是太不干脆啦。你总不会听那些投机分子的话,以为我要来把持你这个厂,拉垮你这个厂吧？
郭：老董,你想到那里去了。
董：话不说不明,灯不点不亮。我干脆说吧：我是为你,我董国华要多拿一个钱我不是人！你想,共产党来以前那种情形我都没把持过什么,如今我怎么敢？
郭：（笑）这我了解。
董：解放这一年多,你有主张的时候我不发表意见,替你跑跑腿；如今你拿不出主张来啦,我还能有什么坏心思吗？
郭：好吧,我们好好研究吧。
　　　（张采华上）
华：哦,老董呀,我说是谁呢这么哇啦哇啦的。
董：吓,大嫂,这里先拜寿。等下再来正式的。
华：哎呀,什么时候啦,现在还兴这一套。梅青呢？（向内）梅青,信！一天到晚等信等信的,就叫信给迷啦。
　　　（梅青急出。）
梅：在哪？给我。（打开,看着）
华：又是学校里的什么王珍来的吧,一写那一大篇。
梅：你不管。
华：你明儿就拿信当饭吃吧。
梅：（读着信,走到门边,站下）爸爸,我想还是回学校去。
郭：少糊涂。等下再说吧。
　　　（梅青进去。男工上。）

288

工：郭经理，刘工程师要会你。

郭：啊？好，好，请他上来吧。

（男工下。刘建良上，提着一包寿礼。）

良：这……随便买了点儿东西。

华：哎呀，真不敢当，还要破费你的……刚才我们还在说，什么时候啦，不兴这一套啦。

董：（起身）那好，老郭，有空再谈吧。

华：喂，老董你慢走，你来，有点事我要请教你。

董：那大嫂你吩咐吧。

华：（对良）等下中午，要请你太太一起来玩，啊。（偕董国华入内。）

（沉默。）

郭：建良，你买些东西干什么呀。

良：（沉闷地）应该的，小意思。

郭：（又沉默了一会）有什么不痛快吗？

良：是想找你谈谈。

郭：你抽烟……我很对不起你，叫你受委屈啦。

良：那倒没什么。

郭：怎么没什么呢？（几乎是慈爱地笑着）你一定很不高兴我，是吧？我本来是下了决心马上装这个车间的，为我自己的厂难道不好？可是，实在是困难呀。有些股东顽固，资金周转不灵，况且，欠了政府的钱，政府就不能帮助我啦。

良：（沉默着）

郭：（笑着）怎么，是不满意我了吧？

良：（闷了好一会，突兀地）我恐怕你是叫别人包围了。

郭：决不会的决不会的！我又不是小孩子。建良，你是年青有为，不过也不要性子太冲了。……怎么，我说是不满意我了吧。（少停）兄弟，不要这么死心眼吧，老是这个书生脾气。等下中午，请你太太到我这里来便饭，听见没有？

良：（善良而苦恼地沉默很久）要来。（站起来，说不出什么来了，好像要告辞,但想了想又说)恐怕这总归是不行!

郭:什么呢?

良:我跟工会里边谈过了,这个车间的工程是经过劳资座谈会的,工会里也有意见。同时这是交给我来办的,这是我到社会上来这几年经手的第一件工程。……

郭:你慢慢谈,慢慢谈,啊。

良:解放前半年我到厂里来,那时候我相信郭经理,可是看到厂里的情形我就没话说了,整个的厂叫那批人把持着,郭经理虽然人好,可是在那种局势底下也做不了什么事情。人家跟国民党有关系。解放后大家能做点事情了,可是想不到今天还是叫这种人来做主。这种人我知道,他们跟香港的什么关系有来往,简直可以说他跟国民党还有来往,看见今天朝鲜战事紧张,心里就高兴啦,利用势力把持资金,囤积棉纱……

郭:(不快地)也不能这么肯定地说哪。

良:事实嘛,郭经理。我知道你对我好,有时候像个长辈,我父亲生前就常常说到你,我心里也实在很敬重,……不过这并不是我太冲了,也不是什么书生脾气,事业总是事业。我听说董副经理要叫我走路,他说我主持这个工程是想营私,照这么下去,还干什么呢?

(郭沉默着,董国华自内出。)

董:老郭,我走啦。

郭:老董,你坐一下,坐一下。……

良:(压制着自己的激动)要不是工人同志们鼓励我,我今天为什么不能鬼混呢?可是你看看人家工人同志!我自己这点技术也不是简简单单就学来的,我自然希望对国家社会能有贡献。……

郭:你年纪轻……

良:不是这个问题。这有什么呢,我过去就是小资产阶级个人主义思想,不过我有时候也想到,中国的民族工业是在帝国主义压迫下好不容易生长起来的,真是好不容易!当初创立工业的人,人家守着一架破机器搞几十年的也有,倾家荡产送掉性命的也有,我不信当初创立工业的人都是些光想发财的。如果说,局势好的时候就干,局势一不稳,马上就想投机,我不赞成。国民党反动派的时候倒可以那么干吧,今天不行。……

郭:你以为我是想投机?

良:倒不是说郭经理……也许我说话冒失……

董:刘工程师,这话可不是随便说的哪。

良:我并不是随便说的。

董:那么你是指的谁呢?我?

（男工上）

工:郭经理,厂里工会的人要见你。

郭:告诉他们我就到厂里来。(少停)好吧,叫他们进来吧,董副经理,你也在这里,跟他们一块儿谈谈吧。

（男工下）

良:这样吧。现在车间好像是不装了,资金也好像是短少了,股东又有意见,总归是时局紧张。有些人心里指望打仗,这不管他吧,我也是害怕打仗的,要我去前方拼死我也不一定去,不过,我总归是中国人,我总归相信现在的中国是理想的国家。所以,要么这工程继续进行,要么我请郭经理准许我辞职。

华:刘工程师。我来说一句。郭经理并不是这种人,你说成这样就不好啦。

（郭沉默着。在刘建良讲着话的时候,工会主席老童和女工干部金桂芬上。）

良:（笑笑）好,我等下来拜寿。（下）

金:郭经理,董副经理,你们有工夫吗?

郭:哦,请坐,坐……昨天晚上你们找我的吧,有什么事吗?（向外）喂,倒茶来!

童:这么回事……董副经理说,厂里没钱,这半个月的工钱今明几天还是发不出来。

董：这是真的呀，你们以为我骗你们吗？

郭：那是……真也有些困难，你们看刘工程师刚才还在跟我闹意见呢。

童：我们跟董副经理谈过了，希望是能不要迟。

金：如果真的是困难，只要跟大家说清楚了，我们会帮着想办法解决的。（对老童）老童，你说是不是这个意思？

童：不过好像厂里并没有什么特别的困难。

董：你们怎么知道没困难呢？

童：（笑）我们知道的，董副经理，我们工人现在挺关心我们的厂呢。要有困难，我们一定帮助……真要有什么资金周转不过来的事情，我们也希望大伙来研究研究，把日期规定好。

董：我们把帐目公布给你们看好不好？

郭：研究研究吧。等下我们再商量，啊。

金：还有一件事情，刘工程师刚才也在说；我们听说新车间不装了。不但不装了，还听说要裁人。我们工人就有人反映说经理看时局不好。我们的意思是，困难我们一定有办法克服，只要厂方放手发展生产，我们就开展生产竞赛，一定不叫厂方吃亏。我们以为，现在不管怎么都不会再有裁人的事的，所以也就跟同志们解释了，说这可能是少数坏分子造的谣言。

郭：谁说裁人的？自然不会有这回事，我保证没有这回事。

金：我们的意思是……（思索了一下）平常说是这么说，不过大家都说公营厂好，是国家的，工人替国家干活，在私营厂是替资本家做事，是有这样的思想的。不过朝鲜战争一发生，美帝国主义到了我们大门口，政府号召加紧生产，我们工人心里都紧张，想多做事情。郭经理也知道，很多人都报名要求参加志愿队，……大家都把[为？]我们这厂，多做一分就是替国家做一分，现在大家思想明白了。

郭：那是的。

金：新车间装好了，我们好多出几百件纱。我们工人做梦都梦见多出纱。工人多劳动，又不要多拿钱，这是为什么呢？

郭：对。对。不过实际上总是有困难哪。

金：只要是为了国家，我们工人决不说第二句话。人家志愿军同志在冰天雪地里打仗，我们工人阶级决不落后；从前反动派的国家压迫我们，今天国家可是我们的。

童：郭经理，董副经理，今天厂里的情形，我们工人不赞成有一些人的那种作风。解放前有一些人跟反动派有关系，解放后郭经理是看得清楚的，不过这些人就不一样。……近来我们工人就说：郭经理也看不清楚啦。

董：有这些人吗？你们说是谁呢？

金：我们这是代表工会向郭经理提的意见。

董：你们的意见我和郭经理都非常尊重。要是真有这种人，我们希望你们检举……这不是简单的事情哪，要真是那样，我们这厂还办得下去？

童：我们是完全负责的。

郭：（阻止他们说下去）这样吧。（很苦恼地沉默了一下）你们的几个问题，我下午，最迟明天早上一总答复你们。

童：我们提议开一个劳资座谈会。

郭：好吧，考虑吧。

金：我们就这样转告大家。（下）

董：你看这种情形，你看！我们还干些什么呢？我看，关门大吉，去他妈的！

郭：（沉默着）

董：老郭，凭你我，难道还找不到一碗饭吃的？跟他们政府说，请他们把这个厂拿去吧，我们奉送啦。

郭：（沉默着）

董：谁跟反动派有关系？照他们的口气，除了你就是我。老郭，我不连累你，我这个人一辈子你明白，有什么事情你都推到我身上就是哪。你就到局里去说，我董国华过去跟他妈陈立

　　　　夫跑过,后来又失意了……反正你有什么说什么,免得连累你。

郭：(冷笑)你这算什么呢?好像我是不够朋友的?

董：(想说,又止住)好吧,情形如此,再谈吧。我等下来跟大嫂拜寿。(下)

郭：(看着他的背影)无聊,……

　　(郭站起来预备入内,梅青拿着一封信出。)

郭：梅青,干什么去?

梅：送信去。

郭：你坐坐,你坐坐。

梅：(坐下)

郭：你年纪也不小啦……你坐过来,我跟你谈谈。

梅：(略微移动了一下)

郭：梅青呀,你总该知道我这一生的辛苦,就只你一个……这些年社会上的这个风波,如今也抵不上从前哪,你听着没有?

梅：听着哩。

郭：不管这个世界变成什么样吧,反正我也只有这样哪。就是指望你将来能过得好好的,能遇到一个顶事的人,这份家产就是你们的啦。你说是不是?要不然一天到晚这么争啊闹啊的算个什么呢?

梅：爸爸,你刚才跟那姓董的说的话我听见啦。他根本不是好人。难道你真的也想做投机生意?

郭：你看你简直胡说。这能随便讲的?

梅：爸爸,我们就是再落后吧,今天国家这么伟大,你要是再做投机生意,……(突然地含着眼泪)我就不是你的女儿!

郭：你疯啦?

梅：(激情地)我们就是对国家没用,我们也不能对国家有害呀。我不小啦,我不是小孩子啦。

郭：唉,我的女儿呀。世故一点,世故一点。你可是要知道,社会上多大的风险啊。在你爸爸眼前,如今是一片凄凉啦,……

梅：我都知道。……

郭：能体恤父母的心肠，这就好啦。你爸爸并不是叫你虚伪，不过是为人总要实际一点。

梅：爸爸，我还是要回学校去。

郭：（沉默了一阵）明天再说行不行？

（张采华打开门）

华：锡和，董国华走啦？你来，我跟你说话。

郭：刚才你跟董国华在里边谈些什么呀，是又托他买金子是不是？

华：你不管吧。

（两人入内。梅青拿着信下。稍停，传来了梅青的快活的叫声。……梅青、王珍上。）

梅：哎呀，真高兴死我啦。我刚接到你的信，我正要寄信给你呢，你看。我怕他们靠不住，我自己去寄。

珍：那你给我吧。

梅：（藏起）不，现在不给啦。尽写的乱七八糟的。

珍：我们刚刚就在这附近参观了展览会。

梅：你喝茶。学校里好吗？小赵她们好吗？……你们是还在实习吗？……哎呀……哎呀……（在屋子里乱走着）我真高兴！（拿过西点盒子来）你吃！你吃吧。……今早上要再接不到你的信，我就以为你不理我了呢。你吃呀。

珍：慢慢地吃呀。

梅：你今天就不要回去吧，你看我那小房子顶好的，我们两人住……

珍：那怎么行呢。

梅：那你就起码在这里吃午饭。今天他们又请客，反正他们总是这样浪费的，我们去多邀几个人来，闹他们一场。

珍：（笑）

梅：我真气闷呀，哦，我一早上还想起来，（跑进去，迅速地跑出，拿着一个小手表）送你！这是去年他们跟我买的过生日的，你不是没有表吗,送你!
珍:我不要,梅青,我不要……
梅:你拿着!我们中学的同学啦,你不是又要上朝鲜去吗?
珍:那你等我走的时候再说吧。……我还没批准呢。
（静默）
珍:梅青,我要说你真是天真……
梅:天真?真要是天真就好啦。老早就腐化啦。我自己知道,我也快二十岁啦。
珍:回学校去吧。怎么样?
梅:（沉默着）
珍:大家等着你呢。大家都说,放弃了一个同志,挺可惜的;你也应该检讨一下,是不是?
梅:好吧,我这就跟你走,你等一下。（入内）
珍:你可不要冲动哪。
（梅青提着一个藤包,里面凌乱地塞着几件衣服,还抱着几本书,出。）
梅:请你拿一下。（把书交给王珍,整理着藤包里的东西）
（郭锡和夫妇出。）
郭:谁哪,哦。
梅:这是我的同学王珍。
珍:郭伯父,伯母……
华:干什么,梅青?
梅:不干什么。
郭:今天你妈的生日,你真的过不去?
华:我看她是跟我过不去!……
珍:梅青,今天伯母的生日,不要冲动吧。
梅:（呆立着）
珍:梅青,我还有事情,我先走啦。伯父伯母,我走啦。（下）
郭:你这位同学,她来干什么?
梅:她不能来?

华：我看又是吃了人家甜的啦。

梅：那不行,我要走。

郭：(大声)叫你今天不许说!当真是儿大不由娘哪,明天老子的工厂关门看你吃什么!

梅：我做工去!(哭起来冲进房去)

(张寿安上。)

张：在家吗?(进来)怎么哪?

华：大哥,你来正好。你看这丫头,放着好日子不过,成天在家里闹,成天吵。

郭：不用提哪。反正有一天老子关门大吉,他妈的替哪个做牛马?打吧,美国人要是来了我就高兴啦。(冷笑)那时候就好发洋财。

张：又发牢骚!你究竟想些什么呢,你这个人我真不懂。

郭：想什么?钱。

张：开什么玩笑呀。

郭：开玩笑?混帐王八蛋不为钱。(激怒)明明知道有些人卑鄙下流,可是我还是跟他们搞在一伙,为什么?钱!共产党、人民政府算是看重我,可是一到了有事情,我就管不得他共产党是什么理想,美国人是什么主义,反正是:钱。(叹气,笑着)有什么办法呢,要是有你那么清高就好啦。

张：(不悦地沉默着)

华：大哥,你别理他,你喝茶。淑珍怎么没来呢?

张：她一会儿就来。(郑重地)锡和,我们几十年的亲戚了。我很不了解你。你跟我说这些算什么呢?哪个也清高不到那里,大家彼此都很清楚的呀。

华：大哥,他这个脾气你不知道的?别理他。我就想问你呢,你真的打算走,叫淑珍这么大岁数还教书去?

张：怎么样,她就是老太婆啦?我还不老呢。

郭：寿安,你是真见气啦,我是开玩笑的。你再不叫我开开玩笑我可没法活下去啦。

张：也许我这个人真是像你说的有点迂腐。不过你究竟想些什么呢？不要三心二意啦。

郭：那是，那是……

张：我们这多年的亲戚，我跟采华从小兄妹的感情不坏，你们不会以为我多事吧。就拿梅青的事来说吧，我是不赞成你们的。

郭：那是……不过我实在也没有什么想法，很彷徨。

华：难啊，大哥你不知道，锡和他也真是难对付啊。

（男工上。）

工：郭经理，外边有位姓黄的同志要见你。

郭：谁？

张：是国栋吧。

郭：谁？国栋？他来了？

张：嗯。我刚才忘了说啦：从前方回来有事的，现在改了名字叫黄迈。

华：大哥，他该不会生我们的气吧，这多年？

张：（笑）没有，人家革命这么多年，生你的气？（对工）请他上来。（工下。对郭）前天在我那里，约好了今天来看你们这位舅舅舅母的，还想看看工厂呢。（迎了出去。在外）请上来，这里。

（郭锡和夫妇颇为惶惑地迎到门边。黄迈上。）

黄：我有点事差一点来不成。（对郭锡和夫妇）是舅舅舅母吧？都认不得啦。……

华：哎呀，稀客稀客，你才叫人认不得呢。好多年不见啦，真是好多年不见啦。

郭：请坐请坐……宽宽衣服吧。真没想到，真没想到……从那里来？

黄：打东北来的。

张：黄迈同志，就是从前的国栋，现在是我们的伟大的志愿军。我们这些老头子今儿还坐在这里喝茶，你大老板今儿还坐在这里跟你的大小姐发脾气,就是靠的他们。

黄:姑爹你还是这么幽默……

郭:吃了早饭没有?叫弄点东西来……

黄:吃过了,早吃过了。

华:那就今天一定要在这吃午饭。

郭:住两天吧,一定在这里住两天,……

黄:不客气的。你们这一客气,我就不知道怎么是好啦。舅舅,这么些年,你们好吗?

郭:好!好!

黄:解放以后厂里的情形不错吧。

郭:不错,很好。

黄:很想再到厂里去玩玩呢。从前看门的那个印度大胡子,他还在吧?

郭:早不在哪。有四五年了吧,有一回喝多了酒,死啦。

黄:啊。

张:哦,我都忘了。你是在厂里当过好几个月练习生什么的,对吧?

黄:在车间里帮着记记帐……什么都不懂。

郭:(有些窘)那时候你才十五六岁吧?我记得你小得很。怎么样?你现在是志愿军……真好极了。这么些年是都在部队里边?

张:国栋现在是在营部里干什么工作的?是组织工作吧?

华:你也该结婚了吧?

黄:谈不上……还没对象呢。

郭:好极了,好极了。前几天还跟寿安谈,我个人是这样认识这个战争的,这回非要给他美国一点颜色看看不可。侵略朝鲜就是侵略中国,中国帮助朝鲜,那是理所当然的!李承晚蒋介石这一类家伙太无耻了,太无耻,完全是美国的走狗……真好极了。

黄:咱们,打他这一下吧。姑爹啦,去年,我有个机会走满洲里一直到广州,上半年,我又有个机会到西北跑了一趟,咱们的国家好大,咱们的和平发展的前途真大哪。这里是煤、铁、森林,那里是金子、石油、钨砂……几千里路望不过来的田地,一座连着一座的城市,想都想不到的地方,突然的这么一座城市,真是咱们是好大的一笔家产呀。

郭：那是的……中国这个民族,几千年的历史,将来真是了不起……

黄：舅舅,你有事情,请姑爹先带我上厂里玩玩去,行不行？

郭：等下一道去吧,等下一道去……

华：下午再去吧,好不容易来的……

张：这样吧,锡和你是忙人,我就先陪他厂里走走……

郭：那……也好。再坐会儿,叫梅青出来见见。梅青哪！

（梅青出。）

梅：干什么？

郭：你们不认得吧？这是梅青,那时候她才十岁不到。梅青,这是国栋大哥。

梅：（笑着点头）国栋大哥自然不会记得我。

黄：（笑着打量她）怎么不记得？姑爹早跟我介绍过了,说你还很进步。

梅：（沉默）

黄：记得吗,有一回跟遂安在一起,带你上街去买柚子？你一定要买柚子,不买就哭,怕你妈不高兴,就害得我们跑了十几条街；结果却一片都不肯给我们吃。（笑）你怕不记得了吧？

梅：我真是一片都不给你们吃吗？你们为什么不抢呢？（好奇地看着他的服装）你是从那里来的？

张：你的大哥他是中国人民志愿军。

梅：啊？

（沉默。）

梅：（充满敬意）你们是很苦吗？

黄：不,我们很快活。

梅：（沉默了一下）像我这种人，你看能不能受得住这个锻炼呢？
黄：有决心就行，是不是？
郭：（苦恼地）那是的，那是的。（忽然很诚恳）我心里也是很难过，总想能对得起国家。……
张：国栋，是不是现在先上厂里走走？
黄：好吧。
郭：那就这样，等下我就来接你们，一道回来便饭……
黄：不客气的……（对梅青）再见！
（大家送他们下。只是梅青一个人走到门口又走回来，呆站在房里。）
（郭锡和夫妇上。）
华：真想不到是他来了。（坐下）我看嘴上不说，心里总还记着从前的仇呢。
郭：（烦腻地）算了吧。（打电话）喂，你陈江兄吧？张寿安陪着一位……我的一个亲戚，一位志愿军同志到厂里来啦，哎，你好好招待一下，他们要是一定想找工会里的人谈谈，你就介绍一下，说是我的亲戚；他们不提就算啦。知道吗？说不定我一会儿到厂里来。
华：（自言自语）我看是，也是苦了十几年，现在该有点地位了吧。
梅：妈，你怎么能够这样说呢？
郭：想不到，梅青，你倒是跟他谈得不错。
梅：我总也记得，小时候他上我们家里来，你们总是叫他买东西跑街，冬天穿一个旧棉袄……
（静场）
梅：我才七八岁吧，可是那时候我就懂哪：我们是有钱的，他是穷亲戚，他妈守寡，没法过，他也念不起书。我那个时候就学会了看不起人，打他，骂他，以为他是靠我们过活的。
郭：采华，要是有客人来你先招呼一下，我上厂里去一趟。
华：你不是说上午不去的？
郭：还早呢……

梅：爸爸，我想跟你说一句。

郭：什么哪？

梅：我要回学校去。……我这不是惹你生气，我知道你也是为难；不过我一定要回去。因为……

郭：（发火）好吧，你说。

梅：我没有什么了不起的。人家拿生命去奋斗的，我们这一点家产有什么呢？我更是没有什么害怕的。一早上妈就说要跟我打几件首饰，后来爸爸又说，希望我将来过好日子。可是我思想根本不是这样。我回来是因为我害怕困难，同时我这种生活过惯了，有钱，我就看不起别人。不过我也知道一些新东西。爸爸，你看我这不是任性耍脾气吧。今天妈生日，我不提，明天一早，我回学校去。

郭：那么……你也要报名上朝鲜去？

梅：这个不一定……假如我……

华：你就当真不想想你妈了吗？

梅：妈，你不知道的，我又不是小孩子。再这样下去恐怕就没有办法了。

郭：好吧，你不是小孩子，叫人家骗你去，你去吧。

梅：你发什么脾气呢？

郭：办不到！你要不听我的你就永远不要回来！

梅：爸，我跟你思想并不同。

郭：放屁！你看你妈这种样子，这是你孝顺吗？老子没有你这种女儿，你找个人滚！

梅：（小声）好吧，爸爸，我不会哭的。（往内室走去）

华：（拉住她）梅青，你干什么又惹你爸爸生气呀。锡和，你不要生气，她小孩子是胡来……

郭：她说的漂亮，我是投机，她是爱国——反正我天生是个光棍……（往外走）

华：（拦住他）那里去！锡和，不要这样……

郭：把工厂关门！（吼叫）叫她马上卷东西滚！

梅：（小声）妈，你让我走。
华：梅青，有话好说，有话慢慢说。……
梅：妈，你原谅我好不好，就算我对不住你……
华：（楞了一下，改变了心情，哭起来）我这么可怜求你们啊。（大叫）好吧，都走吧！都走吧！这日子我也不过啦。老头子也不是东西，在外面受气拿家里人过不去，我就是看你的脸色的呀……你关门吧，你关门就是……
（沉默。梅青呆立着。郭锡和看着她们，然后徘徊着。）
梅：妈。
郭：（冷淡而抑制地）不哭了，没有什么哭的。她要走，也对。……
梅：爸爸，我实在是……我想你会同情我的。
郭：哪个也不能同情哪个。（徘徊着）你要是真能像你说的那么做就好！……人生不过如此！从前我们老人家对我们不是这个样子的！……做了半生的假，也就分不清什么是真的，什么是假的了。采华，过去我也对不住你。
华：（哭着）我心里好慌啊。
郭：慌什么呢？没有什么。（少停，一半对自己）是这种时代，每一个人都逃不掉把自己的一生好好地算一算……原来我们过去的那一套处世之道，也有不适用的地方，原来也是……（徘徊着，又站下）中国啊，我也是你的儿女，过去我也曾为你流过眼泪的。除非是丧尽天良，今天有哪一个中国人不希望国家强起来，站在世界上？哪一个人不希望生活有意思，一生为了远大的目标？哪一个人高兴卑鄙下流，成天勾心斗角地讨生活？可是像我们这样的人，又能有什么办法呢？……
（静场。）
梅：爸爸！……

——幕落——

# 第 三 幕

## 第 一 场

　　工会办公室里面。墙上挂着一些锦旗,贴着抗美援朝的标语。
　　老童坐在桌子前面,用一根米达尺画着表格。女工吴秀华和女工甲伏在另一边桌上读报。

秀:(读报)周总理说过,中国人民决不能忍受帝国主义的侵略,也不能坐视帝国主义侵略自己的邻人而置之不理……
甲:老童!
童:啊!
甲:听说王利光报名参加志愿队了,真的吗!
童:真的。
甲:金桂芬舍得他吗?
童:金桂芬鼓励他去的呢。为了国家,有什么舍不得的?
甲:(沉默了一下,往外去)
童:徐淑英,你昨天不是说要搞通思想的吗?
甲:当然。我是说……(自己笑起来)反正我总归是要搞通的吧。(下)
秀:(沉默了一下)老童。
童:啊!什么事哪,秀华?
秀:你看……我报名不呢?
童:怎么的?
秀:我是青年团员。

童：（沉默着）

秀：入团的时候组织上找我谈话，我就想……我想，我今后是属于革命了，只要革命一号召我，我就不论什么都干。……现在美帝国主义到了我们东北边上了，……这些倒不说。昨天组织上一号召，我就心里乱起来，看着别人报名了……

童：那是……

秀：不过……老童，你是老党员，总是带着我们，想起你来我就惭愧，我这个人怕也还是落后。我就是舍不下我那母亲……也不是舍不下。

（金桂芬、王利光、周福海上。）

金：老童，利光报名了，福海也报名了。

童：利光报名我知道。福海，你也报名了？

（沉默。老童激动地和周福海握手。）

金：老童，组织上该批准我去。他周福海都要去，组织上当然该批准我，……福海，……你家里头有老婆孩子。

周：那没什么。……

金：他王利光呢，报了名就冒失起来了……

王：我几时冒失起来的？

金：那么你为什么又说话刺激别人呢？

王：真不得了，那我就不去行不行？你问问他周福海我刺激他没有？好吧！你这个老婆真不容易服侍，我们不谈！（往外走）

童：利光！

王：（站下）我什么时候说话刺人的？我说，国家是大伙的，是我们工人阶级的，不是过去那种样了，他周福海是忠厚人，过去大家都不怎么了解他，我这说错啦？……我们从小的朋友，你问福海我不是这么说的？

周：那是，利光是这么说的。

王：（对金）我昨儿不是也跟你说："看他美帝国主义敢来吧，这回我要去！就凭我是一个新中国的工人，我要去！"我是说的……"夫妻家也不是拖着赖着过日子的，你今天比我行，我

305

也有我的志气!"我这话错了吗?

童：不发火啦,利光。你就是这个脾气。

金：好吧,是我的错,不说了吧。

王：我看哪,连你都是看皮不看肉的。……从小挨日本人打,跟他日本鬼子兵我也打得头破血流,我几时哼过一声的?我说：今天咱们新中国的工人站出来！我这是冒失?

金：好吧。老童,有位前方回来的志愿军同志在俱乐部里,我去一下,利光你去不?

王：去吧。你要是懂得我,你这就算是我的老婆。

金：去你的!

王：福海,要是我有什么不对的,你提意见吧。今后……咱们俩是一块儿的!

（夫妇俩下。舞台上沉默着。吴秀华心里很痛苦,低着头在桌子上拿一枝铅笔画着。周福海也是心思沉重的样子。）

童：福海,你报名,你老婆知道吗?

周：（摇头）

童：她不跟你闹?

周：谁知道。

童：（沉默了一下）是不是,回去跟你老婆商量一下吧。我去找找刘工程师去,车间不装了,听说他跟经理闹了。这人也甚难得,平常老不爱多说话的。（下）

（吴秀华放下笔,叹了一口气,看着周。）

秀：（不安地）你心里,……怎么想呢?

周：没想……。想,要有一个时候离开这厂了。

秀：不是也舍不得?

周：当时没什么,反正……厂也是资本家的。不过现在坐在这里……

秀：（期待他说）

周：也没什么。不过是,要是去的话,自己的几件工具交给谁。钳子交给谁,锉刀交给谁……没有完的活交给谁……

秀：就好像这厂是自己的。

周：许是吧。(少停)我这人笨,一年来该做三股的没做成两股……对资本家也总是搞不清楚,不过,现在想来,实在干活也是为国家,只要他资本家为国家……

秀：唉,真是的！说是发展生产的,现在车间也不想装了。光我们工人生产竞赛生产竞赛……

(周福海妻上。)

妻：哦,在这里啦。好哎,我听说你报名啦。

(静场。)

妻：你去我也去。孩子在家里,你料理吧。

周：这干什么呢？好好说呀。

妻：你心里就没我这个人,还谈什么呀。你要走,先到区政府登个记离婚吧。

周：(苦痛地静默了一下)那好……那好吧。

秀：周福海,你怎么能这样……

妻：好吧。总算我跟你这两年……我也没有对不住你的地方,你这没志气的……(哭起来)

周：(沉默了一下)你先别吵,听我跟你谈谈行不行？

妻：没有什么谈的……

周：(激烈地)那你叫我从此不见人,报了名又不算,活又不干,跟你回家去行不行？

妻：你倒算有志气呀。

周：(痛苦地)为了国家呀,也是为了你呀。

(静场。)

周：凭良心说,我本来也是拿不下主意的。不过这是为了国家呀,一个男子汉能这样吗？说话不算话？

妻：(啜泣)

周：(激怒)这些年旧社会过的是什么日子呀,像个畜生,什么国家人民,几时想过的？想想看吧,大街上挨揍,工厂里挨骂,亡国奴的日子是怎么过的？共产党叫你有吃有穿,好,一有事你就开溜,就能是这种人吗?我不是昨晚上还跟你说,现在中国也站起来了,我们一个个也站起来了……你是还想当亡国奴?

妻:(啜泣着)

周:不是老说我没志气?实说吧,解放一年多处处落人后,我也没脸你也没脸,我还年纪轻呢。

妻:你太狠心……

周:(焦急)我狠心?狗日的是他妈美国鬼子狠心!你凭良心想想我是不是那种人,早些时厂里的会都不开光顾个家,我就能那么冒冒失失的不顾你?可是……你我中国人心里难道就没有一点热血?美国的炸弹丢在咱们鸭绿江边上了,我们今天不许美国鬼子来碰我们!

妻:你光说这些……

周:我掏出心来摆在你面前!(少停)这两年,也是有对不住你的地方,早先解放前赌钱,解放后心里也还是不开通,不上劲,你不是老骂我没志气么?夫妻家本来图个美满的日子,可是旧社会那多年的苦难,哪一家也没有个美满的日子,一个年青人都快磨光了。我今天有志气,也是为了你,你还不高兴的?

(沉默。吴秀华带着痛苦的神气悄悄地听着,悄悄地走了出去。)

周:我要是老在厂里落后丢人,你就有光彩?

妻:(沉默了一阵,揩着泪。)那你……也得做一身新棉衣,天冷啦。

周:(激动地)那倒用不着。

妻:还有钱呢,就做一身吧。只要你记着,家里还有这么一个人……

(老童偕刘建良上)

童:哦,上厂里来啦。

妻:来啦。(迅速地揩干眼泪,强悍地)我说呀,叫福海去也好的。

他年青力壮，该去！

童：（意外）没意见吗？

妻：你以为我光会拖腿吗？国家是大家的，为什么他不该去？保家卫国呀！

童：对！

周：少说漂亮话啦，哪儿学来的！

妻：我这是漂亮话？（激怒）美国鬼子欺侮中国人，咱们回他两手，这叫漂亮话？我说的，老童，有我们在，他美国鬼子就进不了中国，我拿菜刀也跟他拼！

童：对！对！

周：老童你们有事谈吧，我们上俱乐部走走。

（夫妇俩下。）

良：（沉默了一会）我跟郭锡和说了，我辞职。

童：你请坐，刘工程师。我看你先不要火……我看，郭经理倒还是有见地的，只不该是叫董国华这批人又抓了权……

良：没那简单，老童。你不了解这批人！你看看董国华手下的那几个人是什么思想吧！工人同志们为了国家连自己老婆孩子都顾不上，多少人生了病也在厂里熬，前一期的生产竞赛刚结束，马上又是志愿队，可是这几时感动过这种人的？郭经理真有决心跟这些人分手吗？办不到。吓！看起来正派，一遇到事情马上就向旧势力低头！前一期赚钱啦，马上样样都好，如今事情有困难啦，马上……说得好是糊涂，说得不好就是投机！

童：我们慢慢谈谈吧，光发火不中……

良：没有什么，我辞职就是了，我今天在你面前这么骂他郭锡和，也没谁能说我不公平！他是我的乡亲长辈，对我也有恩惠，论私人感情，我向来对他都是敬重的。可是有什么办法呢，在今天这种时代，那一个有热血有良心的人不急着想多做一点事情？看看工人同志们这么热情我就挺难过，我心里一时冷一时热的。……（沉默）老童，没有什么……我对不起人，我这就走了。我们这些知识分子本来也就是这样的……五年前,抱着满腔热诚到社会上来,总以为自己能做点什么。原先在那姓朱的厂里,花了一个月的时间连睡觉都没能好好回家睡,修好了一架透平机,还累病了一场,想不到得罪了留美的总工程师,到这厂里来,也想不到解放一年多还有今天。……老童,我们这些人心里的苦处,你怕是不知道的呢。

童:刘工程师,你不用难过……

(外面喊声:"老童,郭经理请你!")

童:(向外)就来!就来!……

良:你去吧。……我的话就是这些了。我们这些人孤独,苦闷,害怕群众,找不到路,直到今天也没能走出去。我心里难过,我想我是能好好改造我自己的。也许我上朝鲜去,只要别人能需要我……(沉默)我现在再也不看重什么技术了。无论怎么样,这条命能对国家用上去也就算了。那么,我这就不再到厂里来了,希望你转告工人同志们,也许有几个工人同志关心我的,你就说,他很惭愧。……

童:不,你不能这样说,我们工会就怎么样也要跟郭经理争一争这桩事情,我就相信事情不会那么的!

良:(苦笑)你也太乐观哪。

童:(大声)那哪能呢。决不容许的!党支部书记刘文同志就跟我谈过这问题啦,我们一定要坚决支持这件事!不是我说的,你也是年青气重……依我说,你简直是个孩子,不怕你生气,你不是也参加工会的?那你就该听我的意见。

良:我当然听哪。

(郭锡和上,神情很激烈。)

郭:老童在吗?

童:哦,郭经理,我正要来。

郭:我到这儿来也一样吧。(环顾,笑着)哈,这里我还没有来过,布置得真不错,……建良你也在这里。

童:经理你请坐。

郭：我们谈一谈吧。

（刘建良站起来往外走。）

童：刘工程师你哪去？不要走，大家谈。

良：我没有什么谈的。

郭：建良，你是生我的气吗？你看你这个脾气，这是我了解你，要不然……在社会上总不能这么样哪。

良：我不知道在社会上该怎么样。我非常感谢你过去给我的帮助，真的。

（静场。）

郭：（心情很复杂）你以为我没有决心把这个厂搞起来吗？我不过跟你说考虑一下各方面的问题。我找老童说的也正是这事；车间我还是决定装的。

（静场。）

郭：只要政府能帮助我，车间我一定装的，你放心就是了。不过首先要召开一次董事会，这两天市面不稳，黑市三股高一股，你们看这事情该怎么做呢？你们也知道我一个人不能完全做主的。建良你看这封信，福和他就预备把资金抽出来。

良：（看了一下信，放下）

郭：你看有什么意见？困难不简单哪。

良：我没什么意见。不过这个资金问题，大概也是董国华的把戏吧，他们囤积起来卖黑市。

郭：所以我就为难哪。老童你有什么意见呢？车间是要装的。

童：召开一次劳资座谈会，郭经理你看是不是？

郭：好吧。老实说吧——建良你坐下——我是办工厂的，谁也不能说我不爱国，可是谁也不能叫我贴老本。贴本也无所谓，贴光了就只好不办了。我老实，人家投机，我卖，人家收，这不说，我相信政府也一定有办法。就说装修这些台车的事吧，有一部分机器还刚刚付了定款，你们算一算吧，百把几十亿的资金不是桩小事情，现在的资金也不能像从前那么灵活，你们以为我不诚心，时局变化了三心二意，可是另一面

311

呢，这么些股东拆我的台，说我接受市价订货是发疯，你们看我这个仗是不是容易打的。你们的问题是要简单些，可是我呢，走差了一步工厂就要关门，而我是不甘心我的工厂关门的，是不是？但这一点是确定了，一定要干下去。建良，如果你这再不同意我，那我只好说你太迂了。

（金桂芬、王利光和另外几个工人上，听着）

郭：各位工人同志中间有一种反对我的激烈的情绪，以为我是不爱国，甚至于以为我是想卖国的。这个罪名我承担不起！我本来也不说什么，不过我一向吞吞吐吐也不好，今天我就谈一谈吧。建良你要辞职。工会里呢，老童、金桂芬，你们很不满意我，以为我这两天发不出工钱来是假的，在抗美援朝的晚会上有人在会场里说我没良心……

金：郭经理，那不过是个别的工人同志，而且也不是这么说的……

郭：就算没有人说吧。我问我自己，我究竟有良心没有呢？今天有哪个知道我的困难呢？不错，政府帮助我，工人同志们也体谅……不过我在董事会上吵架难道不是为了这个厂吗？你们爱这个厂，我就不爱这个厂？这难道仅仅是我个人的利益而不是国家的事业？我希望你们说说看，这么些年，就是在国民党统治底下，我个人有没有什么对不起你们的地方？

（静）

郭：我也可以把这个厂丢开，我也可以不要家庭妻子儿女到前方去的。这并不是办不到的事情，我真恨不得能这样，可是事实上并不那么简单，老童金桂芬你们上午来找我，我没有谈什么，就是因为我很伤心，一方面车间装不好，工钱发不出，对不起大家，一方面大家把我看成了那样的人，我是知道的，你们工人同志们为了我的厂——就说是我的厂吧——为了我的厂流血汗，家里病啦，断了炊吃不上啦，照样的来厂里守着，搞纠察队，搞生产竞赛，这么苦不图多得一分钱，为什么？上半年抢运棉花好几个人负伤，我难道不知道？前两天我还跟花纱布公司的李同志谈到这个。我常常想,我问我自己,工人同志们是为了国家,我真的对得起他们吗?但这有什么说的,今天却得到一个不理解!

金:郭经理,并不这样!

郭:我完全明白。我是有些不对。可是,你们总是说什么美帝国主义压迫民族资本家,好像我连这个也不知道似的,老实说吧,提起这个来,你们绝对不会比我了解得多,因为这是我亲身经历的,我对于帝国主义的仇恨至少是不会比你们少的……未必你们以为一个资本家他光是为了赚钱,他也不爱国,也没有良心吗?

(张寿安、黄迈,偕工人群众上)

王:请郭经理跟我们讲一讲美帝国主义的压迫!

女工甲:欢迎郭经理……

郭:大家都讲大家都讲……国栋,实在对不起,没有陪你们。我们大家请这位志愿军同志讲吧!他是我的亲戚,请他对我们工厂提提意见,好不好?

黄:刚才讲过了,讲过了。

王:不,刚才讲的不是这个,请提意见。

黄:没有哪,没有意见哪。

甲:(大声)欢迎黄同志!

(大家鼓掌)

黄:(干脆的)好吧,讲吧。

(静了一会)

黄:同志们哪,为了我们伟大的国家,许多同志就要走上前线了。当我刚才看见好一些工人同志,尤其是年青的女工同志,一声不响地走过去把他们的决心书贴在墙上……我就更明白我们是为了什么而战斗了。美帝国主义居然想要来吃我们碗里的饭,那办不到的,想要来叫我们的子孙当奴隶,那简直是做大梦,揍他!他有多少个烂少爷兵尽管来就是啦。

(群众鼓掌)

黄：看到我们的长辈，年岁这么大的张寿安教授也准备走上前线，看到我们的民族资本家下了决心跟旧势力奋斗，站在工人阶级这边，我们心里能不高兴吗。我们的郭经理是我的舅舅，小时候我常到厂里来，那时候老经理还活着；后来我还到厂里来干过几个月的活，是在整理科……也许这里有年纪大的工人同志会记得十几廿年前的事情的吧，老经理和郭经理父子两人一道创办这个工厂，那时候老经理已经是很大的年纪了。刚才我又在这工厂里走了一圈，我就想起了从前的事情。我看了看花园，看到了郭经理为老经理立的纪念碑，纪念碑上不是说吗，在外国工业的压迫下，缔造一个事业，不知道经历了多少辛苦。十几年前来这厂里的时候我是个糊涂的青年，那时候我就有些知道帝国主义压迫的痛苦了，今天我到这里来，我就完全明白我们的民族资本家对他们的事业的感情了。他们的苦痛，他们在旧社会里没有能实现的理想，他们的缺点，……同志们哪，还有他们今天在工人阶级领导下面，在新民主主义经济政策下面的远大前途！

（静场。郭锡和起初站着听，带着冷静的神气；后来坐了下去，点着了烟猛烈地吸着。）

黄：（豪迈地）舅舅，是不是这个样子的？我们的工人同志们的两只流汗的手抚摩过这里的每一个螺丝钉，我们的工厂主人他的心血也是消耗在这里每个螺丝钉上的。我们的老经理是吐血死在办公室里的。那时候蒋介石勾结日本、英国，还有美帝国主义，挤倒了很多的工厂，为人正直的老经理就在严重的危机下面和帝国主义斗争！和它们的走狗蒋介石斗争！他就是这样倒下去的；他那时当然和工人阶级有距离，当然不能够和工人阶级的领导结合起来，但是他终归是走上了和帝国主义斗争的道路，他是一个值得尊敬的中国人。这里有老工人，他们一定会记得这些事情的。

童：是的，一点不错。……老工人不多啦，不过都记得，有一回老经理在大门口刚下车，说着说着就哭了，……

黄：难道说,还能叫帝国主义再来侵犯这个工厂吗？

张：锡和,国栋的话完全是真的。老人家在的时候……

郭：好了你不要说了,寿安！

（郭锡和站了起来,苦痛地沉默着。正要说什么,吴秀华挤开人群上。）

秀：（静了一下,激动的小声）老童,这是我的决心书。

童：（接过来看看。念）我是一个青年团员,在美帝国主义侵略我们国家的时候,我的思想还很落后,我真难过。我今年十九岁,从前是替人家当丫头的；我做工养活我妈,我有太平麻木思想。现在我决定为了保卫我的国家上前方去,请组织上允许我。吴秀华。

（静场）

童：秀华。……

（老童和她握手。）

秀：（激动地）老童。……

童：秀华……你妈是老工人！

秀：（揩着眼泪）我妈是老工人……（大声）老童,我再不是替人家当丫头的了！

童：好秀华。……

秀：（大声）郭经理,我请你记着,我们工人为了你的厂是怎么熬过来的！

（静场）

郭：（大声）各位……要说记得,我都记得,我都知道的,可是我这么些年思想麻木了。你们都看见,时局紧张,市面不稳,我就打主意,刚才我还发牢骚说面子话。国栋,你了解我。昨天晚上我走过花园,站在那里,我说,一生就这么算了,有哪个知道我们这些人的苦痛呢？……可是事实不是这样的！事实是我对美帝国主义有幻想,事实是我在打算着我个人的利益！我没有资格再在各位面前说什么大话了,人家也许安慰我,说我这个人还有点正派吧,不过这么多年我过的是一种麻木不仁的生活！全中国都是一片新气象了，我还留恋这种生活，甚至是留恋过去的荒淫无耻！……我在各位中间大概也没有什么信用了，不过请各位最后一次相信我——我郭锡和说在这里：不管怎么样，我也要站在各位面前，叫各位说一句：他这个人还有点良心。哪怕是炸弹来了吧，各位站在那里我就站在那里！这个厂一定要好好办下去！我一定把所有的情形公开，而且老老实实地告诉政府！……工钱我马上照发，车间马上装修！

（群众鼓掌）

郭：国栋，你相信我这不是假的吧？请你马上上我那里去！……还有建良、老童，这几位同志……都请上我家里去……寿安！

（静场）

郭：你是看看着我这一辈子的！你了解我！你看我这并不是没有心肝吧？

张：（激动地）好，锡和，好！好！你一定会这样的！

——幕落——

## 第 二 场

郭锡和家里。晚上。
黄淑珍上。

淑：在家吗？采华！采华！

（张采华自内室出）

华：哎呀淑珍呀，是你吗？真把人等坏了。打了几个电话才打通……你看我这个样子……

淑：我也是一天到晚乱，好不容易抽这么一点空走这里过，马上还有事……是不舒服？

华：哎呀你不要提哪……一年三百六十天哪一天好过的呀，别人看起来，总是说，你享福，享福呀！有什么说的呢，你看这乱七八糟的,如今还能算个人吗?

淑:是见怪了吧。那天你生日本来该来玩的……哪知道……

华:过什么生日哟。如今是什么人都比我好哟,你也是忙人,我能怪你!你看那天吧,说是做生日,结果呢,父女两个吵了一场,后来厂里头又是来人,又是花纱布公司有事情,后来不知怎么又跟董国华争起来了,……反正我也不懂!后来呢,第二天一早梅青就跑上学校去了,昨晚上打了个电话来,说是报名参加了。锡和管都不管。你看,我就打电话找大哥,不在;上学校里去找,梅青开会去了;上你家里去,你们又不在!

淑:你就不要急了吧,采华,反正这个时候大家……

华:我不急!我急什么呢,眼睛一闭脚一伸,总有一天还不是由她去!……

淑:如今是大家都为难……

华:你们做舅舅舅母的,也该替我劝劝梅青呀!你也是的,你看大哥这种年纪,还能让他走吗?

淑:他身子还好。

华:你们好啦,我们呢?你看锡和这两天撞到鬼哪,女儿的事情也不管了,黑市的价钱高那么一节他不动,他要跟政府订货!他说什么?他说:局势摆在这里,火坑也得跳!跳火坑吧,大家都跳吧。

淑:采华,你也是的,现在不比从前哪。

华:我怎能跟你比呢?你不替寿安难过,我都替他难过,(哭)多少年我也对不住这个哥哥,如今我们是都老啦。

淑:(沉默)

华:我今天请你来……我这个家,我也没有什么指望了,我究竟替哪个守呢?(从怀里摸出一个小包来)这点首饰,就算我这个妹妹对你们哥哥嫂嫂的一份心肠,我知道你们是赚一个吃一个的……

淑:你这样干什么呢?今天大家还没有到那个地步呀!

华：那你就是看不起我。你今天要是不收我的你就算是看不起我这个妹妹。这种时局，我能都带进棺材吗？

淑：你也是的，并不是我这个做嫂子的不近人情；这些年大家都是混，那个都不能怪那个，况且今天也还谈不上这些……

华：(沉默了一下)那就算了吧。

淑：我能有什么办法呢，寿安他要参加，我打算撑着出去干点事，那也是环境呀，那个不想舒舒服服地呆在家里？

华：自然你们好喽。

淑：现在的事情不能跟从前比。我们这些人一生尽是怎么过下来的呢？拿我来说吧，几十年想起来总是恨，恨别人对自己不好，恨自己无能，恨儿女无情，恨一生没过着好日子！可是我今天再不怨恨什么了。那天寿安决定要参加，我就一个人想了一整天……我先是悔，我悔当初不该跟他结婚，又悔早十年二十年我不争气，不该呆在家庭里……我真后悔，时光过去了，经不起风险了，一辈子不知道究竟为了什么。可是后来我想：这能怪谁呢，现在也不算迟呀，眼前这不就是路么？

华：(沉默着)

淑：我们也还不老呢。

华：跳吧，都往火坑里跳吧！

淑：为什么是火坑呀？

(静场)

淑：你也不要难过……我遇到梅青，就跟她谈谈。我还上街去有点事情，有人邀我去听个演讲……

华：好吧，你现在也是忙人，不留你啦。

淑：我跟寿安明天一起来玩。

(黄淑珍下)

华：(坐下，想想又流泪)跳吧，都跳吧！

(郭锡和上，采华迅速地藏起了桌上的首饰包。)

郭：董国华没来？

华：没来。你慌慌张张的——一天尽跑到那去了？

郭：有事。

华：金子这两天什么价？

郭：谁知道？没打听。

华：你倒舒心哪，没打听，你说的，跟梅青将来预备点儿首饰的呢？

郭：首饰你不是现成的有？

华：我有在哪？不是告诉你前几年就贴光了……

郭：吓。

华：你不信？跟你一辈子你替我打了多少？你倒说说……跟你说，时局乱，跟梅青将来预备点儿，就又是我想来刮你的啦……

郭：算了吧。不是那种时候，现在不是金子听话的时候啦。金子听话的时候过去啦。

华：（沉默了一下）你还是打算让梅青走？

郭：（沉默着）

华：告诉你我是不答应的。

郭：（沉默着）

华：我看你这么搞，早迟总要把个厂搞垮！

郭：你不要管这些好不好？

华：好，我不管……

（董国华副经理上）

董：锡和，你在家。

郭：请坐。

董：（坐下，沉默了一下）我的交代，你看该怎么个办法？

郭：你这是威胁我。

董：锡和，你这话就不对了，你是大老板，我不过是个小股东。董事会也是由你支配的，我能威胁你？合则留，不合则去，这也是你说的……

郭：那好吧！

华：老董，你不要听锡和的，他发神经……多少年的朋友，这一点小意见有什么谈不通的呢？

郭：没有你说的！（沉默了一下）老董，我的意思是这样……我的意思原来也并不属于政治范围，可是你自己硬往这上面拉。你知道，我这个人半生对政治原来也没有什么兴趣。我不过是说，你动用资金囤积棉纱，没有经过我的同意总不该的。

董：谈不上，这个罪名承不起。况且这也是董事会有过这个意思的，那时候黑市价高，工厂不能赔本……

郭：董事会决没有，除非是黄福和。我自己前些天虽然也没有拿下主意，不过第一次董事会的时候征求大家的意见，那只是说要不要装车间，希望大家帮助解决资金的困难。我是经理，我也是董事会主席，我这点权力应该有的！第二次董事会上黄福和闹意见，不赞成我装车〔间〕，不赞成我跟政府订合同，我说，政府答应帮助，我不能说话不算。有不同意的，局势如此，我不勉强，合则留，不合则去，这话是我说的，我不否认。

董：正是这样。你是大老板，当然你说话算数的。

郭：老兄，囤积的事情是犯法的。

董：犯什么法？

郭：人民的法律。国法。

董：好吧，那你控告我吧。我动用一点儿资金的权力大概也还是有吧，我就这么干了！吓，老兄，谁不知道谁的心肠，要耍政治手腕也该看看人。怕我不知道吗？你到政府面前去汇报我去吧！

郭：你这么说很好。

董：你再跟我戴几顶帽子看又怎么样？告诉你郭锡和，你不要看错了人看错了日子！你以为今天共产党看重你，找你谈话，请你开会，就跟我来这么一手么？多少年的交情，你就翻脸不认人么？你看就是！

郭：看什么，我的厂你拉不垮，今天你办不到！这些年我含糊你，今天我不含糊你,国民党的时候看你跟陈立夫有关系维持个局面,今天我不怕你!多少年受你的冤气看着你发我的横财,今天你休想,这是我的厂!我的厂!

华：锡和,伤和气了,少说两句,大家少说两句……

董：那好吧!那好吧!

郭：我就是这么说的,国民党的时候我自己糊涂依靠过你,靠你争那一点吃不饱饿不死的贷款,靠你出主意……可是我也不算亏待你,总是把你当个够交情的朋友,解放后工人就主张过请你走,我却总是替你说话,顾忌个面子!你倒想把我搁在一边啦。办不到的,董国华!你要把事情扯到政治问题上面去也行,我是个中国人,我的厂,我的烟囱是要在中国的地面上冒烟的!

董：(沉默了一下,改变了口气)锡和,我们不必伤和气是不是?你今天讲的话是漂亮,有道理,不过这也要看看什么人。谁不知道谁的底细?几天以前你的想法跟我也差不了多少,是不是?

郭：今天我就是这么说。

董：老兄,你发我的火有什么用呢?是你说的,我过去是个官僚,今天是个光棍,哈哈!共产党给你这一点虚名,凭你的世故就看不穿?究竟将来天下是谁的,还不能够盖棺定论呢。就说我这个人思想反动吧,不过你我多少年的交情,我也是替你着想的,谁不爱国?谁不图个名?谁不想轰轰烈烈地做一番事业?不过,把路子走绝了总不好的。

郭：那今天我倒没想到。

董：锡和……你我的交情,你骂我几句不要紧的,你教训我,不错,不过,唉,我们这一辈子人生不逢时,这些天我常常整夜失眠,回想过去,瞻望将来,好像什么全不是我们的啦……要是我们今天才二十岁,那我们今天就重新开头,可是我们这一生也混臭啦。

郭：不能一概而论。……

董：你自然比我好啦,可是在他共产党眼睛里大概也差不多。在为人上面我不如你,在经验上面你不如我。你想我吧,民国三十年退出政治舞台以来,不过是为了个人的一点身家性命,在过去既不算跟着国民党,在今天也不想冒犯他共产党,可怜也够可怜了。不管别人说我们不爱国也罢,卑鄙自私也罢,反动也罢,我还是要为我这一点身家性命的。我坦白地说,我就是这么一个人,要我牺牲自己去为别人,那办不到的!

郭：吓。

董：老兄,不要把路走绝啦。

郭：(沉默着)

董：好吧,现在你脾气不好,都算我的不是,明天我们慢慢再谈吧。(下)

华：锡和,老董这个人是厉害的,你看他能屈能伸的,你不要得罪人。

郭：吓!

华：你究竟打算怎么样呢?

郭：那就看共产党能不能了解我这个人了。

华：我看共产党不会答应老跟你订货的。

郭：(抑制着)我们不谈这些好不好?

华：好,不谈,不谈。(走进去)

郭：(看着她的背影)这是干什么?……吓,心里又搞得乱七八糟了。(走过去打电话)我郭经理哪。陈江兄吗?哦,他说的?……他董副经理说的这个钱不支?没有钱?好,你说,我说的,这四亿的款子一定先支付。加工的钱也要发,一定发,就从材料费那笔钱里先垫出来。以后任何事情,没有我的签字都不能决定,他说的一概不算。对!……有公事吗?纺管局,花纱布公司有电话来吗?没有?还没有?好。是的,如果不批准就困难哪。(放下电话)好啊董国华,你想把我当猴子耍吗?

（黄迈上）

黄：你在家？

郭：哦……你坐。这两天你跑那里去了？

黄：我的事情完了，今天夜里就走。

郭：夜车就走？上东北？

黄：上东北转朝鲜。

（静场）

郭：我一直没有跟你好好谈谈。多住两天好不好？

黄：住不下去了。本来早就该赶回去了。（笑）这种生活过不惯。

郭：（叹息。感伤地默然很久）这种生活我过了一辈子啦。

（沉默）

郭：我们出去，找个地方坐坐，谈谈，好不好？

黄：不用了。（看表）我坐一会儿。

郭：你母亲临死的时候，还记着你，……这些年，我很对不住你们一家人。你小时候境遇不好，这些年也亏你的。

黄：说这些干什么呢……

郭：出去走走吧，跟你钱行……你还是这种倔脾气。

黄：不，不用了。我看，把工厂好好办下去吧。

郭：自然。……

黄：能够有信心吗？

郭：（小声）有一点吧。

黄：不管是什么……总要付出代价的。

郭：那自然。（沉默了一下，颇为不安地走过去，从挂着的大衣口袋里取出一包钱来）这里是几个钱……你带着吧。你们的生活也苦得很。

黄：不，不，这干什么？这样就不好了，舅舅！这很不好！

郭：（受了打击）为什么呢？难道还记着我这个舅舅从前对你们不好的地方吗？

黄：不！这不应该的！我们什么钱也不需要，我们的生活很好。

郭：（沉默，把钱放在桌上）

323

黄：（笑着）我没有别的意思。我希望你把工厂办好。

郭：（沉默着）

黄：这次来……我决不是抱着从前的那种感情。从前我自然很幼稚，对很多事情也不了解。……在小时候的印象里舅舅是个很严厉的人，不过这次来，觉得你年岁也大了，而且心里很苦恼。

郭：是很渺小了。

黄：不是的。

郭：应该的。比起你们来，我这一生是什么也没有。

黄：我想你总能了解我们这些人的思想感情。我们并不是很机械地来理解事情的……很公平地讲起来，你今天所处的环境，所进行的斗争，特别以你这样的经验和年龄的人来说，也应该是很残酷的。

郭：正是的。

黄：回到前方去了……那么我就想，我也是为了保卫你的工厂的。……

郭：（沉默）我们虚度了许多的光阴。

黄：这要看怎么说。……比方说吧，如果你真的也是为了今天的国家的话，那么，在你老起来的时候，就会有更坚强的年青人来继续你了。

（电话铃响）

郭：（接电话）啊，我就是。哦，李处长吗？……是的，是的。批准了？多少？好的。就是这个困难。啊，是的，你们已经了解了？那好！好！谢谢你这个时候跟我打电话。是的，是的……我一定有决心。厂里这两天的情形吗？车间开工了，董副经理的事情，没有什么大变化。他拿辞职来威胁我，我跟他说：如果要往政治上面看，那这当然是个政治问题。……是的。政府这么支持我，我当然有决心。没有别的，请放心好了。没有什么困难了吧。工会里要发动爱国的生产竞赛，另外有一些工人志愿队要出发。对！（放下电话，

很兴奋的样子）

黄：怎么回事？

郭：副经理拆台，厂里资金困难，现在政府的支持来了。

黄：那可好。

郭：我以为不会批准的！好吧，我们出去找个地方坐坐。

黄：不用了。

郭：那这个钱你一定要拿着。现在应该拿着了。

黄：不，这样吧，你慰劳你们厂里的志愿队吧。这样我也算是有一份的。我决不会不了解你的意思……

郭：那也好。（兴奋而愉快）真想跟你痛快地谈谈，可惜时间不多了。前方是个什么样子，我简直想象不到。过去总以为流血是桩可怕的事情，现在不这样想啦。应该的。这是正义的战争。你要到前方去了，我好像清清楚楚地看见了你们这些人在火线上如何地奋不顾身地冲上去。真好！真好！再没有比这更好的了。这也的确是为了我们的工厂，因为现在这个工厂已经不能说是我的了，它是中国的！完完全全是中国的！从今以后，我再不能想着它是我个人的！这真好，应该的！

黄：你这话很对。我们这个国家真是各方面都在进步啊，不是吗？你看，看着你这样，我非常急着要回到前方去。

郭：真好，应该的！有热血，有骨气的男儿，正气的民族，伟大的政治家……真好！国栋，你要走了，跟我提点意见吧，就像时下流行的，也应该的……

黄：我不是跟你提了意见吗？

郭：提了什么？

黄：刚才说的不是？

郭：哦……真妙？我简直一点都没有听出来，那就是意见。好像提意见不像是这个样子的。那么……你对我这个人，还抱着希望吗？

黄：当然哪。

郭：真好。那么你说说看，我过去那算是什么个主义呢？算不算个人主义？要么是民主个人主义？……（笑）真想不到！国栋哪，记得吗，在你离开你母亲的那年，你来了一封信骂我，说是永远不要见到我……现在怎么样？要是我还能活下去，你是还会回来见我的吧？

黄：当然哪！

郭：（感伤地）要是我那姐姐你的母亲活着就好啦。可怜她替人家洗衣服，都不愿上我这个弟弟的门……过去呢，我也是把金钱看成世界上第一桩东西……

（张采华上）

华：哦，国栋你来啦。你们在谈什么？

黄：我今晚走哪。

郭：你看这个人。我说请他什么地方去走走他都一定不肯。采华你坐。你刚才不是说，共产党不会帮助我的？那么第一，刚才这位共产党跟我提了意见哪，第二，电话来了，代纺的事情批准哪。

华：（对黄）你看，年纪这么大了还是这个脾气，刚才跟姓董的吵了一场，脸都气白了，这下又高兴了。犯得着跟人家伤和气吗？这下不是没有问题了吗！

郭：真是妇人之见。正是因为跟他吵了一场才没问题呀。

（郭梅青上）

梅：爸爸！妈妈！……（向黄）听寿安舅舅说，你要走吗？

华：今天是星期六，怎么这个时候才回来呀？

梅：有事情。（向黄）你要走了？

黄：今天夜车走。

梅：爸爸，明天厂里欢送志愿队，我们几个同学也来参加。（又对黄）你是……一直到朝鲜去？

黄：是。

梅：（欲说又止，沉默着坐下）

华：吃了晚饭了吗？

梅：(冷淡地)吃过了。(勇敢地)大哥，你能跟我谈谈吗？

黄：当然。什么问题？

梅：我们上里边去谈吧。……也好，就在这里吧。我已经决定参加医疗队了，我爸爸也同意了——爸爸你同意了是不是？

郭：(沉默着)

华：他同意？他那是气话，他说管不着了，工厂都要拆台了，他自己都管不着了——他根本是气话！

梅：我想……

华：一下子嘛把女儿娇惯成那样，一下子嘛又根本不管！这是做父亲的？

黄：说吧，说吧。

梅：也没有什么。我心里……也许还有点动摇。关于抗美援朝，我是没有动摇了。不过，我心里总是很矛盾。我觉得我从小没有经过锻炼，……你觉得我能行吗？

黄：能行的。

梅：本来很多话想和你谈……不过也没有什么。(思索)我在学校里鬼混了两年……(少停)你从前，只要革命需要你，你总是不犹豫吗？

黄：也是经过许多苦痛的。

梅：你能告诉我怎么样来克服吗？

黄：每一个人都不一样哪。不过……主要的是真诚！一定要真诚！我们从前那个环境里，总容易虚伪，自欺欺人，舅舅你说是不是？

郭：(苦痛地小声)那是。

黄：于是自己心里也很苦恼，怀疑别人，不看重自己，不觉得生活有什么意思，舅母你说是不？

(静。张采华呆立着。她显得恍惚，痛苦，然而她底神情里渐渐地显出了一种善良而慈爱的力量)

华：真也是这样……

黄：不是吗？

华：就是呀！……听你们谈谈，我好像也懂。我记得我十三四岁的时候，有一回看见一个邻居老太太可怜，拿了家里一块钱送她，后来我们家父亲问了，我就说是我拿的。（笑）我以为我理直气壮，他一定夸奖我，可是呢，他把我毒打了一场……要是说谎话呢，害人欺侮人呢，回来就要说这孩子好。……这个社会就是这样黑暗。

梅：可是现在不。妈，你能再叫我说谎话吗？

华：不过那并不能怪我呀。……（哭）梅青，我不过就是舍不得你。……

梅：妈。……

华：你妈从前不是这样，从前也不像你这样娇生惯养，……（落泪）从前是喜欢替别人做事，替别人难过！现在呢，又势利，又糊涂，有时候就想损人利己……社会黑暗，什么事情也就假装不看到……自己怎样呢，说是有点钱吧，活着也是可怜……

梅：妈！

（董国华上。）

董：太岂有此理了，锡和。我老实说吧，如果刘建良那个家伙不滚蛋，我就走路！他一个半吊子工程师冲到我面前来骂我！难道你容许他这样的？

（刘建良偕老童上。）

良：郭经理……（对董）我们就谈谈吧，很好！

郭：你说。

良：我并不管厂里的行政上的事情。不过郭经理既然把这装修的事情委托给我跟陈先生了，我就有权力过问。为什么领材料不给说是没有？为什么工人同志加班的钱不发？虽然工人同志并没有要这个钱，可是这是郭经理已经答应了的，为什么借口用电浪费把修理厂二号车间锁起来？

董：刘建良，你得意忘形了！你到这厂里来的时候是个什么破烂样子？你装修工程！那是为自己图功劳，谁知道这中间有什么隐私？告诉你，我没有和你多谈的，我在这厂里一天，我就有权力请你滚！

良：好。那么请郭经理说吧。

董：是啦，郭经理说吧。听说厂里没钱了，又说要都叫打仗去，工厂要关门了。

郭：谁说的？

董：我说的，锡和。

郭：我不叫它关门，谁能叫它关门？

董：董事会是有意见的。

郭：哪怕董事会十个里九个人有意见，就说这是个政治问题吧，我一定会叫他懂的！（少停）董副经理，你把你经手的事情料理一下吧。

董：你真的翻脸不认人？

郭：（不答）

董：（大叫）你没有这个权力！你没有经过董事会你没有这个权力！

郭：我有。明天我向董事会提出来。

董：好，你看吧，郭锡和！

郭：你准备交代吧。

董：（大叫）你借这个机会排挤别人！你一样是投机取巧，你卖乖，你混帐！……好，你等着瞧！（下）

（静场）

郭：（激动的小声）好，就是这样。

（静场。郭激动地沉默着）

郭：几十年的光阴过去了。大家看见的，几十年的光阴过去了。（少停）……也总想做点什么吧，可是后来就靠上了这种恶势力，妥协啦，并且也投机取巧。对不起许许多多的人，对不起自己的妻子儿女，对不起穷苦的亲戚，对不起拿血汗来做工的工人，对不起国家。

华：（流泪）锡和你不要说了。

329

郭：不要哭，不要……刚才你说的，你今天这个样子难道能怪你吗？梅青这个样子能怪她吗？不能的。这个担子我们要挑起来。（走过去拿出一瓶酒，倒了几杯）建良，老童，我们喝一杯。

童：经理，我敬你。（喝酒）

郭：采华，你一生为我辛苦，受我的气，你也喝一杯！还有梅青……你自己会找到你自己的路的，我决不拦你，……去吧！跟着共产党毛主席，跟着志愿军，去吧！

梅：爸爸。……

郭：（喝酒，又倒酒）国栋，我们两人。这就算跟你饯行了。学新办法，说一句吧。祝你胜利归来——我算是新中国人民的一分子吧，我等着你胜利归来！

黄：（豪迈地）祝你也胜利！

——幕落——

# 第 四 幕

## 第 一 场

　　工场内部，正在装修的车间前的休息室里。上午。
　　听得见车间里面的轰轰的声音和敲击声。
　　工人王利光、周福海、老童、金桂芬等，和工程师刘建良，正在搬运一个沉重的木箱子从外面进来，经过休息室进车间去。吴秀华跑在前面，替他们打开了车间的大门。

甲：嗨哟！这机件这么沉。
王：当心！当心脚！
　　（工人们吆喝："嗨哟！"）
童：歇息一会儿吧。喝口水。
　　（歇下）
童：这机件是美国货。
良：是吧！不过是一九三八年的。
王：管他是美国货啥货，今天是咱们的。
甲：咱们的军队，今天不是使的美国枪吗？
金：我不相信我们今天造不出这机件来。
良：那是的。东北就能造了。
周：（用脚踢木箱）这他妈的，你这瘟神！你知道今天是哪些大爷抬你？呸！瘟神！
童：你骂它机器干什么？机器没罪。
周：老子不骂？一直到今天，还有人说他妈的美国机器世界第一呢，它第一什么，破铜烂铁！

良：那也不是这么说……
童：机器在咱们手里就是机器。不也是么，美国机器是美国工人造的，美国工人的血汗也没罪。这机器倒是还不差，咱们也该承认……
周：老童你这思想没问题么？（对刘）老刘你说说看！
王：抬吧，不用扯淡啦，一会儿就开欢送会了。桂芬你歇歇吧，用不着你啦。
周：抬美国的死尸。来。
（继续抬，吆喝着，走进车间。舞台上只剩下金桂芬和吴秀华。）
金：（走过去掩上车间大门）秀华，你今晚上要走啦。我也怪，我心里一直到现在还没有觉得你们真的会走，（少停）我们这恐怕多久才见面啦，你跟我提点意见吧。
秀：（沉默着）
金：我知道我的工会工作干的不好……过去也有些犯主观；那回批评你……
秀：小组会上那本来是我说错了。
金：你跟我提点什么吧！
秀：没有。你好。真的，你是好。
（静）
秀：你老是想着工作，老是帮助别人……我总是想，我要是能有你那样就好了……
金：不该这么说。在一块儿好些年了，小孩子的时候就在一块儿了，能没意见吗？
秀：真的……这种时候，我舍不得离开咱们厂。本来好像也没什么，替人家老板做工。早上大家发起说义务劳动抬机件，王利光、周福海、小陈……他们几个都是要走了，抬的那么高兴，连刘工程师也来抬了……我就真舍不得咱们厂。……我早上走进车间，一个锭子一个锭子地摸了它一遍，那时候车间里没人，空荡荡的，我就站着发愣。十四岁就上这厂里来了,日本人、国民党反动派那时候,扣工钱、罚站、搜腰包……我看到那些锭子就恨。……唉,一个人也没有,好像那几千个锭子都在跟我讲话哪。

金:(沉默了一下)到前方要跟我们来信。

秀:那是。

金:你妈没有什么了吗?

秀:大家都给安置好了。我说,不论说什么,都要去。她还老是不乐意……我真不知道她会怎么的,反正不管吧。

金:要是我这次也能去就好了。

秀:你该留在家里。你们不是要搞爱国竞赛吗?……(摸出一个小本子来)你……你跟我写几句在这上面吧。

金:我能写什么呢?……我真是写不出来。

(拿过本子,看着,取出钢笔,咬着嘴唇,坐下。秀华在她旁边站着。)

金:(笑,红着脸)我真是写不出来。

秀:我一会儿向你拿。(走进车间)

(金继续思索着。正预备写,王利光上。)

王:(拍着身上的灰土)桂芬!(走向她)写什么哪。

金:不许你看!(收起本子)你看你这扣子又掉了,还是新制服呢。(抚弄着他的衣扣)

(静默)

金:到前方要好好干,给我来信,啊?

王:有空就写吧。不过我那几个字是见不得公婆的。

金:再不要冒失啦。青年团员总不要叫别人说闲话。要争取入党,是不是?

王:你看你的头发又长好几分了,长得真快,还是上两个礼拜替你剪齐的。

金:叫它长吧。你猜我在想什么?

王:什么?

金:(笑)我们十一二岁就在一块儿捡煤渣,那时候老是打架;你把我的头都打破过。

王：吓！不打就有今天哪？（迅速地把她底头抱了一下，少停）将来我回来，我要学音乐。

金：看你想的多美。

王：当然。学音乐，休息的时候就唱唱，比方下了工到河边上去走走。你看，有时候听见收音机里唱，干着急，唱不出来。不过那么的你得先学会弹钢琴。……

金：吓！……你说，你这次为什么去？

王：为你。

金：又胡说。

王：不是么？为了你将来不像朝鲜女子那么受侮辱！（愤怒）不对？实在我舍不得你……

（老童出）

童：吓，这两口子！

王：怎么样？在讲爱情呢。

金：老童，机件规置好了么？

童：刘工程师在搞呢。

金：刘工程师这个人也真难得。

童：（吸烟）那是……工程师，也是爱机器的，不然那叫什么工程师？刚才咱们抬这机器，走到里面打开来，我就摸了摸。我心里想，那么些糊涂的美国工人，吓！……（坐下）特务专横，流氓当道，经理跑开整天不见面，咱们没有吃的也守到厂里来，坐在门槛上，瞧着那些冰凉的机器……那种日子再也不会有喽。今天这个情形，咱们的爱国竞赛看是一定比上次竞赛搞得好。上次经理不积极，有些人就思想不通。……

（刘建良上）

良：（疲乏地坐下）这装修工程照计划完成大概没问题了。动力部分没问题了。（看见地上几个钉子）小王，你看那钉子掉在地上，拾起来吧。

（王正要去拾，他又自己走过去拾起来了。）

良：你看我这个人还是自己不爱动手。

王：老刘,你熬了一夜,该歇歇了。抬东西装机器本来不是你的事情。

良：你们要上前方去的人都来抬,我算什么。(少停)三五年之后,所有的车间里都是我们自己造的机器,那就美哪!

童：我们刚才正在谈咱们这厂呢。

良：过去……从帝国主义国家买来的机器,常常一到中国就不能使唤,因为他总想留两手不卖给你。这就是帝国主义狠心的地方。

王：你还求他帝国主义心肠好吗?

良：(笑)吓,这恐怕也是我的思想还有点问题。(少停)做一个中国人的骄傲,我是这几天才有。以前也崇拜帝国主义的工业,旧社会没有出路的时候,也就光想待遇高,……吓,那些强盗!

王：老刘呀,你来厂里好久了,我们是最近才认识你。也是这两天你才跟我们随便聊聊,以前你老是不讲话的,要么就说:是的,很好!现在大伙搞熟了,欢迎你跟我们谈谈你心里的事情吧。

良：我不是都在谈么?(羞怯地笑着)从大前天早上起,你们不知不觉地喊我老刘了。老实说,我最初听起来挺不习惯,暗底下总觉得这样喊失了身份,不过心里又有点高兴。喊了几次,我好像不很自然,你们就也觉得了,就又改了口,喊我刘工程师了。你们一改口,我心里马上挺难过……一直到昨天晚上从郭锡和家里出来,我请老童喝酒,又在街上遇到大家,你们一听说我跟董国华那家伙干架的事情,又喊我老刘了。跟大伙一起散步,还唱歌,那时候我心里才真的自在。好像我们大家本来是兄弟。好像我也年青了……其实,我才离开学校五六年,有时候就像个小老头儿,你们看是不是?

金：那么,老刘!你对我们这几个人有什么意见呢?

良：没有。我不是客气。昨晚上我们在老童家里聊天,我看看大

335

家,又想想自己。我想,今天坐在我一道的,都是些什么人呢?都是些我过去看都不看的人,都是些过去捡煤渣的孩子、养媳妇,做了半辈子牛马的老头子,可是他们心里跟我原来想的是多么不一样呀。对国家对人民的感情,对生活的认真的态度,工人阶级的自信心,做主人的自尊心……我过去也有一点正义感,也痛恨旧社会,可是我自己反省,实际上我对旧社会的仇恨是并不深的。再比方这个装车子的工程刚开始的时候,我不过……我多少有一种个人的打算,想显显身手,想提高自己的地位,想开辟自己的前途,将来有好的待遇。……我想了好多。昨天晚上我回家去睡不着,就又一个人溜着上车间来了,……所以,这么几天,我对我的国家,对我自己的看法都不一样了。

金:你说得多好呀,待会儿欢送会上你一定要讲话。

良:好的,我讲。

王:你的父母在什么地方呢?

良:都死了。伪满的时候日本人杀害的。

童:那么就跟你老婆了。

良:是的,她在教书。她也还进步。

金:(笑)真好,老刘。

王:老刘,我们还从来没有见过你的老婆。你们是自由恋爱的吧?

良:你们两位不是?

王:我们是一半一半的。什么时候……哎,要不是上前方去,我一定上你家里玩去。你老婆会不会音乐?

金:王利光又胡说。

良:她还会一点儿。有空请大家玩玩去,随便什么时候。(站起来)我该上楼看看去了。(走进车间)

王:(突然跳起来,狂欢地呼喊)再会啦,我的工厂我的机器!还有我的老婆!(抓起桌上的一件工具来跑进车间。老童跟着进去。金桂芬一个人痴立着。少停,又打开吴秀华的本子,预备写字。吴秀华母亲上。)

母:(激烈地)桂芬,我们秀华在吗?

金:哦,大娘。秀华在的,恐怕在楼上细纱间。

母:我来找她去。

金:大娘,你坐坐,我叫去吧。楼上开车呢,你找不清。

母:哎哟我的姑娘!你看看我是谁吧。你大娘是这几个车间出来的,比你们加起来的日子都要长,我会找不清?

金:那我陪你去吧。

母:秀华他们不是今晚上走吗?

金:是要先到总工会去……

母:你的利光也走?

金:也走。

母:你舍得?

金:大娘……

母:(坐下)我是老了,我是说不过你们年青人啦。……多少年熬过来的,好不容易!……

金:(沉默着)

母:你大娘是五十七的人了。秀华他爹没出息,我是三十几岁就上厂来做工养活一家四口……秀华十几岁给人家当丫头那会儿,那日子是怎么过来的?她那哥哥那会儿还活着,跑上"满洲国"当警察,……

金:我们都知道大娘你一生受的苦,(少停)大娘,你是老工人。

母:老童就知道的。要是有良心,老童今天就不该不劝劝我的秀华……好狠心的丫头呀,打昨早上跟我闹了那么一场,就一晚上不归家……

金:大娘,秀华是顶孝顺你的。

母:我那会儿在这厂里……真是好不容易呀;哪个月的工钱不是叫工长什么的扣去一半?这会儿你们舒心了,说是当了权了,就不记得我们从前受的那种苦?……

(吴秀华从车间出来)

337

秀：哦！妈！

（站着不动，沉默着。金桂芬走进车间。）

秀：妈，说也跟你说了，我正打算回来的，你怎么还是这个样儿呢？又到厂里来闹，这叫我怎么见人？

母：（大声）你忘记了你妈是怎么样养大你的啦！丢你的人你就不认这个妈就是了，就譬如我一辈子也没有养你这个女儿，就譬如你跟你那哥一个样，一去就不回来，你走吧！你走！我回家！（站起来往外走）

秀：（拉住她）妈！你听我说……现在不比从前了，你也知道！

母：我什么都不知道。

秀：妈，真是没办法跟你说。什么事情你也不是不懂得。我真的舍得你老人家吗？我就不知道，你老啦，一生就指望我这个女儿？不过，就好比是为了你老人家吧，今天总得去呀。生活也没问题了，打赢了仗就回来了，那时候你脸上也光彩。你还有什么想不通的地方呢？要是美国人打到我们屋子里来呢？

母：那时候再跟他拼命也不迟。

秀：炸弹都落在咱们的东北了呀！唉，我真不知道怎么说，人家都说，你是老工人。

母：老工人？（悲愤地）一辈子的牛马！

（老童偕金桂芬上。）

童：秀华妈……你来啦。

母：老童，我说过把我的秀华交给你的，你看怎么说吧。

童：秀华妈……你是我的老姐姐了，一二十年前的那种日子，我们在一起受过，今天我就也不瞒你。秀华她自己要去，这是大事情，她自己往好路上走，你就答应吧。实在我也拿不出话来劝你，这是她年青人的一份心肠嘛，在他们年青人面前，我都是太老太不中用的了。过去我们受那种见不到天日的苦，也是为了他们，今天要叫美国鬼子再像日本鬼子那样冲进来，那你这老人家也就没什么日子过了。今天就算叫他们年青人为我们这些老工人干一场，秀华妈，这总也还是该的。

母：（沉默着）

童：你离开这厂这么些年，也好些时不上车间来了，今儿我陪你，我们上车间去瞧瞧吧，瞧她们现在是怎么干活的，也一路上想想从前的日子……

母：有什么好想的，一辈子的牛马！

童：那么就看看年青人，想想往后吧。

母：我什么都不想……

童：（稍停）你舍不得秀华，那自然。家里一张破桌子，一块破布都是亲的，谁能舍得亲生儿女？不过你是十多年的工人，独自在社会上挣过生活，当过大事，挑过重担子的人，你说说看你指望你的秀华将来是怎么样的一个人呢？

母：（沉默着）

童：总不该指望她像你过去那么受苦吧？

母：（沉默很久。坐了下来望着前面。偶然抬头看看）这屋子是几时改装的？

童：什么？

母：那会儿这里不是有一个小楼梯么？

金：楼梯改里面去了，去年修过的。

母：有一回，我走那小楼梯上摔下来，脸也摔青了，手里的饭盒子也摔烂了。

童：有这回事，这我还记得。那时候这走廊门口就是搜腰包的。

母：张七家的媳妇是小产死在这里的。

童：这我都记得。不过好久没想起来了。

母：那一回，冬天，快过年，下雪，我躲债不敢回家，就一个人坐在这小楼梯口上大半夜。想寻死。可也没有死。

童：你的性子也强。我们那时候常说你……

金：我听说有一回罢工反对国民党反动派，警察宪兵一直冲进工厂……是为了反对什么汉奸才闹起来的吧？

母：（骄傲地）你们年青人知道个什么！是为了……一个姓什么的通日本，当了大汉奸……

童：殷汝耕吧。

母：对！对！是他！说是汉奸要来接管这个厂，老板跑啦，就罢工了。到一处把日本货砸个稀烂！把国旗挂在楼顶上，不挂他那烂汉奸旗，好一些人都拼！（少停）那会儿……我也算是积极分子吧，反正没活的了，就拼！

金：那时候有叫积极分子吗？

母：叫不叫还不是一个样？你们知道个什么？

童：那就是为今天，为他们年青人拼的。

母：谁没儿女？那光景秀华才六岁，我叫汉奸警察打破了头，回去她一看就骇哭啦。我就想，这些苦事情，不叫小孩子知道吧。她不该受苦的。那么的我就逗着她笑，还抱她上街买糖……就是这样，今天都想起来啦，一点不离。（豪壮地）真是啊，咱们是老工人！在他们年青人面前咱们站得住的！我所以每一回上厂里来，要是有人问我找谁，我就没好气地说："找谁？这厂里哪一个都认得我！"

（静场）

母：这房子现在拾落得好看了，大门口的地也铺上了。（站起来，向车间里看着）他们这是在装新车子吗？老童我们上车间看看去。

童：好吧。不过……我的老姐姐，我有一句话问你，不是说吗，今天我们在年青人面前是站得住的。她秀华将来也会有儿女，那么，比方说，要是她今天在有事情的时候躲起来，她往后站得住不？

母：（大声）这还用得着你这老家伙来教训我？（迅速地走进车间，大家走了进去）

（女工甲奔上）

甲：（叫喊着奔进来）喂，要开欢送会啦！学校里的同学来参加我们的欢送会……郭经理还送了好多东西。郭经理说：除了已经开车的,今下午都休息半天……(叫喊着一直奔进车间,里面传出欢呼声。)

——幕落——

## 第 二 场

工厂喷水池前。
张寿安夫妇上。

淑:这水池真好……怎么不喷水呢?
张:也是有些荒废啦。这恐怕也是老板的心情吧。
淑:这几棵树都秃了。日子也真快,再过几个月,天气又要暖起来啦。
张:能多活几年,做点事情,就好啦。
淑:这水池倒是砌得精致……郭锡和这家伙,这些地方比他老子倒是强的多。
张:能多活几年,做点事情……你说是不是呢?……在人事关系里打滚,那几年的那种疲劳消沉,这些都过去了。不过就是叫你吃苦。……记得是生遂安的那年吧,跟医院闹翻了,住在煤矿上的诊疗所里,帮着吴济生看看病,乡下你又过不惯,又穷,那时候心情烦闷极了。有一天夜里矿上一个老矿工跌伤了,吴济生叫我去看看,走到那里人已经死了,煤矿里就发了一口薄木棺材!下着大雨我走回来,一步又一步地陷在泥坑里,一路上就在哭,哭别人,哭自己……想,死了也好吧,可是又有为了我而抛弃了一切的年青的妻子,刚生下来的孩子;想,那么就埋没在乡间,给穷苦的人看看病,伴着我的妻子在什么一个茅草棚里过这一生吧,……尽是些糊涂的幻想,那些日子好凄凉啊!后来的愈走愈糊涂的路也好艰难!可是这些都过去了。就是,还是要叫你吃苦。

(静场。淑珍极安静地在水池边上坐着)

张：我说的对吗？……

淑：但愿能这样……但愿你们平安归来。

（郭锡和上）

郭：老两口在这里谈什么哪？

张：哈，批评你的工厂呢。

郭：走吧，马上就要开会啦。先上楼上坐坐去，采华在那边找你们呢。走吧，喂，寿安哪，他们工人一定要我请你讲话呢。

淑：随便走走吧。

（三人下。少停，王珍和郭梅青上。）

梅：王珍，我心里还是慌得很。

珍：为什么呢？

梅：我恐怕等下讲不出话来。工人同志们一知道我的父亲是经理，他们就对我看法不同了。我刚才想，我记得从前，有一回几个工人叫国民党特务抓去了，工人同志们来找我父亲帮忙，我父亲表示很同情，打了两个电话，我就觉得我父亲是了不起的人了。从前，我一想到我父亲有钱，有势力，能够支配别人的命运，我心里就高兴。……

珍：你等下就讲你心里的事情好了。

梅：这些话我能讲吗？

珍：能讲。

梅：小时候我也常上工厂来玩，我认为所有的工人都是替我父亲，替我家里做事情的。有一回，我讲了句什么，一个女工拿石头砸了我就跑了。后来我父亲就把这女工开除了。……我心里……我常常舍不得离开家，……那种温暖的依赖的生活。我也决定参加医疗队了，可是我思想上总是还有顾虑。

珍：慢慢地就会好的。

梅：大家在一起，开会哪，演戏哪，学习哪，也真的很快乐……可是一个人一静下来……

（张寿安夫妇上）

张：你们谈什么哪？

珍：张先生，梅青在谈她这次的感想呢。

张：（对梅）你爸爸不是同意你报名参加医疗队了？

梅：他是同意了。……他也无所谓同意不同意。

淑：你自己呢？是又舍不得家，舍不得母亲了？

梅：那倒不是……

张：我知道你这孩子，总是心里没主张的……

（郭锡和上）

郭：寿安，先到楼上去坐坐吧。建良想跟你谈谈，你们怎么又跑啦？

张：你们谈那些事情我又不懂，我们随便走走……

郭：去吧，还有会儿开会呢。梅青，你跟这位王珍同学也来吧。

梅：我们就在这里……

郭：（要走，又站下）怎么啦？听说昨晚上你又跟你妈伤心了？

梅：那……那并不是……

（张采华上）

郭：到底下了决心了吗？

梅：（沉默了一下）当然……

郭：（沉默了一下）你心里觉得该怎么做，你就怎么做吧。

华：做父母的反正也没法留你了……。

（静。张采华揩着眼泪。老童、刘建良、金桂芬偕吴秀华母亲上，悄悄地站下。）

郭：不要再三心二意，也不要再顾忌你妈。我们老了，但是我们也有我们的生活。这位王珍同学在这里，你说是不是？（少停）做父母的一辈子是为了什么呢？要说是为了你，那么你今天就该争一口气。从前做父亲的娇惯你，那是因为他心里没有出路。今天呢，你难道不懂吗？我们每一个人都是这国家的公民，在责任上我们是平等的。

梅：爸爸……

郭：不同意？今天你爸爸的话也虚伪？

343

（静场。又有几个工人走过，站下。）

郭：我说这话是不是……是不是很冷酷，很不近人情，很不爱你这个女儿？要是这么说……那么你知道你爸爸是在打仗，几十年，他今天刚刚走上这个战场，不但是为自己的生死存亡打仗，也是为国家为人民打仗，——就让我说这么一句大话吧——你就也应该自己去打仗！

梅：（沉默）

郭：（看见周围的人逐渐增多，激动起来）你是资本家工厂老板的女儿，从前，我们做父母的是把这一套想法不知不觉地教给你的。不过今天你必须一点儿什么依靠也没有，没有钱、没有依靠、没有退路，为你自己的前途奋斗。这并不是资本主义的人生观，因为资本主义是自私的，而我却是爱你的；也不是叫你去光为个人的前途……你今天必须把自己当做一个工人的女儿。你应该学学你的这位同学王珍，你自己也说过的；你再要看看这里这么些工人同志们。我们过去是对不起工人同志们的，我自己今天这么做，你的妈哭着叹着气这么做，你寿安舅舅这么大年纪要到前方去，都并不是什么简单的事情。并不是你们年青人的什么美丽的幻想。我们今天这么做，是背着我们的那一副重担子的，那么你更应该把你的担子背起来。我凭我一生的苦痛的经验告诉你，梅青！打仗是不能回头的！

梅：（小声）爸爸！……

郭：去吧！就算是为了你的这个爸爸！

梅：（流泪）爸爸，我是这么的！
　　（静场）

母：（急促地走上来）郭经理你认得我吗？

郭：（望着她）

童：她是今天要走的吴秀华的妈，这厂的老工人。

母：我是在这厂做了十来年的！

郭：哦，认不得啦。老工人今天不多了。

母：是不多了。还活着的,也就我们几个了。郭经理,从前,我恨你——

（静场）

郭：你说吧,老太太。

金：(走过来拉住她)大娘,你这么说不对的！郭经理今天不是这样……

母：你不懂我的意思,你不要管吧,桂芬。郭经理,我一直恨你。要是我要想起我的仇人来的时候,那里边总有你。

郭：是的……那恐怕是的吧。

母：我老了,在你的厂里干不成了,那会儿我的秀华又没成年……在我们没得吃的日子,我总是数着你,恨你。十多年前在车间里,我们苦得咬着牙齿哭不出声音来,我们总是数着你,恨你。我过去是赌过咒再也不进你这厂的大门的！

郭：(小声)应该的,老太太。

金：(又走上来)大娘……

母：告诉你不懂！今天我的秀华她要走了。我心里捉摸着,我们两代的人替他有钱的老板做了牛马了。今天要送出女儿去的也还是我们,不是他！我不信老童说的,我刚才就跟老童说,他有钱人是假的！

郭：老太太,你说的是。不过我今天是真的。

母：是真的,郭经理,我真想不到！……

郭：你这么个在我的厂里苦了十来年的老太太,我怎么能责备你,说你不了解我呢？

母：我懂！经理,我懂。……(沉默了一会)经理,你能叫我回到厂里来当个过过秤,看看门的不？

郭：老太太……

母：是我刚才说的话叫你生气了,要么是看我不行了？

郭：不是的。老太太,你这么大岁数了,总不能再叫你……

母：再叫我替你的厂当牛做马？不,郭经理,今天不是这个样子了！在毛主席底下不是这个样子了！要是嫌我老呢,郭经理,你的女儿跟我的女儿也差不多岁数啊。
童:郭经理,她说话是口直心快的,她是真心。
郭:我知道。……(静默)是这样子,老太太,只要你愿意,就哪怕你不干什么事情吧,你愿意你就回来。
母:我是干活的。
郭:那你就回来。就凭你过去十来年受的苦,你就守住这个厂吧,老太太。
母:我是要守住这个厂的,我是要守……(流着泪)这是你的厂,可也是我的厂!(大声)真是这样了,我这个老工人又回来了!我又回来了!
郭:是的……你又回来了。
母:郭经理,我今天!……经理,刚才我叫你难过啦。
郭:不会的,决不会的。
(静场)
金:(激动地走上前)我们欢迎我们的老工人回来!我们欢迎……[(激动得说不下去了)
(静场)
甲:(向外喊叫)大家来呀,吴秀华她母亲,她妈回我们厂来啦……
母:(大叫)我是有名有姓的,我是有名字的,我叫李宝珍!是宝贝的宝,珍贵的珍,……秀华呢?秀华……老童你找秀华来。
童:她换衣服去了,就来。
母:叫秀华去!叫她上前方去!拼吧,跟美国鬼子拼吧!
(继续有工人奔过来。女工甲奔上来)
甲:(扑向她)大娘,你真的回我们厂来啦!真的?
母:我是有名有姓的,有名有姓,上十年的花名册上有我的!……
(工人志愿队的男女工人们,胸前佩着红花,走了进来,大家欢呼。)
童:好,开会啦,进俱乐部开会去吧。

甲：我提议请郭经理、经理太太、经理女儿,还有这位也要到前方去的老先生,这几个同志也戴一朵花!

人群：好,赞成!

梅：(流着泪)同志们,我永远不会忘记今天,我也不会忘记我父亲……我们跟着你们就来了,我接受你们的这朵花!

　　(欢呼)

郭：我提议请李宝珍老太太先戴上一朵花!(欢呼)我们今天这个厂是随便什么敌人都不害怕的了,在我们伟大的毛主席领导下,同志们!

　　(欢呼)

人群：秀华妈!秀华妈!李宝珍大娘!李宝珍同志!

　　(欢呼)

母：都戴一朵花吧,都戴吧,我的孩子们!你们都好比是我亲生的孩子……秀华,你站过来。

　　(秀华动了一下。)

母：站过来,妈要看看你。(含着泪)是这个模样儿!你跟你妈一个模样儿!(少停)孩子,我儿,记着你妈这些年,我又回厂来啦,大炮底下,想想你妈是又站在车间里啦。记着这厂,记着这城,用心眼儿记着长的这么大的一粥一饭,这家乡的一草一木,往后你也有孩子要记着你的。记着毛主席他老人家辛辛苦苦告诉你们的话……我的孩子们,都要记着,都记着我们祖宗、父母,老一辈子的人跟后来的那些人,还有……,咱们中国!……

　　(静。然后是强大的欢呼声——人群一直推了上来。)

——幕落——

一九五〇年十二月,北京。

# 后 记

## 一

　　这个剧本,是在去年十一、十二月间,伟大的抗美援朝运动开始的时候写的。为了响应这伟大的运动,为了尽一份参加这伟大运动的责任,急切地写了出来,就搁下了。

　　搁下的原因有两个。一个是,那时候正有另一个剧本由所在工作机构的领导上布置了排演的步骤,在进行着准备工作,大家的工作都很繁重,交上去恐怕会更多地花费领导上和同志们的时间,同时自己也觉得还需要抽时间考虑、修改一下。另一个原因是,在自己讲来,前一个剧本,虽然题材所涉及范围以及所写的斗争状态和这一个不同,虽然这一个的里面出现的新气象似乎比较多,但在企图表现工人阶级的历史内容和爱国主义这一点上,是和这一个有着相通的地方的;由于要求着比较深厚的历史内容,虽然也是写得很不成熟,但对于读者的推动作用,似乎还可能比这一个要深入一点。写成了以后,也很想多听到一些意见,于是就直接或间接地请几位同志去看了。同志们有给了宝贵的意见的,作了一些修改。后来,工作上发生了一些变化,又有了新的任务。……

　　到今天,已经大半年了。朝鲜前线的战斗已经获得了惊震全世界的英雄的胜利,抗美援朝运动已经在祖国的每一个角落里深入、开展,这个剧本里所接触到的那一点内容,在这伟大的时代面前实在是很微小的。但又觉得,这一点内容到今天也还不会过去,那么,首先就让它作为一个读物而出版吧。

内容的过去与否,是不应该也不可能以所写的事件发生的时间、环境为标准,而是要看,这一个历史内容是不是还能够通到今天。

那么,首先,作为新民主主义社会的必要的内容的民族资产阶级,以及广大的中间阶层,它们底在工人阶级领导下的改造是在相当的时间之内,都还要存在和发展的。

二

这个剧本主要地企图表现的是,在抗美援朝运动开始的时候,民族资产阶级怎样地在工人阶级、人民政府以及新民主主义经济政策底领导和帮助下,摆脱旧负担,走向爱国主义的道路。

为什么要写这个呢?

接触过一些民族资本家。在美帝国主义对朝鲜发动了血腥的侵略,把战争的火焰一直燃烧到鸭绿江边的时候,某些民族资本家的心情曾经是很浮动的。从历史性格看起来,这是不言而喻的。从新民主主义经济政策的要求和抗美援朝运动本身看起来,推动民族资产阶级和广大的中间阶层前进,是一个必要的任务,必然的发展。而中国的民族资产阶级和广大的中间阶层,受过帝国主义侵略和蒋介石的卖国政策的压迫的,和劳动人民,也就是和祖国有着某种血肉联系的民族资产阶级和中间阶层,本身也是有着战胜旧负担,摆脱旧心理而向前迈进的因素的。在伟大的抗美援朝运动开始的时候,这些都必然地受到了考验。

在中国共产党和工人阶级领导的新民主主义社会里面,一个民族资本家,只要他不甘心成为帝国主义的附庸,只要他能够摆脱旧负担和旧心理,走向爱国主义的道路,尽他的作为一个阶级应尽的责任,他是必然可以在祖国的伟大前途里找到他自己的前途,跟着祖国前进的;而且,终极的结果,他的作为一个阶级的存在本身也将发生变化。广大的,带着相当复杂的状态的中间阶层更是如此。这一条道路,是已经由中国共产党的伟大政策极其明确地指示出来了。当然,对民族资产阶级和广大的中间阶层而言，这是一条包含着复杂的矛盾的道路，无论是现在和将来，都要通过各种各样的考验；这也是由政策明确地指出来了的。

在这一点体会上，这个剧本写了以民族资本家郭锡和为中心而发生的斗争。郭锡和站在反动势力和工人阶级之间。抗美援朝运动开始的时候，各种社会力量都取了鲜明的姿态在活动着，他却取着观望的、敷衍的、表面上满不在乎的态度，实际上是想要两方面都踏着一只脚。他处事很圆滑，教训女儿，向同样地也在为自己的命运而踌躇着的饱经波折的医生张寿安发牢骚，对一切不肯定也不否定。后来，局势发展了，反动势力副经理董国华愈来愈露骨了，工人阶级中间展开了轰轰烈烈的运动，并且镇定地向他提出了要求、抗议……再加上一些别的因素，现实逼迫在面前了，圆滑不下去了，要决定取舍了，于是，"原来我们过去的处世之道也有不适用的地方"，兴奋地，然而不无感伤地，这个民族资本家表示了他的态度，从这里透露出了原来潜伏在他心里的某一性质、某一程度的爱国主义。

在这个斗争的过程里面，郭锡和闪闪烁烁地盘旋在没落和前进的边缘上。曾经有过那种没落者的悲哀的感情，这感情是取着旧中国的封建阶级的知识分子的渴望退休终老，觉得世事一无可为的抚爱自己的形式出现的，事实上，这种伪装得很"美丽"的感情是通向反动的道路的，这是旧社会里这个阶级的一种典型的感情——在旧社会里，这个阶级里有这么一类人们，在外面做着残毒的事情，回到家里来，就对自己唱着这种好听的诗歌，封建中国的封建文化底残酷性，就正是表现在这里，它给暴徒们以多情的"美丽"的外衣。当然，在郭锡和而言，他的这种感情只是通向这一条道路而已。但这也是必须指出的。在这个剧本里，这些是在他的动荡踌躇的过程里表现着的，一方面是站在没落的边缘上，一方面又朦胧地看见了眼前的道路。斗争很尖锐，他必须立即考虑问题。但他又实在害怕这考虑。一方面，他底作为一个资本家的本能在活动着，要求投机、赚钱、仇视工人；

一方面，他底作为一个中国人的感情也在活动着，过去的民族压迫的痛苦还留下着痕迹，对帝国主义有着一定程度的憎恨，和劳动人民有着某一程度的同感。但仅仅这些，如果没有解放以来新民主主义经济政策底光辉的成功作为保证，如果没有中国共产党底伟大的统一战线政策作为保证，使他能够逐渐地从这个国家的前途里也看到他这一个阶级的前途，那也还是无济于事的。简单地说，如果没有政府订货的帮助，使他抛弃了眼前的罪恶的投机暴利也能获得利益，并从而使他看到将来的利益；如果没有工人阶级对他的团结、争取与批评，那么，这一点所谓作为一个中国人的感情，是敌不过那作为资本家的他底本性的。在这些尖锐的问题前面，企图逃避，他就着手来爱抚自己了：他自己觉得他终归还是一个正直的人。后来，由于上面所说的原因，从旧的沉重的负担里挣扎出来，开始来瞻望前途，并且开始来看见他从来避免看见的新的现实了，他也仍然闪烁着一种身世感伤的情感。这是因为，他终归是被动地来看见现实的。并且，在他自己的感情里，他是以为他是在做着正义的牺牲的；这时候他就对自己隐藏了，并且压抑下了他的作为资本家的本性，以为他是决不想赚钱。但事实上，他也知道他仍然能够在祖国的前途里得到利益和发展的。如果没有这个，他的爱国主义就会是没有根据的事情。因此，他的这种正义的爱国的感情，虽然里面也有了新的东西（他这一个阶级在新中国的前途），但由于旧的负担不可能一下子就完全消灭，所以就以为自己是在做着正义的牺牲，闪烁着一种身世感伤，取着旧中国的封建阶级的知识分子所谓"国家兴亡，匹夫有责"的形式来表现了——旧的知识分子的爱国主义。所以说，这是某一性质、某一程度的爱国主义。

不论郭锡和在目前所能达到的状况是如何，不论他对伟大祖国的前途和他自己这一阶级的前途的理解还如何地受着主观上的限制，这某一性质、某一程度的爱国主义是表现出来了。他是经过了这个具体的斗争，而怀着兴奋的心情来理解他这个阶级在新中国伟大的新民主主义阶段中的改造的前途和应尽的责任了。而只要不成为帝国主义的附庸，只要在工人阶级领导下前进，尽他的这个阶级应尽的历史责任，这爱国主义是会启发他走向美好的将来的。所以，不论现实中间这个民族资本家和那个民族资本家中间的具体状况有多少不同，郭锡和的思想感情的经历是还有着一定的代表性的吧。

## 三

对照着上面所说的这个阶级的情况，团结、争取、批评，推动这个阶级前进，工人阶级是一个给以决定力量的、伟大的存在。

工人阶级团结民族资本家，和资本家民主合作，在团结的范围内进行批评和斗争，这是新民主主义底政治原则。这个政策问题，当然也是今天的现实所要求的，和工人阶级以及民族资产阶级的客观的历史要求相符合的。工人阶级和资本家之间的阶级斗争，在新民主主义和人民民主专政的伟大的政治原则下面，在祖国的斗争远景面前，在今天的现实里面，采取着上面所说的方式，除开别的基本的历史原因之外，民族资产阶级在发展（改造）的过程中对于新的国家的感情，和工人阶级底新的爱国主义感情有着相通之点，也是一个原因。

这基本的历史原因是：新中国刚刚从半封建半殖民地社会里脱胎出来，在对帝国主义进行斗争这一点上，两个阶级有共通之点；中国的工业薄弱，无产阶级所领导的国家建设事业，仍然必须保护并领导民族资本底一份力量等等，等等。作为这些基本的东西的一种性格，一种现象，那就是，两个阶级的爱国主义，虽然所由来的根据和所达到的程度不同，虽然有领导与被领导的不同，但却是有着相通的地方的。

这剧本里所写的团结和斗争，主要地是表现在这一个主题上。

因而，这剧本里，虽然突出的人物是民族资本家郭锡和，但在作者的感受上，从思想意义上讲，有决定意义的人物仍然是那些年青的和年老的工人们，特别是吴秀华的母亲。

吴秀华的母亲在剧本里占的篇幅不多。但从她带来的工人阶级的历史内容和对于祖国的宏大的感情，作者觉得是有本质的意义的。郭锡和这个阶级，只有在吴秀华母亲所带来的历史内容和劳动人民的宏大的爱国感情和力量面前，重新考虑自己的一切，才能理解今天的现实，才能理解他们的爱国主义的道路，也才能理解他们这一阶级的责任，改造的前途，和祖国的伟大的将来。

吴秀华的母亲，这受过无数灾难的倔强的老女工走出来说："郭经理，从前，我恨你！"要在这样的声音面前，郭锡和和他这一阶级才能深刻地感到祖国所走过来的和正在前进的道路，他这个阶级所走过来的和应该走的道路。也就是说，才能深刻地感到现在这个斗争的意义，和新民主主义阶段所体现的那种伟大的历史要求和历史意义。

因而，在作者的感情上，就势非用这个老女工来结束这一个斗争不可。

吴秀华的母亲最初不愿意她的女儿到朝鲜去，后来迅速地改变了感情，这是不好用从落后到进步之类的"转变"来说明的。在作者的感情上讲，如果以为她是曾经落后的，那就是对于她的侮辱。第一，她先不愿意，后来同意，并不是普通的所谓思想不通，而是受过苦难的母亲和倔强的老女工的一个活的过程。这里面不仅包括着母亲的痛苦，度过了几十年的灾难刚刚过着和平幸福的生活，舍不得丢开："等美国强盗来了，那时候再跟他拼命也不迟。"而且包括着对于资本家的仇恨，就是她后来说的："我们两代人替他有钱的老板做了牛马了，今天要送出儿女去的也还是我们，不是他！……"第二，虽然周围的人们所说的道理对她迅速地发生了影响，但谁也没有能直接地就说服她，说服她的乃是作为一个受过苦难的母亲和倔强的老女工的她自己的历史。

于是在这老人身上，迅速地就出现了对于祖国，对于自己阶级的庄严的情感。

说这是一个有本质意义的人物，还包括着下面的一点：那些年青的工人们，工人阶级的年青一代的青春和朝气，为祖国为朝鲜人民的兴奋心情，如果不从她的里面取得呼应，如果不以她的形象和她所带来的历史内容作为基础，那是会显得薄弱的。

而年青一代，也不可能只是一些抽象的代表。在这个斗争里面，他们是各自有着自己的性格的，也是各自经历了自己的过程的。吴秀华担心母亲，留恋和平生活；周福海觉得自己过去不够进步，心里苦恼，同时也惦记着家，等等。但这些过程，都写得比较简单。如果深入下去，是应该有深厚的历史内容发生出来，使他们身上的爱国主义显得比较有力些的。

顺便说一点，所谓过程，并不简单地就是说，这人如何地在这一问题或那一问题上不进步，经过别人的说服或环境的影响，进步了，等等。从现象上看起来，似乎是如此的。实质上，在人的斗争过程里面，任何一个问题都不是孤立的，都是联系着整个的历史内容的；所谓问题，不过是某一历史内容的具体形式而已。所以，不能够单纯地、抽象地把问题本身当做目的。而现实主义所要求的，也就是教育意义所要求的，是要展开人的身上的各种活的因素的斗争，从而发展出新事物来；因为人的身上的各种因素是被历史环境所造成的，所以，目前的环境的影响或别人的说服只能是这些斗争的必要的诱导力量和推动力量，而且不可能是机械的，因而，这些斗争就会在每一个特定的人身上都具有一个独特的性格。而且，说服别人的人，其本身也是在经历着他自己的斗争的。所以，如果人物被作者当作傀儡，站在观众面前专门说道理，那是没有力量的。经过目前环境的具有威力的诱导和推动，经过各种因素的活的冲突过程，这才展开了人物从什么样的生活道路走来，负担着什么，由于斗争，在他的身上萌芽了新生的什么；他爱什么，憎恨什么，他的性格是怎样，并且，他在将来会怎样地生活，这样的一个联系着宏大的历史环境和社会斗争的具体的历史内容；那所传达的爱国主义，也才能不抽象，更有力。所以，普通常说的，那些要写肯定人物的优点，不要写缺点的说法,在现实主义里面,应该取得这样的理解:形式主义地展览人物的缺点,那立场是错误的,那既不符合于现实的活的斗争状况,也不能尽批评的作用,只能引起反感,正如毛主席《在延安文艺座谈会上的讲话》里面所指出的:"我们的文艺应该描写他们的这个改造过程,而不应该只看到片面就去错误地讥笑他们……"但是,形式主义地表演优点,也是不符合于现实的活的斗争状况,不能尽歌颂的作用的:只能引起不信任。如果人物是带着他的历史的内容,即具体的各种因素的活的斗争同时登场,在目前的环境底威力下发生变革,使观众置身于严肃的生活和斗争中,和人物共同地经历这一斗争过程,从而欢呼着新事物成长,而不是来听说服或者来看被说服,这里既没有孤立的静止的缺点也没有孤立的静止的优点,就不会有这样的问题了;就会取得更大的教育意义。

在战场上,进行着鲜明的两个阵地之间的战斗,这是斗争的最尖锐的形式。但我们知道,战斗不仅进行在两个阵地之间,也进行在广大的后方,全体人民和全体阶级的里面。社会内部新与旧的斗争也是如此。它不仅采取着尖锐的,壁垒分明的形式,也采取着错综复杂的状态,特别是在思想斗争里面。我们描写新事物与旧事物的斗争,如果仅仅抽象地、机械地写成了:这一个人代表新事物,那一个人代表旧事物,等等,那是会走上形式主义的道路的。实际上,代表着新事物的人,在和代表旧事物的人直接战斗的时候,也进行了自己内部的发展。在打倒敌人同时,克服了残存在自己内部的旧事物。没有后方的战斗的火线是不存在的;同样的,不引起内部的发展过程的对敌斗争也是不存在的。在文艺上,这表现出来的就会是一些抽象的,没有生命的"人物"。这样的"人物"是不会有教育意义的。

在这剧本里,如果说副经理董国华是代表旧事物的,那么,郭锡和就代表新事物了。那斗争过程就是如此的,在和董国华斗争、打倒董国华的同时,郭锡和也克服了自己内部的旧事物,进行了某一性质的改造,取得了发展。这是比较鲜明的一种。

其次，如果说郭锡和是代表旧事物的，那么工人们就代表着新事物，在和郭锡和斗争、进行团结争取的过程中，工人们也争取了自己的发展，克服了残存在自己里面的旧心理、旧看法和旧负担，现出了更光辉的跃进。这是比较不那么直接的一种。

对外的斗争过程，必然联系着内部的发展过程。如果没有内部的发展和进步，对敌斗争就是不可想象的事情。这剧本没有表现对正面敌人的斗争，然而，是企图从社会内部的斗争和进步来反映这个斗争的。

这么解释一点，并不是说，这剧本就达到了这个地步，完全不是这个意思。不过是说，在作者，是这样地来了解这里面所写的这一点斗争过程而已。

## 四

中间阶层的人物，小资产阶级的人们，在这个伟大的时代前面，在抗美援朝运动中间，也是经历着自己的斗争和激荡，在工人阶级领导下进行了某一程度的改造，发展了他们底爱国主义的。爱国主义不能够抽象地被认识，也不能够脱离具体的现实而发展，因而他们是在各自的具体环境、具体斗争里面来认识新的祖国底伟大的现实，和他们自己底改造和发展的广阔前途的。在以郭锡和为中心而发生的斗争里面，他们应该是一个重要的存在。

中国底中间阶层和小资产阶级，是一片广大而丰厚的泥土层，其中堆积着各样的污秽，也蕴藏着不容忽视的力量。新与旧的斗争，常常在这里面表现得最为复杂。这个阶级的人们是憎恨帝国主义的侵略，受过帝国主义和封建主义底长期迫害的。然而，又常常在他们面前出现一些爬上去的可能，有一些小的局面可以维持，在各种力量的缝隙里可以讨一点生活，因而他们又是患得患失，看不起劳动人民，又惧怕劳动人民群众底力量和斗争的。

在伟大的现实面前，他们里面的单纯的青年能够迅速地接受新的思想,走上光明的道路。这大半是那些出身较穷苦,更多地经历了灾难和社会斗争,或者较少地受到过旧思想意识底毒害的人们。

在这剧本里出现得较少的王珍,是较单纯一些的,其次是工程师刘建良,其次是医生和教授张寿安。

在和郭锡和冲突的时候,刘建良表现了过激的情绪,其次是一度的灰心失望的心理。这是因为,他和工人阶级也有着距离,在最初,他是以个人的正义感之类来从事斗争的。而在个人的正义感后面,隐藏着对于个人的事业、地位、前途的要求。在他,爱国主义的要求,是和个人的对于事业、地位、前途的要求联结着的。碰了壁之后,首先考虑到的也仍然是个人的事业和前途,但因为他的事业前途是和祖国的前途有着一定的关联的缘故,爱国主义的感情就在他的悲哀的心情里来支持着他,使他发生了一种主观上的幻想,以为自己完全是为了国家了。直到最后,和工人阶级联结得更紧密一些,并且从工人阶级的历史内容里取得了教育,他才在一定的程度上了解了先前的个人主义的东西。

当然,在小资产阶级的人们,如果他不可能在国家的前途里感到他自己的前途,爱国主义就会没有根据,改造也就无从谈起了。事实正是如此的,祖国给了这个阶级的人们以无限广阔的前途,在前进的道路上,要求着改造。单纯的对于个人事业、前途的要求,虽然和爱国主义联结着,但是也可能发展到脱离爱国主义的。只有在现实斗争里面接受工人阶级的领导和教育,才能达到这样的结果:无条件地把祖国的前途当作自己的前途。

在患得患失的灰色心情里过了大半生的医生和教授张寿安,那情况也是仿佛的。他的决心参加志愿医疗队到前线去,也是从对于个人半生的失望的回顾,对于自己的事业、前途、处境等等的考虑开始的。当然,这是和爱国主义联结着的。他并不过激,没有那种主观上的幻想,以为他是完全为了祖国,那是因为,阅历了大半生,他是知道自己的。他很朴素地把他个人的处境和爱国主义联结了起来,并不用膨胀起来的感情掩饰自己。这看起来是一种实事求是的状况,但这种状况又表示着,旧的事物还压积在他的里面,还没有能掀起激烈的斗争——但这斗争,这改造的过程,虽然所取的性格不同,终归是已经开始了。

他的女人黄淑珍,那是很贤良的,带着旧社会性格的家庭知识妇女的内容上来发展她的爱国主义的。她同意她的丈夫参加医疗队,那最初的感情是较多地带着消极性质的。她很难违反她丈夫的意志,她明了她丈夫的大半生,了解他必须如此。其次,大的环境有着强制的性质。所以,她是带着感伤的感情登场的,觉得自己这样的一生没有意思,觉得要是能够像别人那样生活那就好,但从这种感情里,迅速地萌芽了对于新生活的渴望,觉得如果做一点工作,也能为国家尽一份力量——这种带着某种庄严性质的心境。

郭锡和的女人张采华,那是封建家庭妇女的落后的性格。自私、狭隘,然而周围的土地崩裂下去,逐渐地什么也抓不住,空虚而痛苦地度过了大半生。照着老旧的规律来生活那多好!然而她的丈夫把她带到她不理解的另一种生活中,那些老旧的规律连在她的丈夫心目中都不存在了。她不理解她丈夫的斗争,顽强地固守着她的家庭的利益,心目中没有国家也没有人民。但是当斗争冲击到她的身上,她脚下的地震使得她站也站不住的时候,不得不跟着丈夫走,她身上的那种愚昧顽固就开始碎裂,而出现了曾经也在大家庭里受过苦、劳动过来的一个妇女的善良的感情,明白了自己大半生都是在虚伪中生活,而不得不放她底女儿走开了。

但是,封建社会的愚昧顽固的性格,一般地并不是这么容易让步的。它们还在社会上有着深厚的根,不是一下子就容易动摇的。不这样看,那就是轻敌了。这里所写的这个女人之所以比较迅速地容易动摇,而没有做出拼命的决斗与反抗来,那是因为,她在家庭地位中一直也是一个被压迫者,手里并没有权力的缘故。如果她是掌握着这个家庭的大权,那情形就绝不如此了。

因为被压迫,因为无权,她这才保留下了她的性格里的一定程度的善良。

郭梅青这个人物,她底动摇、脆弱、虚荣,那是很分明的了。但她还是比较单纯,性格里保留着一些天真的东西。在学校里,对严格的学习生活不满,害怕抗美援朝,恋着温暖的家;回到家里来,又立刻感到严重的苦闷,尖锐地反抗着她底父母的这种生活——在这个时候,新的环境里所受的教育发生了作用,虽然她在学校里是反抗着这些的。就是通过这么一个过程,作者感到了她身上的爱国主义感情的成长的。

但是,在现实里面,这个阶级的这些年青女子,一般地并不是这么容易进步的,她们身上会更多地堆积着资产阶级和封建主义的泥污,那简单地就会发展成腐败享乐或颓废衰败的反动性格。也可能比这更容易进步的,如果她们更早地脱离家庭的影响,更多地接触新环境新思想的话。郭梅青这个人物,既不是前一种也不是后一种,而是现在所发生的这种斗争底一个代表。如果是前一种,那就是另一回事了,如果是后一种,那么,这种性质的斗争是在这以前就发生过,现在已经进入另外的更深入的斗争过程了。但即使这样,她们身上作为这个阶级的本性,是不会很快就彻底消灭的,甚至有时也可能走走回头的道路。

黄迈这个人物,是表示着,这个家族多少年以前就因社会斗争而开始分裂,这个人物从这家族里反抗出去,现在已经成为完全不同的新的存在,反转来照明了这一类人物的存在了。

上面的一点对于人物的说明,那意思是,现实斗争是具有很复杂的相貌的。如果说,在作品中,某一阶级仅仅只能由一个人物来代表,阶级内部的各种人物的不同仅仅是单纯的个性的不同,而不是社会斗争的各种活的因素的结合状态不同,那就是不符合现实的,那人物就必定是概念的。

## 五

是不是作者已经做到了上面所说的呢?

首先,这里所写的在郭锡和的周围所发生的斗争,比起某些尖锐的情况来,恐怕还要属于很平常的一种。郭锡和绕的弯子不大,算是比较顺利地前进了,但事实上,某些情况里的斗争恐怕是更要激烈些的。这表现了什么问题呢?这表现了,第一,作者的了解还很不够,感受还不够有力;第二,原来是基于对于抗美援朝的一股热情,仅仅当作一个宣传剧来写的。有时候,是把宣传剧里的人物很简单地当作作者的意思的传声筒,说出道理来就算尽到责任了,而不去通过活的社会斗争过程。想要写宣传剧,而又觉得如果不通过活的社会斗争的历史内容,就等于叫观众听一篇论文,尽不到文艺的作用,但又顾忌着,如果过多地接触到社会斗争,就又可能表面上看来好像不是直接宣传抗美援朝,于是就写成现在的模样了。有些人物很简单,有些人物(例如张寿安)原来写了很多又删去了。

为什么要写人物,通过人物,那意思应是很明显的。人物,是社会斗争的全部内容的集中点。只有活的社会斗争,只有带着历史内容登场的社会斗争,才是最有群众性的,因而最能被群众接受的东西。把人物当作傀儡或作者的传声筒,要他怎样说就怎样说,要他怎样做就怎样做,那是不能有什么大的教育作用的。当然,读一篇论文有论文底教育作用,甚至是文艺所做不到的教育作用,论文的化装表演自然更生动些,为了迅速地达到宣传目的,使观众马上就了解到目前的事变,执行对迫切任务的鼓动作用,这样做也是必要的。但文艺所要求的,应该还有作为文艺这个武器的效果。现实主义的文艺这一武器所以有着重要作用,就是因为,通过了带着历史内容登场的活的社会斗争,具体的活的人物,能够一直打到观众或读者的最内面的角落里去。

而且,从抗美援朝运动本身讲起来,如果没有社会内部的,也就是阶级的斗争,就不可能有抗美援朝。要宣传抗美援朝,就不可能不接触到社会内部的斗争和发展。不拿出群众中间的活生生的斗争状况来,不展开这些斗争和发展的过程,不拿出具有绝对的说服作用的人物的历史内容来,是不会收到真正说服群众的效果的。

有一种怀疑：这么做，是不是可能把人物当作目的，一味地来"刻画"人物呢？我以为是不可能的。人物不是抽象的存在，人物是社会斗争的全部内容的集中点。离开了政治斗争和社会斗争，那里来的人物？离开了人，又那里来的政治斗争和社会斗争？这两者既然同在，那么，是不是可能把政治斗争和社会斗争的要求作为目的呢？那回答就完全是肯定的。而离开了活的内容的所谓"刻画"，那是不要斗争的、静止的、客观主义的艺术方法。在斗争中展开人物，用人物来反映斗争底本质，那在我们是完全必要的。只要看一看，为艺术而艺术的文艺，资产阶级的颓废主义和小资产阶级的主观主义，例如未来派感觉派等等，那作品里面从来不曾有过半个活的人物，就可以明白了。他们既不要斗争，又那里来的人物呢？

在这样的斗争要求上说起来，这剧本里的某些人物就显得简单了。但如果把宣传剧里的人物仅仅当作作者的意见的传声筒来要求，那这里面的人物又可能显得比较复杂些，他们是客观的社会存在，各各有着自己的社会性格，不可能做作者的直接的传声筒。对这样的状况，就会有一种怀疑：是不是目的性不明确呢？目的性是必须的，但这种怀疑，却是把目的性当作主观的东西了，而不了解，作者的目的性，是通过具体斗争的活的过程来实践的。在作者，这实践过程是一个斗争过程，正如法捷耶夫所说的，也是过去许多大师的经验所证明的，有时候，作者的正确的目的性，即正确的主观意图引导了人物的发展，有时候，作者的不正确，不合实际的目的性受到了人物的批判，校正和改变，那结果，是符合于现实斗争要求的形象底出现。要人物一定依着作者的意图发展，那是很不现实的事情，因为，没有一个作者的最初的主观意图是完全符合于现实斗争底状况的，不论他理论上的认识和对于现实的知识如何之高。这正如同，没有一个将军的最初的主观意图是完全符合于瞬息万变的战役的进行的，他只能根据总的情况规定一个总的目标和总的战斗部署，其余的，就得在战役的进行过程中受到批判，校正和改变，那结果，才是胜利底到来。

把人物当作作者的传声筒，或者，把作者的目的做着主观主义的规定，就会发生一种错觉，以为作品里面凡是正面一点的人物说的话，就等于是作者的话；他如果在某一种感情要求上说了某一种意见，就等于作者自己的看法；他如果悲哀感伤，就一定证明了作者是感伤的家伙。等等，等等。

这是一种表面上的看法。正面人物，只要是活的人，都有他自己的社会性格，他对于某一问题这么说，那是从他的社会性格出发的，即使作者也同意这种说法，那也不等于说作者就完全和他一样。人物的意见，是要在整个作品的构成（也就是和其他人物的斗争过程及斗争结果）里受到肯定或者批判的，其次，他所有的长处未必为作者所有，他所受的社会限制也未必为作者所有，作者只是在自己内部感到了一种和他相通的东西，来和他共同经历斗争，掘发新事物的萌芽，推动这个斗争。正如爱伦堡所说的，也是过去许多大师的经验所证明的，有时候，所写的人物的品质比作者的品质可能高得很多（例如表现英雄人物），作者带着景仰来写他；这所以是可能的，仅仅因为在作者内部有着和这品质相通的东西，并不等于作者就有这些实际品质。有时候，所写的人物有许多缺点，作者在斗争过程中带着批判来写他；这所以是可能的，也仅仅因为在作者内部有着和这些缺点相通的东西，并不等于作者也有这些缺点。这是很明白的。举一个极端的但也普通的例子：在表演希特勒的演员，如果在自己内部找不到和希特勒的疯狂的仇恨人类的心理相通的某一种东西，在这个基础上来憎恨他——同时是希特勒同时又憎恨希特勒——他能够把这个人物表现出来么？如果没有这个，很显然的，他就只能玩弄一些形式主义的技巧。普通说，不了解敌人就不能表现敌人，就是这个意思。

有时候，作品里的某一个人物，因了他的社会负担，在尖锐的斗争过程里悲哀了，他的台词充满感伤的调子，他徘徊在后退与前进的边沿上,等等,这种感情的出现,在人物的社会性格底斗争上是一个必然的过程,是必须通过这个过程才能使观众或读者欢呼新生,才能使得形象有教育意义的,但是,有时候是会引起不必要的怀疑来的:你看,作者是不是很感伤呢,不然的话他为什么要写这个呢?

那么,是不是会把这种感情传染给观众呢?我以为不是这么回事。这样看,是把观众看得太脆弱,也太抽象了。观众们,在他们自己底生活和斗争的道路上,是自觉或不自觉地,在千千万万种相貌里经历着这些斗争的过程的;把这个斗争过程底意义展示给他们看,使他们和舞台上的人物共同地经历这个斗争,唤起斗争的要求,唤起对于生活深处的斗争的紧张的意识,唤起对平常不注意的每日每时阻碍着前进的道路的旧意识的仇恨,最后,唤起对于新生命的热烈欢呼,这是有着很大的教育意义的。

在斗争的过程里,现实主义不畏惧,不回避现实斗争中的一切。生活在现实斗争里的观众也决不会畏惧或回避这一切的。但是,这个剧本,因了最初的当作一个宣传剧来写的动机,也由于作者能力不够,是有意无意地避免掉了斗争过程中间的许多东西的。有时候,急于完成主观上的愿望,把胜利的结果一下子拿了出来,这就造成了内容上的损失。

对于戏剧,我是很生疏的,这个剧本里大约也是这样的毛病:舞台动作不够,没有一般地所谓伏线、悬置、高潮,不集中,等等。原来在张寿安的内容上写得比较多,但有的同志认为,这样会使"戏"不集中,又因为原来有着对于宣传剧的顾忌,所以索性把这一部分减少了。但所谓不集中等等,如果仅仅是一种舞台程式上的说法,我是不大同意的。为这些很伤过一些脑筋,但总是很困难。例如,在这剧本里,既没有伏线也没有什么悬置,吴秀华母亲在后面一下子出现了,而且被作为主要人物来结尾,是很不合乎一般的程式的。但在事实上,吴秀华母亲前面是不可能也不必要出现的,而到了后面的内容上,她又非是主要人物不

363

可,所以就这样处理了。实际上也很困难,因为,对于现在残留下来的舞台程式和一些戏剧技巧,生活是已经对我们提出了它的抗议了。生活和斗争是依着它自身的规律发展的。应该让人物自己去行动,说话,作者只能对斗争尽着推动作用,如果人工地布置许多表面的紧张动作,虽然在舞台上可以有些效果,但究竟是违反了朴素的生活和斗争的真理,也就是真正的效果的。

但对于伟大的戏剧艺术,我只是一个学徒而已。我的这些凌乱的见解,是不能也不应该作为我的很粗糙的东西的辩护的。

最后,关于剧名解释一点:叫作《祖国在前进》,那意思只是,这里所写的祖国这一个角落里的斗争,也是通向祖国全体,并且也反映着祖国的前进的,虽然反映得很微小。并不是说:这里所写的一切就等于祖国的全体,祖国的前进仅仅表现在这一些上。打个比方说,例如我们在某一个地方看见了太阳光,说:太阳出来了,这样说,并不等于就是说:太阳底全部都在这里了。能够代表伟大祖国的最前进的事物的形象,能够代表祖国全体的形象,我是没有力量来表现的。

在伟大的共产党的领导下,在毛主席所指示的方向下,我们底新的文艺将有伟大的前途,能够在这阵营里做一名兵士,能够学习着来表现祖国人民底丰富的斗争形象和英雄形象,我是觉得无限幸福的。

一九五一年八月,大连。
路　翎

祖国儿女

《祖国儿女》,1951年7—9月作于大连,作者生前未发表,原稿现藏中国现代文学馆,今据家属提供的原稿影印件抄印。

**人物：**

张文奎——电务队长
李淑英——电话组长
白先文——电务队员，团支部书记
刘三黑——电务队员
周桂——电务队员
小廖——电务队员
何兴——电话员
朱佩芳——电话员
王义——军事代表
老杨头——老通讯工
朴正——朝鲜老铁路工人
崔玉秀——朝鲜女同志
崔母——崔玉秀母亲
赵桂英——护士
政委
金站长——朝鲜站长
电务队青年若干人
朝鲜妇女及朝鲜铁路员工若干人

**时间：**

一九五〇年十二月到一九五一年二月

**地点：**

朝鲜北部

# 第 一 幕

朝鲜北部某火车站,地下掩蔽部内的军事代表办公室。左侧通向电话交换台,正面有出口通外面。几张凳子,一张桌子,桌子上放着电话机。墙上挂着一些背包、工具包、皮线圈等。开幕的时候,实习电话员何兴靠着墙打盹。外面传来风声。电话员朱佩芳自左边出来,提着一个背包,里面满装个土豆。

朱佩芳：何兴,你那里还有没有？
何　兴：(醒来)什么？通电了吗？
朱佩芳：没有。这个给伤员列车送去。
何　兴：我晚上根本就没吃……我们全部就剩这点土豆了。
朱佩芳：可不是,不过明天好有粮食运到。
何　兴：给我留两个行不行？
朱佩芳：你发烧好些了吗？
何　兴：算了吧,不用,你拿去吧。
朱佩芳：这是干什么？你是病着呀,吃吧。
何　兴：你拿去吧,我不想吃。
朱佩芳：呵,你这人,又小孩子脾气。
何　兴：朱佩芳,你看我到底能争取入团吗？
朱佩芳：哎呀,你看同志们跟你提点意见,你就灰心啦。别灰心。我前年参加革命的时候,还不是这个样儿。……哪,这两土豆还是拿去吃吧。
何　兴：你别老拿我当小孩好不好？

朱佩芳：可是你这样就不对劲。你要知道，咱们是在这战斗环境里。哪，拿去吃吧。

何　兴：不，给伤员吧。（接过土豆来。咬了一口）老白他们有消息不？就能通车吗？

朱佩芳：没有消息。（高兴地看着他）好，吃吧？（下。）

（何兴裹紧大衣，吃着土豆，默默地看着桌上的瓦斯灯。军事代表王义上，拿起电话来。电务支队长张文奎跟着上。他的腿有点跛，但倔强地站着。他的姿态里有着一种坚毅的、愤怒的表情。）

王　义：（打电话）指挥部哪，是指挥部吗？我二分站军代表哪。

张文奎：王义同志，我去！

王　义：（对他摇摇手）北口三〇八那一节调度线，希望你们派人去。啊，已经有人去了？……我这情况是这样的，我们这里电务队上南边去了。现在估计可能有困难。所以北口上不能派人。九点钟能完成任务。要不就糟哪，我这又来了一列伤员列车，就等着一〇二次过来才能开车，天这么冷，伤员又没吃的。三分站的路轨马上能修好吗？好！（放下电话。）

张文奎：看又下雪了，我不该留在家里的。要不我迎着老白他们去。

王　义：不用，你坐下。……咱们这不是小本买卖，可不敢把本钱一下子花完了。

张文奎：（看表）八点〇五分了，要是三分站路轨修好了，我们南边完不成，叫我们的人误了列车，那才真他妈的！

王　义：看你这么急的！腿怎么样呢？

张文奎：真叫倒霉，刚到这站上来头一回就叫摔了，今天我估计小周他们几个还不知能不能行？老白他一个人他又照顾不来。

王　义：别急吧。……太累了，坐几分钟吧。……不知朱佩芳找了吃的跟伤员送去没有？

何　兴：刚送去。

王　义：你身体好些了吗，小何？

何　兴：好了。

王　义：又下雪了，很冷吧？

何　兴：冷。

王　义：张文奎，给根香烟。……这掩蔽部口子上还是要堵严实点，看这小风吹的（吸着烟，大家沉默着）到朝鲜来，蹲在这地洞里有两个月了吧，这盏瓦斯灯到够交情的。有时候他妈的真的挺累，就坐下来，对着这瓦斯灯抽根烟。四五年打地道战的时候蹲过地洞的，所以一走进来就有那么一点儿感情。……你有这样的经验没有？

张文奎：（笑）我这是头一回。这还算不得打仗吧。

王　义：怎么不算打仗？我们这是跟世界上最大的强盗打仗，相当残酷呢。

张文奎：我老以为不在第一线，不算打仗。

王　义：喂，张文奎哪，你们没调到这站上来的时候，李淑英跟我谈起你们好几回了。她挺冷静的，做事稳得很。交换台的工作从来不乱，这一点我佩服他。

张文奎：冷静？有时候火大呢。

王　义：（笑起来）那怕是专来对付像我们这样的人的吧。我那老婆，就是爱跟我发火，叽哇叽哇，意见可大了……（踩去烟头，站起来）好，我得上去了。在这地洞里这么聊一下，不累了。

张文奎：王义同志，你真行。

王　义：你猜，敌人在怎么样想咱们呢？他们大概以为，在他们的所谓空军绝对优势一面，咱们是整天愁眉苦脸跟他战斗的，可是事实不然。……你听着下电话，我看看伤员列车去。这列车可能是三八线下来的，大概咱们已经突破了。

张文奎：要不要再检查一下定时炸弹。

王　义：有人检查……（下）

张文奎：朱佩芳，你给伤员送东西去了？

朱佩芳：送去了。

张文奎：伤员怎么样？

朱佩芳：不怎么。……第二节列车上的一个小通讯员牺牲了。

张文奎：怎么的？

朱佩芳：胸口上挂的花。（沉默了一下）小何，我说咱们应该看看人家伤员同志。

何　兴：（沉默着。）

朱佩芳：我们啦，过去过着平安的生活，把战争想象得很美好。可是一碰到困难艰苦啦，我们就不对劲。

张文奎：小朱，别难过。

（朱佩芳沉默了一下，向交换台走去。）

张文奎：朱佩芳，你问问李淑英看，老白他们有没消息？

朱佩芳：好，李淑英她该下班了。（进去。）

何　兴：国内现在不知怎么样。

张文奎：（沉思着）一定挺好的。

何　兴：张文奎同志，你看，我这个人是不是不够坚强？

张文奎：（看着他。）

何　兴：我跟李淑英谈过……（突然地）这行军小皮包我送你吧。

张文奎：这干什么？

何　兴：送你吧，你头一回来这站上的时候，不是问我这在哪儿买的？这是我姐姐送我的。我从祖国带来的，就这一件东西。

张文奎：那你留着吧，送我干什么呢？

何　兴：没什么，我决不会替祖国丢脸的。

张文奎：当然不会。

何　兴：要是像你们这样就好了。你们从小是工人阶级，什么斗争都参加过。我不过是一个念过几年书的普普通通的青年……

张文奎：你别这样想，你刚病了一下就这么想不好……也不能说谁比谁强，谁有用谁没有用。没有一个没有决心的。拿咱们这一伙来说吧，自小拣煤渣，旧社会里这条命也豁出去好几回了，今天在炸弹底下，是不是大伙就一点都不怕呢？愈是参加斗争，就愈是觉得个人的能力不够；凡事得靠大伙。不过工作的时候想到战胜敌人，那心里就没别的。王义同志不是说么，咱们没有愁眉苦脸战斗的。

何　兴：我担班去。（进去）

（张文奎看着表，拿起电话来听了一下。李淑英上。）

李淑英：你叫我干什么？

张文奎：老白他们还没消息？

李淑英：没，现在就跟指挥部兵站能讲话，站内调度所能讲话，余外都不通。

张文奎：这他妈狗强盗飞机……（套上大衣袖子，从墙上取下工具包）王义同志在伤员列车，你听着电话吧。

李淑英：我要整理电报呢，你哪儿去？

张文奎：迎着老白干活去。

李淑英：那你哪能行呀！王义同志给你的任务是留在家里。

张文奎：我是电务支队长，我有责任。

李淑英：你这简直是无组织无纪律吗？你这里有任务，我报告王义同志去。

张文奎：（怒）我放心不下我们的人，我有责任。王义同志并没有明确地不叫我干活！

李淑英：明确的，你腿不好，不叫去。

张文奎：你这是私人感情还是工作责任呀？

李淑英：（怒）好，我不说！

（静默，张文奎放下了手里的东西。）

张文奎：你别怪我说话没好气。

李淑英：我没意见，我一跟你提意见就是私人感情，这是你说的话呀。

（张文奎坐下了。）

李淑英：要是私人感情，我就叫你去。我能看着老白他们在大学底下爬，不叫你去吗？可是从工作上讲，你腿不行，去也没用。

张文奎：我不跟你争。你也是累了，火大。

李淑英：你才火大哩。

张文奎：我看咱这电务队是有问题，怪不得老电务队的人们说，还不能独立工作。刚到这站上来头一回，这么点小任务……不管是小周还是哪个接错了头，耽搁了时间。这家伙回来看我狠狠地"开"他。

李淑英：你主观主义。才出去没一个钟头呀，你就这么不相信老白的领导呢？

张文奎：（沉默了一阵）好，等着吧（忽然又笑了）你看稀里糊涂地吵了这么一阵，给了我这么一大堆帽子……到站上来这么几天，还没跟你好好谈谈呢。你交换台工作怎样？

李淑英：最近没出差错。

张文奎：又是几宿没睡地在干吧？

李淑英：工作嚜。（摊开手里的纸张和笔记本）这三天的电报还没整理呢。

张文奎：别忙吧。我帮你行不行？……前几回这站上炸了，我在三区很捏着把冷汗，没伤着你吧？

李淑英：伤着了，还坐在这里跟你讲话？

张文奎：哎！你看，我这人现在不是从前那稀里糊涂的混小伙子了吧。

李淑英：我没法跟你做鉴定。

（卫生列车的护士赵桂英上，衣服破了。浑身是水和血迹，疲惫到了极点的样子。）

赵桂英：同志，水，给杯水……

李淑英：文奎，快拿水来。（急忙过去扶住了她，使她坐下，拂着她头上的雪。张文奎进去。)李淑英:同志,水就来。你是伤员列车的?

赵桂英:我是护士……医生在路上牺牲了,我们是三八线下来的。

(张文奎端着水出来,李淑英扶着碗,使赵桂英喝水。她显然渴极了。)

赵桂英:好,谢谢你们。(站起来要走)

李淑英:同志,你再休息一下。开车还有一会儿吧。

赵桂英:啊,是的。

张文奎:一修好了,北边的车一上来,你们就能过去。

赵桂英:(坐下,疲劳得闭上了眼睛,沉默了一会儿)刚才牺牲了一个小通讯员,我们埋了。一路上他一直昏迷着,有时候他说:"是,首长。"我说:"你说什么呀?"他说:"首长叫我呢,告诉他我就来。"

(沉默着。)

李淑英:同志,你叫什么名字?

赵桂英:赵桂英。

李淑英:我叫李淑英,这是张文奎,我们都是搞电讯工作的。

赵桂英:那咱们就算认识了。我是青年团员,四九年参军的……

李淑英:我们也是青年团员。

赵桂英:那好极了。……还有点要求,能再有点吃的东西没?伤员们还饿着哩……(沉默)没有就算了。

李淑英:刚才全拿给同志们了,你饿了两天啦?

赵桂英:两天。

张文奎:能撑得住?

赵桂英:就是累得不行。太冷,又下雪了,伤员们全冻着。我没有办法叫他们暖和,抱着他们的腿也不能叫他们暖和……

李淑英:我觉得,要记住你这样的同志。

张文奎:你很年轻吧?

赵桂英：不，我二十啦。就是长得小。到处见到我们的同志，我都记着。比方说，将来我到了什么地方了，也许一下子想起来，这车站上我们的同志，你们两位，还有别的同志，我自己知道我们做着挺伟大的工作！……好，同志们，再见！

张文奎：别慌，同志，问句话：三八线突破了吧？

赵桂英：哎呀，你看我都忘了跟你们说。突破了，全线突破！一直往汉城前进了。咱们的战士们，那个士气高的！我还带过几个美国俘虏呢，全是些狗熊，低着头一句也不敢哼。

张文奎：咱们的后勤能供给得上吗？

赵桂英：恐怕就是这个问题，铁路公路叫敌人飞机破坏得凶。战线又拉得这么长，能有一车粮食什么的运上去，战士们真高兴的了不得！我们有个负伤的营长，有回跟我说："你告诉后勤同志们，咱们感谢他们准时给咱们运上来的弹药，保证了这个胜仗！"可不是，战士们好些天，就靠着一天吃几块炒面，紧着肚子往前冲！咱们的战士们，那真是……哎呀……好啦，再见同志们！（下）

（静默着。）

张文奎：你看这事情，前方的战士不知在怎么等着！（看看表）我出去看看。

李淑英：好吧。

（张文奎下，李淑英拿起电话来问着："小何，有消息吗？"放下。朝鲜女同志崔玉秀入，端着一盘炭火。）

崔玉秀：烤火呀，李淑英同志。

李淑英：哎呀，不，不冷。

崔玉秀：还不冷哩，你们中国同志们老这么的，这是我打村里找来的炭。

李淑英：崔玉秀同志，你是要一直在这儿工作了吧？

崔玉秀：不一定。……我跟我母亲是临时参加工作的，我母亲老说,她挺喜欢你们。
李淑英:老太太精神真好。
崔玉秀:张文奎同志是你未婚夫吧?
李淑英:(笑了一笑。)
崔玉秀:他真行。他们电务队到这站上来没两天,干的活可多呀。……线路就能修通吗?
李淑英:快了吧。你怎么脸孔这么红的?
崔玉秀:太冷啦,金站长刚才叫我喝了点酒。你听说三八线突破了吧?我现在在请求上人民军去。
李淑英:上人民军去?
崔玉秀:到前线去,金站长他跟我辩论呢,他说妇女不必上前线去……好,你忙,以后再谈吧。我要给伤员同志送点酒去。
　　　(王义偕张政委上。)
王　义:崔玉秀同志,你忙哪。
崔玉秀:不忙,军代表,给你们送火来啦。(下)
政　委:这朝鲜姑娘挺活泼的……你们这里是刚调来的那个青年电务队吗?
王　义:刚调来,今天算是头一回配合出任务。
政　委:我听说过这些年青人,这样叫他们独立锻炼锻炼行。
　　　(李淑英站了起来。)
王　义:这是我们交换台电话小组长李淑英,青年团员。我们那电务队也多半是青年团员,全是铁路工人子弟。
政　委:好!辛苦啦,啊。(拿起电话)我要指挥部。指挥部吗?……我张刚啦,我来二分站了解情况的,过一会儿就上你们那里开个联合会议。你们就能完成任务吗?啊?好。还有一件事情,前方下来两列卫生列车缺乏粮食,叫三分站的负责同志,马上准备粮食,把手边的都集中起来给伤员……好!(放下电话)
王　义:我们电务队南边的线路也保证完成。

政　　委：那好……

王　　义：烤下火吧。可惜这回碰到老首长没什么招待的了。前几天还有几个罐头……

政　　委：过几天我招待你吧。刚才在外边你真的没认出来是我？

王　　义：没想到。就是听着声音挺熟的。

政　　委：（笑着）好啊，呵！你还活着呀。伤好了吗？

王　　义：好啦。闹过一阵情绪呢，医院里给我来了个二等残废的鉴定，腿不行，肺又有毛病，不叫回前线。脑子里我就打开仗了，怎么办呢？还能做什么呢？可想不到，铁道上搞了两年，肺部完全好了。今天还能上这里来抗美援朝！

政　　委：没毛病？

王　　义：什么空气都能呼吸。

李淑英：不过咱们王义同志老是不注意身体。

政　　委：你看，控告你啦。

王　　义：罪证不足。像我们这种人，怪得很，就是死不了。

政　　委：老婆呢？

王　　义：学习去啦。喏，你看，这是我刚刚满四个月的儿子。（取出一张照片来）

政　　委：好！……你不但活着，还生了个儿子呀。我以为你早就报销了呢。

李淑英：（走过来看照片）王义同志，你为什么不告诉我们，不给我们看呢？

政　　委：你看，又控告啦。

李淑英：我们还不知道他有爱人呢。

王　　义：现在知道了吧。再没别的秘密了，再没了。……咱们这里的工作相当困难，可是也总还能对付，请老上级放心。

政　　委：行。现在三八线突破了，可是正因着这样，要考虑到长期的斗争打算。咱们有的同志有种思想，认为这里一切工作都是临时性的。这种思想不行。

王　　义：是……慢慢地认识到抗美援朝这个斗争了。有时候一蹿进这地洞，就想起四五年的地道战。想到你把我亲自打火线背下来，想到党的教育培养。现在能为这伟大斗争尽点儿力量，心里有时挺觉得幸福愉快。

政　　委：那是。青年团员同志，你觉得怎样？

李淑英：是的。

王　　义：咱们将来回到祖国，要好好地参加建设。

政　　委：现在咱们在这里不就是等于建设祖国？

王　　义：老首长比从前更精神啦。

政　　委：不好？（快乐地）呵，要是有时候看见年青人，比方看见这些青年团员同志，心里有那么点羡慕，那就是成了老头子啦。说到建设，我有个老战友在搞地方工作，他发动义务劳动建筑了一座公园。他的设计是，比方说，这里是工厂山坡，这里是草木园子桃树林，这里是音乐堂，露天跳舞所。为什么建筑在这里呢？因为打后门一出去就是桃树林，星期日跳舞的年青人，跳累啦，就好一直走到桃树林里去，坐下来休息休息……我说。完全拥护。青年团员同志，你说该不该完全拥护？

李淑英：（笑着）拥护！

政　　委：（看表）八点半！该有消息来啦。你们这电务队没问题吗？

王　　义：他们保证过。

（张文奎上，大衣没有了。）

王　　义：张文奎，来见见吧，这是上级张政委……这是咱们青年队伍队队长，腿叫摔了，今天留在家里。

政　　委：（和张文奎握手）好！我听说过你们这电务队！你们现在还有什么困难？

张文奎：没什么困难，就是斗争经验不挺多。

政　　委：好好干啊。

张文奎：是。

王　义：你上哪去了？
张文奎：我去看了伤员列车。
王　义：现在是八点半，你腿能行吗？
张文奎：能走。
王　义：再等十分钟没消息，你迎着老白去。
张文奎：是。
政　委：好，王义，上去吧。找金站长研究一下。等通车了我们一道上指挥部去。
王　义：你们听着电话。
　　　　（两人下。张文奎坐下来看着表。）
李淑英：（突然觉察到）喂，你的大衣呢？
张文奎：交那护士同志给伤员了。
　　　　（静默。李淑英脱下大衣来，披在他身上。）
张文奎：别这样，我不冷。
李淑英：你别叫腿冻着；你是要上外边干活的。来烤下火吧。
　　　　（张文奎取下大衣，披在李淑英身上。）
李淑英：文奎，你怎么搞的？
张文奎：穿上吧。不定是冻着我还是冻着你呢。
李淑英：（把大衣从肩膀上拿下来，但又披上。）你这家伙。
张文奎：雪又下大了，不知老白他们怎么受法？（看表）好，我去！
李淑英：你别……好，那你拿大衣去吧。
张文奎：这可以。（张文奎还没有拿过大衣，电话铃响。）
李淑英：（急忙拿起）啊，我是啊！啊！啊！（搁下，兴奋地）我们的人南边线路修好了。
张文奎：通了？
李淑英：老白的电话。
张文奎：（天真而高兴）呵，我们的人到底能行！
李淑英：你看你刚才都沉不住气。
张文奎：完全不是那么的。（电话铃响，他顺手拿起来）啊，好！……你接站长室，王义同志在站长室（放下电话）

　　　　　　指挥部电话。路轨线路全部完成。一〇二次马上过来。
李淑英：好,好极了!
　　　　　（外面一声爆炸,大家听着。）
李淑英：又是定时炸弹。
张文奎：这狗东西!……
　　　　　（朱佩芳自交换台出。）
朱佩芳：李淑英,交换台通站外的线路断了。
张文奎：在通话没?
朱佩芳：站长室的军用线正在讲话。
　　　　　（李淑英迅速地把大衣披在张文奎身上。入内。）
张文奎：我检查去。（跑下）
李淑英：文奎呢?
朱佩芳：去检查了。
李淑英：我来去看看……大概是刚才那炸弹。
朱佩芳：我去……你放心,我去。（下）
　　　　　（李淑英走到洞口又走回,拿起电话来听听又放下。金站长入。）
金站长：断了?
李淑英：哦,金站长。断了。
金站长：政委呢?
李淑英：你没碰见吗?也许跟王义同志去看线路去了。张文奎刚才去检查了。
金站长：张文奎同志的腿……
李淑英：他能行的。
金站长：好吧……你们冷吗?
李淑英：不冷。这不是送火来了。金站长,你们朝鲜同志老是……
金站长：好啦,别说啦。我们还有点酒,待会儿通车了给你们送来。我跟我们那崔玉秀说,叫她多跟你们学习……（往外去）

李淑英：崔玉秀要上人民军去？

金站长：（站下）她也跟你说哪？这姑娘！

李淑英：批准他去吗？

金站长：她老是嚷着要上火线去。可是我跟他说火线上不是妇女的事情。……

李淑英：不一样吗？

金站长：不一样，我们朝鲜妇女能干活，能够创造世界上顶好的和平生活。不过也许你们女同志觉得我这是完全不正确。

李淑英：你有一点儿正确。对国家讲起来，妇女是一样的。

金站长：噢，对的。（笑）我这又受批评啦。好，我去看线路。（下）

（李淑英笑着看着他下，朱佩芳上。）

朱佩芳：是刚才那定时炸弹，北口二○八号杆子倒了。张文奎抢了线爬上二○九号杆子了。马上就修好。

李淑英：他腿能行吗？

朱佩芳：他先走路还有点拐，爬的时候完全没什么。王义同志还有好几个朝鲜养路工同志都担心他腿不行会摔下来，可是他一直就爬上去了。

李淑英：（自豪地）他不会掉下来的。

朱佩芳：我再去看。（下）

李淑英：（又拿起电话机听了一下。）他不会掉下来的，这家伙……

（电务队的青年们，白先文。周桂，刘三黑等一群完成任务回来了。大家疲惫而又兴奋，放下工具、线圈等，拂着身上的雪，有的高兴地叫着抢过来烤火。）

李淑英：（站起来。）喝，回来啦！老白，辛苦啦。

白先文：同志们，慢点烤火，会冻伤的……李淑英，怎么？附近通车了没有呀？

周　桂：那反正咱们是完成了任务。

白先文：你这思想有问题。李淑英，是咱们南边先修好的，还是北边道路先铺好的？
李淑英：差不多时间，我们先一点点。
青年乙：我说的吧！叫他们看看！
周　桂：我说的吧。李淑英，呵，你还没休息呀？张文奎呢？
李淑英：张文奎可把你们等的够慌，急得像什么似的，还把你骂了一阵子。
大伙儿：人呢？
李淑英：刚才北口外线坏了，张文奎跟王义同志去修了，上了杆子了，还没修好。
白先文：他腿能行？
李淑英：不行也得行。
白先文：我去。小徐跟我去。（偕青年甲下。）
周　桂：李淑英呀，我这衣服又撕破了，等会儿等你跟我缝两针。
李淑英：行。
青年乙：我的也破了。
青年丙。我的袖子还不是。
李淑英：（笑）行，都行。
周　桂：看我的鞋，打天上看这是鞋，打地上看……（翘起坏了底的鞋子来，大家笑。）喂，三黑，别顾着自己抽呀，来我一口。
刘三黑：等一等。
周　桂：再等你就抽光了。你上回还欠我半颗烟的。
李淑英：小周，你又这么调皮，叫张文奎回来"开"你。
周　桂：不要紧，张文奎咱俩就跟你们俩一样，没关系。……李淑英，还有吃的没？肚子不行了，冷的受不住。
李淑英：没有，要到明天早上呢。今天晚饭家里没一个人吃的，王义同志都没吃。
周　桂：那为什么？
刘三黑：周桂，别吵吵，我这还有几个土豆。
李淑英：看见站台外边两列车的伤员没？前方下来饿了两天

啦。……

刘三黑：把这两个土豆给伤员吧，小周，别咬。

周　桂：两个顶什么用？

青年乙：我这还有，忙活忘了吃。

青年丙：我这有。

青年丁：我这有。

……

（大家取出土豆来，放在桌子上。小周把咬破了皮的土豆抚摸了一下，也放在桌上）

刘三黑：我送去。（摘下帽子，把土豆放在里面捧着下。大家沉默着。有的在跳脚取暖，有的在试探地走过去烤火。电话铃响。）

李淑英：好！好！（迫切地拿起电话。听了一听。又放下）好，这家伙他们修好啦。……小周，你们没出差错耽搁吧，怎么这么久？

周　桂：呵，你不知道那个困难劲儿。一出去还没什么，后来雪愈下愈大。断线在雪里边全看不见哪……这里支着一条破钢轨，那里横着一块烂木头。那杆子又是滑溜的，像他妈冰棍一样，上去就滑下来。张文奎昨儿不就是那么摔坏的。

青年丙：差错没出。小天接错了一个头，老白检查出来了。

青年丁：大伙儿都蹭破了好几块皮。

周　桂：我可是冻的迷糊哪，爬了一阵就好像我的脚没有哪，我还摸了一摸。我想咱这青年电务队，全是张文奎跟老白几个争出来的，往后要争取独立任务，可不能丢脸。

李淑英：我告诉你们一件事，局里的张政委在咱们这里，大伙可得精神一点。

周　桂：对。

青年丙：政委来干什么？

李淑英：解决咱站上堵塞车辆的问题。

（朱佩芳上。）

朱佩芳：王义同志叫来几个人帮助，拉一颗定时炸弹，在第四号轨道上，本来以为这条轨道今晚不用的。
（她没说完，青年们轰的一声站了起来。全体挤出去了。）

李淑英：这些家伙，像个什么的。

朱佩芳：政委认为必须把第四号轨道清理出来。他说，咱们将来还要加两条轨道。
（刘三黑入）

刘三黑：怎么啦？人呢？

李淑英：出去干定时炸弹去啦。

刘三黑：在哪儿？我去……

李淑英：伤员怎样啦？

刘三黑：没说的。大伙躺在车厢里，哼都不哼一声。我上去说，同志们，我们没别的，这几个土豆同志们分吧。一个伤员说：不了，刚才都送来过了。他们排长跟我说：你们自己也不够吃的呀。我说：我们是祖国来的铁路工人，同志们吃吧，我们总比你们强呢。排长在车厢里爬过去喊一个名字给一颗，有的就再分成两半给别人。有个伤员说：咱祖国来的铁路工人自己饿着叫咱们吃，别看这半个土豆，这代表祖国的，咱们多会儿也忘不了。
（静默。）

刘三黑：我看着他们吃下去了，我心里比完成什么任务都痛快。
（跑出去）

朱佩芳：咱们的人真强呢。

李淑英：可不是。

朱佩芳：我时常想……我跟这么些勇敢的人在一起……我虽然是知识分子出身，我虽然也没有能生在红军时代，长征时代，可终归是中国新民主主义青年团第一批青年团员！我今天能参加抗美援朝这个斗争，我还有什么地方要不相信自己呢？
朱佩芳：（沉默了一下）我帮他们搞定时炸弹去！
李淑英：不，你别。（拿起了桌子上的文件）……小何值班，还不怎么行，你上里边看着帮助他，我去跟同志们找点热水来。
朱佩芳：我去，你早该休息啦。
李淑英：我这就是休息，我跑点路暖和。
朱佩芳：（忽然地）李淑英！……张文奎他们在搞炸弹，那是每一秒钟都可能爆炸的……
李淑英：没什么。（沉默了一下。）每天不都在搞吗？搞完就能通车吧。

（两个人站着，听着外面的风声，然后李淑英跑出去了。朱佩芳走到洞口向外看看，入内。张文奎等陆续上。）

周　桂：哎呀，好冷哪，这玩意儿……喂！我说咱们队长，行！
张文奎：不，这主要是老白！
刘三黑：你们几个扛起那玩意儿像个大葡萄。我这都还追不上。
白先文：文奎，你这腿真的行哪。
张文奎：行哪。老白。就是这会儿又有点痛。来烧下火，老白。
周　桂：听说你在家里等急哪，骂了咱们一顿，有这事儿不？
张文奎：有这事儿。这表都要看穿了！我老在想咱们这电务队都太年青，这又是到这站上来头一回出任务，不一定能不能行呢？看着伤员，我心里就焦。这好哪，一〇二次一过来，伤员车就能过去……

（李淑英提着一桶热水入。）

李淑英：同志们，开水。

（大家寻找舀水的东西，小周跑地最快，慌忙地舀了一盆。）

李淑英：哎呀，可别烫坏了呀，看这么慌的。
张文奎：小周，你怎么搞的？
周　桂：（天真地）呵，我烫脚呢，你不烫脚吗？

白先文：同志们,别忘了跟电话组女同志们多留一点呀。

（小周愣住了。）

李淑英：没关系……

（小周放下了他的盆子,但又端起）

周　桂：（天真地）李淑英,这给你吧。

李淑英：不……我用不着……

周　桂：哎,这给你的。（放下,走开去。）

张文奎：（走过来）小周,你使吧。

周　桂：不,桶里都快没了,李淑英她要。

张文奎：叫你使。我刚才是怪你太冒失啦。（端起水来。）你那脚是冻坏啦。你使。

（小周顺从地坐下,张文奎拿过墙边的一个挂包来,取出了一双旧布鞋。）

张文奎：（放在小周旁边）这换上吧。

周　桂：不,你脚上那跟我也差不多呢,我不要。

张文奎：（简单地）换上。

周　桂：不……我刚才太冒失啦。

张文奎：换上。同志们,大家洗洗脚吧。

白先文：文奎,你也来。

张文奎：我等一会儿,老白。（舀了一点水喝着。）今儿头一回没跟大伙一块儿干活,心里老不自在。咱们这多半是自小一块儿长大的,又一块儿抗美援朝走了这些路,要是我有一点儿对不住谁,我心里就不好受。……三黑,你说是这个意思不？

刘三黑：是。

张文奎：今天完成任务痛快吧。

刘三黑：痛快。

周　桂：三黑跟我说来着,将来立了功回去,他就要去找吴桂兰,告诉他说……

刘三黑：去你的,谁这么说的？

386

李淑英：对啦。过去吴桂兰跟我说过,说你挺好,不论什么都挺忠实,就是……

刘三黑：别……(改了口)就是什么呢?

周　桂：你看,露馅啦,动心啦。

李淑英：就是说话爱脸红。

刘三黑：(笑)可这又怎么的?我就是叫它不红不红它可老是刷的一下……

　　　　(大家又笑了。)

李淑英：不是的,是说。希望你政治上要进步。

张文奎：哦,想起来了。同志们哪,我报告一点消息:刚才伤员列车上带来的,咱们的部队全线突破三八线,向着汉城前进哪!

　　　　(大家欢呼。)

张文奎：可是前方缺粮食,缺弹药。战士们一天就能吃几口炒面。战士们等着咱们铁路上运上东西去,保证战役的胜利!……

白先文：同志们,咱们团支部要做这个保证!

　　　　(传来列车过站的强大的声音。)

周　桂：一○二次过来啦!

　　　　(大家拥到洞口。有人跑了出去。列车声渐远。)

张文奎：好!又一列车的弹药上去了。

　　　　(机车发动的声音,汽笛声。渐近。)

张文奎：同志们,咱们欢送去!

　　　　(大家正要出去,金站长、王义、政委上。)

金站长：你们中国同志的这种精神,给我们朝鲜同志很大的鼓励。

王　义：我有一点意见,张文奎。大伙正在想另外的办法,你们把那炸弹扛了就走。你腿不好,这过于冒险啦。

张文奎：我急啦。

王　义：以后注意,战斗可需要谨慎呢。

张文奎：那是、我跟老白在路上说来着：政委在这里，这一夜还有十几列车，我们一定要完成任务。我们这些都是祖国来的青年，早先铁路上叫人踩在脚底下的拣煤渣的……

李淑英：刚才朱佩芳说过：我们是中国新民主主义青年团第一批青年团员。

王　义：这对。

白先文：我们请政委给我们指示。

（大家鼓掌）

政　委：好哇，同志们！希望青年同志们的电务队锻炼得更坚强！我代表我们党和中国人民志愿军祝贺在朝鲜铁路上战斗的，新中国第一批新民主主义青年团员！

（大家欢呼，又传来机车开动的声音）

白先文：第二列卫生列车开车啦，咱们欢送伤员去！

（青年们全体拥出去了，传来欢呼、鼓掌的声音。）

金站长：这些中国青年同志真有劲了。

政　委：（笑着，听着外面的声音）王义，你看，他们这电务队能独立负担这地区的基本工作吗？

王　义：慢慢锻炼，能的。

（欢呼声、列车声渐远。舞台上三个人注意地听着。）

——幕

# 第 二 幕

景同第一幕。

几天之后的一个上午,朱佩芳和金站长上。朱佩芳拖着一个草袋。

朱佩芳:(一边蹽进洞来)金站长,你为什么要一个人去扛粮食包呢,待会儿同志们来了,大伙干吧。(把草袋里的苞米倒在桌子上,捡着里面的脏东西。)
金站长:(疲乏地坐下来)我试试看,究竟一包有多重。别看我负责伤,我还能扛得起呢……咦,王义同志没在?
朱佩芳:区间车不是叫耽搁了十分钟?王义同志在跟电务队同志们检讨责任问题。电务队同志早上去检查线路,出了错。
金站长:这责任倒不全在电务队同志……
朱佩芳:大伙是麻痹大意了。
金站长:我们那崔玉秀跟你说,她上村里去了?
朱佩芳:不是说要动员村里的同志们来疏散粮食的?
金站长:(帮着他捡着苞米)朱佩芳同志哪,咱们现在挺熟啦。
朱佩芳:挺熟。
金站长:要是在战争以前,你们来我们这里……你们会看见我们这地方的田地……太阳晒着几天,地里就肥得直冒油……这边的风景也挺美的。
(朝鲜搬运工朴正上。)
朴　正:站长同志,我病好了。

金站长：（笑）这老头儿！刚才不谈过么？再休息两天吧，搬运工作有人替你干。

朴　正：我在这站上前前后后二十年了。要不是挂过花，我早在前线了。

金站长：这我知道。

朴　正：我昨天虽说是跌倒啦，那不过是一个小石子儿绊的，并没有误事儿呀。

金站长：你都说过了，朴正同志……

朴　正：五年来我只出过两回小事故，有一回还是因为道房下边的地基坏了。另外一回呢，那是因为我伤口开了。

金站长：朴正同志，你比我大整整的一辈啦，和日本人斗争过来的老游击队员我有不知道的？完全不是别的问题。你自己该知道，你的腿不是那么灵活，伤口老是开，实在是身体不行啦。

朴　正：（大声）我的腿不行？昨天不过是叫那倒霉的石子儿绊了一下呀。你看！（正步走；然后跑步……然后像一个老军人似地立正，激动地站着。）

金站长：（含着眼泪微笑着。）

朴　正：报告站长，在搬道机旁边二十年，决心为祖国死在搬道机上。

金站长：好吧，工作吧。

朴　正：（敬礼）感谢站长。

金站长：我那还有点酒，你拿来喝吧。

朴　正：你留着。

金站长：你从前种过庄稼，是不是？

朴　正：怎么没种过？在地里十来年……

金站长：（笑）那就拿去吧，为咱们朝鲜的土地，你喝一口，也替我喝一口。

朴　正：是。

（朴正出去，金站长随着出去。朱佩芳继续数着苞米，

390

嘴里念着数目78，79，80，然后轻轻地哼着青年团员之歌。）

（何兴上）

朱佩芳：小何，你快值班了吧？
何　兴：我刚刚睡醒。老呆在地洞里，躲猫子似的，眼睛都见不了太阳啦。今天太阳真好。……（坐在一边，拿着几颗苞米玩着。）
朱佩芳：我看你精神老不对劲……
何　兴：怎么不对劲呢？……也许直接到火线上去，要好些，我们这呢，光挨打，轰炸、轰炸……

（朴正上，端着一大碗酒）

朴　正：中国的青年同志们，喝酒暖和暖和吧。朝鲜老游击队员敬你们一口，为咱们朝鲜的土地喝一口。
何　兴：好吧，老游击队员同志。（喝了一口）
朱佩芳：老游击队员请我们喝酒，我们等会儿送你我们祖国来的白糖。
何　兴：送你白糖。（又喝酒）真有点冷啊，北京这个时候，不知是什么天气。
朱佩芳：还不是冬天。
何　兴：恐怕是春天啦。
朱佩芳：胡吹。才过了年不几天就是春天啦？北京这时候一样下雪。
何　兴：开了年怎么不是春天？我在北京呆过春天。
朱佩芳：（强硬地）下雪，冬天。
何　兴：有时候下雪。一不下雪就是春天。
朱佩芳：冬天。人家还溜冰呢。
何　兴：太阳一晒，冰就化啦。春天。
朱佩芳：算了，算我说不过你行不行？谁跟你抬杠！少喝一点，你等会要工作。
何　兴：决不妨碍工作。老游击队员同志，敬你一口……战士总

　　　　　　要像个战士,咱们可再不是小孩子啦;将来回国咱们可是什么都见过的人啦。

朱佩芳:你以为喝喝酒说说粗话,就是战士啦。差得远呢。

何　兴:我并不这样想。不管事实如何,我们这总归是下了决心的人。(又喝了一口)喂,我听兵站的一个同志说,北京天安门上的那幅毛主席像换啦,换了一幅十几丈长的,十几二十里都看得见。

朱佩芳:有这样大?

何　兴:千真万确。

朱佩芳:天安门楼才多高呀,那像怎么挂法?

何　兴:呵,天安门楼有三十几,要么有二十几,你站在底下不觉得……你不看照片上……

朱佩芳:算了,别抬杠了,将来回国……

何　兴:不管怎么样吧,我这一辈子有一个希望,就是见一次毛主席……我觉得我们在朝鲜,在这掩蔽部里,比方说,我们心里怎么想,我们希望些什么,毛主席统统都知道的。

朴　正:(举起碗来)为毛主席健康。

何　兴:为金日成将军健康。(兴奋地)朴正同志——汉城解放万岁!把强盗们一股劲赶下海去,咱们就能好好地过和平生活啦。

朴　正:小何同志,你的话对!你们看我还不老,还能行吧。我现在是不能到前线去啦,可是我一定要看见胜利,你们庆祝我这老头斗争到胜利吧。……

何　兴:庆祝你!

朴　正:(把酒喝干)一定要看见胜利,我还要再拿我这手把毁了的房子盖起来!(突然地大声高呼)毛主席万岁!……好,干活去吧,同志们!(下)
　　　　　　(朱佩芳拿起草袋,要出去。)

何　兴:你哪去?

朱佩芳:捡苞米去,外边漏的还有呢。……小何,你有些思想

何　兴：怎么不对？
朱佩芳：你心里希望战争赶快胜利，是不是？
何　兴：你就不希望？胜利了，咱们就能回国，那时候我要去学电机工程。我早就想过了。你就不希望？
朱佩芳：我当然希望。
何　兴：那不就完了。
朱佩芳：可是上级批评过这种思想。和美帝国主义斗争是长期的，不能把它赶下海去就完事。
何　兴：这我知道。（沉默了一下）可是长期的，要多长呢？
朱佩芳：直到完全打垮它，直到美帝国主义，再不敢侵犯咱们为止。
何　兴：（沉默着。）
朱佩芳：我有时候也是希望快打快回。李淑英跟我谈过，我们电务队同志们也有提这种思想的。所以这些天一听到胜利，我们就疏忽啦……
何　兴：哎，我知道……
朱佩芳：怎么样？想不通？
何　兴：倒不是想不通。……
朱佩芳：是不是条件太艰苦啦？当然，这斗争环境是艰苦啦……
何　兴：好啦，你别说啦。
朱佩芳：我希望你努力争取入团。

（何兴沉默着。朱佩芳沉默了一下，提着草袋预备下，又站住。）

朱佩芳：我这是很诚恳地跟你谈……
何　兴：我知道。
朱佩芳：我有时候也是觉得困难……我们都要好好锻炼，在这么伟大的斗争里，个人的事算不得什么。你想汉城解放有咱们一份的。我有时候很疲劳，夜晚走路还害怕，可是我拿这来鼓励自己。我们应该像李淑英他们学习。

（何兴沉思着。朱佩芳下。何兴一个人站了一会儿，捡起桌子上的两颗苞米来咬了一咬，走近交换台。张文奎、王义、白先文上）

王　义：这些问题，应该发挥团的组织力量来解决。小周的错误，我看是个思想问题。党支部虽号召过同志们不能麻痹大意，不能凭冲动干事，准备长期斗争，现在就出在这一点上，就不能够完全是偶然的，对不对？

张文奎：这也是他技术不好。

白先文：可是这是思想问题。这是我在团的工作上没有尽到责任。

张文奎：我请求领导上处罚我。

（李淑英出，听着。）

王　义：不是处罚的问题……

张文奎，王义同志……哎，这样搞下去我们这电务队不能独立作战了。

王　义：可是你看着原因在哪里呢？

张文奎：出国以来的那一股劲，配合着前线的胜利，说什么干什么，有什么干什么，可是一到要做长期的工作，就没计划了。连我在内，都不大注意平常的检查工作的重要性，以为反正敌机天天炸，哪里有事哪里去，今天对付过去，明天就再说。为这个老白还跟我争过，上级指示过，党支部也指示过，一面抢修，一面保护、建设，可是思想里，光只有个抢修，还想去干大活，事实上总是被动的……

王　义：正是这个问题。

张文奎：今天天没亮，我就派小周去检查四〇三到四〇九的线路，我以为咱们这边的工作重要。我心里还捉摸着，段上的哪一节活要派咱们去，就没细想，老白要我多派一个人去，我也没同意。他回来说没问题，我就没研究。本来昨天就该把四〇三到四〇九这节临时线整理一下

　　　　的。可是一想,反正敌机天天炸,凑合着再说吧。区间车快到的时候,才发现线路不灵,这么的就耽搁了十分钟的行车。
王　义：他究竟是不是偷懒呢?
白先文：那倒不,他有时候挺负责,挺行,可是心里就是捉摸着干大活。同志们里边有这种思想,以为胜利啦,没多少时候啦,咱们已经做的不少啦。
王　义：长期斗争准备不够,叫胜利弄迷糊啦,以为战争很快就会结束。今天对付过去就不管明天,不普遍地提高技术,组织性不够,这是个什么思想问题呢?这就是把电务队当成个临时凑合的组织,所以耽搁了十分钟行车虽然是件大事,这思想问题更是件大事。党的意见是要抓紧时间来搞通这个问题,老白你负责……好,你们研究吧,我找金站长有事情,等会儿要疏散物资……(下)
　　　　(张文奎、白先文、李淑英,静默地坐着。)
张文奎：人家刚夸奖咱们,青年队伍队青年电务队的,就搞出这种事情来了。耽搁十分钟的行车!叫战士们在战壕里多等十分钟!
白先文：文奎,你别……
张文奎：白先文,你是支部书记,我是支部委员,李淑英也在这里。我要求你处分我。
白先文：(沉默了一会儿)主要的应该是我的责任。
张文奎：我就是不满意你这脾气,什么都是你的责任,这不明确。
白先文：这怎么不明确呢?
张文奎：不明确。
白先文：明确的。第一,团的工作没搞好,没有能完成党支部的任务。第二,对你提的意见不够,没把思想联系作业方法。……你有时候有使性子的,计划性不够。
张文奎：(沉默着。)
李淑英：主要是思想问题。大家对抗美援朝的长期斗争认识不够。

张文奎：我认识不够？多久胜利多久回国，这不够？

白先文：这不是你我一两个人的够不够？王义同志刚才不是说的很明白吗？麻痹大意啦，叫胜利弄迷糊啦，不做长期打算啦。

张文奎：这对。……老白，我刚才讲话是不是有点……你别介意。

白先文：那不会的。

张文奎：我他妈的心里不好受。

白先文：我们提出过这问题的：不能光凭勇敢。

张文奎：我没脸见王义同志，也没脸见老电务队的人们。

白先文：（沉默着。）

张文奎：我骄傲啦……（憎恨地）哎！

白先文：文奎，这是的，你有点骄傲啦，当然咱们这电务队是有成绩的……

张文奎：仔细想起来真他妈不对劲。你为大伙做了这么多工作……可是，好像在一块儿久了，觉着你这是应该的。你有时候说了意见，我也没好好想想。多会儿也没想到，你看着这艰苦的情形，大伙搞不好，你心里有多犯愁。

白先文：说这干什么呢？

张文奎：不是说这个。老白，咱们要一块儿在炸弹里边爬到底。

白先文：这还有问题？前儿个咱们打冰上过去，你在雪坡那边，我喊：文奎！你说：老白，喂，在这里。我就挺……我心里就觉得挺美。你喊：老白！我说：在这，文奎……我觉得咱们什么困难都能克服。（沉默了一会儿）我再找小周谈谈去，等下开个支部会。李淑英你把三黑的材料也准备一下。……你有什么意见？

李淑英：我想一想。

（白先文下，沉默了一会儿。）

李淑英：你别光难过。

张文奎：（摸出一个香烟头来，抽着。）

李淑英：你这身上衣服扣子差不多全掉光啦，棉花都见太阳啦，我不说你就不知道拿来缝一缝吗？

张文奎：（吸着烟）没关系。……将来胜利了回到祖国，我要跟老白一起上西北边疆参加建设铁道工作……

李淑英：你这人，怎么又想到这里去了？

张文奎：这么想吧。咱们新疆不是计划一条一直通苏联的大铁道呢？在国内的时候有一回跟老白谈过，不知现在动工了没有？新疆呀，好地方！（沉思着自言自语。）老白，喂，在这里。老白，喂，在这里……（吸着烟）实在也怪不得咱们同志们，有时候外边干活又冷又饿，站都站不住，一撒手就得回姥姥家。小周才十八，过去调皮捣蛋，几时干过这重的活呀？

李淑英：看，又没原则啦。

张文奎：你对这事有什么意见？

李淑英：我没意见。

张文奎：可得把私人感情分开啊。你是支部委员，你没意见？

李淑英：我当然有意见。可是你这么说更难了，你以为我就是私人感情吗？

张文奎：（笑）可是你不是在心里说：这事不能怪他，这事不能怪他，条件艰苦嘛。

李淑英：（气愤地）你听见我心里说的，别把人看的这么没原则啦！记得我跟你提过意见不？好好分工，多跟老白商量，不要老一个人往前蹦，可是你以为我这是担心你危险！你别跟我说！

（老白、小周上。小周走过来，站在张文奎身边，沉默着。）

张文奎：（摸出一个烟头）抽烟吧，小周。

（小周机械地接过香烟。张文奎替他划火柴，烟掉在地

397

上了。小周低着头，眼泪落在地上。）

张文奎：小周别难过了，大伙检讨一下思想，下次注意。

周　桂：（沉默着。）

张文奎：你也得提高技术，别老依赖别人。

周　桂：（沉默着。）

张文奎：咱们这自然是艰苦的……

周　桂：张……张文奎，我过去是稀里糊涂的……可我今天不能这么样呀……

张文奎：我们都有责任，主要的是我。

周　桂：这你知道，我十四岁就做过反动派的大牢……抗美援朝出来……我今天不能这么的呀。

张文奎：小周，别提这些。

（电务队的青年们入，悄悄地坐下。朱佩芳提着草袋进来。）

白先文：同志们都来了，咱们抽这个时间开个会吧。请朱佩芳同志记录一下。咱们今天这个会是电务队调到这站上来，第一次支部大会，非团员同志也可以参加。今天讨论的第一个是小周今天早上的错误，耽搁了十分钟的行车，也是咱们电务队的错误。党指示我们最主要的是个思想问题，比方说汉城解放啦，咱们有的同志就以为快顺利回国啦。第二个问题讨论刘三黑同志申请入团的问题。

张文奎：这会完了咱们电务队再谈谈行政上作业的问题。第一个问题是这样，耽搁了行车，主要是我的责任。我叫小周去的时候，并没有告诉他这工作的重要。主要的是：第一，咱们叫胜利弄迷糊啦，麻痹大意，凭股冲动干事，第二，不注意平常的检查工作，光想干大活，抱着个单纯的立功思想。

刘三黑：我能说不？

白先文：能。三黑，你能说？

刘三黑：就是……小周今早上累是累，可是他为什么不提出来呢？他有时挺负责，工作挺好，有时就不注意……（想了一下，激动地）就这。

白先文：你说吧，慢慢地说。

刘三黑：是有胜利思想……小廖就说过，没一阵子了，行了；汉城解放，北朝鲜都解放了，行了，美国飞机不敢来了。小王也说过：咱们已经替朝鲜人民报了仇了，美国帝国主义算不了什么，半个月准完蛋。我说：咱们这电务队上级这么培养，能不能站的住要看咱们自己了。耽搁了十分钟的行车，就是叫前方战士在战壕里多等十分钟。

李淑英：我觉得首先应该批评张文奎。

青年乙：不同意，这不是张文奎的错。今天早上大伙那样忙，光站内的线路就够整的。……小周一时疏忽，这也不是大事。要说耽搁行车，那普通线路没修好，路轨没铺好，桥梁、涵洞没整好，不都耽搁行车的？这又不是平时。一天炸上十几次，一次就是好几百炸弹。天这么冷，大伙这么累，带饥带饿紧着裤带干，没功劳也有苦劳呀。张文奎同志他哪一件事不是走在前面的？

青年丙：这也对。

白先文：过去的线路、桥梁、路轨什么的，那是因为敌机轰炸，今天这是因为什么？

（大家沉默着。）

青年乙：我是说一时疏忽免不了。条件这么困难，咱们的成绩不算小……

李淑英：这不对，我看咱们思想疲惫啦。凭着出国的热情干了一阵，现在有些不对劲啦。这种思想，那咱们这电务队有什么前途！

（沉默。）

周　桂：（站起来）这都是我的错。

张文奎：（站起来。）我问一句，大伙说：咱们今后能不能保证？

周　桂：能。要再出错，怎么处罚都行。这是我的思想问题。我就有那种满意自己的成绩的思想了。

张文奎：大伙说。……咱们这是跟敌人作战，一点不含糊，跟前线一样跟敌人作战。跟敌人作战，条件没有不困难的。可是咱们抗美援朝究竟是为了什么的？

李淑英：（愤怒地）这么说不解决问题！抗美援朝为什么是长期的？党指示过咱们，因为美帝国主义是世界上顶大的反动势力，不彻底打垮它人民就不能有和平！咱们这不光是为了咱们祖国，为了朝鲜，咱们这还是为了全世界的人民呢。咱们这一点成绩就满足啦，就功劳苦劳啦？像张文奎同志，就有些骄傲啦，嘴上说他有错，心里面还没有认识到这一点，这不对的！骄傲什么？记得咱们出国的时候，一路上朝鲜老大娘们怎么抱着咱们哭的？记得公路上那个叫炸死的小孩不？记得咱们帮着李老大娘学掘出来的她那个十六岁的女儿的尸首不？记得叫美国强盗剖开肚子挂在树上的老大爷不？整个朝鲜村庄叫烧杀得片瓦都不剩呀，走出两里路看看去！朝鲜人民，全世界人民看着咱们，这仇哪一天才报的了？再看看咱们前线的战士吧……骄傲什么？（激烈地）张文奎同志应该检讨！

（静默。张文奎激动地看着她，站了起来。）

张文奎：我完全同意李淑英的话。我是骄傲了，请支部批评处分。

青年甲：我是小组长。这思想毛病我也有，今天的错误我更有责任，请支部批评处分。

青年乙：（站起来）我。

青年丙：我觉得，同志们，这并不是张文奎同志一个人……

（一部分人站了起来，随后全体站起来了。）

张文奎：（激动地）不，同志们……

白先文：同志们，咱们初步地检讨了咱们的思想。我觉得李淑英同志的话是对的。可是，思想上的毛病是咱们全体的，并不就完全是张文奎同志一个人。他的主要缺点是计划性不够，耐性不够，这个，咱们支部对他提出批评。咱们要好好地做业务计划，提高技术。团的工作有缺点是我的责任。小周的错误咱们进行了批评。支部决定把咱们的初步的思想情况汇报给上级。咱们要提出一个保证：今后决不能叫前方的子弹、粮食在咱们手里耽搁一分钟。这样处理，同志们同意不？如果同意，请坐下。
（大家坐下。）

白先文：好，现在咱们讨论刘三黑同志申请入团的问题，非团员同志也可以参加发表意见……是不是叫小何来参加？

李淑英：小何值班呢，我等下换他去。

白先文：好，现在讨论刘三黑同志……

（刘三黑站了起来。）

白先文：三黑，你先坐下。三黑申请入团的问题，早该解决了，一直拉到今天才有时间。他的材料电务队各小组都讨论过了，支委会也讨论过了，现在我们先请组织委员李淑英同志报告。

李淑英：刘三黑同志，他父亲过去是沈阳段司机，闹罢工叫国民党反动派杀害。他十四岁到电务队当小工，大伙多半自小一块，这些都很清楚的。自传上也写的明白，小组里面同志们没什么问题，都赞成通过他入团。支部委员会的意见也没问题。事情是这样的，解放以后刘三黑同志最初政治上不够开展，不愿参加学习，埋头干活，后来他又病过一阵子。这次抗美援朝出国以前，他主动地申请入团。当时支部的意见是希望他先参加团的学习生活，在政治上多锻炼，在斗争中争取入团。经过出国这些时间，他在政治上、学习上都很进步而且工作积极带头，从来不叫苦；但是还有个缺点是要克服的，就是工作上的独立性还不够。现在支部综合大家的意见是通过刘三黑同志为正式团员,是不是这样,同志们大家谈。
周　　桂:讨论过了,没问题,完全赞成支部意见。
青年甲:三黑早就够入团了,没意见。
朱佩芳:我没参加过电务队小组,是不是再请刘三黑同志报告一下他的思想状况?
刘三黑:(站起来马上就说)我是这样的。我解放后了解咱们新的祖国啦,现在出国来我更清楚啦,可是我还是个群众。(激动地沉默。)
青年甲:他的自传上写的挺明白。
刘三黑:我小时候我妈死了,后来跟着我父亲……
张文奎:我觉得今天不用再提这些苦事情了。刘三黑同志大伙儿一块儿长大的,母亲死在日本人刺刀下,父亲死在反动派监牢里,这就是历史。
刘三黑:我的思想是这样的:我父亲死了以,顾着养活我姥姥,我就光埋头干活。那时候心里光知道有一股子冤仇,可是什么也不懂。我姥姥又老对着我哭,怕我出事。这么一直到解放后好一阵我都光知道干活,怕闹事,开会学习我都不参加。心里想:做工吧,入什么团呢。后来美帝国主义快打到鸭绿江边了,跟老白一道听了几回团课,一下子睁开眼睛了:过去咱们工人受的什么?现在咱们工人真的当家作主啦。咱们铁道上有毛泽东号、铁中号。咱们工人上了北京,跟毛主席一起。咱们东北到处是烟囱,到处是工厂。咱们能叫他美国强盗来吗?后来敌人炸安东,炸死了咱们的人,我心里就冒出火来了。我说:我这人我爹妈的血仇我都没替他们报,今天我能看着这个吗?我跟我姥姥说:你生活没问题,我去!出国来看到了朝鲜人民受美国强盗的这种灾难,在团的教育下,我才更知道了咱们这抗美援朝不光是为了报仇,也不光是保卫咱们东北的工厂,这是保卫全世界的和平!咱们在这里再苦些,我一想到沈阳的工厂在冒着

　　　　　烟,我心里就雪亮!我一定要在党的领导下,团的教育
　　　　　下斗争到底。
朱佩芳:没意见!同意入团!
李淑英:我个人同意刘三黑入团,就是希望他再加强学习。我换
　　　　　小何来。(下)
白先文:同志们还有什么不?
　　　　　(小何出,同时王义上。)
王　义:同志们,会议停止一下,立刻动手疏散粮食物资。朝鲜
　　　　　同志们已经来了。
白先文:好!同志们,有时间再继续讨论……准备绳子、扁担!
　　　　　(大家站起来,崔玉秀上。)
崔玉秀:副站长、军事代表同志,我们的人来了。
　　　　　(老朴正、几个朝鲜员工及一群朝鲜妇女上。)
白先文:欢迎朝鲜同志们!(大家鼓掌)同志们,咱们中国来的青
　　　　　年可不能叫朝鲜老大娘受累呀。
崔　母:同志们,毛泽东主席万岁!
张文奎:金日成将军万岁!
　　　　　(大家欢呼。)
王　义:好,大伙去吧,电务队分两个小组,地点已经指定好了。
　　　　　(大伙拥出去,发出欢呼喊叫的声音。剩下老白在收拾
　　　　　桌上的记录。何兴站在一边。)
何　兴:白先文同志。
白先文:你上去干活吗?
何　兴:是呀!可是本来该我值班。
白先文:那你值班吧。这大力的活你也不习惯。(下)
何　兴:(想了一想走向交换台入口,大声)李淑英同志,我上去
　　　　　帮助疏散粮食去,你看好不好?
　　　　　(朱佩芳匆忙进来,找了一根绳子捆着鞋。)
何　兴:怎么。你那鞋?
朱佩芳:捆一捆,你怎么样呀,还站在这里?

何　　兴：我想上去帮助干活。

朱佩芳：那你就上去吧。

何　　兴：不过李淑英她夜班刚下来，叫她一个人担班太累了。

朱佩芳：看你犹豫的！你就上机子值班去吧。

何　　兴：你值班去吧，我换你，你没力气。

朱佩芳：那我才不呢。我要搬粮食。（下）

　　　　（外面传来声音："杭哟！杭哟！""同志们加油！""第1组加油！"……小何犹豫了一下，走近交换台。）

　　　　（舞台空着，外面继续传来搬运粮食的声音。远远的枪响。喊声："同志们注意隐蔽，敌机空袭！"一阵机枪扫射过去了，然后又是飞机声、轰炸声……一颗炸弹落在附近。掩蔽部顶上的灰土纷纷地落下来。

　　　　小何慌忙地奔出来，又一颗炸弹落在掩蔽部顶上。爆炸声很强烈，掩蔽部左侧的一根木头落下来。小何趴下，随后他爬起来。）

何　　兴：（向外喊着）同志们，李淑英伤啦，交换台叫炸啦……（想要跑出去，但是一阵扫射又使他退了回来。他跑向交换台入口，试着来搬开坍倒在交换台入口的木头，但敌机继续轰炸，他又扒下了。敌机过去，他发痴地站着。张文奎、白先文、朱佩芳、刘三黑、小周、王义等上。）

张文奎：怎么啦？

何　　兴：交换台顶上塌了，李淑英伤了。

　　　　（张文奎、白先文急忙奔向交换台入口。大伙都向左侧拥去。）

何　　兴：门口也堵住了，进不去。

　　　　（白先文出来。）

白先文：炸倒了，堵住了同志们快想办法。大家来，快！

　　　　（刘三黑、小周等奔过去了，几个人拖出了一根木头。听得见泥土坍下的声音，大家焦灼而紧张地看着。小何站着不动。）

王　义：何兴,你不在里面么？怎么回事？

何　兴：我看见李淑英伤了,我就跑出来喊大家,后来一颗炸弹把门口炸坍了。

王　义：哎！

何　兴：王义同志……我不该离开工作岗位……我慌了……要是李淑英她有个什么……

（敌机重新袭来,几颗炸弹落在附近,崔母和几个朝鲜妇女奔上。掩蔽部里很紧张,有点乱。但大部分人继续看着交换台入口：张文奎、白先文他们在里面清除着道路。巨大的爆炸声。但痛苦的小何站在王义面前,好像没听见,动也没动。）

何　兴：王义同志……

王　义：（沉痛地）小何,先工作着再说吧,（向内）怎么了？

白先文：（在内）快扒开了……

（王义进去。大家静默着。）

何　兴：（想要进去,突然走过去拿起桌上的电话。）喂！喂！李淑英……（大声）喂,李淑英你大声点儿！

朱佩芳：（喜悦地）她在讲话！

何　兴：还在通话吗？站长室还在通话吗？交换台没坏？啊？……（放下电话迅速进去了。）

（朱佩芳随着进去。崔玉秀上。）

崔玉秀：敌机过去了。粮食没损失,可是又投了定时炸弹！怎么了？

青年甲：交换台炸了,李淑英伤了。

（刘三黑、小周扶着李淑英出来。张文奎、白先文、朱佩芳、王义随着出来。崔玉秀和崔母奔上前。）

崔玉秀：李淑英同志！

崔　母：孩子！孩子！

王　义：（出来）放在这儿,快拿急救包来。

崔玉秀：我有！（蹲下和朱佩芳一起替李淑英裹着头部。）

李淑英：（微弱地）不要紧,王义同志,交换机没坏,线路也没坏,局里跟站长室讲话,调度区间车……叫小何……小何呢？

白先文：小何继续接线,还在通话……

李淑英：正好……

白先文：你别说话,安静点。

刘三黑：我们爬进去的时候,她一个手扶着机子,脑袋上血直冒,还在通话……

李淑英：（微弱地）不要紧……它炸不倒咱们的！……你们看……我腿还……能动哩；就是头上砸了一下,不怎么要紧,休息一下就好啦。

王　义：李淑英同志,你是青年团员,咱们的好同志,我不骗你,你得转移一下休息两天啦。

李淑英：给我点水……我可是不要转移……

崔　母：要转移,要转移……孩子记得我不？

李淑英：记得……崔妈妈。

崔　母：认得我,你就要转移上我家里去。快吧,玉秀,背她去。

崔玉秀：（替李淑英缠着绷带）就好。

白先文：同志们,三黑、小周……咱们出去继续吧,先检查一下定时炸弹。

王　义：对,同志们！

　　　　（白先文,三黑、小周等下。）

崔　母：同志们,这交给我。

李淑英：你别……崔妈妈。

崔　母：别什么呀？叫你上我们那里去玩,坐一下就跑了,玉秀还老说：人家中国同志怕犯纪律。我说,怪哪。她算志愿军战士,怕犯纪律,我算什么？叫咱们同志说说看,是不是她中国姑娘算战士,我朝鲜老太婆算老百姓？

崔玉秀：妈,你别啰唆了。

崔　母：我杀鸡给你吃,孩子。

朝鲜妇女甲：你哪来的鸡呀？
崔　　母：我收着的那鸡，叫美国强盗吓得胆小了，我藏在山洞里一个多月……谁都不叫吃。
崔玉秀：妈，说老实话，我还不知道你有一只鸡。
崔　　母：你家里事什么都不知道……好了吧，孩子，快背她走。
王　　义：文奎，你送李淑英一道去吧。
李淑英：不，不用，文奎有工作，文奎你别去。
朝鲜妇女甲：这有我们呢。
李淑英：不，我伤的可轻呢，我自己知道……小朱，我这口袋里，文奎昨天拿回来的《人民日报》……（朱佩芳在她口袋里取报）我做了记号的那篇，你抄了大伙学习吧。
朱佩芳：好吧，你放心。
李淑英：大家帮助小何……朱佩芳，你进去吧。
朱佩芳：知道。

（朱佩芳入内。）

王　　义：（和她握手）好同志，你放心。
崔　　母：孩子，玉秀背你去，你躺着，闭着眼睛，什么也不要想……玉秀会去找医生。
李淑英：知道。

（崔玉秀背她下。）

崔　　母：去吧，一道去，张同志……
张文奎：不用。
崔　　母：去去！我知道她是你的……玉秀跟我说过的，没一点儿路，去！
张文奎：崔大娘，这儿工作重要呢，真的不用去。
崔　　母：那她可不要生气的呀。我就生气的。
张文奎：大娘，她不生气的。
朝鲜妇女们：去吧，去吧。
张文奎：（笑）……还是不用去……马上得搞定时炸弹……崔大娘，你告诉他我干活去了，叫她别惦记。

王　义：崔大娘，那你就走吧，拜托你哪。活一干完了张文奎就来。（笑）那时候我就命令他来，行不行？

崔　母：好吧。（向朝鲜妇女们）你们干活吧，我不放心玉秀那个毛手毛脚的，我去看看就来。要么就叫玉秀来。这活有我们家一份的。

妇女甲：不用啦……同志们出去吧。

妇女乙：崔大妈，你这么大年纪啦。

崔　母：（大声）有一份的！你们抬完了也要留两包，等我来！军事代表，你下个命令。

王　义：（笑）这我不能下命令。

崔　母：那我就找金玉光站长去。我要送我的玉秀上人民军去了。早些日子我不愿意玉秀走，活也没心思干……今天来的时候我说：玉秀她要到炮弹底下去了。这粮食要运到前方，我要到飞机炸弹下面去站着，扛两包粮食试试看。我送我的孩子走是不容易的，你们年青人，别笑话一个唠唠叨叨的老婆子！我心想，要是有一颗子弹先打着我，看看究竟疼不疼……我想起我的孩子要放心些……（沉默，然后突然地挥了一下手）好啦，不说啦，跟他美国强盗干吧！（愤怒地分开身边的人一直走出去了。）大家静默着。

——幕

# 第 三 幕

崔玉秀家中。
李淑英头部和左手绑着绷带。

李淑英：(从炕上吃力地坐起来)崔妈妈,崔妈妈。
崔　母：(进来,在裙子上揩着手)孩子,快躺下。
李淑英：你别为我忙什么啦,我都好啦。
崔　母：我知道,我都知道。你什么时候好,你自己说的不能算。
李淑英：玉秀呢?
崔　母：到委员会去了。
李淑英：她就要走吗?
崔　母：要走。
李淑英：崔妈妈,玉秀要去了……
崔　母：她是到人民军去。
李淑英：我知道。
崔　母：知道就对了。是到人民军去。
　　　　(沉默。崔母抚着被子。)
崔　母：(沉思着)在姑娘出嫁的时候,你们的母亲,她哭不哭?
李淑英：现在可不。在从前旧社会,女儿也哭,母亲也哭。你怎么想到这个的?
崔　母：姑娘出嫁了,母亲是不是替她缝很多衣裳呢?
李淑英：穷人家那就连一件粗布衣裳都没有,连吃的都没有,拿什么来缝呢?……出嫁的时候,女儿跟母亲就尽在哭……在家里受穷挨饿,那是贴着心的,嫁出去受穷挨饿就不一样……当然哪,这都是从前。现在,女儿自己管自己的事情,青年团会告诉一个青年怎么做,母亲多会儿也不用担心……你怎么想到这个呢?

崔　母:随便谈谈的……睡吧,孩子。(站起来要走,又站下)玉秀叫我找本书出来的,不知放到哪儿去了,你看我这人!(在炕边上翻出书来,放在一边,拿起了一个布包,站着发痴)我呀,不瞒你说,孩子,金日成的日子太平了,这一年两年我就是盼着我的玉秀结婚。

李淑英:(震动地)是呀。

崔　母:(打开手里的布包)这不是?衣服、裙子,连小孩的衣服都做好了。(沉默了一阵)去吧,前方去吧……不过别笑话你妈这样一个老太婆,别笑话……她从前出嫁,一条破裙子就过来了……

李淑英:崔妈妈……

崔　母:这不是我们一家的事情,是不是?好,那孩子你就去吧。我没什么话说的,她哥哥打工厂一直到前方牺牲了,她嫂子在逃难的时候遇到了美国强盗……(兴奋地)你猜孩子,我多少天怎么过来的?我躺下来,说:睡吧。眼一闭,看见美国强盗进来了,我抓起一个炸弹摔过去。醒了,又说:睡吧,马上又看见强盗们……又醒了,一直这样有好几个月……

李淑英:你该多休息。

崔　母:我现在也睡得着。我去修公路。哪个也没有叫我去,我自己去……玉秀她是要上人民军去,你懂吗?

李淑英:当然。

崔　母:我呢,就一个人守着这房子,我还要把这破墙修补修补。这是他父亲亲手盖好的……在我们朝鲜,这会儿有多少个像我这样的老太婆在守着破房子……要是强盗再来,他不死在这门口,我就死在这门口!……所以我们一定要打胜他们!

李淑英：他再也来不了啦。

崔　母：来不了！你们勇敢的中国孩子来了，我心里不知多喜欢。好，你躺着吧，我外边替我的玉秀收拾点儿东西。（照顾着李淑英躺好。下。过不了一会儿，李淑英很不安地又爬了起来，披好衣服，下了炕，扶着墙走到门边。）

李淑英：崔妈妈。

崔　母：干嘛呀？孩子。（入）哎呀，你跑上来干什么呀？快上去！

李淑英：你看，我实在是能走啦，就能回去了。

崔　母：不行的。朴医生还要来看你呢。

李淑英：我走动走动就有劲儿啦。腿上没什么了，头上的这点伤，我自己好换换药。

崔　母：你看你，平常挺听话的，怎么一下子脾气又这么倔呀。躺下！（推着她到炕上去）这脾气就跟我的玉秀一样不好啦，躺下。

李淑英：好，好，崔妈妈。

崔　母：前天也是的，你的张文奎回来看你，你为什么鼓着气儿不跟他好好谈谈？

李淑英：我是跟他好好谈呀。

崔　母：你们是在国内订婚的吧？等胜利了，在我们这里两个人结了婚再回去。我们跟你们办个大喜事。

李淑英：哎呀，崔妈妈。

（外边刘三黑的声音："老大娘在家吗？"）

崔　母：在呀，请进！请进！

（刘三黑带着一点东西上。）

李淑英：三黑，你来啦。

崔　母：同志你好！快来批评她吧！他要回去哩，你看这行不行？

刘三黑：别着急吧。王义同志让你多休养两天。

李淑英：能走了呀。

刘三黑：小何跟朱佩芳两个工作得挺好的，你放心。哪，这是罐头，这是朱佩芳叫送给你的白糖。朱佩芳这点白糖攒得可紧哩。

李淑英：我不要的，还有别的事情没有？

（崔母带着满意的神气悄悄下。）

刘三黑：小何这些时间挺负责任。他前几天在小组会上检讨过了。他这次决心很大，要争取入团。

李淑英：这我听文奎谈过……

刘三黑：（激动地）李淑英……我入团总支批准啦。是昨晚上老白打总支带来的。

李淑英：（跳起来）批准了吗？好极了！三黑，我恭喜你！

刘三黑：咱们……

李淑英：说呀，三黑！

刘三黑：咱们自小一块儿的……

李淑英：是呀，你怎么想呢？

刘三黑：想起早先，也想起往后……想的远哪。昨晚上干活的时候接到批准消息，活干完啦，跟文奎两个在掩蔽部里坐了一个多钟点。

李淑英：怎么呢？

刘三黑：我跟文奎谈谈。

李淑英：你们都谈些什么呢？

刘三黑：可多了，谈个人的思想，谈从前的事情，谈将来……谈机厂的老英雄李国泰。李国泰从前跟我爹一块儿的……

李淑英：那李国太老头知道你入团，要不知多高兴啦。

刘三黑：我们后来回宿舍地洞去，在雪里走着也不觉得冷。我检查我出国以来的思想……我又想起来，有一回，快过年，下大雪，晚上我饿得没法了，上文奎那里去；文奎妈在害病，他也没法，可是他拉着我就走，把他那旧皮上衣卖了。

李淑英：你对文奎也挺好……

刘三黑：我们说将来上新疆建设铁路局去！

李淑英：当然。

刘三黑：我爹要是能活到今天，那他一定是拉着粮食弹药一直往汉江前线开过去了。

李淑英：一定。

刘三黑：我这人……现在也能为党工作了。

李淑英：我再恭喜你，三黑兄弟。

刘三黑：这半个月我们都能提早完成任务。技术也加强了。现在就是没干过像老电务队那种重活。我们跟段上老电务队挑战啦。

李淑英：可好。

刘三黑：我走了。

李淑英：怎么呢？有事吗？

刘三黑：这会儿没事儿。……就是老想到处跑，坐不住……你负伤那早上，我们都挺难过。连王义同志也是整天一句话没说。我跟文奎说，你是我的大姐姐似的。

李淑英：我这不是伤都好了？

刘三黑：有一回我爬在杆子上紧线，一下子看到我这棉袄上你缝补的针线……（笑）我说不出来那个味儿……你看对不对，将来我们都一块儿成为共产党员。

李淑英：要这样。

刘三黑：文奎他挺念着你。

李淑英：他跟你谈的吗？

刘三黑：他佩服你上回给他的批评，他说你学习能力比他强……他就是有时候怕你惦记他。

李淑英：怎么呢？

刘三黑：他说你前天骂了他啦，呵……

李淑英：是骂了他。我就老不爱听他那句话。我一说叫他别胡乱冒险，他就半真半假地说我是私人感情。我真火啦，他说这是跟我开玩笑的,我说这能开玩笑吗?他鼓着个腮帮就跑啦……

(外面小周的声音:"崔妈妈!好呀!"崔答:"好呀!同志!"小周携老领工老杨头上。)

刘三黑:周桂,你怎么来啦!

周　桂:(兴奋地)看看谁来啦!

刘三黑:喝,老杨头。

李淑英:哎呀,老杨头。我可是真念着你呀,你也出国啦,你打哪来呀?

老杨头:来看我侄媳妇的伤的,呵……

李淑英:你看,这多久不见,一见面就没好话!小周,你怎么也跑来了呀,都来了这怎么能行?

周　桂:我送点东西到兵站去走这过的,路上就碰到咱们。

杨　头:早就想来看看我那文奎哪。到段上来才几天就光念叨着。今儿也巧,正赶上。出来巡完了指挥所的军用线,正想上你们站上去。

李淑英:你几时出国的?

杨　头:才半个月。喝,你们都好吗,这群愣小伙子?三黑,怎么样?打美国鬼子打的精明起来了吧?

刘三黑:这没问题。

周　桂:三黑现在已经是团员。

杨　头:好,那好!咱段上的人听了不知多高兴哩。你们这是都赶到我老头儿前面去啦。

李淑英:真巧呀。刚刚咱们还谈到祖国的人,谈到老电务段机厂,老英雄李国泰……刚谈到,祖国的人就来啦。

杨　头:老李也念着你们呢。我出国以前他还跟我说:老杨啦,碰见了就看看去,看咱们那群小伙子管不管用。

周　桂:不管用?跟你们老电务队挑战啦.

杨　头:好,文奎这小子行。这让我来报告一下吧。你们几个家里都好。我出国以前,不论是谁的爹啊妈啊都拜托我

　　　　　了,叫我管教你们。
周　　桂：别吹啦。
李淑英：说真话,看到我妈没?
杨　　头：怎么没看见?你妈说,叫我那淑英跟文奎别吵架。
李淑英：说正经的,老杨头。
杨　　头：正经的要报酬。你们拿什么来报酬我这大伯?李淑英,大家都是抗美援朝的。拿工作报酬。
周　　桂：好,看叫批评哪。这对。
李淑英：文奎的爹妈你见到没?
杨　　头：你看,还没过门呢,就这么叨念着公婆啦。(在怀里摸出信来)别急,一个个的来。我揣在怀里,都快孵出小鸡儿来了。这是你妈托人写的。这是文奎他爹的。这是小周大哥的。这是段上工会的。这是青年团给白先文的。这是你们那青年团支部大伙写的……别急,慢慢地看。
　　　　　(大家拥上来看信。)
李淑英：(看信)哎呀,可好!你看我妈说的,她订了公约要保证她这一组五家人的卫生……喂,老杨头,大伙都好吗?
杨　　头：都好。
李淑英：(看着信)张国富小组跟赵树源小组竞赛谁胜啦?
杨　　头：你说的机厂?张国富小组胜利了。差几分的?你看信上有吧。
李淑英：(看着信)我们跟支部工会写的信他们收到没?
杨　　头：你看嘿。慢慢看,别急,信上都有的!我哪记得那许多?
刘三黑：呵,看大伙写的,跟咱们做爱国主义竞赛呢……
周　　桂：我看……
李淑英：念吧,三黑。
　　　　　(外面张文奎的声音:"崔妈妈,你忙哪。"崔母答:"好呀!我还正说你怎么不来的。")
周　　桂：呵,张文奎来哪……老杨头,你藏起来。

（张文奎上。）

李淑英：文奎，你看是谁来哪？

杨　头：好小子，张文奎！

张文奎：（大叫）喝！我的老杨头呀！（跳上来把老杨头抱住了。）

杨　头：（笑）喂，别使这么大劲呀。

张文奎：喝，他妈的……你怎么来的呀？真巧呀，怎么找到这里来哪？

杨　头：你问他们吧。

张文奎：怎么不到站上去？

李淑英：老杨头出国才半个月，到段上才几天，你看这它带来的信，有团支部的，工会的，有你爹的……

张文奎：（接过信来迅速地看着。又拆开一封，但只看了一眼）老杨头，你怎么出国的？

杨　头：这还用问？

张文奎：上级就批准你哪？

杨　头：小子！你捉摸着光批准你？告诉你吧，我们这批出国可比你们热闹多哪。张寿、黄国华、严小牛……全来啦。严小牛就嚷着要找你们一伙，可是领导上没把他分配上来。我跟黄国华两人这是送材料上来的，就分配这地区工作。出国的时候，大伙都说，叫看看你们这批小伙子管不管用。白先文怎没来？

张文奎：老白有事去了。行，老杨头，咱们有空再聊吧。三黑、小周，得回去，接受任务哪。

刘三黑：什么任务？

张文奎：重要任务给了咱们哪。九十七号桥梁叫炸了，桥梁附近线路毁了三四处，上级限天黑修好通车。老白刚出去了解线路破坏的情况。

李淑英：你怎么没去，倒叫老白去呢？

张文奎：这不是接受了你的意见吗？我们分工的。……三黑、小周，得跟我一道回去。

周　桂：行,这就去。

张文奎：这么的。咱们这里是组织敢死队的坚决任务,上级给了咱们了,你们意见怎么样?

刘三黑：没问题。

周　桂：这还能有意见?

张文奎：一共三四个现场,炸的挺乱,估计总有好几十定时炸弹,这要等老白的消息才能知道。我向王义同志先提了保证,组织敢死队去。小周,咱们跟老电务队挑了战,争取大任务争取好久,这大任务现在给咱啦。

周　桂：好!

张文奎：王义同志一方面负责总的工作,一方面直接领导抢修九十七号桥,所以我捉摸着,咱们不能叫他多分心。咱们保证线路现场!汉江前线的军备战等着咱们的弹药粮食,咱们一定要完成!……老杨头,你是刚从祖国来的,你有什么意见?

杨　头：没意见,兄弟。我老杨是看着你们长大的啦……

张文奎：怎么呢?

杨　头：呵,我来了正赶上趟,我就只有高兴吧。过可得仔细啦。

张文奎：对。(向李淑英)咱们这就走了,你有什么意见没?

李淑英：没意见。……你们能去完成这坚决任务……盼星星盼月亮,你们盼了这么久啦。我就回车站,你什么也别惦记。

张文奎：对。(沉默了一会儿)老杨头,我心里有这么几句话。刚才这任务是上级王义同志打段上来电话给我说的,他说:"能完成吗?"我说:"能。"他说:"同志,记着祖国。"说完就搁下电话了,我站在电话旁边一愣好久。他这话,咱们出国以来常说,可这次好像不一样。好像是祖国的人,咱们的父母,机厂电务段的老人在跟我讲话。……一走到这里就碰到你,我真比什么都痛快。

杨　头：对!

张文奎：老白先去了解情况，我跟他在站外分手，跟他招招手，我想，呵，咱们一块儿走了多少路啦……咱们要一直走到社会主义共产主义！

李淑英：你把支部的信什么的丢下来呀。

张文奎：老白的我带去。哦，对了。我身上的这些杂八零碎的东西你替我藏着吧，省得丢了。（取出东西来。）

李淑英：你看你这扣子又掉啦，敞着不冷的？来，缝一缝。（转身去取针线。）

张文奎：不啦，回来缝吧。老白去的差不多了，咱们的人估计也都集中了。

（崔母上。）

张文奎：老杨头，你在这跟李淑英谈谈。

杨　头：不，我得回去啦。怕有任务。

刘三黑：李淑英，我的话，是跟文奎一个样的。

李淑英：去吧，三黑。老杨头回头见。你身子还硬朗吧？

杨　头：你看，可好呢。

张文奎：崔妈妈，回头见。

崔　母：胜利，孩子。

张文奎：一定胜利。

周　桂：坚决胜利。

（张、刘、周、杨下。崔母送到门边。李淑英看着信。拉开张文奎没看完的信，掉下一张照片来。）

李淑英：这家伙，连信都没来得及看，丢三落四的。

崔　母：这是照片呀。孩子，我看，这是谁？

李淑英：小张的爹、妈，还有他弟弟。

崔　母：我看看。……哎呀，这两个老人多好呀。

李淑英：（从张文奎留下的东西里又捡出一张来）这还有一张他妈一个人照的呢，是去年的。

崔　母：我看看，我看看。

（崔玉秀着人民军军装上。）

崔玉秀：妈妈！

崔　母：孩子，来看这照片。

（崔玉秀看照片。）

崔　母：多瞧瞧吧。要像记着自己的母亲一样，将来也告诉你的孩子们……

崔玉秀：妈，这照片给我吧。

崔　母：那怎么能呢？张同志刚刚出勤了，这是人家留下来的。

崔玉秀：不知这么个样儿行不行，把你的照片给他，把这换给我。

（从衣袋里取出照片来。）

崔　母：人家走了呀。

崔玉秀：噢……

李淑英：那能行的，崔玉秀同志我代表张文奎同志，他一定高兴的。他这还有刚带来的一张呢。

崔玉秀：那可好极啦。那我就换啦。拿我母亲的照片，换中国的母亲。

李淑英：我代表张文奎，拿我们母亲的照片……（看着崔母笑了一笑）换朝鲜的妈妈。

崔玉秀：（兴奋地）李淑英同志……我这就走啦。

李淑英：（爬下炕来）就走？都弄好了？

崔玉秀：就走……将来我们再见面吧。（兴奋地走动着。碰碰这样，碰碰那样，下意识地打开她母亲的那个布包）哎，妈，怎么？……（马上沉默，很谨慎地包起来。）妈，昨儿晚上我交给你那本书呢？

崔　母：这不是？（拿书给她）

崔玉秀：（翻着书）李淑英同志……这本书送你。

李淑英：（接过书来。）

崔玉秀：这是我去年念的朝鲜历史，我们新编的中学教科书……我们的先生告诉过我们，我们这个民族的真正的历史我们人民过去是从来不知道的。我们几十年都不是一个独立国家。八一五以后，这我们才开始找出我们人民的

419

历史来,我们青年这也才知道我们的祖先。我昨晚上想将来这历史要写上新的一页,记载伟大的兄弟民族中国。……妈,是这意思不?

崔　母：我们过去过的是什么日子,这上面都写的吗?

崔玉秀：都写的……(指着那布包)妈?你为什么又把这些东西捡出来呢?

崔　母：收拾东西的呀……

崔玉秀：我知道呢。妈,等着我回来吧。我来不及了,我要是还有时间,我就把后面那炸坏的墙补起来再走。

(几个朝鲜妇女上,其中一个抱着孩子。)

妇女甲：玉秀要走啦?

崔玉秀：要走啦。马上就有车。

妇女甲：李淑英同志你好!

李淑英：好!崔玉秀同志……我祝你胜利。

崔玉秀：我们大家胜利……妈,我这就走啦。

妇女甲：大娘,我妈说今晚上你上我们家去;今后我们在一起……

崔　母：不用。

妇女甲：大娘你别难过。

崔　母：玉秀,过来。

崔玉秀：妈。……你有什么话?

崔　母：(拉拉崔玉秀的衣裳,弄了一弄她的从帽子里露出来的头发。长久地看着她。)

妇女乙：(抱着孩子)大嫂,跟玉秀嘱咐几句吧。

崔　母：(沉默着,抚弄着崔玉秀。)

妇女乙：玉秀,跟你妈说,你出去自己会小心,同志们会照顾……

崔玉秀：(笑了一笑)妈!

妇女乙：玉秀,你也别惦记家里,村里什么事都会照顾的。

崔玉秀：妈,我像个人民军战士不?

崔　母：孩子!(拿起墙边的背包来)去吧。

崔玉秀：李淑英同志,再见!(和她握手,然后紧紧地抱住她。)

　　　　　妈，我走啦。(敬礼,往外走去。)
妇女乙：(抱着孩子追着)玉秀,要来信啊。
崔玉秀：知道,大婶。
　　　　(大家送出去。稍停,李淑英跛着腿转来,急忙收拾东西,把几件衣服塞在小包中……崔母上,妇女乙随着上。)
李淑英：(悄悄地)崔妈妈,我回去啦。
崔　母：(看着她,不答。)
李淑英：我哪能老躺着呢,你看……
崔　母：好,孩子。
妇女乙：李同志,你就再休息两天吧。
李淑英：不啦。(向崔母)我一有时间就来看你。……我实在躺不得啦。我知道……你刚送走玉秀……
崔　母：(镇定下来)不,孩子。
李淑英：(沉默了一下)我走啦。
崔　母：慢点……(出去,拿了两个鸡蛋进来)带去吧。
李淑英：你连玉秀都没给,你可是留给我呀……
崔　母：带去。
李淑英：好,我收下。(指着炕上的罐头)不过这你可得留下啦……
　　　　(崔母想说什么,又沉默。李淑英下。崔母和朝鲜妇女乙送出去。稍停,两人转来坐下,沉默了一会。)
妇女乙：别惦记孩子,她们自己会知道的。我那兄弟他昨个也上前线了。
崔　母：该死你看我,把玉秀的一双袜子也拉下来了。(站起来走到门边,又站下)也行,缺这双袜子也能打仗的;明儿给李淑英吧。

　　　　　　　　　　　　　　　　　　——幕

# 第 四 幕

铁道旁。积雪的土坡、被弹片拦腰削断的树木、远远近近的歪斜的电线杆,以及电线杆上挂下来的凌乱的电线。有空旷的前景,远处是积着雪的山。

冷风吹着,枯树摇摆。开幕时台上无人。远处传来老白的尖锐的喊声:"张——文——奎,把——紧——线——器——叫——小——周——带——来——给——我。"稍停,又有喊声:"那学底下有定时炸弹——不能走!不——能——走!"

刘三黑自右侧上,左手腕破了,拿右手紧紧地按着。

刘三黑:(向着土坡下面)张文奎!张文奎!
张文奎:(在外)在这里……三黑,怎么啦?
刘三黑:小廖身子冷得受不住了,你还有酒没有?
　　　　(张文奎自土坡左侧上,拿着一根线。)
张文奎:有一点,你拿去吧。(解下水壶来)你手怎么了?
刘三黑:钉子划的。
张文奎:碍事吗?(从口袋里取出一块手巾,撕破)缠一缠吧。……三黑,你脸色不对啦!
刘三黑:不怎么的……帮我把这胳膊活动活动吧,摔了。
张文奎:(抓住他的左手臂摇着)你喝口酒。
刘三黑:不用。留给小廖……
张文奎:(严厉地)叫你喝一口。
　　　　(刘三黑拿起水壶,喝了一口,在地上坐下了。)

张文奎：怎么啦？
刘三黑：（慢慢地站了起来）脑袋有点晕。……好了。
　　　　（要走。）
张文奎：三黑。
刘三黑：（站着，看着他。）
张文奎：小徐，王顺他们几个怎么样？
刘三黑：在干……你捉摸天黑能完成吗？
张文奎：（沉默着。）
刘三黑：（笑了一笑）我这话问的不对。
张文奎：你那小组他们反映有什么困难？
刘三黑：小廖也伤了。冷的手不听使唤。再有定时炸弹老炸的，埋在雪里的也看不见。
张文奎：定时炸弹，咱们干掉了那几颗，余外能看见的我都了解过了。铁路边上有两颗，不碍通车，咱们先不管它。另外的，碍着线路的也不多。
刘三黑：好，我去。
张文奎：叫大伙儿坚持吧，打上午到现在，前两个现场咱们完成了，这最后一个再困难咱们也得完成。有一个人能动就得完成。
刘三黑：是。（下）

　　　　（张文奎艰难地爬过土坡，找了一根线过来，在地上接线。用铲子挖着雪和泥土，插了一根线到地下，正预备拿起电话来听，不远，一颗定时炸弹爆炸。）
张文奎：（站起来，向外，大声）有损失没？
周　桂：（在外）没——有——。
白先文：（在外）没——有——。
　　　　（张文奎又慢下来工作。他的手很不灵活了，他呵着气，甩着手，把棉手套戴上，拳在胸前取暖，但随即又愤怒地脱下手套，来点一根香烟。手不灵活，好久点不上，他只好把香烟又藏起。电务队员小廖和刘三黑上。青年甲跟着上。小廖披着大衣，畏缩着，腿有点儿跛。）

刘三黑：（激动地）张文奎！（对廖）这你请张文奎解决吧，有意见你提给张文奎吧。

张文奎：（站起来）怎么啦？

刘三黑：他说没法完成了，提意见请上级派人来干！

张文奎：（对廖）怎么的，小廖？你伤了？

小　廖：那倒没有……我是说，你花多大力气也白费。完不成耽搁了通车咱们负不起这责任，天又冷，炸弹这么多……

刘三黑：（大声）你说这？你是干什么来的？

小　廖：我提意见呀。我说小组长，你看这意见能反映不？他就火啦。

刘三黑：可是这任务是交给咱们了。

小　廖：炸弹太多了。

刘三黑：（怒）你这是什么思想？炸弹，碍着线路的咱们不都清楚检查了……

小　廖：三黑，你是小组长，你别……

张文奎：（严厉地）小廖，你说这话什么意思？
　　　　（沉默。）

小　廖：张文奎，不是这么的……

张文奎：那是什么呢？

小　廖：（沉默了一阵）张文奎，你处罚我吧。

张文奎：你要是有这种思想，把工具放下来。
　　　　（小廖站着不动。）

青年甲：张文奎……小廖他并不是不干……

张文奎：困难有的。三黑的态度许有不对的。可是我就听不得这不能完成的话！
　　　　（老白、小周上。）

周　桂：张文奎，线怕不够了。

白先文：文奎！你这边怎样？

张文奎：老白你来正好。情况是有困难，打上午到现在，大伙好像有点问题了。小廖提意见请上级派人来干，你说这能办么？我刚才没能好好说清楚。三黑态度许也有不对的，不过这问题得研究一下，我看不是小廖一个人的问题。
白先文：对。
张文奎：顶大的困难是有些炸弹埋在雪底下看不见，可是我觉得这也没有什么。碍着线路的，咱们都检查过了。咱们这是敢死队。汉江前线在等着咱们，现在咱们就得通过这个考验！

（青年乙、丙上。）

青年乙：还有酒没有……什么事情？
白先文：好，你们都是小组长，来的好，大家谈一下吧。情况困难，有些炸弹看不见，危险，天太冷，大伙儿也都有伤胳膊伤腿的。有的人是信心不够，可是剩下的活也不挺多，小廖提议请上级派别人来干，大伙看怎么样。
周　桂：那办不到。
青年乙：说过的，咱们有一个人能动也得完成。
白先文：有别的意见没？
小　廖：我没意见，可是事实……
周　桂：事实怎么样？四九七到五四九那一节咱们怎么完成的？
小　廖：就是怕完不成，耽搁了行车，反而没脸。
刘三黑：（激动得红着脸。）一定完成的！时间来得及，还两个多钟头才天黑呢。
青年丙：要不要再清除一下定时炸弹呢？
张文奎：看得见的，碍着线路的不都清楚了？
白先文：还有别的意见没？
青年丙：没了，冷是冷，慢慢干吧。我的经验是不能性急。
白先文：小廖，你看怎么样？
小　廖：没意见。
白先文：好。这儿有老杨头跟咱们带来的老团支部的信，我抓紧这时间念一段……"我们每天晚上学习回来,聚在二号宿舍里,就要谈到你们这些离开祖国,为了祖国的和平幸福和世界和平事业在朝鲜战斗的同志们。敌人的飞机困不住你们,冰天雪地定时炸弹也困不住你们!……我们想到我们能在这里学习,安心地工作,这是谁能带来的呢?是你们。我们一定努力建设祖国。我们团的工作很好。我们每次开会的时候,都觉着是你们也跟我们一块参加……"(沉默。)

小　廖：没意见,干!
青年乙：小廖。我提议咱们非团员的,争取入团!
　　　　(一颗定时炸弹爆炸。)
刘三黑：别理它!
周　桂：这是第九颗啦。
张文奎：好,同志们散开吧,把意见传达给大伙。
　　　　(大家迅速散去了。张文奎蹲下继续工作,但小廖没走,站着看着他。)
小　廖：张文奎……
张文奎：小廖……(站起来,摸出一颗烟)来,抽了这半颗烟去干吧。
小　廖：不抽……我刚才……
张文奎：不谈了,我知道你。这样吧,你来先把这根接上,在这听着电话,我下去再理一理看究竟是哪儿的毛病。
　　　　(廖走过去,蹲下来接线。张文奎翻过土坡。不久,土坡后面一颗炸弹爆炸了。看得见火光和飞腾的泥土。廖趴下。马上站起来)
小　廖：(爬上土坡)张文奎!张文奎!
张文奎：(在外)来,拉我一把……
　　　　(廖翻过土坡,稍停,拉着张上。张在走下土坡的时候就滑倒了。)
小　廖：你怎么啦,伤啦。

张文奎：这倒霉的炸弹，在雪里边埋着，没看见！听到响声，扒下来就迟了一着。

小　廖：哎呀，你的腿！

张文奎：来，快帮我包上。（脱下大衣，从衣里上撕出一块布。）

小　廖：老白那有急救包。

张文奎：别声张了，影响大伙情绪。这点小玩意，用不着急救包的。（包着腿）糟的是线路又叫炸了。

小　廖：我再拿一根接上。

张文奎：好吧，你去。（廖拿着线下。）

白先文：（在外，喊着）刚才那炸弹……有损失没？

张文奎：没有……（忘了双腿，要站起来，一下又滑倒了，于是扒在土堆上向外喊着）没有——损失。就是线断了一点……（坐起，继续缠着腿，痛得咬着牙。但马上又跪下，忘了一切，拿起电话来听着。）

（何兴上。）

何　兴：张文奎！

张文奎：哦，你怎么来了呀小何？

何　兴：王义同志让我来的。王义同志跟政委都在九十七号桥梁，他们叫我来，问你有困难不？

张文奎：你来的好，小何……

何　兴：有困难吗？王义同志说：有困难就说，不许隐瞒，任务要紧。

张文奎：喝，小何，你倒真像个老当通讯员的，首长的口气都叫你带来了。没困难。要就是怕皮线不够，跟我们送两圈皮线来。

何　兴：是。……王义同志还叫我告诉你，九十七号桥天黑前完工没问题的。

张文奎：我们这也没问题。

何　兴：真的没问题？

张文奎：我这是向上级报告，能说假话……（掩藏着他的伤腿。）

何　兴：你的腿怎么了？哎呀……

张文奎：别这么沉不住气。你不是说过，你要在任何情况底下都沉住气的呀。

何　兴：（沉默了一下）王义同志说，他也许等下要上你们这来，他怕对你们的困难估计不够……

张文奎：你报告他，我们坚决完成任务。

（附近定时炸弹爆炸。小何看了一看，站着没有动。张文奎望他笑着。）

张文奎：小何，你现在不怕哪？

何　兴：（笑）跟你们这些勇敢的人在一起，不怕。

张文奎：（向外，喊叫）有损失没——？

刘三黑：（在外）没——有——。

（小廖上。）

小　廖：张文奎，接好了。

张文奎：（拿起电话听了一听）好，你上三黑那边去吧。告诉大家说王义同志叫小何带信来鼓励咱们了。

小　廖：小何，你来啦。（下）

张文奎：小何，就这么的，回去吧。

何　兴：还有什么事情要我干的吗？

张文奎：没有了……

何　兴：不论什么事情，只要你说一声……你叫我干吧。

张文奎：你有你的事情，我们这活你不会干……

何　兴：我帮助消除定时炸弹吧。

张文奎：（摇头）用不着。

何　兴：我帮你包扎包扎这腿……

张文奎：用不着。

何　兴：你这腿……

张文奎：（笑）别这么……小何，你已经挺行了，可是要再沉着一点。

何　兴：是的。

张文奎：（理着线）走吧，报告王义同志，我们坚决完成任务。
何　兴：你们有困难应该说。
张文奎：别啰唆了。
何　兴：是。哦，你看我忘啦，李淑英回车站了，崔玉秀把你母亲的照片换了崔大娘的照片，李淑英叫我捎给你。
张文奎：好吧。（看了一下照片）崔老大娘同志，跟咱们一块干活吧。（收起）
何　兴：我跟你们送线来。
张文奎：喂，别告诉王义同志说我伤了，也别告诉李淑英，知道不？
何　兴：（沉默了一下）是。（下）
张文奎：你要说了，我回来揍你！
（张文奎蹲下工作，因为双腿不灵活，伸直了双腿，后来索性在雪地上扒下来接线了。慢慢地在雪地上爬着，爬到土坡上面，支持不住。滑了下来，又爬……后来吃力地坐了起来，皱着眉头。）
张文奎：他妈的，这怎么办？未必真的要下去？
（白先文上。）
白先文：文奎！
张文奎：干什么，老白？
白先文：你别瞒我，你伤啦。
张文奎：（沉默了一下）小廖告诉你的？好吧，把你那急救包给我缠上吧；反正这点线路我要完成。
白先文：（打开急救包，解下张文奎腿上染血的破布来，看看他……）
张文奎：怎么？
白先文：不怎么。
张文奎：伤的不重吧？弹片擦的。
白先文：（沉默着，替他缠着伤。）
张文奎：……老白，喂，你看咱们能完成吧。

白先文：能完成。剩的不多了，跟三分站的调度线只差六〇五到六〇八一节，小周、小徐几个过去了。
张文奎：咱们这几个年青人，也顶得住他美国鬼子了。
白先文：顶得住。
张文奎：你看三黑这小组长能行吧。
白先文：能行，就是有时候太急躁啦。
张文奎：我刚才没好好跟小廖估计困难说明原因，我觉得这都怨我。
白先文：（沉默着，继续缠着绷带。）
张文奎：老白哪，咱们在一块走了不少路呢。
白先文：那是。
张文奎：现在呢，你是咱们的支部书记，有你在，我就实在。（笑着）你那么一喊，我就应着：老白，喂，在这里……
白先文：（缠好了，站起来）在这里！可是你是我的队长呢。你下命令，我什么都能完成。
张文奎：你下命令我也什么都能完成。
白先文：好吧。你就在这地势照顾着，我把地下面这线理过去，带三黑小廖他们到六〇五那一节去。
张文奎：（变得严峻起来，沉默着。）
白先文：（严肃地）怎么样？
张文奎：好吧。（严峻地）你去六〇五到六〇八那节杆子，完成最后的任务。
白先文：是。（翻过土坡）

  （张文奎看着他下，拿起电话机，听着，这时王义和政委上。）

王　义：张文奎同志，政委来看你们哪。

  （张文奎急忙拉下裤管，笔直地站起来了。）

张文奎：报告政委，我们坚决完成任务！
政　委：辛苦啦，张文奎同志！情形怎么样？
张文奎：主要地还剩下六〇五到六〇八那一节。王义同志，刚才小何来过。

王　义：怎么？他回去了吗？

张文奎：他取线去了，大概跟你们走岔了。

政　委：你估计，天黑以前没问题吗？

张文奎：坚决争取。

王　义：同志们有损失不？

张文奎：（沉默了一下）擦破几块皮，没损失。

政　委：你们工作做得好。你是党员？

张文奎：青年团员。咱们这几个大半是四九年入团的，现在大伙都准备争取入党。

政　委：对的。党会需要这样的同志的。

张文奎：（向外。以手做号筒）同志们，张政委和王义同志来鼓励咱们哪！同志们加油！

（远处有呼叫声回复："坚决完成——"）

王　义：（在张文奎转身呼喊的时候，发现他腿上有毛病）怎么搞的？张文奎，你的腿……

张文奎：哦，不！你看（动着腿，竭力地做得自在）还不是摔了一下。

王　义：（走上土坡）咱们青年电务队的同志们！九十七号桥梁没问题了，现在看着咱们这边哪！汉江前线等着咱们运上弹药去，十几列车在等着同志们，争取为祖国立功！

（外面远远近近地回答："为祖国——立功！"王义走过土坡，下。政委站在土坡顶上。张文奎走过来，站在他旁边。）

张文奎：（向外大声）同志们，咱们是青年团员，党看着咱们，沉住气干下去，首长看着咱们！

政　委：（向外大声）同志们哪，支援咱们汉江前线的战士，十几列车的弹药、大炮、粮食等着咱们通车……

张文奎：（迅速地抬头一看，大叫）敌机！

（张文奎迅速地推倒了政委，张开了两臂伏在他身上，炸弹在土坡旁边爆炸,泥土飞腾,一棵小树拦腰削断了。同时才传来了敌机的尖锐的啸声,一架接着一架地飞过去了;远远近近地响着炸弹和机枪声。)

政　委:文奎同志,过去了,起来……怎么啦?
（王义奔上。）
张文奎:没关系……(挣扎着爬起来)我挂上了。政委,你没伤吧?(支持不住,倒下了。)
王　义:(跑过来扶住张文奎)文奎同志……文奎!
政　委:文奎同志,我好的,文奎同志……
（两人扶住张文奎。政委让张文奎的头枕在自己的膝盖上。）
政　委:文奎同志……好同志……
（张文奎不答。）
王　义:(向外)来两个人——文奎伤了。
政　委:王义,打开你那急救包……
（两人替张文奎裹伤。发现他腿上原来有伤。）
王　义:哎呀,你看!
政　委:怎么?
王　义:这不是这腿上早就挂花了! 刚才还那样站着!
政　委:好同志!(抚摸着张文奎的头发)文奎同志……你怎么啦?
张文奎:(微弱地)不怎么哩……叫同志们快干活吧。
政　委:好同志。你别操心。
张文奎:王义同志……我能申请入党不? 我还是有些缺点哩。
王　义:你能。……我代表党接受你的申请。
（白先文、刘三黑上。）
白先文:文奎怎么啦?
王　义:救护政委负伤了,快弄他下去。
刘三黑:文奎,文奎……我是三黑,我是你的三黑兄弟呀。
张文奎:(微弱地)三黑兄弟……好好干活吧。呵,这强盗炸弹!

（小周、小廖，偕着青年们陆续奔上。）

周　桂：张文奎，张文奎！（跑过来一下子在张文奎身边站下，然后蹲了下来，拉着张文奎的手）文奎！

张文奎：小周、小廖，快干活去……

（小何背线圈上。）

何　兴：（喘息着）同志们……哎呀！（呆站着）

政　委：文奎同志，你下去，安心休养吧。这任务同志们能完成。

刘三黑：文奎……你听着我没？我是你的三黑兄弟呀，政委叫你下去安心休养呢，这任务我们能完成。

何　兴：（哭）张文奎……

政　委：同志们，把悲痛变成力量吧。背张文奎同志下去！

张文奎：小何，这多丢人，叫政委看着。背我下去吧。

何　兴：好，我背你。

张文奎：政委，王义同志，你们放心，我……妈的，我还不打算报销呢。

王　义：小何，我来背吧，你没劲。

何　兴：别。张文奎……我沉住气慢慢地，不会叫你痛。

张文奎：（忍着痛苦，笑了一笑）对。你学会沉住气就好啦。看你的。

（大家慢慢地把张文奎扶了起来。）

白先文：文奎，你放心……同志们，绝不会丢脸的！

周　桂：咱们保证！

大　家：坚决保证！

张文奎：（喘息着）行，这没问题的，咱们能在这条路上顶住敌人……老白（抓住老白的手，笑着）老白，喂，在这里，老白，喂……（两人拥抱）

（大家帮着小何背起了张文奎。）

政　委：文奎同志，我个人代表党，感谢你。（拉着张文奎的手，轻轻地拥抱他。张文奎吃力地伸出手来，搂着政委的颈子。）

433

（小何背张文奎下。）

政　　委：同志们，继续工作，没有困难吧？
白先文：没有。同志们，在政委面前保证，坚决完成任务！
刘三黑：坚决完成任务！
王　　义：白先文同志，现在你领导。
白先文：是。文奎已经跟我说过了。要是我有什么，三黑来！
刘三黑：是。
白先文：政委请放心，王义同志，你们请回去！……同志们回到岗位去！
（大家迅速地越过了土坡。王义和政委在土坡上站着，远处定时炸弹爆炸。）
王　　义：又是定时炸弹！
政　　委：（举起手来）同志们，为了汉江前线的胜利！同志们，祝光荣的中国青年们胜利！

——幕

## 第 五 幕

景同第一幕。

开幕时台上没有人。小何上。很疲惫,走路已经是摇摇的,但精神很激昂。大衣没有了,棉衣撕破,上面有血迹。四面看看,向交换台走去。但走到交换台门口又站住了,犹豫地走了回来。站着发了一下呆,拿起桌上的电话机来。

何　兴：喂,电务队的同志们有消息没有？……我是小何,我刚回来……不知道,我离开好一会儿了。你李淑英吗？……没什么。(放下电话,疲惫极了,扶着桌子坐下。)

(金站长和老扳道工朴正上。老朴正披着大衣提着一盏手灯。)

金站长：王义同志没回来？
何　兴：(站起来)没回来……我离开的时候他还在电务队现场。
金站长：电务队情况怎么样？
何　兴：(沉默了一下)他们就要完成任务。……张文奎同志伤了,我背他下去了。
朴　正：怎么伤了？要不要紧？
何　兴：伤在腰上,腿上,我背他下来,他就昏迷了。

(静默。电话铃响。)

金站长：(拿起电话)我是站长哪……军代表还没回来。九十七号桥梁已经快完工了……电务队还没有消息……具体的情况,你问指挥所吧。(搁下电话。)

何　　兴：耽搁了通车就糟了。

金站长：何兴同志，你别急，我相信同志们一定会完成任务。

何　　兴：是的……（站不稳了，扶住桌子。）

金站长：何兴同志，你怎么啦？……朴正，快拿点酒来……

　　　　（朴正下。）

何　　兴：不……（挣扎着站稳）没关系……

金站长：（脱下自己的大衣，给他披上。）

何　　兴：不，站长……我不冷……没关系……

金站长：坐下吧。（扶他坐下。）

　　　　（何兴靠在桌上，疲惫得快要昏迷了。金站长抚摩着他的头。朴正端着酒上。）

朴　　正：何兴同志……来，喝一口。

何　　兴：（喘息着）金站长……老游击队员同志……

金站长：你别说话，休息。

何　　兴：我……我就是担心，我们的人耽搁了行车就糟了……

朴　　正：不会的，小何同志……我这老头儿敢保证，我们的人一定修好！军火车一分钟也耽搁不了，马上就会一起过来了，不信你等着。

何　　兴：我相信。金站长……我从前对工作不够负责任……今天想起来，我们的人负了伤还在冰雪里边爬着完成任务……我真难过。

金站长：不，不要这样……

朴　　正：年青人总会有点疏忽的……我从前年青的时候……

金站长：（笑着）朴正，上去检查路线吧。

朴　　正：是。

金站长：何兴同志，你休息。

朴　　正：（挥手）小何同志，咱们待会儿谈。我的小儿子就是牺牲在这九十七号桥的……（脱下大衣，披在金站长身上。）

金站长：（取下大衣）朴正你这老头儿……

朴　　正：站长，呵……

（挥着手下去了，金站长笑了一声，跟着下。何兴又喝了一口酒，裹着大衣坐着，慢慢地恢复过来，从怀里取出了一个冻僵了的馒头。啃着。）

（朱佩芳自交换台出。）

朱佩芳：何兴，你回来啦？
何　兴：回来啦。
朱佩芳：我来找点儿水。王义同志他们没回？
何　兴：李淑英在担班？
朱佩芳：不担班。等电务队的消息。
何　兴：（站起来往里去。）
朱佩芳：小何，今天你不用担班了，你看你累的这个样。你打桥梁回来？
何　兴：（站下）张文奎负重伤，我刚背他下去转移了。
朱佩芳：啊？……
何　兴：你看，要不要告诉李淑英？
朱佩芳：不要告诉她。现在别告诉他。
何　兴：应该告诉她。
朱佩芳：现在她在工作呀，别。

（小何重新坐下。朱佩芳看着他。）

朱佩芳：老白他们呢？
何　兴：老白好。他们能完成任务。
朱佩芳：刚才听到点消息，汉江前线又胜利了。
何　兴：（冷静地）当然胜利。
朱佩芳：张文奎，他是怎么伤的呢？（沉默了一会儿）我准备了好一些罐头，还烧了水，等着张文奎他们回来……
何　兴：这没什么，我们这是为胜利铺平道路。汉江前线，歼灭多少？
朱佩芳：兵站的一个同志在电话里说，最近这一次是歼灭一万多。
何　兴：李淑英她怎么样？

朱佩芳：打崔老大娘那里一回来就一直工作到现在。听见胜利消息，我们俩笑了一阵……小何，你现在挺冷静的哪，李淑英她也说，你进步挺快。

何　兴：不。……不过我现在懂得了。

朱佩芳：懂得什么？

何　兴：现在我想着前线，想着不断地歼灭敌人，想着咱们这里每天的斗争，想着祖国的和平建设还有朝鲜人民的血仇……起来我就想着工作，此外别的我什么也不想。

朱佩芳：那对。……唉，张文奎……

何　兴：我永远忘不了张文奎给我的教育。

朱佩芳：小何，咱们是好同志……

何　兴：当然。

朱佩芳：该申请入团了。

何　兴：是的。

（电话铃响，小何拿了起来。）

何　兴：喂？……王义同志还没回来。啊？你大声点，你……（站起来）你老白吗？好！好！……喂，李淑英，你跟老白讲话吗？……（放下）

朱佩芳：李淑英跟老白讲话？

何　兴：挂上了。老白他们完成任务了。

朱佩芳：好极了！没超过时间、我去提点水来！（下。稍停，老杨头上。犹豫地看着。）

杨　头：是这吧？

何　兴：你找谁，同志？

杨　头：这是军代表办公室吧？

何　兴：是，是。

杨　头：呵，冤枉钻了好些个洞。我是段上的。他们电务队回来没？

何　兴：没。刚来的消息完成任务……

杨　头：完成任务啦？好！张文奎在哪儿？

何　　兴：张文奎伤了，转移了。

杨　　头：转移了？我听小赵说你们的人把他背回来了，他没回来？

何　　兴：转移了，老大爷你是谁？

（朱佩芳提着水上。）

朱佩芳：这位同志，你找谁？

杨　　头：（沉默了一下）找我的文奎。

何　　兴：老大爷，我好像认识你。

杨　　头：在国内我跟文奎他们一块儿的……

何　　兴：哦，有次开会的时候听你讲过话！

杨　　头：你？

何　　兴：我父亲是何技师。

杨　　头：啊，何技师，我知道，我知道。你也出国啦？

何　　兴：来啦。

（朱佩芳提着水进去了。）

杨　　头：文奎他伤的怎么样？

何　　兴：也许没危险。

杨　　头：我下午巡线刚回来，就听我们一个人打九十七号桥回来说，文奎受伤了……我饭都没吃就往这赶……文奎这孩子……

何　　兴：文奎是救护政委负伤的。

杨　　头：这我知道，文奎从来都是好样的……

何　　兴：文奎他没下去的时候……

（李淑英上。沉默。）

李淑英：老杨头，你来啦。

老杨头：你都回车站了，我来看文奎……

何　　兴：（急忙岔开）文奎他们就回来。

（老杨头会意，沉默。）

何　　兴：老白……（发现说的不对）文奎他们完成任务了。

李淑英：完成了，九十七号桥也完成了，马上四〇三次以后大批

　　　　　的车子就可以过来。你是打桥梁回来？（沉默）
杨　　头：淑英……呵……我有点事，该回了……
李淑英：你不是等张文奎他们吗？有什么事？
杨　　头：没……事情倒没什么。
李淑英：他们一会儿都回来了，大伙聊聊吧。
杨　　头：不定还有点事呢，请了一个钟头的假。好，坐会儿
　　　　　吧……（脱口而出）呵，我知道文奎是好样儿的。
　　　　　（静默。）
何　　兴：李淑英……
李淑英：什么？
何　　兴：……我从九十七号桥梁到电务队现场去，王义同志叫我
　　　　　去的……我一面走一面想，我们的人可能有损失，但是
　　　　　你不是曾经跟我说过么？我们是为胜利铺平道路……
李淑英：你不用说。我知道了。
何　　兴：你知道什么？
李淑英：文奎牺牲了。
何　　兴：不，没有牺牲，是受伤，我背到指挥所，转移下去了。
　　　　　（沉默。）
何　　兴：他是救护政委，敌机轰炸的时候扒在政委身上受伤的。
　　　　　（沉默了一下）不过伤的并不怎么重。
李淑英：（沉默了一下，小声）政委平安吗？
何　　兴：政委平安。……他是伤在腰上，大腿上，左边小腿上还
　　　　　有原来叫定时炸弹挂上的。我背他下来，他还讲话，后
　　　　　来到九十七号桥没放上担架他就昏迷了。
李淑英：（咬着牙）好吧！……（坐下。）
何　　兴：他叫我告诉你，好好工作，帮助老白把团的工作搞好；他
　　　　　说他过去行政领导工作不够全面，你跟他提的意见
　　　　　对……
李淑英：他这么说的……好吧！
杨　　头：淑英……孩子，别难过。

李淑英：杨头……

杨　头：我看……这……文奎他不定要紧,他身子骨结实,扛得住的。

李淑英：不是这……好吧!

杨　头：别难过啦孩子。这仇要报的,文奎是为了……你拿我来说吧,到朝鲜这一路上,见到叫炸叫杀叫害的,我这心就发抖……

李淑英：杨头,这我知道……小何,文奎他往哪儿转移的?

何　兴：他……

李淑英：你为什么不先来叫我去看看呢?怕我受不住是不是?

何　兴：不是,是来不及了。

李淑英：你应该告诉我!应该叫我送他去,应该一回来就告诉我……

杨　头：孩子。坐下,别这么……

李淑英：(站着不动,沉默着。)

何　兴：(从口袋里取出一张纸)李淑英……这是我的入团申请书。……一会儿大伙回来,朱佩芳要照顾,我替她当班去。

李淑英：好。

(小何入内。)

杨　头：……在国内的时候,老也想不出你们究竟是怎么个样,也没真的知道抗美援朝的这个情形……你们是青年团员。这几个字的意思我今儿看出来了。我这老头,往后就跟着你们,没别的。

李淑英：杨头,你看着我们长大的。

杨　头：过去那些年,看不出什么。今儿,毛主席的日子,看出来了。

(静默着。)

李淑英：杨头,咱们这不是为自己!……咱们忘不了出国来的时候,朝鲜老大娘怎么抱着咱们哭的!她们一家人叫害死

441

了她没流一滴眼泪,可是她们抱着咱们哭!咱们忘不了那些公路上叫炸死的小孩!忘不了叫美国强盗挂在树上的老大爷,忘不了那些叫强奸叫活埋的,咱们帮着朝鲜老大娘们一个一个地掘出来……刚来的时候,文奎从大伙里救出一个两岁的女孩,抱着她走了半宿才送到村里。咱们说:要报这仇!杨头,你该知道咱们祖国在咱们背后!

杨　头：我懂,孩子。
李淑英：我心里像叫扎了一刀!杨头……我挺……(大声)我恨!你这时候给我支枪吧,你看我能打死他多少?那尽是些比畜性还不如的畜生!我要抓住他,问他:"咱们的好光景,你看不过去?咱们是跑到你的那不要脸的国家去动过你一根草的?"那些朝鲜老大娘们,跟咱们的母亲一个样,她们是一只蚂蚁都不会踏死的呀!……这也行,我就坐在这里,我,中国新民主主义青年团员,我坐在这里,他强到畜生就过不来,咱们的子弹粮食就拉上去!

(朱佩芳出来,悄悄地听着。)

朱佩芳：我想……现在后方的医疗设备好,技术也好,没什么问题。
李淑英：(沉默着。)
朱佩芳：我倒杯水来你喝。
李淑英：不,不喝。
朱佩芳：我想呀,也许过两天就会得到他的消息了,他不定还是那么乐,那么一股豪劲呢。
李淑英：你坐。
朱佩芳：你真的不喝点水?今天我们吃的也挺多,慰劳他们电务队……
李淑英：不……小朱,是吧,咱们要一块斗争到抗美援朝的胜利?
朱佩芳：是的。

李淑英：你这会儿也感觉着,汉江前线的胜利有咱们一份,咱们对祖国,对党的事业有贡献吧?

朱佩芳：那是的。

李淑英：那你就不用安慰我啦。我也不喝水,也不吃什么。

（静默）

李淑英：说不定他会牺牲,说不定他会转来。他转来了,说不定你会转移,我会负伤,那他就要怎么办呢?再来工作,一直到胜利!不是简简单单的胜利,是以后多少年……我们的人都是这样的。

杨　头：（抽着烟）对!

李淑英：他转来的时候……咱们这电务队就不再是毛孩子小伙子电务队了,就会是老电务队,功臣电务队。现在的青年团员那时候会是共产党员。

杨　头：对,淑英!

李淑英：这不是么?我们早几年还什么也不懂。可是现在我们是国家的主人,毛主席党的助手,革命的新力量!

杨　头：淑英哪!这话我一定写信告诉国内他们……在国内的时候,听说文奎他们在这搞电务队,老人们还有嘀咕的,毛孩子小伙子一股冲动劲儿吧?……可现在我看见啦!……呵,文奎这孩子,自小我就知道他有出息的,他爹从前还老嘀咕,说这孩子调皮什么的……

李淑英：（沉默了一会儿）我们几个……（笑了一笑）从前他可真调皮哩,十三四岁那时候,老是搁在路上吓唬我,我可也就锻炼的不怕他们这群愣小子啦。打架我也敢来……

（传来汽笛声,列车过站的强大的轰声。）

李淑英：（站起来）,四〇三次过来啦!

杨　头：好!子弹粮食大炮,往上拉!

朱佩芳：马上四〇四次四〇五次就要过来。

（大家静静地站在洞口,听着列车前进的胜利的、骄傲的声音……远远的一声汽笛,列车声消逝了,但是大家自然站着,凝神地沉默着。王义上。)

王　义:(疲惫而兴奋)四〇三过去了,任务全部完成!
李淑英:完成啦。
王　义:小朱,你预备吃的东西,同志们就要回来了。
朱佩芳:已经准备了,我去拿了。(下)
李淑英:王义同志,我介绍一下,这是老杨头,才来没几天,送材料来的,将来就在这地区工作;是国内老电务段的领工员;这是我们军代表。
王　义:好,欢迎!(和老杨头握手)以后得多帮助咱们这些青年哪。
老杨头:没问题,代表同志。我来看文奎他们的;我这老工人是看着文奎他们这一伙长大的。
王　义:对!老杨同志。(犹豫了一下,向着李)小何回来了?
李淑英:回来了,在担班。
王　义:(坐下,看着李淑英)你知道了?
李淑英:知道。王义同志,我表示决心。
王　义:不是这个问题。(笑,不知怎么说好)难道咱们青年团支委会没决心的?……好吧,我知道用不着跟你谈这些,咱们握手。(两人握手)祝文奎早些健康回来,他完成了光荣的任务。
李淑英:王义同志,我觉得不知怎么的光荣。
王　义:真正的光荣,中国青年的光荣。
李淑英:我第一次觉得这种光荣……
王　义:是这样。……应该请求上级给文奎立功。
李淑英:老白也应该记功。
王　义:还有你。这都应该报告上级。同志们通过了考验,现在已经成长壮大啦。刚才看见四〇三次列车开上去,我脑子里就有这么一点儿感想:咱们在这里战斗,在运输线上打败了顽强的敌人,咱们心里永远瞧得见毛主席,天安门上的红旗。毛主席会知道,咱们这四〇三次开上去了。……老杨同志,你看这对不对?

杨　　头:对!毛主席瞧见的!

（老白、三黑、小周、小廖等一群陆续上。）

王　　义:回来啦同志们!

白先文:回来啦,刚才遇见四〇三开过去了。

杨　　头:（跑上去）喝,白先文、小廖、小徐!喝!我的这些小伙子们!我老杨头庆祝你们完成任务!老英雄李国泰叫我带信给你们哪,过不多久他也架着他的老铁牛开上来!

小　　廖:老杨,听说你来啦。

青年甲:哎呀,老杨,你来几天啦。

（大家嚷着:"老杨!老杨!你来啦……"朱佩芳抱着一堆罐头,提着一壶酒,一桶水。上。）

朱佩芳:同志们,庆祝你们胜利!有热水,多哩,大家洗脸;有酒,大家先喝一点……

（李淑英站在一边望着大家笑着。白先文走向她。）

李淑英:我知道啦,老白。（伸出手来,白先文沉默地和她握手。）

（三黑、小周、小廖……轮流走过去,和她握手。）

白先文:他的伤怎么样?

王　　义:小何送下去转移了。现在还不知道……

白先文:四〇四次!

（大家静静地站着,一直到火车声消失。刘三黑走了出来。）

刘三黑:同志们,我提议一件事……咱们这不是完成任务回来了?文奎伤了,咱们这不是损失了力量了?我提议咱们保证,一个顶俩,叫国内的人们放心;咱们这就跟老团支部写封信去,今晚上有车下来马上就能带回去!

青年们:行!写吧。……请老白写……拿笔头来……就在我这笔记本上写吧。

白先文:（坐下,拿出笔记本）大家别吵吵,怎么写,大家说。

周　　桂:老白你写就是。

刘三黑：不，大家说。（静了一会儿）
白先文：开头这样写：老团支部刘国华同志转全体同志们！
刘三黑：对！老白，这个意思，你写：咱们在定时炸弹现场上念了你的信，你的信给咱们一股劲，咱们完成了任务，这会儿一车一车的子弹粮食，往前方拉过去了！文奎伤了……
青年甲：这要不要写呢，同志们？
刘三黑：要写。要叫大伙知道，没意见吧？……
周　桂：写！文奎在敌机轰炸的时候，救护首长负伤，转移下去了。
青年甲：写：咱们决心一个顶俩……
刘三黑：不，一个顶三个，跟他美国强盗干到底！咱们全体团员向老支部同志们保证，坚决学习文奎的勇敢精神，保证明天一早就出发，一天以内整修所有的临时线路……
青年们：好，这对！
刘三黑：保证提高技术，加强业务，保证在咱们手里线路永远畅通。老白，还有……咱们自己给取了名字，叫做中国青年电务队，咱们这电务队是上级培养，文奎跟老白几个的努力，全体同志们头顶着飞机，脚踏着炸弹，在冰天雪地里干出来的！咱们把这看做光荣，祖国给的了不起的光荣。再有我个人的，老白……跟同志们说，刘三黑现在是团员。他……不，这样……咱们全体都争取做光荣的共产党员。
小　廖：老白你写：小廖今天干活的时候不够坚持，幸亏大伙说服批评了，他听了你们的来信……他坚决争取入团。
李淑英：写：李淑英保证电话工作，问大家好。
朱佩芳：写：朱佩芳认不得大家，也保证工作，问大家好。还有替小何也写上。
周　桂：写：李淑英同志在文奎负伤的时候照样工作……
朱佩芳：不，李淑英反而鼓励了大伙……

刘三黑：（大声）我提议这时候干脆请老支部转给毛主席和全国人民！

青年们：（欢呼）好！

白先文：（笑）同志们，这太多了吧，慢慢说，慢慢说……

杨　头：后面跟我附上两句，老白。

白先文：好，你说。

杨　头：写：老杨头看见咱们的小伙子们了！一来就看见了，他们打了胜仗了。写：老杨头不是青年团员……

小　廖：（笑）当然不是……

杨　头：别打岔，小廖。写：老杨头负责告诉国内的人们，咱们小伙子们管用！文奎做了大事情！老杨头看着咱们小伙子们长大，今年四十三岁，组织看得起他，批准他出国，他老了这么几岁啦，爬杆子爬了二十年啦，二十年来，没毛主席的日子这么痛快的，更没今天这么痛快的，他不是青年团员，可他自己要拿自己当个青年团员跟着咱们的青年团员们干！他那点经验跟技术，要拿来支持咱们小伙子们。（大家鼓掌，大家欢呼。）附上一笔，今后我就在段上跟小伙子们是邻居，材料送到，上级安顿的好，已经开始工作……

王　义：同志们，这信真好，我也想说几句呢，可惜他们不认得我……

大　伙：行！行！王义同志说！王义同志说……

（电话铃响，王义拿了起来。）

王　义：啊，我是，这里就是……啊？……张文奎同志的伤基本上没问题？啊，你说一说具体的情况情形。……啊，啊。好，请你转告他，咱们电务队完成任务回来啦，大家都好。你等一等。（向李）李淑英，你有什么话说？

李淑英：没有。叫告诉文奎，叫他放心！

王　义：喂，请你转告张文奎，说李淑英同志叫他放心。好，谢谢。（放下电话）同志们，医疗队的电话说，文奎腰上的

　　　　　弹片取出来了,腿上的还没取出,就要往后面转移,基本上脱离危险!
　　　　　（大家欢呼。金站长、朴正,及几个朝鲜员工上。）
朱佩芳：金站长来啦。报告好消息,刚来电话,文奎同志脱离危险了啦。
金站长：好极了,同志们!
朱佩芳：欢迎金站长参加我们的晚会。
周　桂：哪来晚会呀?
朱佩芳：不好叫它变成晚会吗?欢迎金站长,欢迎老游击队员同志!
　　　　　（大家欢呼鼓掌。）
金站长：同志们,马上有七列车子过来,大炮、粮食、弹药、坦克!……同志们,我们的老游击队员,二十年的朝鲜老铁路工人朴正同志,他要来趁这个时间向同志们致敬。
　　　　　（大家鼓掌。）
朴　正：同志们哪,我的小儿子是英雄司机,他就是牺牲在这九十七号桥梁附近……我今天向中国的共产党员,青年团员致以崇高的敬礼!……张文奎同志光荣负伤,他的血也流在这九十七号桥梁旁边,流在我们朝鲜土地上,流在我们心里!我这二十年的老铁路工人,我向张文奎同志的爱人,李淑英同志敬礼!
　　　　　（大家鼓掌。李淑英走了出来。）
李淑英：我是中国铁路工人的女儿,中国新民主主义青年团员,为了朝鲜人民的英勇斗争,为了朝鲜同志对我们的这种爱护,我向英勇的朝鲜劳动党员和铁路工人致敬!……我代表张文奎同志,他一定要回来,一直斗争到胜利!（大家鼓掌）为了中朝两国人民的永远团结,为了我们共同的目标,为了打倒我们共同的敌人,为了朝鲜,为了我的祖国,为了全世界人民的和平幸福,我们中国青年团员们坚决要站在斗争的最前面!

金日成将军万岁!
毛主席万岁!
斯大林万岁!

(大家欢呼,中朝员工互相拥抱。传来了列车过站的强大的轰声。大家听着,又欢呼,又听着。……列车连续不断地过站,声音愈来愈强大。)

——幕

全剧终

一九五一年七月至九月于大连。

(据作者手稿影印件抄印。20×25竖行原稿纸,共117页,大部按格书写。)

**图书在版编目(CIP)数据**

路翎全集.第七卷,话剧:1947—1951/路翎著;
张业松主编.--上海:复旦大学出版社,2025.2.
ISBN 978-7-309-17729-9

Ⅰ.I217.2

中国国家版本馆 CIP 数据核字第 20247Z95Y9 号

路翎全集.第七卷,话剧:1947—1951
路　翎　著
张业松　主编
责任编辑/方尚芩

复旦大学出版社有限公司出版发行
上海市国权路 579 号　邮编:200433
网址: fupnet@fudanpress.com　http://www.fudanpress.com
门市零售: 86-21-65102580　团体订购: 86-21-65104505
出版部电话: 86-21-65642845
上海盛通时代印刷有限公司

开本 890 毫米×1240 毫米　1/32　印张 14.125　字数 366 千字
2025 年 2 月第 1 版
2025 年 2 月第 1 版第 1 次印刷

ISBN 978-7-309-17729-9/I · 1431
定价: 80.00 元

如有印装质量问题,请向复旦大学出版社有限公司出版部调换。
版权所有　侵权必究